苏童

·著

黄雀记

作家出版社

作者近照

苏童 生于1963年，江苏苏州人。毕业于北京师范大学中文系，当过教师、编辑，现为江苏省作协专业作家。从1983年开始发表文学作品，主要代表作为中篇小说《妻妾成群》《红粉》《罂粟之家》《三盏灯》，长篇小说《米》《我的帝王生涯》《城北地带》《碧奴》《河岸》。

目 录

上部　保润的春天

黄雀记

2

目
录

3

上　部

保润的春天

照 片

每年春暖花开的时候，祖父都要去拍照。

七十岁之后，祖父习惯了以算术的角度眺望死亡，对于自己延长的寿命，他很满意。加减法是容易计算的。他五十三岁那年在点心店吃汤圆，被汤圆里的热猪油烫了一下，不知怎么引发了心肌梗塞，送到医院去抢救，结果死而复生，以此推算，已经多活了十七年。再往前的死亡事件是蓄谋的，祖父那一年才四十五岁，突然活腻了，春天他去铁路道口卧轨，人都躺下来了，火车却迟迟不来，扳道工豢养的一条大狼狗先来了。祖父素来怕狗，准备好被火车碾，却不愿意被狼狗咬，于是狼狈地爬起来逃下了铁道。到了夏天，祖父还是想死。这次他选择了水路，是从僻静的西门城墙上跳进护城河的，他以为只要扑通一下，便可简易快捷地投入死神的怀抱，没想到一睁眼，人躺在了城墙下面，一群吵吵嚷嚷的中学生围着他，好奇地打听他跳河的动机。祖父仰视着孩子们纯真的眼睛，一时拿不定主意，是该批评孩子们狗捉老鼠多管闲事，还是应该对他们说一声谢谢。祖父的身体经过河水仓促的洗礼，显得轻盈而舒畅，只是右手手掌有点不舒服。抬起右手看看，手中不知什么时候抓到了一片枫树叶，抓得太紧，枫叶牢牢地粘在掌心里了。他坐起来，把枫叶从手掌上小心地剥离，对孩子们说了句：一言难尽。然后就爬起来，湿漉漉地走了。

祖父走出去好远了，听见孩子们在后面猜测他的去向，七嘴八舌的。有个尖利的声音说，什么叫一言难尽？这个人看来是活腻啦，会不会又去找地方寻死了？祖父看看高处的城墙，看看低处的护城河，又抬头看看天空，忽然朝孩子们的方向折返回来。虽然他的脚步有点拖沓，表情看起来也扭扭捏捏的，但他的目光给人以新生的感觉，它像夏日的天空一样，明朗，深远。他向孩子们匆匆地表了个态，算了算了，他说，既然狼狗不让我死，你们孩子也不让我死，那我就活着好了。无所谓，死不了就活着，活一天赚一天吧。

后来，祖父就消失在城墙拐角处了，一条费解的谜语，终于逃离了猜谜者的视线。那群中学生是出来春游的，偶然救下一名轻生者，本来属于典型的好人好事，但获救者对生死如此潦草，如此随意的态度，严重地挫伤了孩子们的成就感，也给他们带来了深深的困扰。他们不认识香椿树街的祖父，不知道他为什么一会儿要死，一会儿又要活下去了。他们不知道祖父是个守信的人，从此以后果真断了轻生之念。如果我们还是采用算术，如果活一天真的是赚一天，祖父足足多活了二十五年，赚了惊人的九千一百二十五天，赚了这么多，祖父当然是很满意的。

我们香椿树街上老人特别多，老人大多怕死，怕死的大多先走了。有一年夏天气温反常，狡诈的死神藏身于热浪，在香椿树街上巡弋，一口气拽走了七个可怜的老人。祖父冒着高温酷暑，逐一登门吊唁，发现七家葬礼都缺乏组织，敷衍了事，充满了这样那样的遗憾。最离谱的是码头工人乔师傅家，儿女们居然找不到乔师傅的照片。丧幔上的遗照令人不安，那是从乔师傅的工作证上剪下翻拍的，是几十年前的乔师傅，模样还很年轻，由于乔家两个儿子与其父面貌酷肖，所以，上门吊唁的人们都大吃一惊，死者看起来不是乔师傅，这么看很像他大儿子，那么看，又像他的小儿子了。祖父端详半天，心里话不宜声张，出了门便长叹一声，对邻居们说，这个乔师傅太节省了，一世人生啊，省什么都不能省那张照片，容易误会啊。

一个人无法张罗自己的葬礼，身后之事，必须从生前做起。这是祖父的信条。每年春暖花开的时候，祖父都要去鸿雁照相馆拍照，拍了好多年，连邻居们都知道了他的爱好，免不了要与他探讨这份爱好的意义。祖父对邻居们说，你们知道我脑子里有个大气泡的，气泡说破就破，我这条命，说走就走的，到时都靠他们，怎么也不放心，趁着身体还硬朗，就为自己准备一张新鲜的遗照吧。

拍照的日子是祖父的节日。节日的祖父格外讲究仪容。祖父先去理发店剃头修面，还额外要求相熟的老师傅替他挖耳屎，拔鼻毛。从香椿树街到市中心，以前祖父都是步行，现在老了，是步行加公共汽车，差不多是正午时分，他拄着一根龙头拐杖出现在鸿雁照相馆，衣冠楚楚，神色庄严，那套灰黑色的毛呢中山装上有樟脑丸的气味，皮鞋擦得铮亮，浑身散发着一首挽歌刺鼻的清香。

摄影师姚师傅早已经认识祖父了，他不记得祖父的姓名，背地里称其为年年拍遗照的老先生。祖父每次看见姚师傅都有点害羞，真心为自己延宕的生命感到歉疚。姚师傅我没死呀，又多活了一年，又来麻烦你了。他用道歉的语气对姚师傅说，再拍一张吧，姚师傅，这是最后一张，我脑子里的气泡最近越来越大，快要破了，明年，肯定不来麻烦你啦。

祖父的癖好，照相馆方面其实并不介意，介意的是他自己的家人，尤其是他的儿媳妇粟宝珍。在粟宝珍看来，祖父每拍一张照片，就是给小辈挖一个坑，祖父的遗照越来越多，儿孙们不仁不孝的泥潭便越来越深。在粟宝珍敏感的神经中枢里，祖父迈向鸿雁照相馆的脚步会发出恶毒的回响：不放心，不放心，不放心。它在向街坊邻居阴险地暗示，儿子不好，儿媳妇不好，孙子也不好，他们都不好，他们做事，我不放心。

每当春暖花开的时候，粟宝珍便进入了某种战斗的状态，她要求丈夫与儿子一起加入她的阵营，但丈夫对祖父的监视漫不经心，儿子干脆把她的指令当成耳旁风。这个家庭平素就谈不上和睦，一到春天更是频频爆发战争。战争的硝烟由祖父的照片引起，闻起来有一股呛人的不祥的怪味，他们祖孙三代加起来，不过四口人，无论战线怎么排列，都不免短促了些，有时候战火胡乱蔓延，就烧到了保润的头上。保润好好地吃着饭，一根筷子来敲他后脑勺了，粟宝珍迁怒于儿子旁观者的姿态，骂他还不如一根筷子有用。就知道吃！你还咧着嘴笑？你爷爷丢我一个人的脸？他丢的是我们全家的脸！粟宝珍把保润往门外推，催促他去追祖父，你吃出一身傻力气，派过什么用场？赶紧去，把那老糊涂拉回来！

当母亲暴怒的时候，保润不敢违抗母命，他当街拉拽过祖父，有一次甚至追上了公共汽车。保润说爷爷你别去拍照了，拍那么多遗照有什么用？又不是挑猪肉，还要讲究新鲜讲究质量，死人的遗照都是挂在墙上蒙灰的，哪张不都一样？祖父挥舞着龙头拐杖撵保润，我每年就拍一张照片，怎么就惹到你们了？回去告诉你妈，我拍照花自己的钱，不关你们的事！保润觉得祖父的逻辑出了问题，他说爷爷你好糊涂，怎么不关我们的事？你死了难道看得见？我们爱挂哪张挂哪张，要是挂错了，你还能从骨灰盒里爬出来，换一张遗照？

恰好是保润的一番直言，让祖父清醒地认识到死人的悲哀，人死了，确实是没有能力从骨灰盒里钻出来的，挂不挂照片，挂什么照片，只能听凭他们的孝心了。祖父对儿孙们的孝道毫无信心，思忖很久，有了个方案。他去装裱店里为最新的照片配了个黑框，拿回家，端端正正地挂到了客堂里。因为预感到家人的反对，也因为担心相框未来的命运，他还特意买了一瓶万能胶，准备使用科学手段把相框永远固定在墙板上。祖父踩着椅子做这些事，保润是目击者。对于祖父未雨绸缪的行动，保润不支持，也不反对，为了嘉奖保润的默契，祖父向他作出了必要的说明，今年这张拍得很好，我最满意。反正我脑子里那气泡越来越大了，哪天破了就翘辫子了，先挂好遗照，省得你们以后搞错了。

但可惜，万能胶不是万能的，要彻底粘结，需要漫长的时间和适宜的温度，保润的父亲后来轻易地用水果刀铲光了相框后面的万能胶，而保润的母亲粟宝珍为此气得浑身发抖。由于积怨已深，她对祖父的奚落听起来很是刻毒，你脑子里哪儿是什么气泡？是一堆垃圾！你还以为自己是毛主席，永远活在人民心中的？告诉你，别说你还活着，就是死了，你的遗照也不一定能上墙，客堂是一户人家的脸面啊，如果老人不值得小辈怀念，挂他照片干什么？不如腾出墙面，多贴一张漂亮的美人画！

祖父当时哭了。祖父把相框从地上捡起来，抱在怀里往自己的房间走，我的遗照不配挂客堂？那我挂在自己的房间里，不脏你们的眼睛，行了吧？祖父砰地撞上门，在门背后大声宣布，我的遗照我自己看，你们以后谁也别进我的房间了。

每年春暖花开的时候，保润都会去一次鸿雁照相馆，去跑腿，取祖父的遗照。

祖父永远是苍老的，今年的苍老，不过是重复着去年的苍老。保润从来不看祖父的照片，只有一次，他看了，一看便看出一场祸端。那天，他骑车从照相馆回家，半路上进了一家杂货店，替母亲买一包红糖。他随手在口袋里掏钱，带出照相馆的小纸袋，里面的照片掉出来了。不是祖父。照相馆的店员竟然犯了最忌讳的错误。一个少女的两寸黑白照片，无辜地展示在杂货店肮脏的地面上。是一个大眼睛的少女，圆脸，薄唇，扎了个刷子般的马尾，她不笑，微微地咬着嘴角。看起来，她似乎预知了照片的命运，正用一种忿忿的谴责性的目光，怒视着这个世界，包括保润。

保润原谅照相馆的失误，又惊讶于这失误的对仗与工整，一次小小的意外，垂垂老矣的祖父变换成一个豆蔻年华的少女，这样的变换，说不清是一次祝福，还是一个诅咒。保润蹲在地上端详那张照片，先是觉得好笑，后来便有点莫名的不安。他返回了鸿雁照相馆。在照相馆的门外，他掏出那个小纸袋，又看了一眼照片。街角的阳光照耀着那个无名少女的面孔，那面孔被暗房技术精简成小小的一块，微微泛出黄金般的色泽。他不认为她有那么美丽，但她对镜头流露的愤怒显得蹊跷而神秘，正是这丝愤怒，让保润感到一种难以形容的亲近。他不舍得了，不舍得把她交出去，不舍得把这一小片精致的愤怒交出去。是一瞬间的决定，小纸袋里三张照片，他抽出了其中一张，悄悄塞进了自己的钱包。

不是所有的错误都可以修正的，保润没能要回祖父的照片。这是一个意外的春天。意外从照片开始，结局却混沌不明。保润秘密地收获了一个无名少女的照片，但是，祖父最新的照片却被鸿雁照相馆弄丢了。

纸包不住火。祖父先是埋怨保润，后来冷静下来，分清了主要责任和次要责任，他亲自去鸿雁照相馆讨要说法。为了安抚这个古怪的老人，鸿雁照相馆许诺为祖父提供终生免费拍摄的机会，自以为这样的补偿尚属公平，祖父却流出了辛酸的泪水，他对姚师傅说，我哪儿还有什么终生？活不了几天的人，趁我现在活着，你们抓紧时间，多给我拍几张吧。

姚师傅给他补拍了三张照片。镁光灯第三次闪光的时候，声音格外地响亮，祖父突然惊叫了一声，破了！姚师傅没听清他在叫什么，只看见老人抱着脑袋，身体在凳子上痛苦地摇摆。破了！祖父满眼是泪，惊恐地瞪着姚师傅，破了，我脑袋里的气泡破了，你看见那股青烟了吗？我的魂飞走了，我要死了，我的脑袋空了，都空了！

魂

祖父丢魂的新闻轰动了香椿树街。

我们在街上遇见祖父，都下意识地注意他的脑袋。如果说我们的脑袋是一块肥沃的良田，那祖父的脑袋便是一片劫后的荒野，满目疮痍。他的白发如乱草，似乎被霜雪覆盖，原来饱满的后脑勺是空瘪的，隐隐可见一个锯齿形的疤痕，形状怪异，听说是以前被红卫兵用煤炉钩砸出来的。那个疤痕潜伏多年，或许就是祖父魂灵出逃的出口。让我们顺便再看一眼祖父的脖颈，那里原先有一条暗红色的沟堑，是上吊绳子留下的纪念，现在随着年纪增大，松弛的皮肤耷拉下来，形成几圈肉箍，也有人怀疑，祖父的魂不是飞走的，是碎了，顺着那几圈肉箍淌走了。

　　谁也没见过人的魂。祖父自称他的魂丢了，怎么证明他以前有魂，又怎么证明他现在没魂了呢？他的魂，到底飞到哪儿去了呢？大多数香椿树街居民没什么文化，习惯性地把魂灵想象成一股烟，有人在街边为煤炉逗火，看看煤球柴火上燃起的青烟，心里会咯噔一下，烟，魂，祖父的脑袋！他们不免会把煤炉想象成祖父的脑袋，而祖父的魂魄，自然便是煤炉上袅袅飘散的青烟。也有几个知识分子，具备了一些宗教知识和文化修养，他们坚持认为魂灵是一束光，不是什么青烟，那束光是神圣的，通常只有大人物或者圣人英雄才值得拥有，祖父不配，知识分子们还算仁慈，谁也没有去向祖父亲口宣布这个残酷的结论，你没有魂，你不过是一具行尸走肉。最不懂事的是街上的孩子，他们对魂灵一说很入迷，因为缺乏常识，又想象力泛滥，往往从飞禽走兽蚊蝇昆虫或者妖魔鬼怪中寻求魂灵的替身。理发店老严的小孙子有一天捧了一张涂鸦给祖父，画的是一个长了犄角的彩色骷髅头。小男孩说，爷爷你别伤心了，这是你的魂灵，我找到了，还给你。看那小男孩天真可爱，长犄角的骷髅头作为一颗魂灵的替身，显得威风凛凛，祖父并没有动怒。相比之下，王德基的儿子小拐就讨厌了，他曾经用筷子夹着一只死蝙蝠追着祖父，边跑边说，爷爷爷爷，这是你的魂灵，我爬到瑞光塔上给你找到的，找它不容易，你要给我两块钱，很便宜，是辛苦钱。

　　一个丢了魂的老人，免不了要丢失尊严。那么多香椿树街的老人中，绍兴奶奶最为同情祖父的遭遇，她跑来安慰祖父，告诉他丢魂并不是那么可怕的事。原来绍兴奶奶小时候在乡下也丢过魂，丢得也蹊跷，她好好地坐在屋后的茅缸上解手，脚掌上被什么舔了一下，定睛一看，是一条红眼睛的野狗，野狗的舌头也是红色的。她一下掉进了茅缸里，爬出来就丢了魂。绍兴奶奶说她丢魂以后再也不肯上茅缸解手，大小便都非要走一里地，跑到一棵松树边去，否则情愿憋着。邻村有个神汉过来指点她爹娘，说你们这家人得罪祖宗了，那野狗叼走你闺女的魂，不过是来提个醒，你家坟上好多年没香火了，坟里的祖宗没得吃没得穿，都跑光了，都在松树旁边游荡呢，你家再这么冷落祖宗，以后不是你闺女一个人丢魂，你们全家人解手都要找松树，不见松树谁也解不了手。她爹娘听了神汉的计策，牵着家里的所有儿女和牲畜跑到祖坟上，杀鸡宰羊，喊她的魂，喊了一天一夜，第二天早晨她就好了，又愿意坐到茅缸上去解手了。

祖父对绍兴奶奶的故事有点兴趣，但他认为自己的遭遇更加古怪。绍兴奶奶你是妇道人家，我们的魂不一样，丢魂也丢得不一样，怎么解手我知道，我是不记得家在哪儿了，那天回家，我跑到瑞光塔去了！祖父说，你说奇怪不奇怪？我以为我住在瑞光塔上的，辛辛苦苦爬到塔顶上，怎么也找不到我的房间，就去问人，塔上都是游客，谁也不认识我，都骂我是神经病啊！

反正都是丢了魂，有什么不一样？我认松树，你认瑞光塔罢了。绍兴奶奶说，我丢魂比你早，你要听我劝，依我看，人丢了魂，解手迟早要出问题，要是你认准了去瑞光塔解手，那怎么是好？多远的路啊！这样发展下去不行，年纪大了，大小便都憋不得呀！保润他爷爷，你听我一句话，赶紧带着小辈们去喊魂，多买点供品，到祖坟走一趟，热热闹闹地去把魂喊回来！

祖父面有难色，搓着膝盖说，绍兴奶奶你不知道我的难处，我的家世跟你也不一样，我家的祖坟早被刨了，祖坟上现在盖了个塑料加工厂呀，让我上哪儿喊魂呢？

绍兴奶奶惊惶地叫起来，哎呀呀，祖坟怎么会让人刨了呢？没什么也不能没祖坟呀，没了祖坟，祖宗都成了孤魂野鬼，让他们怎么帮你返魂呢？

祖父一下没了主张，他沉浸在一种巨大的恐惧中，顺着哀伤，自我贬抑道，不帮就不帮，丢魂就丢魂，反正这辈子我已经赚了不少寿命，死了一蹬腿，随它去吧。

保润他爷爷，千万不敢这么说！绍兴奶奶瞪大眼睛，一只手举起来，差点就捂住了祖父的嘴巴，你糊涂了？你这魂要是喊不回来，下辈子做不了人呀！能做头牛做匹马都算是福气，兴许是做了一只蚊子呢？让人一巴掌就拍死，活不了三分钟就要转世，你说可怜不可怜？兴许你不小心转成一只屎壳郎呢？专往粪堆里拱，臭烘烘的，你自己说恶心不恶心？看祖父急得脸色发灰，绍兴奶奶心有不忍了，有意舒缓了语气，为他出谋划策，你也是命苦，祖坟刨了也不都怪你，怪那些红卫兵没良心。你家祖宗的阴魂，现在也不知道被撵到什么地方去了，天南海北也要把他们喊回来，你家祖宗的照片呢？画像呢？好好供起来，好好喊几天，兴许他们能听见。

祖父犹豫着，欲言又止，看表情几乎要哭出来了。以前有很多我爹的照片，还有几张我爷爷的画像，后来让我烧了。祖父垂下头，不敢看绍兴奶奶的眼睛，我爹是汉奸，我爷爷是军阀，我怕那些东西惹祸，都烧光了。

绍兴奶奶眼见祖父返魂无望，朝天翻了个白眼，意思是爱莫能助了，她抱着胳膊往门外走，边走边说，再坏的祖宗也是祖宗啊，祖坟没了，祖宗的照片画像都让你烧了，你不丢魂谁丢魂？也不能都怪别人，依我看，是你自己把魂弄丢啦。

祖父不甘心放走绍兴奶奶这根救命稻草，舰着脸追到门口，向她讨要最后的良方。我还有几根祖宗的尸骨呢，有没有用？他说，当年我偷偷跑到祖坟上捡了两根尸骨，不敢让人知道，藏在一只手电筒里，埋起来了。绍兴奶奶眼睛一亮，尸骨比照片画像实在多了，尸骨好！别管两根三根的，那手电筒埋哪儿了？赶紧去挖，挖出来呀！祖父愣在那里，眨巴着眼睛，他焦急地回忆着，但是由于脑子里的气泡破了，回忆是徒劳的，他终究没有想起来埋藏手电筒的地点。在绍兴奶奶追问的目光下，祖父满头大汗，忽然呜呜大哭起来，一边哭一边用力拍打自己的脑袋，手电筒！手电筒埋在哪里了？我该死，什么都想不起来啦！

手电筒

四月的时候祖父还很健康，到了五月他就疯疯癫癫了。要成为一个疯子，有千万条不幸的道路，祖父的不幸之路，不仅偏僻，而且幽深，在我们看来，祖父也许算不上全世界最奇怪的疯子，但在我们香椿树街范围内，他的故事已足以世代流传了。

祖父说，他的手电筒埋在一棵冬青树下。

众所周知，香椿树街上根本没有什么香椿树，唯一的绿化便是冬青，工厂的大门口，街上的空地，房屋的墙根，到处可见高高低低的冬青，哪一棵冬青树下面埋着祖父的手电筒呢？这个关键的地点，祖父恰好记不清楚了。

最初祖父把目标圈定在孟师傅家门口，央求儿子去挖，儿子不肯做这荒唐事，委托孙子去挖，保润也不肯，嫌丢人现眼。祖父只好把铁锹扛在肩上，亲自上阵了。

孟师傅听见门外的动静，出来问祖父是不是要挖蚯蚓。祖父非常坦诚，说我这把年纪了，挖蚯蚓干什么？我在挖一只手电筒呢。孟师傅好奇起来，什么手电筒？怎么埋在我家门口啊？祖父说一言难尽啊，我当年从祖坟上捡了几根祖宗的尸骨，装在手电筒里，一时没地方埋，可能埋在这片冬青树下了。孟师傅一下跳了起来，说保润爷爷你欺人太甚了，怎么跑到我家门前来挖你家祖宗的尸骨？我要不是看你长辈的面子，三拳头把你打回家去！祖父不得不收起了铁锹，但他不甘心就此离去，弯着腰察看土坑，觍着老脸求情道，孟师傅你行行好，让我再挖几锹试试，我丢了魂，记性也丢光了，再多挖几锹，说不定什么都想起来了。孟师傅说原来你跑到我家门口搞科学试验啊，你家祖宗的尸骨，怎么可以埋到我家门口来？这不是骑在我头上拉屎么？你自己说，你骑我头上来拉屎，配不配？祖父羞愧地拖着铁锹，嗫嚅道，我是不配，不配。他后退了几步，借着一阵剧烈的咳嗽，酝酿了勇气，忽然向孟师傅抖出一个历史遗留问题，我也不是乱挖呀，孟师傅你一定忘了，你家的房子盖在谁家的土地上？这个地方，从前是我家的豆腐作坊，我埋东西，肯定埋在自家的地盘上啊。孟师傅有点懵，保润他爷爷，你说的是中国话还是外国话？我怎么听不懂了呢？祖父谄媚地赔着笑脸，说，你是听不懂，那会儿你还小呢，不记事，去问你老母亲，她老人家一定是清楚的。孟师傅怀疑祖父神志不清，将三根手指竖在他眼前，老东西，这是几？祖父说，三。孟师傅不罢休，又凑近了检查祖父的瞳孔，祖父的瞳孔闪闪发亮。孟师傅只好敲开了临街的窗户，妈妈你来，我家的房子盖在谁家的地皮上？是盖在保润家的豆腐作坊上吗？窗后传来一片喊喊喳喳的声音，很快响起一个老妇人苍老而尖利的声音，谁在翻旧社会的老黄历？现在是新社会，地皮归谁房子归谁，谁说了都不算，毛主席说了算。孟师傅提醒老母亲说，妈妈，毛主席去世好多年了。老妇人沉默了一秒钟，很机警地给自己打了圆场，毛主席去世了还有政府在呢，怕什么？地皮房子都是政府的，政府给谁就归谁了！

　　祖父后来移师王德基家门口的冬青林，汲取了深刻的教训。残存的智慧告诉他，为了让香椿树街的街坊邻居容忍他的探索，必须投其所好，适当地使用心计。王德基冲出门来收缴铁锹的时候，祖父顺势抓住王德基的手，在那只手背上悄悄地写了两个字：金子。王德基没有耐心辨析祖父的字迹，甩了甩手说，保润他爷爷，你怎么把我手背当黑板呢？听说你魂丢了，舌头没丢吧？你不会说话了？祖父只好凑着王德基的耳朵告诉他，事情不宜张扬，他当年埋藏的不是一只普通的手电筒，是一只装满黄金的手电筒。果然，王德基心有所动，摸着额头，眼睛眨巴了半天，我说呢，你这把年纪哪儿来这么大的劲头？原来是挖黄金！王德基的眼睛突然放射出一道锐利的光芒，压低声音问，一只手电筒装满黄金，起码有一斤吧？是金条，金元宝？还是金戒指什么的？祖父点点头，冷静地回答，都有，都有一些。

这样，王家的老老小小都拥到门外来看祖父挖黄金了。王德基的小女儿秋红是个精明世故的女孩子，一边打着毛线一边及时提醒祖父，爷爷，这是我们家的地皮，要是挖到了黄金，我们一家一半，到时别赖皮啊。王德基性子急躁，看祖父的挖掘进展缓慢，便从家里拿了把铁锹，说爷爷你年纪大了，歇一会儿，我来挖，你别听小孩子乱说，我不贪心，要是真的挖出来黄金，我们四六开，你拿六，我拿四就行了。

王德基一家人中，倒是小拐对祖父保留了必要的怀疑，他说爷爷你魂丢了，一定是犯糊涂了，黄金那么值钱的东西，你不埋在自己家里，怎么会埋到我家门口来呢？祖父放下了手里的铁锹，耐心地向小拐解释，爷爷的魂丢得奇怪啊，记不清这几十年的事，小时候的事情记得一清二楚，你们家，原先是我家商行堆煤的煤场啊，这儿宽敞，没人来，我兴许把手电筒埋这儿了。

祖父挖掘手电筒的路线貌似紊乱，其实藏着逻辑，他无意中向香椿树街居民展现了祖宗的地产图。这在街上引起了一波又一波的舆论反响，传说从孟师傅家到两百米开外的石码头，曾经都是祖父的家产。这几乎是半条香椿树街了，沿途不仅分布着七十多户居民，还有一家刀具厂，一间水泥仓库，白铁铺、煤球店、药店、糖果店、杂货铺，堪称香椿树街的心脏地带。人们在各自的屋檐下生活工作，早就淡忘了从前土地的历史，未料到祖父突然冒出来，以一把铁锹提醒他们，你们的房子盖在我的地皮上，你吃喝拉撒，上班工作，都是在我的土地上。祖父扛着一把铁锹在半条香椿树街上走来走去，所经之处，历史灰暗的苔藓一路蔓延，他的脚步无论多么谨慎，对于沿途的居民或多或少是一种冒犯。居民们对于祖父的精神状态争议颇多，但是谁也无法否认，这年五月，祖父以一把铁锹领导了香椿树街的时尚；谁也无法否认，这年五月弥漫在香椿树街街头的掘金热，祖父是先驱，也是启蒙者。

祖父的手电筒里到底藏着什么东西？香椿树街的居民出于理性的推

14

测，或者出于浪漫的想象，基本上形成了两种派别：尸骨派和黄金派。毋庸讳言，改革开放了，经济要搞活，无论是尸骨派还是黄金派，大多数人都怀有一夜致富的梦想。有些人心里打起了发财的小算盘，考证祖父所言真伪，毕竟只要一把铁锹或者铁镐，无需投资或冒险，谁挖到尸骨算倒霉，谁挖到黄金谁走运。最早动手试挖的是王德基一家，连续两个早晨，邻居看见他家门前的冬青树都歪倒在墙上，四周一片泥泞，连水泥地面都似乎进行了一场夜耕。有人纳闷，说王德基不是尸骨派吗，他不是骂保润他爷爷满嘴谎话吗，怎么自己挖得这么起劲？有人一针见血，冷笑道，王德基这种人，嘴上一套背后一套，他算什么尸骨派？是两面派！

一场疯狂的掘金运动席卷了香椿树街南侧，其后，渐渐扩散到北端，最后甚至蔓延到了河对岸的荷花弄。每天夜里都有人出动，宁静的夜空里响起了铁镐铁锹与泥土亲密接触的声音。五月的夜晚会有很多秘密，这个秘密的趣味多于罪恶，只须半遮半掩。很多持锹人在月光下对视一笑，有人坦然，有人腼腆，然后各挖各的。即使是白天的冤家，在这样的夜晚也成为了战友，或者同谋。掘金者劳作风格不一，属于黄金派的深耕细作，属于尸骨派的草草收兵，但是，俗话说众人拾柴火焰高，香椿树街唯一一条绿化带很快消失得干干净净，透过卧倒在地的冬青树枝的缝隙，可以清晰地看见一条路中之路，那路由污泥与混凝土的残渣组成，还散发着新鲜的土腥味，那路中之路，通往香椿树街居民的黄金美梦。

负责街道卫生的居民委员会遭遇了一场噩梦，三个女主任结伴闯到保润家来讨伐罪魁祸首。祖父当时正蹲在地上，用木楔加固松脱的锹柄，他试探着问主任们，是不是保润在外面惹了什么事？看着祖父无辜的麻木的样子，两个女主任都气哭了，另一个性格特别泼辣，她一脚踢飞了地上的铁锹，撸起袖子，对祖父坦言相告，爷爷，我真想打你一个耳光，解解心里的气！

那天中午保润从烹饪学校放学回家，觉得附近的街头弥漫着某种节日似的气氛。一群孩子聚集在他家门口拍烟纸，看起来都喜洋洋的。保润注意到家里的门没关好，王德基的儿子小拐钻在门缝里，正探头朝里面张望。保润过去揪住了小拐的耳朵，小拐被揪住耳朵，仍然用兴高采烈的声音，向他报告了那个消息，保润保润，你爷爷被绑走了，绑到井亭医院的白汽车上去了！保润一惊，松开了小拐的耳朵，问，谁？谁绑了我爷爷？小拐说，两个白大褂，还有居委会的人，还有你爸爸妈妈！

保润推开虚掩的家门，看见门后遗落着祖父的一只解放鞋，客堂里的四把椅子有三把翻倒在地，一只茶壶在地上碎成两半，保润猜想那是祖父挣扎的记录。厨房里冲出一股热汽，他过去察看，发现炉子上还煮着一壶沸水，快烧干了。祖父房间的门夅拉着，明显是被强行撞开的，他走进去，差点被一把铁镐绊了个跟斗。祖父不知怎么找到的铁镐，他把自己的房间挖成了一个工地。保润对祖父的举动充满疑惑，房间里没有冬青树，祖父为什么也要挖一遍呢？仔细观察地面和墙角，可以看见粉笔残留的痕迹，有问号，有感叹号，还有一些神秘的圆圈和三角。房间里充满了一股浓烈的腥湿味，地面的大青砖都不见了，它们被小心地起出来，整整齐齐堆在墙边，湿漉漉的三个土坑，分布在房间的三个角落，看起来像三个干涸的泥潭。保润相信，祖父疯了，祖父真的疯了。祖父的梦想在泥潭深处腐烂，发出它特有的腥气。墙上那个提前挂好的黑色相框，不知怎么落在一个土坑里，祖父从墙上移居到坑里，显得非常焦灼，他的目光大部分被泥浆所阻隔，剩余的一簇，是纤细的受难者的目光，它由下而上，虔敬地仰视保润，向保润呼救，保润，救救我，你来救救我！

保润捡起了坑里的相框，重新挂在墙上，还用抹布把祖父脸上的泥浆擦干净了。他从坑里救起了祖父的遗照，仅此而已。祖父的事情是父母的事情，他管不了，也不知道怎么管。他不舍得祖父，但拯救祖父太麻烦，他怕麻烦。保润坐在祖父的大床上，环顾这个阴暗的房间，依稀想起祖父苍白枯瘦的脚掌，脚掌心的皱纹酷似一幅山水画，山势陡峭，水流平缓，他小时候与祖父睡一张床，总是看着祖父脚掌上的山水入睡的。现在他思念祖父，也是从祖父的脚掌心开始，为此，保润有点怅然，又觉得有点好笑。

祖宗与蛇

一个星期天的早晨，保润梦见了那个无名少女。

她站在鸿雁照相馆的门楼下，手持雨伞，噘着嘴巴，忿忿地打量天空。天空晴朗，她看起来正以晴朗的天空为敌。即使在梦里，保润也记得自己藏匿了她的照片，他心虚地从她身边跑过，目光斜向一瞥，听见她说，去死吧。即使在梦里，他也不能容忍别人的挑衅，所以他跑回去问，你他妈的让谁去死？那把浅绿色的阳伞对着保润突然打开，伞针刮到了他的肩膀，她晃了晃雨伞，说，你，去死吧。梦连结着身体，他感到肩膀上有刺痛，那刺痛缓缓地往下传递，一直传到腹部以下，然后，他醒了。

从楼下祖父的房间里传来了奇怪的噪音，一把铁锤持续试探着木榫的结构，笃，笃，笃。这试探其实类似诱杀，木料与铁锤的对峙并不长久，嗒的一声，一个古老而顽固的木榫被敲落了，阁楼上的空气发出诡秘的呼应。嗒，嗒，嗒。铁锤的敲击越来越果断，节奏越来越明快，祖父的雕花大床开始坍塌。八十八对木榫都在忙于告别，它们相处百年，多少有点厌倦，榫头与榫槽的告别共计一百七十六种，都是短促的，音色雷同，咯嚓。再见。如此而已。但是，每一对木榫都有一个共同的遗憾，大床的老主人消失很久了，无处告别，而当年的小主人正在阁楼

17

上酣睡，对于大床的灭亡无动于衷。榫头怀念主人，匆匆留下了一些惜别之语，有的尖锐，有的深奥，榫槽怀念主人，发出了很多声叹息，带着点怨恨，也带着些缠绵。一张古老的床，它对主人的离情别意也是古老的，只有床幔上的蜘蛛能够听懂，蜘蛛行动不便，转告了天花板上的一群飞蛾，那群飞蛾临危受命，直抵保润的阁楼，可惜飞蛾天生是失声的，只能以骚扰的方式唤醒保润，它们轮番飞到他的脸上和肩膀上，保润不解其意，一巴掌拍死了三只飞蛾，他说，谁？是谁？吵死了，我要睡觉。

是星期天的早晨，父母亲在楼下清空祖父的房间。保润，你快点下来，有一条蛇！母亲的尖叫彻底终结了保润的睡意。他跑下阁楼，父母已经在祖父的房间里慌作一团。他看见了蛇。果然有一条大蛇。那条大蛇盘在祖父的床柱上，蛇身接近两尺，遍身布满黑褐色的纹路，它的脑袋高高地昂起来，蛇眼湿润，羞怯，浓缩了一个苍老的问号，似乎向主人探询着这场变故的原因。

父亲手里拿着祖父用过的铁锹，母亲躲在父亲的身后，他们这样与蛇僵持着，已经好半天了。保润要去夺父亲的铁锹，父亲不放手，说，这肯定是条家蛇，拆床动静太大，把它惊出洞来了，家蛇不能打，打不得的。保润说，什么叫家蛇？咬不咬人？父亲说，家蛇不咬自家人，听说是祖宗的魂灵变的，能替后代守家。保润说，有意思，爷爷走了，它倒出来了，爷爷不是要找祖宗的魂吗？抓了它送到井亭医院去么。母亲在旁边叫起来，保润你瞎说什么？你爷爷是找两根死人骨头，不是找蛇！你眼睛好，赶紧找找蛇洞，把它送回洞里去，堵上洞口，以后别让它出来吓人了。保润仔细地搜寻着各个墙角，怎么也找不到蛇洞，他回头看了看那条蛇，觉得蛇在向他颔首示意，它属于祖父。还是送给爷爷去吧，我负责送，保润说，反正都是祖宗，反正爷爷要找祖宗，一条蛇，两根死人骨头，不都一样吗？母亲跺起脚来，怒声道，我没心思听你胡说八道！什么蛇都是蛇，什么蛇都要咬人，找不到蛇洞，就赶紧把蛇赶出去，就算它真是这个家的老祖宗，我也不要它，看你爷爷什么样，就知道老祖宗什么样了，这样的老祖宗，我还信不过呢！

在母亲的催逼下，保润戴上了一只手套，要去抓蛇，又被父亲制止了。你对它客气一点，小心一点，父亲说，千万别抓它，把它请出去，请出去就行了。

保润不知道怎样把一条蛇请出去，考虑了几秒钟，他去厨房拿了一只红色塑料桶，倒提起那根床柱，对准塑料桶抖了几下，他说，祖宗，我们商量一下行不行，请你到桶里去，行不行？

祖宗的魂灵被一个后代的智慧征服了，那条蛇僵直的身体忽然妥协，柔软地落在桶里，发出噗的一声闷响，仿佛一声叹息。母亲慌忙中拿了只锅盖，盖住了塑料桶，她吩咐保润，赶紧拎出去，桶不要了，锅盖记得给我拿回来。

保润提起塑料桶往家门外走，径直走到一只水泥垃圾箱边，放下了那只桶。这样草率地处理祖先的魂灵，保润感到了一丝亵渎，亵渎中隐隐夹杂了莫名的刺激。祖宗，对不住你了。他揭开锅盖，朝那条蛇挥了挥手，他说祖宗再见，去找我爷爷吧，再见了，祖宗。

大约过了五分钟，他们一家人都来到门口，远远地察看家蛇的去向。街上人来人往，那只红色塑料桶倾翻在垃圾箱边，蛇已经不见了踪影。保润听见了他父亲的叹息，还有他母亲懊悔的声音，那红桶还是新买的呀，你们刚才怎么就没想到，多走几步路到天井去？装那条蛇，该用那只蓝桶的。

保润依稀发现一道湿润的曲线闪着隐隐的白光，从香椿树街逶迤而过。那是蛇的道路。蛇的道路充满祖先的叹息声，带着另一个时空的积怨，它被一片浅绿色的阴影引导着，消失在街道尽头。保润极目远眺，看清那片阴影其实是一把浅绿色的阳伞，那么晴朗的星期天的早晨，那么温暖的春天，不知是谁打着一把浅绿色的阳伞出门了。

祖父的头发

第二天，鲍三大的黄鱼车来了。

鲍三大斜倚在车座上面，脚架在黄鱼车车把上，剔牙，耳朵里插一个耳塞，怀里抱一只半导体收音机。也许是被电台的新闻所打动，鲍三大的表情一惊一乍的，嘴巴张得很大，一根牙签盲目地停留在他的口腔里，不知何去何从。

保润不知道鲍三大的来意，他出去上了一趟公共厕所，不过隔了十几分钟，从公共厕所走回家，看见鲍三大的黄鱼车已经横在家门外了。他拔下鲍三大嘴里的牙签扔在地上，剔牙还要到我家门口剔？你幽默啊，你把黄鱼车横在我家门口，我怎么回家？

鲍三大愤然地摘下耳塞，推车给保润让出一条路，他说，谁喜欢到你家门口来？我来等货的，有人让我来拉你爷爷的大床。

保润说，你幽默啊，谁让你来拉我爷爷的大床？

鲍三大又从口袋里抽出一根牙签，朝身后一挥，古董店的邓老板。邓老板你认识吗？以前街角煤球店拖煤球的，现在是百万富翁，就是新闻里说的，先富起来的人！

他先富起来关我屁事？保润说，你幽默啊，他是百万富翁就能来拉我爷爷的大床了？

别问我，问你父母去！鲍三大朝屋里努努嘴，是他们把你爷爷的大床卖了，卖给邓老板，邓老板专门收老式红木大床，听说你爷爷的床卖了好多钱。

祖父的房间已经成为一堆新鲜的废墟，散发着热气。那张笨重的红木雕花大床倾颓在地，一堆木头的骨骸奇形怪状，有的堆在地上，有的倚在墙上，想着某些笨重的心事。阳光从临街的窗口灌进来，照亮了父亲，还有母亲。保润看见他们站在灰尘和垃圾中间，抬着一根床柱。父亲的脸汗涔涔的，额头和面颊上沾了几片黑灰，他的动作迟缓，表情带着一丝模糊的歉意，不知是向那张床致歉，还是向父辈留在床上的遗迹致歉。母亲穿着化工厂的蓝色工装，蓬乱的头发上落满了毛茸茸的尘卷。她的脸上永远驻留着一种怒意，现在，这怒意是针对祖父多年来藏匿的粮票、布票、糖票，还有很多一角两角的纸币，那些过时的券证被抹布抹干净了，皱巴巴的，以罪证的形状——陈列在桌子上。

保润走进家门的时候，父亲正在替祖父受过。母亲怒声道，看看，看看你爹算不算人，别人抄他的家，抢他的金银财宝，他一个屁也不敢放，一转脸就偷自家的抽屉啊，怪不得家里的粮食永远不够吃，怪不得这个家永远这么穷，原来养了个家贼！

父亲蹲在满地的床柱床板中间，对着手腕上的一块红斑发愁，他说，好好的，怎么一下子冒出这块大红斑来了？痒得钻心，该不是老祖宗在抗议，抗议我们卖这张床吧？母亲过来察看父亲的手腕，开始有点惊慌，其后她把一条腿架在椅子上，将自己脚踝上的一块红斑与父亲的手腕作比较，很快，比较出了结果，她的态度更是轻蔑了。这跟祖宗有什么关系？大惊小怪的，这是老疯子养的跳蚤啊，是跳蚤咬的，我脚上也有啦。母亲去找了盒清凉油，给父亲抹了一层，自己脚踝处也抹了点，随后她亲自扛起一根床柱往外面走，嘴里说，人家鲍三大等在门外老半天了，你们还不快动手？搬完了还要打扫半天，这房间不卫生，全是老疯子的细菌啊。

父亲终究是服从母亲的。他指挥着保润，把祖宗的大床一片一片地运往门外。所有的庞然大物被分解后，都是如此琐碎，如此脆弱。祖宗栖居过的木头有祖宗的气味，那气味有点酸，有点苦，带着一点点腥气。抬起一根龙头床柱，仿佛抬起一个威严挺拔的男性先祖，抬起一片雕花床栏，仿佛抬起一个妩媚娴静的女性先祖，保润的手感有时沉重坚硬，有时柔软舒适。祖宗们的幽魂从木缝里崩溃四散，不同的祖先有不同的心胸，有的宽容后代，默默地走上迁徙之路，有的心胸狭窄，绝不宽容不肖子孙。有一根床柱的表现尤其过激，它不仅狠狠地击打了父亲的肩膀，还顺势弹跳，在保润的头顶上打了一下。还有个别祖宗的幽灵长着冰冷的牙齿，那些牙齿潜伏在镂刻的花鸟鱼虫之间，伺机严惩不孝子孙。保润在搬动一块鸟兽栏板的时候，大腿上被喜鹊啄了一口，这也罢了，后来他独自把一块蟠桃花板搬到门外，那只蟠桃竟然偷偷又在他耳朵上咬了一口。

祖宗也咬了保润。保润觉得自己是无辜的。祖宗的咬痕冰冷冰冷的，先是刺痛，其后发麻，渐渐地变痒痒了。他停下来挠痒，一边挠一边埋怨父母说，你们到底要干什么？爷爷说他的病快好了，他要回家了，你们卖了他的床，让他回来睡哪儿？

他的话你也信？疯成那样，能好得了吗？母亲说，你没听井亭医院的医生说，你爷爷的病是全世界独一例，要治好你爷爷的病，除非时光倒流，他的家，以后就在井亭医院了。

保润用目光征询父亲的态度，父亲的表情看起来非常尴尬，忽然对保润竖起一个巴掌，嘴角随之绽放出一丝灿烂的笑意。保润说，什么意思？父亲说，爷爷的床，卖了五百块啊。保润想了想，不屑地说，五百块算个屁，邓老板是生意人，倒个手再卖出去，起码一千块。父亲似乎认同保润的说法，有点颓丧，转个身，眼睛又亮了，竖起两根手指晃动着，对保润说，卖了大床腾空房间，又有两百块，每个月都有两百块。保润不解地追问，谁？谁每个月给你两百块？父亲说，马师傅！马师傅下海了，他要租下爷爷这个房间，破墙开店，一个月给我们两百块租金。保润瞪大眼睛，愣了半天，忽然火了，你们穷疯了？干脆你们把爷爷也卖了，他不是全世界独一例的疯子吗，他的脑子值得解剖，肯定很值钱，说不定能卖一万块！

保润惹怒了母亲。母亲说，你讽刺挖苦谁呢？两百块你嫌少，五百块你也嫌少，你挣过几个钱？嫌我们钻钱眼里翻跟斗？我们要钱干什么，带棺材里去吗？还不都为了你？看看保润无动于衷的样子，母亲气起来，用手指戳了一下儿子的脑门，早就看透了你这孩子，不犯罪就谢天谢地了，会有什么前途？没有前途得有点钱，钱能买到好工作好对象，做父母的一片苦心，你到底懂不懂啊？

父母亲的一片苦心，保润是懂的。懂，不等于赞同，他搬起一块床板，一边走一边反驳母亲，你们就知道个前途！再过二十年，地球就要毁灭了，前途有个屁用？有前途没前途，有钱没钱，都一个下场，统统被活埋，谁也跑不了！

最后一件床板搬出去了，祖宗们的痕迹悉数消失，祖父的房间瞬间成了一个新世界。阳光召唤着房间里的尘埃，尘埃已经老得步履蹒跚，它们集合的速度非常缓慢，经过无数次混乱无序的排列组合，尘埃勉强组成了一道肮脏的彩虹，懒洋洋地斜跨半空，祖父的房间显得瑰丽而诡异。保润注意到祖父的照片还在墙上，镜框已经蒙上了一片灰尘，祖父正躲在尘埃里微笑。那是祖父七十岁的微笑，含有魔法般不可思议的变化。如果你站在照片的左侧，会发现祖父的笑容透出某种邪恶与阴森；如果你站在照片的右侧，会发现那笑容比孩童更加纯洁更加调皮；如果是正对着祖父的照片，那诡谲的微笑便消失了，你看见的是最寻常的祖父，一张枯瘦如刀的面孔，一双忧愁而焦灼的眼睛，一种戒备多疑的表情，两片嘴唇咬着他一生一世的金科玉律，小心一点儿。小心一点儿。

祖父照片下方的墙上，有一片水渍，水渍扩散到墙角，在原先被柜子遮挡的地方，显现出一个椭圆形的洞孔。那洞孔发射着奇怪的水纹状阴影，水纹在地上蔓延，跳跃，令人惊悸。保润试着用手掌盖住洞孔，感觉到掌心上有一股尖锐的寒气，那寒气让他打了个哆嗦。这隐藏在黑暗中的洞孔，是家蛇的洞穴吗？这家蛇的洞穴，就是祖先之魂的栖居地吗？保润抬头望了一眼祖父的照片，这个瞬间，他洞察了祖父的恐惧和焦灼，那个洞孔随时迎候着祖父，祖父就要掉进去了。祖父的魂，已经提前坠落在这个洞孔里了。这个瞬间，他听见了祖父的哀号和哭泣，有人弄丢了我的魂，保润，你快把我的魂捞上来！怎么打捞祖父的魂，保

23

润也没有什么好办法，他蹲在那个洞孔边，朝里面打量了半天，趁着父母在门外与鲍三大说话，悄悄从口袋里掏出了那个无名女孩的照片。

照片是温热的，还带着他的体温，女孩子的面孔是愤怒的，很多天以后，依然是那来历不明的愤怒打动了他的心。他爱这一丝愤怒，同时，对其保持着戒备。他捏着照片，脸涨得通红。他不舍得女孩那张微小的脸，以及更加微小的嘴唇，她诱发过他的愤怒，又启蒙了他朦胧的爱意，他不舍得她。但祖父在墙上说，就是她，就是她弄丢了我的魂，让她进去，让她进去。他听见了。他一咬牙，撕碎了照片，把照片的碎渣塞进了洞孔。就这样，一个陌生的女孩，被他交给更陌生的祖先了。洞孔里的世界深邃而绵长，他听见一个女孩无辜的青春穿越黑暗，她在黑暗中坠落，打着浅绿色的阳伞，沿途碰撞祖先们密集的苍老的幽灵。洞孔里的世界隐约回荡着凄厉的哭声，她在坠落，她在恸哭，她终于为祖父作出了赔偿。他感到了一丝安心，安心之余，还有些内疚。他随手抓了些玻璃渣和墙泥，彻底地堵住了那个洞孔。祖先幽灵的通道被堵住了，秘密被堵住了，所有来自黑暗深处的回声，也被他堵住了。

是一个忙碌而疲惫的下午。保润失魂落魄地跑上阁楼，坐在床铺上发呆。鲍三大的黄鱼车早就走远了，父母还在楼下忙碌。后来，一些黑色的絮状物从楼下飘上了阁楼。是母亲从祖父房间里扫出来的灰绒，它们像一只只黑蝴蝶围绕他飞舞，起初他没有在意，直至脖颈处感到强烈的刺痒，用手一抓，抓到了一绺卷结的头发。小拇指那么长的一绺头发，雪白雪白的，软绵绵的，他认出来，那是祖父的头发，一绺没有魂的白发。然后他发现了另外一绺头发，它像一只绝望的手掌，紧紧地扒在他的胸口。摘下来一看，那绺头发白了一半，另一半还是黑的，光泽已褪，但还算粗壮，还算茂密。那依然是祖父的头发，但他无法确定，那是祖父六十岁时候的头发，还是五十岁时候的头发，或者更早，是祖父四十岁时候的头发？

井亭医院

井亭医院在郊区，远离城市的繁华，离几个主要的公墓倒是很近。从香椿树街去那里，要穿越大半个城市和乡村的田野，理论上有公交车停靠井亭医院这一站，但需要经过五次换乘，极不方便。骑自行车稍微痛快些，只是路程太长，起码要花费一个多钟头。所以，对于居住在城北地带的居民来说，去井亭医院不算一次旅行，却需要事先做好旅行的准备。

保润第一次去井亭医院赶上清明时节，搭乘了卡车司机老金的便车。老金一家要去扫墓，顺路捎上了保润这一家。两个家庭为了不同的目标，爬上了同一辆东风牌卡车。扫墓祭祖的金家人表现轻松，几乎是春游的心情，女眷们忙里偷闲，在车上用锡箔折起了最后一批纸钱。粟宝珍勉强帮着金家折了几个元宝，忽然悲从中来，几滴泪水没有忍住，滴到了一只元宝上。金师母诧异起来，保润他妈，我们去扫墓都不伤心，你去看个病人，怎么伤心成这样呢？粟宝珍擦干眼泪，怨恨地说，我哪儿是伤心？是恨出来的眼泪。实话告诉你，我才装不出那份孝心，谁要去看这个害人的老疯子？我是去井亭医院缴赔款的，不缴不行了，不缴就要撵他回家了。看金家的女眷们不解其意，她从一个布袋里拿出了几个牛皮纸信封，都是来自井亭医院的公函。看看，都是来要钱的！粟宝珍抖着信封说，十五棵冬青树要赔一百块钱，八棵黄杨也是一百块，还有一棵桂花树，要赔两百块呢，那老疯子挖啊挖啊，挖掉了我五百块钱！

大家便在车上传阅那几页赔款通知，都很义愤。金师母认为医院方

25

面敲竹杠了，尤其是桂花树标价两百块太贵，她说一棵桂花树香也就香半个月，哪儿有这么金贵？粟宝珍连连点头，我也说他们敲竹杠，打过电话吵了好几次，有什么用？人家说井亭医院是部级绿化示范单位，每棵树都是样板树，给人参观给人拍照的，就比一般的树金贵！金师母说，什么示范，什么样板？都是假的。我可知道怎么做生意，别听他们那一套，各个树种，统统杀半价！

一车人都在议论树与钱的关系，保润的父亲沉默不语，他坐在风口上，乱发如群鸟飞翔，目光躲避着粟宝珍，脸上知趣地保持着一种愧疚之色。老金的家眷们满腹疑问，七嘴八舌地问保润的父亲，不是说手电筒埋在香椿树街上的吗？不是说埋在冬青树下面吗？怎么到井亭医院挖开了？怎么黄杨桂花下面也要挖呢？保润的父亲苦笑一声，哪来什么手电筒？我祖上的家产早就没了，还有什么东西值得挖？你们别相信我爹的话，他真的丢了魂，脑子里一堆垃圾，他说什么，你们只当他是放了个屁吧。

金师母见保润的父亲表情痛苦，制止了小辈们的好奇心，她从另外一个角度安慰他，说祖父在医院乱挖树，医院也有责任，精神病人管不住自己，他们医护人员为什么不管住他呢？保润的父亲说，你们有所不知，我爹的病情是全世界独一例，医院会诊很多次了，都是大专家来，大专家都不知道他这种病人该用什么药，该归哪个科室管，医生都讲究个治愈率的，谁也不肯揽下我爹这个病人，没人管他啊！金师母说，这么有名的精神病院治不了你爹的病？那把他送那儿干什么？趁早转院吧。她的小儿子阿四这时候在旁边插嘴了，说，转院还不如送监狱呢，送监狱至少不花钱，包吃包住，监狱里又没有树，老头子想挖也挖不了。卡车上有人捂着嘴笑，金师母要打儿子，粟宝珍拉住她的手说，阿四这也不是玩笑话，倘若监狱肯收下老疯子，我就把他送监狱去，看谁拦得住我！一车人都下意识地观察保润的父亲，他的脸扭曲着，目光躲躲闪闪，瞥一眼那边的妻子，又看看原野里的景色，说，这是个教训，怪我太相信井亭医院了，把老头一个人丢医院不行，以后，还是要严加看管。

途经井亭医院的时候，卡车停下来，两家人分道扬镳，该去扫墓的去扫墓，该去医院的去医院。灰暗的天空微雨蒙蒙，保润记得很清楚，他尾随着父母走进井亭医院的大铁门，有个女孩子打着一顶浅绿色阳伞从门里出来，与他擦肩而过，伞角像一只小鸟俯冲过来，在他脸颊上啄了一口。保润没说什么，持伞的女孩倒先发制人了，喂，你眼睛长在哪儿的？保润气恼地打了一下伞面，贼喊捉贼啊？是你的伞碰到我脸了，你他妈的眼睛长哪儿了？伞柄一歪，那女孩的面孔完整地展露在伞下，表情凶狠，挑战的目光里有一丝明显的好奇，她从头到脚审视着保润，嘴角上忽然浮现出调皮的笑意，喂，你是几病区的？赶紧给我回病房去，该服药了！

对付女孩子这种婉转而促狭的谩骂，保润从来没有什么好办法，他怏怏地退到一边，看着那把浅绿色阳伞从铁门里翩然而过，嘴里盲目地嘀咕一声，你等着。他想起了自己的梦。现实与梦境略有差异。伞下的女孩大约十四五岁，梳一把简约的马尾，有一张瘦小而精致的面孔，乌黑的杏仁眼，肤色略微有点黑，她的眉毛上扬，嘴角抿紧，都是为了强调她的高傲，以及对你的蔑视。她比照片上的无名少女漂亮多了，相比照片，她的愤怒也是立体的，类似那把浅绿色雨伞，实用，生动，有着艳丽的色彩和流线型的形状。保润犹豫了一下，还是神使鬼差地追了上去，他朝她怪笑一声，高喊道，喂，你在鸿雁照相馆丢过照片吗？

伞站住了，伞下的女孩回过头，从那种厌恶的表情来看，保润以为她又要骂人，但这次她还算客气，只是表达了对一家照相馆的轻蔑和不敬。鸿雁照相馆？谁去鸿雁照相馆拍照？她把伞面转动了一下，鼻孔里发出嗤的一声，你们乡下人，才喜欢去那里拍照呢。

保润的父母亲去医院办公室交涉赔款的事情，想省下点钱，结果碰了壁。医院方面说他们是公家的医院，不是菜市场的小商小贩，损坏公物照价赔偿，怎么可以讨价还价呢？又提醒粟宝珍注意措辞，这位大姐你别阴阳怪气绕圈子，是说我们敲竹杠吧？我们不想敲你家的竹杠，你们家病人是否需要住院，大家都应该慎重考虑一下，那老人不住院也完全可以，他对人没有攻击性，只是危害树木，你要是不愿意赔树，今天就先把人领回家去吧。争执半天，人家毫无让步之意，粟宝珍咬牙选择了全款赔偿，她对丈夫说，赔！要多少我们赔多少，就算倾家荡产，也不能让老疯子回家，你要让他回家，我就不回家了，你要是给他办出院手续，我今天就办住院手续！

粟宝珍一肚子冤屈，她不愿看见祖父，也不愿在井亭医院久留，情愿去公路上等候金家的卡车从墓地回返。保润看着父母在办公楼下分手，两个人似乎刚刚经历了一场劫难，母亲看起来是一个悲伤的受害者，而他的父亲，很像一个忏悔的罪人。

保润跟着父亲去了男病区，他们去看望祖父。这是他第一次进入井亭医院的纵深处。井亭医院的绿化名不虚传，满眼都是繁花绿叶，樱花、桃花和杏花，开得正艳，地上的绿岛到处可见石竹、海棠、月季和玫瑰。男病区的保安措施远远不如保润想象的那么森严，门卫盘问了几句，填写好会客单，父子俩就被放行了。保润几乎有点失望，问，这就可以进了？门卫笑起来，你还想怎么样？进去是很容易，就是出来有点难，千万记得要拿好出门证。进了第二道铁门，保润朝四周张望，心里还是失望，嘴上就发起了牢骚，这地方到底是疗养院还是精神病院？怎么冷冷清清的？我还以为井亭医院有多热闹呢。父亲怒视着保润，你要到这儿来看热闹？那还不容易？以后你天天来陪爷爷，肯定有热闹让你看的！

他们上到二楼，一眼看见了祖父，他在楼梯上朝亲人们挥手。祖父不知从何处误听了消息，提前收拾好了行李，抱着一个鼓鼓囊囊的网线袋端坐在梯阶上，像一个迷路的孩童，正等待回家。祖父的身后有个五大三粗的男人，叼着香烟，身上穿白大褂，脚上套着黑色长筒胶靴，手上则戴了一副黑胶皮手套。保润觉得那副黑胶皮手套很时尚，它们像一对蝙蝠，紧紧地贴着祖父的肩膀。

多日不见，祖父的身形更瘦更小了，他的目光很委屈，也很焦灼，等了这么久！祖父说，你们怎么回事？让我等了这么久！父亲停步在楼梯上，冷冷地凝视祖父，爹，你又立功了，今天我们赔掉了五百块钱。祖父佯装耳聋，他把手伸向儿子，要儿子把他搀扶起来，但保润的父亲只是察看了一下祖父的手掌，今天怎么不挖了？这地方还有好多树呢，去挖啊！你挖多少我赔多少，我有的是钱！

祖父的表情分不清是害羞还是内疚，他试图从梯级上坐起来，被旁边的男护工按下去了。男护工问保润的父亲，今天真的要出院吗？老人家一大早就坐在这里了，说儿子今天接他回家，要走趁早，我不是管病人的，我管厕所的，还有八间厕所没打扫呢。保润的父亲说，那你赶紧去打扫厕所吧，我们暂时不回家，我们已经把赔款缴清了，一分钱也不少。

祖父眼睛里的光芒瞬间熄灭。他在男护工的怀里抗议。他的喉咙里涌出含糊的诅咒，听不清诅咒的对象是儿孙，还是医院方面，或者是那个男护工。祖父挣扎着把网线袋砸向儿子，投掷阻力太大，保润把网线袋顺利地截到了怀里。祖父张大了嘴巴开始哭号，眼泪、鼻涕以及唾沫组成的液体在下颚处涓涓流动，组成一股悲怆的潮水。保润从来没见过祖父这样哭号，那含糊的哭声夹杂着恶毒的誓言，不让回家我就挖！挖！挖！我就挖！我还要挖！

保润抱着祖父的行李经过走廊，终于发现了井亭医院热闹的那一面。走廊上有病人出没，一个秃头男子倚墙而立，闭着眼睛，眉头紧锁，似乎在思考某个深奥的问题，保润从他身边经过的时候，他的眼睛突然睁开，一把抓住了保润，你是组织上派来的？张书记迫害我，组织上要给我做主啊。保润甩开了秃头男子，什么组织？你幽默啊，我给你做主，谁给我做主？路经厕所，保润差点撞到另一个古怪的病人，他从厕所里出来，裸着下半身，裤子褪在膝盖处，撅着屁股夹着腿，在走廊上蟹行。保润只好放慢脚步，与他保持一定的距离，听见那病人嘴里在嘀咕，要节约用纸，要节约用水，要节约用电。保润不敢看那病人苍白干瘦的屁股，也不敢笑，斜着眼睛屏住呼吸，边走边说，热闹了，这下热闹了。

祖父的九号病房门口摆了两把椅子，其中一只椅子上坐了个面容清秀的年轻人，头发比女孩子还长，扎成一个马尾辫，他先用英语问候了保润，哈罗！然后就不怎么友好了，不仅手脚并用，阻挡住保润的去路，还向保润提出了一个尖锐而突兀的问题，爱情是什么？保润不解其意，说，什么爱情不爱情的？我爷爷住这个病房，我是他孙子。年轻人说，我不管什么爷爷孙子的，答不上来不准进去，爱情是什么？请回答！保润探头朝病房里看，说，爱情是什么？你告诉我么，我没恋爱过，真的不知道。那年轻人的神情显得高深莫测，我的爱情怎么能告诉你？这是口令，好好想一想。保润凭着本能说，爱情是什么？爱情，是狗屁？很幸运，保润的本能是对的，口令答对了一半，那年轻人宽容地纠正了保润，不是狗屁，是臭屁啊！然后是一阵狂笑，挡道的椅子被抽走了，保润得以顺利地进入祖父的病房。

　　九号病房里有一股说不清的臭味，混杂着馊味，还有来苏水刺鼻的气味。祖父的床铺已经收拾干净，一床褥子卷了起来，上面盖了一只发黑的枕芯。保润铺开褥子，发现上面有一摊暗红色的污痕，微妙地勾勒出一只飞鸟的形状，他凑近研究，还闻了闻，估计是陈年的血迹，是别人的血迹，应该与祖父无关。过了一会儿，他听见了一阵杂乱的愤怒的脚步声，堵门的椅子被踢翻了，那个守门的年轻人慌乱地跳起来，爱情是什么？那声口令没来得及问，九号病房门口响起了保润父亲的怒吼，爹，你别跟我闹了，我豁出去了，今天就留下来陪你，一直陪到你死！

祖父、父亲和儿子

　　在嘈杂拥挤人丁兴旺的香椿树街上，保润一家属于最简练的家庭，祖孙三代不过四口人，现在，这四口人也一分为二了，一半去了井亭医院，一半留在香椿树街上。

　　保润的父亲作出的牺牲，平息了街坊邻居对这个家庭的非议。虽然儿媳妇待老人刻薄，孙儿忘恩负义，儿子终归是孝顺的。保润经常会遇到饶舌的邻居，因为对他们的家事感兴趣，而对保润格外热情，迷信的老人们急于打听井亭医院是否帮祖父找回了魂，更多的邻居拉住他夸赞父亲的孝道，也顺便试探他作为孙辈对祖父的孝心，保润对此很不耐烦，他说，我爹管他爹，我妈管我爹，我什么都不管，别来问我，不关我什么事。

　　保润的父亲不知是以孝心打动了院方，还是凭借事实说服了院方，总之，井亭医院网开一面，他获得了极为特殊的陪护待遇。他在九号病房放了一张折叠躺椅，近距离全天候，日日夜夜地守着祖父。他在躺椅上睡了大半年，睡出了严重的后果，脊椎出了问题，开始哈着腰走路了。保润的父亲不在意他的脊椎，也不在意走路的仪态，只是担心自己的精神状态受到了环境的不良影响。他偶尔回家，对妻子吞吞吐吐地提及一件怪事，说他最近中了邪，对挖坑产生了异常的兴趣，看见地上有坑，无论坑大坑小，他都走不动路，停留在坑边，一心想捡个工具，挖几下。粟宝珍愕然，你也想挖？你也想挖手电筒吗？保润的父亲为自己辩解说，我不是挖手电筒，我就是忍不住想挖挖看，地下会有什么？粟宝珍脸色煞白，尖声反问丈夫，地下会有什么？保润的父亲思忖了一会儿，说，地下有很多声音，很有意思啊。他不顾妻子的惊惶，兴致勃勃地描述了他从坑里听见的所有声音。他说井亭医院树林里的土坑都是哭坑，那儿的新坑会传出婴孩的啼哭声，一早一晚尤其响亮。老坑里总有老人伤心的嘟囔声，嘟囔久了就哭，哭了一会儿又咳痰，喀喀喀，那口痰老也咳不出来。而办公楼后面的坑像一个个蜂窝，蜂窝里嘤嘤嗡嗡的，好像永远有一群女人聚在一起聊天，一会儿吵起来了，一会儿吃吃地笑起来，一会儿窃窃私语，一会儿大家谁也不说话，开始纺线了，对啊，肯定是纺线呢！你还记得我母亲以前怎么纺线吗？我听见那声音了，我母亲在地下纺线，天天都纺线啊！粟宝珍越听越怕，惊骇之下，她用一只手捂住了丈夫的嘴，不容许他再说下去，另一只手抓到了一只挖耳勺子，不好了，有妖气钻到你耳朵里啦！粟宝珍捉住丈夫的耳朵，开始强行替他采耳，她咬着牙说，要挖，你别怕疼，一定要把妖气挖出来，你不知道耳朵是通脑子的？再这样下去，你的魂也保不住了！

丢魂是否会遗传，谁也无法考证，但保润的父亲在井亭医院身心不适，这是一个清晰的事实。土坑扰乱了他的思想，而监护祖父繁重的任务拖垮了他的身体。一天深夜保润的父亲起夜，只是对着小便池憋了一下，中风突然发作，人便倒在厕所肮脏的水泥地上了。有个年轻的病人发现了他，不懂得呼救，径直把他拉出厕所，经过长长的走廊，拉到楼梯口，那病人气力不支，看见楼梯边运货的坡道，便急中生智，把昏迷者当成一包货物那样滑了下去。那一滑当然鲁莽，直接造成了保润的父亲手脚多处骨折，但也有妙处，昏迷者轰隆隆地滚下楼去，一下苏醒过来，恰好又撞上了前来查夜的乔院长。乔院长懂得些心血管疾病的急救措施，马上安排急救车去人民医院，一切都算及时，保润父亲的一条命，算是保住了。

粟宝珍赶到井亭医院，向乔院长磕头谢恩，还献上一面锦旗，至于另一个恩人，她的感谢稍显保守，只给那病人送去了两只苹果。之后她的角色迅速转换，从一个报恩者变成一个复仇者，直奔九号病房，对着祖父大哭了一场。粟宝珍直言抗议公公的寿命，说你这样一个老疯子，对国家做不了贡献，对子孙没有什么恩惠，有什么必要这么长寿？这样活着拖累儿孙，小辈迟早要走到你前面去，你于心何忍呢？祖父听懂她的意思，明确表示道，我不寻死！以前我想死，你们为什么不让我死？现在我丢了魂，不可以死了，你们又要我死，没有魂怎么能死？我坚决不死，就算你们都死了，我也不死！

保润的父亲从医院回家了。他像一个疲惫的伤兵从战场归来，胳膊打了绷带，腿上还有石膏，挂了个铁架子坐在门口，不知是晒太阳，还是在想心事。他的相貌大变，两只眼珠子不知怎么鼓突出来，像金鱼的眼睛，注视任何目标，目光都显得有点狰狞，又有点悲伤。邻居们与他寒暄，谈及这大半年来在井亭医院的感受，保润的父亲自嘲道，白忙一场！我爹的魂没找回来，我自己的魂，差点也丢那儿了！邻居又打听祖父的境况，保润的父亲说，我爹好得很，身体比我还硬朗，我现在是泥菩萨过河自身难保，只好让保润去照顾他了。邻居们这才想起来，好久没见过保润了。

监护祖父的接力棒，悄悄地传到了保润手里。

他们是一家人。祖父的事情儿子管，儿子力不从心了，孙子必须站出来。一家人的事，保润终究脱不了干系。

四 月

保润青春期的大好时光，都挥霍在井亭医院了。

因为发育偏早，他的身高几年前已经提前封顶，浑身的肌肉横向发展，腿粗，背厚，衣服裤子勉强地包裹着身体，布料看上去随时都要绽裂。他唇边的一圈胡须越来越浓，不舍得修剪，胡须便像一丛黑草覆盖着上唇，别人觉得邋遢，他自己觉得好看。更早以前，他的面颊上曾经长满了青春痘，用手挤惯了，落下很多暗红色的疤痕，一看就让人联想到荷尔蒙分泌过盛的问题。

他的五官其实像母亲，粗略一看，还有几分清秀之气，他那特别的眼神，则难以找到遗传的出处。由于长期监视祖父，他的目光很像两只探照灯，视野开阔，光源很亮，是一束冷光。他打量任何人，都是咄咄逼人的，其眼神富含威吓的意味，老实一点，给我老实一点！那样的目光落在男孩身上，对方大多会有被挑衅的感觉，遇到脾气火爆的，免不了要指着保润的鼻子叫板，你瞪我干什么？我还看你不顺眼呢，走，去

33

那边单挑。保润不知道他的目光容易冒犯别人，总是一头雾水，他不是那种喜欢动手的男孩，努力地与对方讲道理，说，我瞪你了？你有什么证据？我又不认识你，你又不是女孩子，我瞪着你干什么？

　　女孩子对保润的目光其实更加敏感。街上很多女孩子在私底下讨论保润为何如此不受欢迎，都归咎于他的那双眼睛。保润的目光怀疑一切，否定一切，而且还混淆一切。谁被保润盯一眼，你会觉得自己今天的打扮错了，走路的姿势错了，轻佻是错的，端庄也是错的，所有漂亮的女孩，相貌平平的女孩，包括丑陋的女孩，她们在保润的视线之下打成了平手，因为都犯下了什么不可饶恕的错误。女孩子们对保润的目光作了个性化的描述，有人说像特务间谍，有人说像法官，有人说像变态流氓，有人说像一头狼，其中王德基的女儿秋红的描绘最为独特，她把保润的目光形容为一卷绳子。

　　他总是盯着我看！我才不要他看我，他一看我，我就头皮发麻，撒腿就跑。秋红说，他在我身后走路我也怕，就怕唰的一声，一卷绳子朝我飞过来！你们知道吗，他会捆人，我怕他用绳子把我捆起来，对我动手动脚啊！

　　女孩子们都不以为然，认为秋红的自我感觉好得离谱了，保润再怎么讨厌，也不至于用绳子捆人，即使捆人，也不至于捆她这个小黄脸婆。秋红赌咒发誓说，我骗你们是小狗，他捆人上瘾了，你们知道他是怎么伺候他爷爷的吗？用绳子捆，五花大绑啊！不信你们去问柳生他妈，我昨天去肉铺买肉，亲耳听她说的。

　　秋红没有撒谎。保润与绳子的亲密关系，最初是邵兰英向街坊邻居披露的。那年春天邵兰英家也遭遇了不幸，桃花一开，她女儿柳娟的相思病应时发作，免不了要和井亭医院打交道，除了保润家，就数柳生一家熟悉井亭医院了，所以，来自邵兰英的消息具有不可怀疑的权威性。

　　邵兰英是在医院的花园里遇见保润和祖父的。祖父绕着一个花坛散步，保润坐在长椅上吃馒头，手上有一根绳子一颤一颤的，那绳子引起了邵兰英的注意，它大约有七八米长，时而松弛，时而紧绷，最初她以为保润在遛狗，顺着绳子望过去，没看见狗的影子，原来遛的是人，绳子的尽头，拴着可怜的祖父。

祖父一定认出邵兰英是熟人，只是不记得她的名字，他披着一件蓝色中山装，迎着早晨的阳光对她热情地微笑，李阿姨，你怎么在这儿？你们家是谁丢魂了？邵兰英说，我不姓李，我是邵阿姨，我们家没人丢魂，是我女儿神经衰弱睡不好觉，小毛病，来配安眠药的。祖父识破了邵兰英的谎话，说，配安眠药去联合诊所就行了，还用跑这儿来？丢魂也不丢脸的，现在这世道，很多人都丢了魂，丢了魂就是不容易找啊。邵兰英赶紧打岔说，爷爷你让绳子拴着腰，不难受吗？怎么不让保润松开啊？祖父说，他不让松的，不绑就不能出来，出来了就得绑着，这是纪律。邵兰英唉哟一声，说，爷爷你可怜死了，这把年纪，还要遵守这样的纪律。平日里邵兰英一家与保润家井水不犯河水，从未有过什么交道，现在井亭医院牵线搭桥，两户不幸的人家走到一起来了，多少也算缘分。她从挎包里拿出一只香蕉，走到那个花坛边说，爷爷，给你一只香蕉吃。祖父嘴里道着谢，眼睛直直地瞪着香蕉，手却迟迟伸不出来。邵兰英诧异，凑过去察看，结果吓了一跳，祖父的蓝色中山装里面，是密密匝匝的考究的绳结，他的身体被绑得如此严实，哪儿还能伸手接香蕉呢？邵兰英看得心颤，忍不住以长辈的身份教训起保润来，保润，你爷爷以前多疼你，怎么能这样绑他？怎么能这样牵他？快把绳子松开，你爷爷是病人，不是犯人，不是一条狗啊。

据邵兰英的描述，保润当时坐在长椅上吃馒头，表情懒洋洋的。保润眯着眼睛打量邵兰英，顺手拽了一下绳子，犯人不挖树他挖树，狗不挖树他挖树，你知道不知道？保润对邵兰英说，你知道不知道？我松开了他就挖，挖一棵树一百块，你来赔啊？

从春天到春天，某些气候宜人的早晨，你很容易在井亭医院遇见保润和他的祖父。公平地说，他们是在散步，绳子是必需的，被缚者的散步，通常也称之为散步。

散步有益于改善祖父的精神循环系统，这是医生的说法。祖父诡谲的病情难倒了所有的医生，除了散步，他们似乎也开不出什么更好的医嘱。井亭医院占地大约九千平方米，作为祖孙俩可以自由行走的世界，不大，但也不算太小了。春天的祖父是危险的，保润小心地牵着他，像牵着一匹沉睡的野马。这个季节有着美好湿润的外表，四周鸟语花香，雪松、刺槐、古柏以及所有的果树都在疯狂生长，树上的晨露一旦滴在祖父的头上，保润就要小心了。春天的祖父擅长穿越时空，一抬眼，他便能在树木间看见祖先们的幽灵，看见它们可怜兮兮地攀爬在树干上，垂吊在树枝上，衣衫褴褛，无家可归，所以，祖父在树下呜呜地哭泣，一边哭一边忏悔，都是我不好，对不住祖宗！连一只手电筒都保不住，害得你们没地方去呀！为此，保润从来不允许祖父在任何树下长时间地停留。但是，春天就是险象环生的季节，保润能够阻隔春天的树，却不能阻止春天的风，清新和煦的东南风一旦吹到祖父的脸上，保润又要小心了，这种风不仅带来远方海洋的潮气，风中也穿梭着另外一些祖先慈爱的幽魂，快，快一点吧，别在这里受苦了，快找到你的魂，回到我们的身边来吧。祖父破译了春风的信息，大多是女性祖先絮絮叨叨的召唤，充满了谅解与宽容。所以，祖父在春风中呜呜地哭泣，他对慈爱的女祖先倾诉自己的困境，同时抱怨孙儿的不孝，他说，保润不让我挖，不让我挖啊！你们的尸骨挖不出来，我的魂找不回来，怎么能回到你们身边来呢？

春天的祖父最愚蠢，保润必须严防死守。保润每天坚持把祖父捆起来。捆绑祖父是合理的，捆绑祖父是合法的，捆绑祖父也符合大多数群众的要求，无论是医院方面还是其他病人家属，对保润的举动都表示理解。祖父被缚了，井亭医院的珍稀树木奇花异草有了安定祥和的环境；祖父被缚了，园艺组的花匠们放心了，没有人在绿化带里肆意挖掘，他们也无须承担额外的抢救名贵花木的任务；祖父被缚了，勤杂工们放心了，工具房里的铁锹不再一把一把地失踪，僻静的角落也不会出现莫名其妙的渣土和垃圾了；祖父被缚了，保润的父母也放心了，管住了祖父的手，母亲的钱包也安全了。

春天的祖父经常哭泣。祖父混浊的眼泪打动不了保润，他流下一缸的眼泪，也换不回一锹挖掘的权利。保润的使命是简单的，治理祖父的手，管好祖父的手，严禁挖掘。

严禁挖掘。

严禁挖掘。

春天的祖父是被缚的祖父。他的面容有点浮肿，双颊偶有蹊跷的红晕，眼睛里充满焦虑的光芒，因为失去了摆臂的动作，他走路的姿势显得僵硬，滑稽，像一只企鹅。春天的祖父目光下垂，沿途观察道路两侧的地形特点，坐标是树，辐射半径大约有五到六米。四月里泥土松软，是挖掘的最佳时节，他害怕有人盗走祖先的尸骨。一只手电筒。两根祖先的尸骨。所有隆起的地面都会引起祖父的关注，所有凹陷的洼地都会引发祖父的猜疑。春天的祖父被保润所监管，虽然胸有大志，却注定一事无成。

与祖父的癫狂相对应，春天的保润，更是不同凡响的保润。他专注于利用祖父的身体，搞革新搞试验，研究最完美的捆绑工艺。春天是保润多产的季节，祖父身上的绳结，最多的一天出现了六种花样，所以，春天的祖父，其实更像一面流动橱窗，专门陈列保润最新的创造发明。

通过祖父的身体，保润向人们展示了他的才华。想一想吧，正当四月阳春，其他病人因为季节性狂躁被捆绑在床上，不是皮带，便是铁链，他们像屠宰场里的牲口一样嚎叫着，毫无尊严。只有祖父在井亭医院自由行走，身上使用的是人性化的纤维绳，无伤，无血，无痛苦。经常有护工慕名而来，围着祖父，参观他身上的绳结。先看绳子的质地，那绳子由绿色和白色两种纤维揉制而成，一指粗细，杂货店里可以随便买到，并没有什么稀罕之处。值得一说的是绳结的工艺结构，它既有独创性，又有实用性，线条漂亮大方，结扣巧夺天工。捆一个人，能捆得如此华丽如此科学，着实令人惊叹，护工们称赞保润，看你老实巴交的，没想到你这么有才华，今天爷爷捆得好漂亮啊，这是什么结？保润不爱炫耀，示意祖父自己告诉他们。祖父哭丧着脸说，这叫文明结，不是我说的，我孙子说的。护工们好奇了，为什么叫文明结呢？保润懒得解释，对祖父说，你摸一下那儿，给他们看。祖父扭捏了一会儿，手贴着绳索慢慢下探，摸到了裤洞附近，做了一个解扣的动作，你们看，虽然捆着，我自己还可以小便的。护工发现了新大陆，都啧啧称奇，捆得这么紧，还可以自己小便？怪不得叫个文明结，是很文明啊！

四月以来我们对保润的捆绑绝技渐渐有所耳闻，听说他掌握的捆人花样大约在二十种以上，很多花样都是他自己命名的，譬如民主结和法制结，譬如香蕉结和菠萝结，还有什么梅花结和桃花结。其中法制结灵感来自于五花大绑的死刑犯，线条繁琐，结构厚重，研制起来也较为麻烦。保润几次探索，都无法得到祖父的配合，因为祖父看到绳索出现过多的菱形就会尖叫，保润后来弄清楚了，那种绳结的花型让祖父联想起当年枪毙曾祖父的情景，这样的抗拒，也算情有可原。保润暂且放祖父一马，同时也郑重地告诫祖父，你不喜欢法制结我也不强迫你，不过丑话说在前面，万一你犯了老毛病我就不客气了，什么结都没有，只有法制结，天天用法制结伺候你！

保润成了井亭医院的大名人。他的名声很快传遍所有的病区，经常有病人家属慌慌张张跑来找保润，说某某床发病了，急需保润出马，去捆一下人。起初保润很反感，说，要捆人找护工去，找我干什么？家属说，护工手脚太重了，他们捆病人就像捆一头猪啊，哪儿有你捆得好？人家说你捆了人，身上印子都不留的。如此廉价的赞扬并不能打动保润，保润说，你们把我当一台打包机了？别拍我马屁，我也不是捆谁都在行的，他是我爷爷，捆他他配合，才能捆得好，捆别人没配合，怎么捆得好呢？病人家属不甘心，又掏香烟又赔笑脸，有人甚至偷偷往他口袋里塞过钱。祖父善心泛滥，轻易地做了别人的说客，他对保润说，快去快去，看人家多么信任你，你有一技之长，要为人民服务，不要翘尾巴呀。

保润拗不过人家的纠缠，去了一些陌生人的病房。怕别人的绳子用不惯，他还经常自带绳子。毕竟不是上门服务的水电师傅，人家也不是你爷爷，保润要展示自己的手艺，总要面对病人剧烈的反抗。安眠药镇静剂对于很多病人是无效的，捆人的时候，也是双方力量对峙的时候，保润必须胜出。有的病人身强力壮，出拳的出拳，出腿的出腿；有的病人体弱一些，习惯使用唾沫、牙齿、药瓶子、扁马桶之类的东西反抗；也有人阴险狡诈，会冷不防地采用妇女的手段，疯狂抓捏他的睾丸。保润每次去帮忙，都是去打一场恶仗。最惊险的是捆一个绰号猪猡的病人，猪猡发病前在果品仓库工作，也擅长捆扎，力气比保润还大，差点反客为主，如果不是几个护工及时赶来帮忙，保润说不定就被猪猡反捆了。

保润的双手，征服了越来越多陌生的身体。捆一个陌生人，比捆绑自己的祖父更加新鲜，更加刺激。看绳索沙沙地切入棉质衣物，咬住那些陌生的皮肤，犹如一条蛟龙游走于草地，丛草无声倒伏，他能够觉察到那些肉体从反抗到挣扎，渐渐柔顺，渐渐空洞，最后开始迎合绳子的思想。保润玩转绳子，每根手指都放射出探索的锋芒。他的绳子是有规划的，他的绳子是有理想的，他的绳子可以满足你对曲线的所有想象。他的绳子可以像一层新的皮肤，覆盖或者禁锢所有的人体，无论你是胖子还是瘦子。他的绳子是开放的，充满灵气的，它沿着或胖或瘦的人体穿梭围绕，可以变幻出多元化的造型。依靠一根绳子，保润成了一名特殊的艺术家。他对自己的绳艺充满自信，每次捆绑完毕，都让委托人亲自检查一下绳结的质量，看看这个菠萝结，怎么样？毫无疑问，保润的绳结代表着最高品质，不给别人质疑的余地，委托人无不惊叹于保润华美神奇的技巧，连连称赞道，真的像一只菠萝呀，捆得好捆得好，真的没想到，你这么年轻的小伙子，捆人捆得这么精彩！

做这样的善事，多少有点不三不四。保润每次走出别人的病房，都很疲累，累了便后悔，觉得自己像一个免费的刽子手，滥杀无辜，除了家属们感激的眼神，没有任何回报。下不为例。下不为例。他一次次这样告诫自己，但是他心里承认，捆人是如此奇妙的一项手工劳作，其妙处无法言传，他或许是迷上它了。

柳生来了

有一天，香椿树街大名鼎鼎的柳生来了。

柳生嘴里叼着一支香烟，靠在九号病室的门上，虚着眼睛看保润。保润只当没看见，柳生的派头摆不下去，就扔了一支香烟给保润，我是柳生啊，你不认识我吗？

他们一条街上住着，平时没有什么交道，柳生不一定认识保润，但保润肯定是认识柳生的。柳生天生高人一头，谁不认识他呢？柳生的父母都是肉铺的小刀手，父亲柳师傅在街东的肉铺，母亲邵兰英在街西的肉铺，两把刀各据一方，长期掌握着香椿树街居民餐桌的命运。父母亲宠爱儿子，为了让柳生顶替一份好工作，柳师傅提前退休，把公家的斩肉刀交给了儿子，自己去做了个体户，这样，柳家又多出一个餐桌的主宰者，那么年轻，看起来还要主宰很多年。只要你吃肉，便躲不开柳生一家人的手，这是每一个香椿树街居民必备的常识。新鲜猪肉与热气腾腾的猪下水衍生了权力，也罗织了人情，这户人家在街上的地位，也就不言而喻了。如果评比，柳生家一定可以列入香椿树街最受尊敬的家庭，只可惜，柳生有个花痴姐姐柳娟，每到春天桃花盛开的时候，便会去北门城墙下的桃花林，做一件秘密的事情。这个秘密取悦了城北地带的街头少年，却严重玷污了自家的门楣。

保润曾经跟着黑卵他们去北门桃花林看过柳娟，她穿一件宽松的白色毛衣，坐在石凳上为自己募款，膝盖上放了一只塑料盆。少年们围着她哄闹，有人朝那只塑料盆里扔硬币，嗒的一声，她嫣然一笑，向上拉起毛衣，亮出两只并不丰满的乳房，以示感谢。有少年问，柳娟你募了钱干什么？她说，去北京，去找我男朋友小杨，小杨在北京乐团拉小提琴啊。少年们又起哄，小杨怎么拉小提琴的？拉给我们看看。柳娟不懂少年们的暗语，一手搭在下颌上，另一只手做了个拉弓的姿势，说，小提琴就是这么拉的，都是这么拉的。又有少年说，你们家那么多钱，随便拿点就行了，你为什么要出来讨钱？柳娟的脸上露出了凄苦的神情，我们家的钱都在我妈妈抽屉里锁着呢，我弟弟有钥匙，随便拿，我一分钱也拿不到，他们怕我去买火车票，你们知道到北京的火车票要多少钱吗？少年们谁也没去过北京，都被问住了，只有黑卵去过南京，走过去数了数脸盆里的硬币，说，这一点点钱，连南京也去不了，去什么北京？黑卵怪笑着，突然伸出手拉拽了一下柳娟的毛衣，去北京的车票很贵的，你这样保守不行，要全部开放，全部开放了，才能募到更多的钱。谁也没有料到，黑卵这一拉扯，引起了柳娟疯狂的尖叫，别碰我，只给看，不让碰！她一叫，周围的游人都朝这边看，少年们顿时有了罪恶感，很快作鸟兽散，纷纷逃离犯罪现场。保润匆忙间往柳娟的塑料盆里扔了一枚零钱，瞥见柳娟雪白的乳房左侧，有五个暗红色的瘢点，形状恰好像一朵桃花。少年们后来跑上城墙俯瞰桃花林，为柳娟乳房上的瘢痕争论不休。有人说那是胎记，有人说是牙痕，保润觉得最可信的是黑卵的说法，黑卵说那是邵兰英用香烟头烫的，她给女儿以必要的惩罚，柳娟出来募捐一次，烫一次，共计五次，正好烫出了一朵桃花的形状。

柳生一来，保润便想起柳娟，想起柳娟，眼前不免闪现出她乳房上暗色的桃花，脸一下发烫了，只好用手掌蒙住自己的脸孔，嘴里冷冷地问，找我干什么？

找你能干什么？柳生的大拇指朝身后一翘，去捆人，捆我姐姐。

保润摇头，说，不去，不捆。

为什么不去？柳生瞪起了眼睛，别人找你你都捆，我找你就不行？你故意不给我面子？

我不去女病区。保润抠了下鼻孔，说，我从来不捆女人。

柳生想说什么，看他的眼神似乎要陈述捆绑姐姐的必要性，另一方面，他明显懂得家丑不可外扬的道理，于是他突兀地骂了句脏话，操他妈的，她这样的女人，还算什么女人？你跟我走一趟，随便捆，千万别把她当女人。

保润推开了柳生热情的胳膊，换了张凳子坐下，仍然无动于衷，他说，我又不是打包机，要捆你姐姐，找女护工捆。我捆谁也不捆女人，捆个女人，有什么名气？

他们这么僵持着，柳生脸色难看了，一只手直指保润的鼻子，嘴里发出恼怒的叫声，你是妇联派来的？这么婆婆妈妈？要准备轿子来抬你是吗？我们一条街上住着，抬头不见低头见的，我对你那么器重，你为什么要故意得罪我？说，给个理由！

看起来柳生要寻衅闹事了，保润怕他扰乱了九号病房，做出了一点妥协。他从床底下抽了一根绳子，带着柳生来到走廊上，说，捆人也没那么难，我教你一个绳结，保证你几秒钟就学会，回去自己捆。他让柳生拿着绳子，以自己的身体做示范，教柳生捆一个最容易的梅花结。保润说，对付你那个姐姐，一个梅花结足够了，皮肉不受苦，就是不能动，不会给你家丢人了。

但是，最容易的梅花结，柳生也学不会，绳子绕几下他就糊涂了，他不怨自己笨，反而怨保润为难他，一下将绳子套到了保润的脖子上，什么梅花结桃花结，我搞不清楚，你帮我去捆一下，会死啊？

柳生一动粗，保润不买账了，他挣脱了绳子，对柳生下了逐客令，你趁早走吧，别在这儿影响别人休息，我天天得罪人，得罪的人多了，再多你一个也不怕。

柳生仍然不死心，斜着眼睛观察保润的表情，要不，开个条件？你要现金还是要实物？尽管开口，明天给你们家送一篮子猪肝去，怎么样？

我没有条件。现金猪肝都不要，我们家不爱吃猪肝。

那送一篮子猪爪子去？是肉联厂刚剁出来的新鲜猪爪子，有钱也买不到的。柳生似乎想到了什么，语气自信了很多，你不稀罕你妈肯定稀罕，她前几天排队没买到猪爪子，在店门口指桑骂槐，骂了半天社会风气！

保润有点动心了。他最喜欢吃猪爪子，他们全家，都喜欢吃猪爪子。但这么被一篮子猪爪子收买，他又觉得没面子。吃不上猪爪子，会死啊？他模仿着柳生的口气调侃了一句，腿往病房里走，脑袋却朝柳生转过去了，要不，把你姐姐带过来？带过来，我就捆。

这次轮到柳生犹豫了，他眯起眼睛打量男病区周遭的环境，正好看见那个十一床的从厕所出来，又没系裤子，嘴里说，要节约用纸，要节约用电，还要节约用水。柳生瞪着十一床裸露的下身，不知作出了何等联想，面露嫌恶之色，不行，我要把她带到这儿来，我妈妈不骂死我？柳生否决了保润的提议，甩着麻绳往外面走，嘴里愤慨地说，随便她去，我懒得管了，让她去脱，让她去做脱星，不关我屁事。话是赌气话，柳生终归不死心，走到楼梯口忽然想起什么，眼睛一亮，用绳子拍打着栏杆说，保润你过来，我问你一件事。

柳生的眼神显得很诡秘，那种诡秘吸引了保润，他走过去了。柳生勾住了他的肩膀，捂着半边嘴巴，压低嗓门说，保润，你在这儿闷不闷？要个妹妹吗？

这个问题很敏感，而且带着某种撩人的暧昧。保润一时弄不清柳生的动机，什么妹妹？哪儿的妹妹？

是你喜欢的妹妹，我知道的。柳生朝他挤了下眼睛，歪歪脑袋说，跟我走，去了你就看见她了。

谁？我喜欢谁了？

柳生说，你少给我装蒜，我的消息很灵通，看上老花匠的孙女了吧？人家在喂兔子，你盯着她问，去不去看电影？去不去看电影？有没有这事情？你承认不承认？

保润躲闪的眼神，多少泄露了一部分事情的真相。他鄙夷地笑了几声，很快坚持不住了，问柳生，是谁告诉你的？

别管谁告诉我的，你承认不承认？

保润承认了，只承认一半。女孩子就喜欢自作多情，她真以为自己是仙女了？谁钓她？保润说，我多了一张电影票，浪费了可惜，正好遇见她，随便问她一句的。

多一张票？为什么不送给我？柳生发出嗤的一笑，忽然拍了拍保润的肩膀，少来那一套，我们是兄弟，开门见山好，我问你，你还想不想钓她了？

保润先是摇头，看见柳生发亮的眼睛，很快又修改自己的态度，吞吞吐吐地说，无所谓。我不知道。

保润掩饰自己的技巧如此拙劣，这给了柳生很大的信心。柳生含笑盯着保润，一只轻薄的手突然发起袭击，掏向保润的裤裆，他一掏，保润一闪，两个人的隔阂似乎一下子消除了。柳生又抓住保润的耳朵，亲昵地拧了一下，跟我走，我就替你安排。你们一起去看电影，我来安排。

保润不习惯柳生的亲昵，他推挡着柳生的手，眼睛里仍然充满疑问，你们什么关系？她凭什么听你的安排？

什么关系？我是老大，是她老大。柳生这次捏住了保润的肩膀，推着他往前走，嘴里赌咒发誓道，我要骗你以后就不在街上混了，我是不是她老大，她听不听我的，去了你就知道了。

保润半信半疑，脚步却有点软弱，背叛了头脑，他跟着柳生走了几步，突然想起一个至关重要的疑点，慢！是你自己想钓她吧？你钓过她吗？钓上了吗？

我对她没兴趣，我不钓她。柳生说，你别想歪了，她想赚钱，她帮着伺候我姐姐，我已经给她不少钱了。看保润一脸惘然，又说，女孩子么，你不懂的，不花钱不投资，怎么当她老大？

保润不懂柳生的经验之谈，只是隐隐觉得，他被柳生抛出的最后一个诱饵俘虏了，他像一条饥饿的鱼，别无选择。外面阳光灿烂，春风软绵绵的，白玉兰在路边盛开，保润从不看花，但现在修长紧致的玉兰花苞引起了他的注意，如果需要开口赞美她，是不是应该有点文采？是不是可以赞美她的面孔像一朵玉兰花？一只褐色镶金边的蝴蝶飞离玉兰树，掠过他的头顶。保润对蝴蝶从未有过兴趣，但现在他发现了蝴蝶的美丽，那只蝴蝶让他想起了她的脖子，春天以来，有一只紫色的塑料蝴蝶挂件，一直在她雪白的脖颈上翩翩起舞。他像一条咬住诱饵的鱼，被柳生的鱼竿拉出了水面，胸口有点窒息，头脑有点乱。他的绳子被柳生拿过去了，那堆绿白相间的绳子正在柳生的胳膊上晃荡，一圈白色的诱惑，套着一圈绿色的邪恶，一圈绿色的邪恶，套着一圈白色的虚无。四月就是四月，这个季节充满了圈套，所有圈套都是以欲望编织而成的。仙女。仙女。一切都是怎么开始的？他是从什么时候开始想她的？他的身体隐约知情，而头脑一片茫然。反正都是这个春天的事，这个春天，这个奇怪的春天，不同凡响。

在女病区楼外的草地上，有一只漆成蓝色的铁丝兔笼。笼子里有两只兔子，一白一灰，像两个小巧精致的雕塑，静静地待在一堆菜叶里，兔笼上盖了一只破草帽，明显是为了给兔子遮阳。柳生没有骗他，那是仙女的兔笼。保润再也清楚不过，有缘看见仙女的兔笼，便能看见仙女的身影了。

柳生说，你等一下，她马上就会下来了。

保润蹲下来，用食指探进笼子，两只兔子先后过来闻了闻他的食指，气味不好闻，继续去啃菜叶了。一个尖利的声音从楼梯那里传过来，谁的贱手？别碰我的兔子！保润赶紧缩回手，看见仙女风一样地冲出了大楼的门洞，脖子上的紫色蝴蝶挂件左右摇晃，那对幸运的蝴蝶，似乎要飞起来了。保润闪到一边，给仙女让出一条路，以为她会继续教训自己，但她提起兔笼，径直朝柳生走过去了。老大，我给你姐姐唱了五支摇篮曲，把她唱睡着了。仙女朝柳生莞尔一笑，一只手在他的夹克口袋上重重地拍了一下，今天该结账了吧，老大？我很需要 Money 啊！

黄雀记

花匠的孙女

老花匠是井亭医院绿化事业的功臣。他来自一个偏僻的山区，耳朵不灵，说话口音很怪，说快了有点像外语，别人不容易懂。他知趣，轻易不和陌生人谈话，基本的应酬都用笑脸替代。不过，医院里的花草树木习惯了他的语言，愿意听他的指挥，长得都是国色天香。这么多年来，井亭医院的环境经过了多次整改，任何领导都不忍心去整改老花匠的宿舍，所以，老花匠一家始终安居在医院围墙下的铁皮屋里。由于地点和外形问题，那屋子常常被散步的人们误以为是公共厕所，四周围的卫生状况可想而知。老花匠请求医院的宣传干事在墙上刷一行标语，此处严禁大小便。那个宣传干事文化素养不错，觉得那种标语刷在住所墙上太不文明了，他拿着排笔改换思路，即兴创作了更完美的标语：**育苗重地，闲人免入。**

老花匠的家庭半途拼凑而来。他的生殖系统似乎有点问题，听说小时候在乡下被野狗咬了睾丸，打了半辈子光棍，后来娶了个寡妇，也是不会生养的，所以互不嫌弃。没有生育能力，不代表没有爱心，有一年夫妇俩回了一趟乡下老家，带回来一个瘦骨嶙峋的小女孩，说是他们的孙女儿。没有子女，哪儿来的孙女儿呢？大家不便点破这遗传谱系里明显的漏洞，就问小女孩叫什么名字，老花匠一时哑然，随口说，乡下小孩没有那么讲究，就叫个小丫头。那小女孩闻声竟然打了老花匠一巴掌，你才叫小丫头！她向老花匠发泄了不满，随后用一种炫耀的声音自报家门，我叫仙女，我的名字叫仙女！

46

她说她是仙女。

大家后来就叫她仙女了。

她在老花匠夫妇的膝下长大，也可以算是**育苗基地**里的一棵幼树，只不过树木花草都有朋友，她没有。在井亭医院这么特殊的环境里，小孩子是短缺的，陪伴她的，往往是她自己的影子。她贪玩，清楚地记得乡间孩子常做的游戏。她在地上画好一所宽绰的房子，蹲在旁边，眼巴巴地盯着过路的人们，邀请他们陪她跳房子。以她的年龄，自然无力鉴别大人们的精神状况，也因为她对所有人一视同仁，不免会有个别散步的病人，被她拽去做了玩伴。

大多数人喜欢孩子，包括疯子。有的病人看见仙女就掏口袋，给她吃水果糖，若是没有糖果，就给她一颗药丸作为见面礼。那药丸大多是镇静剂，外观漂亮，不是粉红色的，便是天蓝色的，外面包裹着一层糖衣。仙女把药丸含在嘴里，等到舔光了甜味，苦味出来了，她会熟练地把药丸吐在地上，从无大碍。有一次，仙女不小心把药丸吞下了肚子，玩着玩着，药性发作，丢下伙伴，兀自睡过去了，她在地上的一个格子里酣睡，像一条累坏的小狗。奶奶在铁皮屋里半天没听见孙女的声音，出去察看，正好看见一个戴眼镜的病人，粗看文质彬彬，细看是龇牙而笑的，他单腿蹦跳，一次次地跳过仙女的身体，嘴里发出亢奋的欢呼声。奶奶吓出了一身冷汗，拿了根竹竿一路打过去，打跑了那个病人，把仙女抱回了家。

奶奶没有文化，说不清楚一个精神病人对小孩子的危害，加上满脑子迷信，便吓唬仙女说那些病人都是鬼魂变身，吃了他们的糖果，邀请他们一起玩耍，魂儿就被他们勾去了。奶奶拍手跺脚地说，我的小仙女啊，再也不敢跟那些人跳房子了，再跳，你的魂儿就没啦。仙女想起自己丢失的那段午后时光，想起那个戴眼镜的男人如何在自己身上蹦来蹦去，大地下沉，耳边回荡着蹊跷的鼓声，她想推开那个男人的腿，偏偏手抬不起来，眼睛睁不开，只觉得自己的身体在鼓声里不断下沉，直到坠入梦乡。她相信，那正是魂儿被勾去的征兆，心里怕了，嘴上不肯认错，哭着质问奶奶，都怪你们！为什么要和鬼住在一起？我为什么不能上幼儿园？奶奶说，不是我们喜欢跟鬼住在一起，不是我们不送你去幼儿园，怪你爷爷没本事，只会栽树种花，我们是乡下人，除了这井亭医院，别的地方不要我们去啊。

老花匠也为此内疚，他无法给孙女寻找合适的伙伴，便到市场上去买来了几只兔子，委托兔子去做孙女的朋友。这个举措是有效的，仙女喜欢兔子，很快与兔子交上了朋友，自此不再去找人玩耍了。她养的兔子都有自己的名字，最初白兔就叫小白，灰兔就叫小灰，后来她上了学，有了文化，这样的名字嫌土气了，她给兔子取了非常洋气的名字，比如玛丽，比如露丝，比如杰克，比如威廉。

她像一丛荆棘在寂静与幽暗里成长，浑身长满了尖利的刺。一颗粉红色药片导致的昏睡，颠覆了她对世界的信任。她垂青的世界简略为一只兔笼，她垂青的生灵以兔子作为代表，具有强烈的排他性。没有人来矫正她对世界的认识，长此以往，殃及无辜，医院内外的人类一律没给她留下什么好感，包括养育她的那对老人，她对谁都骄横无礼，大家不懂她的愤怒，通常就不去招惹她。

谁都承认仙女容貌姣好，尤其是喂兔子的时候，她歪着脑袋，嘴巴模仿着兔子食草的口型，一个少女回归了少女的模样，可爱而妩媚。春天了，别人在草地上放羊，她放兔子。保润看见过好几次，她把兔子赶到新生的草丛里，自己守着兔笼，膝头摊开了一本书，不怎么看书，只是坐在草地上咬指甲，或者发呆。更多的时候她提着兔笼在井亭医院走来走去，昂着脸，目光傲慢，像一个手持宝物的女侠客穿行在吸血鬼的世界里。她有一张瘦小的瓜子脸，杏眼乌黑发亮，五官搭配紧凑而完美，她的泼辣是由稚气堆砌出来的，她的愤怒因为来历不明，显得有点脱俗，也异常尖利。她的眼神总在粗暴地驱逐别人，走开，走开，离我远一点。这个女孩的身影，弥漫着某种古里古怪的诗意，保润无法形容那股诗意，只是喜欢，因为喜欢，他常常在脑子里构想他给她的第一封信，但是由于他的文化水平太低，想出第一句：亲爱的仙女同志。第二句该怎么写，他至今没有想好。

有一次保润看见她在锅炉房打开水，鼓起勇气，对着她的背影打了个招呼，喂！她转过身来，你在叫谁？谁是喂？保润不得不退后一步，叫你呢，我们见过的，我多一张电影票，去看电影吗？她先是粲然一笑，扭过脸去想了想，再回头，已经是一副受辱的表情了。你见过的人多了，她说，见你妈妈最多吧？带你妈妈一起去看啊。

她的无礼，已经成为了个性，或者习惯。保润不知道柳生到底用了什么诀窍，做了这女孩的老大。这是一个灼热的谜团。保润解不开这个谜团。有一天柳生跑到男病区的楼外，高声大嗓地把保润喊下了楼。他告诉保润，承诺可以兑现了，看电影的事，都安排好了。仙女答应跟他去看一场电影，只不过有几个附加条件，必须在井亭医院以西三百米的汽车站接她，必须去工人文化宫，必须看进口的爱情片，看完电影必须带她去滑一场旱冰。

保润对这些附加条件有点反感，嘀咕道，去看一场电影，又不是去结婚，哪儿来这么多麻烦？柳生皱起了眉头，这怎么是麻烦？人家这是给你机会，她贪玩你就陪她玩，玩得越多，你的机会不是越多吗？保润认真地问，有什么机会？柳生发出一声怪笑，拍拍保润的肩膀，你跟我装傻呢？你想要什么机会？你想要什么机会，就去创造什么机会么！

剩下的一个细节让保润有点担心。是滑旱冰的花销。以前他去过文化宫的旱冰场，有人偷旱冰鞋，文化宫方面严防顾客的偷窃行为，旱冰鞋的押金贵得离谱。保润手头拮据，所以他问柳生，你知道旱冰鞋现在押金多少钱？柳生看出他的尴尬，你是没有钱吧？没有魄力是大事，没有钱是小事，要不，我先借你点？保润爱面子，涨红了脸说，谁说我没钱？钱算个屁，我妈的小盒子里最近很多钱，她不给我钱，我就自己拿。

那天的天气不好，天空阴沉，郊区公路上小雨霏霏。他看见仙女头上戴着一个手帕叠成的帽子，站在公共汽车的站台上。她穿一件白底小红花的衬衣，蓝色牛仔短裙，背着个硕大的书包，远远地看过去，是一个候车上学的女学生，打扮寻常，但仍然美丽。他还是头一次在医院之外看见仙女，莫名其妙地胆怯了，自行车在公路中央打了几个圈，终于滑向汽车站台，去工人文化宫？他说，上来吧。

他记得很清楚，仙女给了他一个下马威。

她毫不掩饰对一辆半旧自行车的嫌弃。骑个破自行车去工人文化宫？开国际玩笑，屁股都要颠碎的。她用一种受骗的眼神瞪着保润，闹了半天，你没有摩托车的？你没有白头盔的？

保润愕然，什么摩托车？什么白头盔？

你不是罗医生的儿子？你到底是不是？你家的摩托车哪儿去了？还有头盔，早就说好的，我要戴白色的头盔！

原来还有更多的稀奇古怪的条件。保润知道柳生玩了鬼，她不是受了骗，就是认错人了。保润又羞又恼，赌气宣称他不是罗医生的儿子，是罗医生他爹。保润说，我没有摩托，只有自行车！你到底去不去工人文化宫？我数到三，你不去就算。一，二，听好，听好没有？马上就到三啦。

她看上去有点犹豫，手指含在嘴里咬着指甲，目光忽明忽暗的，很快作出了一个建议，你笨死了，没有摩托不会去借一辆？跑一趟井亭医院么，摩托又不稀奇，女病区就好几辆！九床的弟弟有摩托，三十六床的丈夫也有摩托，医生的摩托就更多了，罗医生的那一辆最漂亮最威风，白色雅马哈，进口的，就停在花园里，你认识罗医生吧？去找罗医生借一下。

那让罗医生带你去吧。保润狠狠地蹬了几下自行车，离开公共汽车站台。骑出去好远了，他忽然听见身后刮来一阵异样的风声，一回头，发现仙女追上来了，仙女在追他。她跑得很急很快，呼呼地喘气，书包里不知什么东西琅琅作响，那张狭小精致的脸孔被细雨淋湿了，闪烁着一圈愤怒的白光。她的表情以及奔跑的姿势，像是要奋勇缉拿一个可恶的罪犯。保润被追得心慌，放慢了速度，以为她会说等一等，等我一下，但是她偏偏不说话，保润只好主动停下了自行车，你还要干什么？话音未落，眼前闪过一道黑影，那只硕大的书包琅琅作响，朝保润的脑袋飞过来了。

不知她在书包里塞了什么东西，保润虽然及时闪避了，但左侧肩膀还是被砸得发麻，哐当一下，自行车应声卧倒在公路上。他从来没有遭遇过一只书包的袭击，谈不上危险，羞辱感却很强烈。书包里滚出一只可口可乐的瓶子，瓶子里装的是水。他从地上爬起来，捡起瓶子朝她抡过去。仙女的身手很灵巧，跳一跳，躲过保润的还击，再一跳，跳过了自行车，自行车被她用作一道天然的防线，她站在防线那一端，叉着腰怒视保润，怎么样？你敢打我？谁让你拿我瓶子的？给我放回去！

她一向懂得先发制人，脸上有一种夸大的复仇的表情。因为剧烈的运动，她幼小而结实的乳房在衬衣下逸出动荡的曲线，那曲线上也燃烧着愤怒的火焰。也许是被她的愤怒所感染，他竟然顺从地把瓶子塞回了书包，但是，她不依不饶了，你来，骗子，来打我呀！她指着他的鼻子叫喊着，告诉你，敢打我的人还没生出来呢！她的眼角边挂着一朵泪花，泪花很小，但是很晶莹。保润愣在那里，看那个少女的脸上风云变幻，眼泪稀释了她的愤怒，多了一点委屈，多了一点怨恨，因此那张湿润的面孔显得新鲜、别致，甚至有一点性感。他说，你嚷嚷什么？是你打我的，我没打到你。她说，没打到不代表没打，那是你笨，你活该！事情至此显示了初步的公平。保润骑上了自行车，说，好，算我活该，我找柳生算账去。

对于保润来说，这条公路暂时失去了公路的意义，公路现在通往荒凉，通往隔绝。他被柳生蒙骗了，或许她也是受骗者。保润骑车骑得很慢，脑子里考虑着下一个目的地，是去井亭医院，还是去电影院，或者干脆回香椿树街找柳生算账？他没有主意，无论去哪儿，都不是他的计划，一个好日子突然崩溃，他不知道这一天自己应该干些什么了。

他看着公路，觉得这条公路显示出从所未有的寂寞。路边的春色被尘土覆盖，一场两场雨水下来，春色洗不干净，反而显得有点脏。九公里路碑处有一棵老榆树，春天以来乌鸦频频造访，它们栖息在老榆树的枝头，用一种刺耳的噪音来宣传春天的美妙。春天其实不一定是美妙的。他记得去年第一次搭车来看望祖父，恰好也是四月阳春，回家时他步行经过九公里路碑，看见一群人围在路碑四周吵吵嚷嚷的。有个男人躺在老榆树下，死了。他至今还记得那截被绞断的麻绳，大约有一米长，蟒蛇般地爬过死者的蓝白条病员裤，蛇首垂向草地，蛇尾拖曳在死者的小腹上，那个男人两只赤裸的脚掌朝向公路，灰黑色的，沾满了泥浆，远看像两朵野生的大蘑菇。

他的心里空空荡荡，几乎忘了被甩在路边的少女。他放弃了，事情却忽然有了转机，他先是听见那只书包琅琅的震颤声，然后仙女急促的呼吸声又追上来了。这一次，他没有回头，嘴里发出了必要的警告，再敢耍泼，我对你不客气！她依然不言不语，只是呼哧呼哧地追逐他的自行车。自行车后部猛地一震，车龙头晃了起来，他知道她上车了。他冷笑一声，自行车你也要坐了？谁允许你上来的？给我下去！她不理睬他，用一根手指在他后背上狠狠地捅了一下，得了便宜还卖乖？我是给你个面子，好好骑你的车吧。

他余怒未消，并没有接受她的恩赐。下去，下去。他努力地稳住龙头，嘴里说，我不要你给我面子，你坐罗医生家的摩托车去。后面的人说，你敬酒不吃吃罚酒？那就算罚你，行不行？罚你把我带到工人文化宫去。他说，你幽默啊，凭什么罚我？她说，凭什么？你们串通一气来骗我，我那么好骗的？谁敢骗我，就要谁付出代价！

他其实分不清这惩罚与恩赐的界限，出于自尊，两者都不宜轻易接受。他正在犹豫怎么办，公路上的天空陡然暗了一大片，要下大雨了。他看着天空说，要下雨了，看在老天的面子上，算了，就算我骗了你吧。

这样，他人生的自行车上，终于有了第一个女孩，是仙女。野地里的一群蜻蜓有感于气压的变化，以及他紊乱的心情，横穿公路向自行车致意，翅膀掠过了他们的头顶。她惊喜地叫起来，有蜻蜓啊。他瓮声瓮气地模仿她，有蜻蜓啊。这样的模仿即刻受到了报复，她推了他一下，你幽默啊，学女孩子说话算幽默吗？娘娘腔，恶心！他不说话了。沉默有时候代表保润的忍让，有时候代表他内心秘密的喜悦。风从原野上吹过来，湿润而沉重，一股清冽的花香环绕着他，若有若无的。他不知道那是茉莉还是栀子花香。是你身上的香味吗？那是什么香味？他几次想开口问，终究不好意思。隔着两个厘米，也许只有一厘米，他能够感受到女孩子湿润的身体放射着某种温暖的射线，尤其是肩膀，偶然的一个触碰，她的体温无意中传递给他的后背，他身体内的某条秘密通道忽然亮了，一股温情犹如小河涨水，占据了他的整个身心。

　　他很后悔，那么长的路途，那么难得的谈话机会，都被他随意挥霍了。开始交流还算融洽，他说摩托车有什么稀奇的，为什么你非要坐摩托车呢？她的回答令人啼笑皆非，坐摩托车可以戴头盔，我喜欢戴头盔，白色头盔很漂亮。他问她怎么认识柳生的，仙女说，我挣他们家的钱，我给他姐姐送牛奶。他问她送一瓶牛奶挣多少钱，她不肯透露了，敷衍道，我给很多病人送牛奶，我要攒钱买一只录音机。他问她为什么要攒钱买录音机，她说，学唱歌啊。又刻薄地补上一句，难道你不喜欢录音机？你不是不喜欢，是买不起。他很想告诉她，你别瞧不起我，我家里的房子马上要租出去了，以后我们家会成为先富起来的人，别说录音机，电视机都买得起了，但是，他并不擅长向女孩子炫耀财富，话到嘴边又咽回去了，他说，好，算我穷，我买不起录音机。他知道男孩与女孩在一起的基本常识，应该顺着她的逻辑说话，但是，有个愚蠢的问题盘踞在他脑子里，像一簇火苗，扑了几次扑不住，终于还是烧起来了。你为什么那么听柳生的话呢？保润说，他让你跟谁看电影，你就跟谁看电影？仙女说，他骗我，说你是罗医生的儿子么，我见过罗医生的儿子骑摩托车，戴白头盔，穿黑皮裤，很帅！也许注意到了保润的身体突然变得僵硬，她迟疑了一下，说，你虽然不是罗医生的儿子，不过看起来老实巴交的，也好，至少不是坏人么。这个态度保润不满意，舌头突然就不听话了，你懂个屁，坏人脸上写字的？他说，柳生让你去吃屎，你也去吃屎？

只是一秒钟的寂静，然后是啪的一声，仙女从后面打了他一记响亮的耳光。他的脸上火辣辣的。解释已经来不及了，况且他没有解释妒忌的能力。仙女跳下了自行车，对着他的后背啐了一口。谁跟你这种人去看电影，谁才是吃屎的！她甩着书包往井亭医院的方向跑，这样骂几句不解气，又站定了，用手指戳着自己的脑门，尖声对保润叫喊，赶紧去井亭医院，让医生给你做个开颅手术，你脑子里长满了细菌，要打开来，要用消毒水，要用钢丝刷子刷一刷！

保润很后悔，这次是他的错了。他心里想道歉，就是开不了口，别人都习惯说对不起，保润从来没有养成这个习惯。他骑车追过去，绕着仙女转了一圈，怎么也说不出"对不起"那三个字，又转一圈，从口袋里掏出两张电影票，撕下了一张给她，你的票啊，去不去，随便你。女孩子手一甩，十三点，你以为我买不起一张电影票啊？滚开！他拿着那张电影票不知所措，忽然注意到仙女正站在九公里路碑旁边，那棵老榆树的一根枝条，不知什么时候被风折断了，半枯半青的，恰恰垂在她的头上。他忽发奇想，将电影票折了几下，卷在老榆树的断枝上，拿不拿随便你，他说，不过我要奉劝你，不要站在这里，这棵树上吊死过人的。

他独自飞车离去，越骑越快，他要尽快从这条公路上消失。人生的第一次约会，就这么失败了。机会。什么机会？什么机会都不存在了。他觉得羞耻。车进北城门，他把自行车停在城墙下，稍稍地歇了口气，心里依然悻悻的。雨下大了。啪嗒。啪嗒。城墙周围的空气里弥漫着尘土的微腥。他失去了目的地。还要不要去看电影？这是一个问题。他看电影，只看两类，如果不打仗，就必须抓特务。那部墨西哥电影不打仗，也没有特务，是两个外国人谈情说爱，迎合的是仙女的口味，他对此毫无兴趣。啪嗒。啪嗒。啪嗒。雨水开始从古老的城墙上溅下来，溅到他的身上，碎冰一样的寒冷。这个地方，适合两个恋人躲雨，并不适合他。保润骑到自行车上茫然四望，因为下雨，因为无处可去，他的自行车在十字路口兜了几个圈，最后还是拐向了工人文化宫的方向。

雨天的电影院里散发着一股霉烂潮湿的怪味，地上黏糊糊的，观众寥寥，黑暗中可见一些闪烁的人脸，大多成对成双，但他觉得视线里一片荒凉。对号入坐，他翻下旁边的座椅，随手抹一下，有几颗葵花籽壳钻在棉布椅套里，他把瓜子壳一颗一颗地挖出来了，椅座自动地弹回去，跟谁赌气似的，他也跟椅座赌气，跨出一条腿，压住了那张椅子，一个身体占下了两个座位。

他看见了墨西哥人。屏幕上的墨西哥女郎浓妆艳抹，泼辣野性，细腰丰乳，浑身散发着一种美艳成熟的光芒，那个风流倜傥的墨西哥军人留着胡子，看上去很帅，帅得有点流里流气。他们总在水边斗嘴，保润起初不知道他们为什么要斗嘴，慢慢就看懂了，那对男女，要谈一场纯真无邪的恋爱，对于演员的年龄来说，似乎有点虚假，保润对虚假的电影并不反感，只是觉得墨西哥的男女以及他们的爱情故事，离他太遥远了，因为遥远，所有爱情的细节都让他觉得莫名其妙。莫名其妙。保润就在这样的抱怨中打起了瞌睡，隐隐闻见一股栀子花的香味在黑暗中沉浮。不知过了多久，他忽然被某种声浪惊醒了。电影似乎进入了高潮，银幕上的墨西哥女郎用石块打晕了那个多情的军人，电影院里响起一片啧啧之声，观众骚动起来。有的观众惋惜男主角，啊呀不好，出血了。有的观众反感女主角，说，要死了，她怎么这么凶？这样的女人，娶她要倒霉的。只有一个女孩子发出咯咯的笑声，为墨西哥女郎大声叫好，打得好，打得好！

他一下辨认出了那个幸灾乐祸的声音。不知什么时候，仙女溜进了电影院，她选了一个僻静的座位，离保润的座位隔了五六排远。保润看不清她的脸，只看见放映机投射的白光恰好掠过她的头发，那一束马尾摇晃着，仿佛一束白色的火焰。保润站了起来，一下挡住别人的视线，后排的一个妇女对他很反感，问他，小伙子，你会不会看电影的？他被推了一下，只好坐下，嘴里顺势发出了一声叹息，谁要看电影？我是不会看电影的。

电影散场了，外面仍然大雨滂沱。保润率先冲到了门边，占据了最有利的地形。这是一次失而复得的机会，他再也不愿意与她失散了。人们从电影院里出来，一时无处可去，都挤在门厅躲雨。他阻挡了通道，被人推来搡去的，并不介意。他和仙女在混乱的人丛中偶尔对视，他这里是柳暗花明的心情，她那边却是一副冤家路窄的样子。保润手里抓着一件塑料雨披，只要仙女的目光撇过来，他就抖动一下雨披，手语是：我有雨披，你过来？仙女鄙夷地转过脸去，答复是：滚开。谁稀罕你的雨披！

必须承认，电影对观众是有教化作用的，即使是八竿子打不着的墨西哥爱情，也是一味兴奋剂，它让保润沉浸在某种虚幻而甜蜜的情感里。机会。他迎来了最后一次机会，他看见仙女把书包顶在头上，向旱冰场的方向跑去，一瞬间他热血奔涌，打开了塑料雨披追上去，凌空一兜，把自己和仙女一起兜在雨披里了。仙女惊叫道，干什么？自作多情啊，谁要跟你披一件雨披？他试探着说，这雨披很大的，可以兜两个人，不过你要是嫌挤我就出去，我淋点雨没关系。她抓着雨披一角，一边用胳膊肘拱他，这在他的预料之中，他坚持了一会儿，坚持不住了，正要从雨披里钻出去，听见她又说，算了算了，雨太大，你还是待在里面吧。

他们在一件雨披下走了五六十米的路。这段路不长，但来之不易，保润不知道如何表达他的珍惜之情。亲密来得有些突然，反而成了相互的忌讳，他们避免交谈，注意力都集中在各自的脚步上。他们走得越来越默契。雨点噼啪有声地打在蓝色塑料布上，衬托出雨披下沉默的世界。这个世界处于半封闭状态，小巧而含蓄，散发着无名的香味。因为脑袋靠着脑袋，保润不敢看她，他屏住呼吸，听见她微微的鼻息，还有咀嚼口香糖的声音，一股看不见的暖流恣意流淌，保润的身体竟然打了个寒战，他说，有点冷，你冷吗？那是他在雨披下想到的唯一的话题，可惜交流不成功，仙女视其为试探性的冒犯，她很敏感地往外移动了几厘米，瞪了保润一眼，有点冷？有点冷是什么意思？

旱冰场的场馆门外也站满了躲雨的人，大多是高中生模样的少男少女，有人似乎认识仙女，看着蓝色雨披下钻出来的两个人，不知是揶揄还是羡慕，他们用手指含在嘴里，打出一片响亮的嗯哨，一个女孩高声起哄：浪漫，好浪漫！仙女羞红了脸，用手挤着马尾辫上的雨珠，低下头朝里面冲，嘴里嚷嚷着，让开，让开。他们让出一条路放走仙女，留下了保润。保润站在台阶上，抖落干净雨披上的水珠，不慌不忙地把雨披折好了，他问旁边的一个男孩，涨价了没有？现在旱冰鞋的押金是多少钱？

是仙女自己挑选的旱冰鞋。三十七码，鲜艳的粉绿色。她抢到一张长凳，坐上去换鞋，手忙脚乱的。保润替她提着旅游鞋。她的旅游鞋向他开放着，热乎乎的，白色鞋垫上有一圈汗渍，她的脚，也出脚汗的。之后，她的脚踝引起了保润的兴趣，他注意到她的脚踝上有圆珠笔画的一个花环，花环上还站了一只鸽子。保润说，和平鸽啊？她一把捂住自己的脚踝，画着玩的，不准看！她抬起头，莞尔一笑，那笑容稍显刻意，他从未见过她有这样温暖的眼神，罕见的善意，带着一点娇嗔。保润看得出来，她太喜欢滑旱冰了，他知道不是自己征服了她，是那双旱冰鞋替他征服了她。

工人文化宫的旱冰场罕有工人的身影，一直以来，这地方都是时尚的少男少女最推崇的聚会圣地，保润才十八岁，在人群里发现自己竟然老了，过时了。他穿豆绿色卡其布的裤子，别人穿蓝色牛仔裤，他穿宽大的深色外套，别人穿浅色的紧身夹克，除了穿着，他发现别人的表情神态也与他格格不入。他们快乐，他紧张。他们放肆，他拘谨。他们明朗，他却有点阴郁。他不清楚，那些少男少女是否在恋爱，只知道自己离恋爱还远，这地方并不属于他，他不过是一个闯入者，他不过是一个陪伴者罢了。

保润会滑一点旱冰，勉强有资格指导仙女，但是与那些会玩花样的男孩相比，那点水平就显得平庸了。他殷勤地示范了几个动作，不想让仙女发现自己的破绽，索性像一个职业教练一样，靠在栏杆上，看着仙女，嘴里吆喝着，保持平衡，保持平衡。仙女的粉绿色旱冰鞋鲜艳夺目，她的面颊上有两朵红晕，瞳孔发亮，有点紧张，有点享受，表情类似一名探险家。她的滑行时而莽撞，时而犹豫，保润对她喊，注意姿势，别像一只虾米一样。她停下来，拉着栏杆喘气，你才像一只虾米呢，也不看看你自己什么水平。她嘴里回敬着保润，目光却从保润脸上草草地掠过。她还不会掩饰自己，那目光投向一个穿白色连帽球衫的男孩，眼神里充满了敬仰或者崇拜。

是一个瘦高个的男孩，有一双漂亮而空洞的眼睛，多数时候他站在场地的角落里旁观，高手出现了，他才有兴趣上场，一上场就技惊四座。保润心里也承认，那男孩才是旱冰场上的王子，他只是没有留意，仙女与男孩之间隐秘的交流，发生在什么时候？是谁采取了主动？保润记得他弯腰紧了紧鞋带，等他直起身子，看见那个男孩已经牵着仙女的手了。他们开始练习 S 形的滑行，滑行区域慢慢地扩张，很快，男孩带着仙女，如同两艘快艇并排飞驰起来。旱冰场上的人群纷纷为其让道。不是男伴太高明，就是女伴太聪明，保润不相信自己的眼睛，仙女的进步如此神速，她大胆地张开一条胳膊，像一只飞鸟亮出翅膀，那翅膀坠下一条廉价的仿绿松石手链，沿途闪烁着一圈绿光。因为庆祝在旱冰场上获得新生，仙女的嘴里发出了一种奇特的欢呼声，呜，哇，呜，哇。

保润很窘，觉得四周的人都在偷偷观察他的反应。作为一个香椿树街的青年，他没有假充绅士的习惯。男孩冒犯了他，女孩背叛了他，他必须以牙还牙。不过，此处毕竟不是香椿树街，使用武力不文明，首先应该口头警告。保润有点急躁，横着身体走，像一个障碍物似的，挡住他们的 S 形路线，嘴里高喊着，你们搞什么？停住，快停住！他的路障设置不成功，口头警告被完全忽略，那男孩炫耀他的避人技巧，带着仙女轻巧地绕过去了。保润与男孩有过匆匆的对视，一眼认定对方来自城中优裕的家庭，有钱，没有胆。男孩唇边刚刚长出一圈胡须，鼻翼上沁了几滴汗珠，眼神无辜，神情忽而腼腆忽而自豪，这样一个稚嫩的男孩，自然不懂香椿树街的规矩，更不懂得什么是男人的挑衅。保润有点扫兴，无奈一股妒火烧到了脑门上，他不顾一切地追上去，在那男孩头顶上拍了一巴掌，从哪儿冒出来的？鸡巴毛还没长全，就敢出来钓女孩了？

这次警告奏效了，男孩意识到什么，松开仙女的手，知趣地退到一边。保润知道自己惹祸了。果然又惹祸了。旱冰场上的沙沙声忽然沉寂，所有人都在朝这边张望，仙女汗涔涔的脸蛋已经涨得通红，她冲过来推保润，推不动，就低下头用脑袋来撞他，十三点啊？你在干什么？她的声音听起来不是愤怒，是歇斯底里了，丢死人了，快滚开，我不认识你！

他好像一个宴会的主人，还没有举杯，便被宾客们驱逐了。保润快快地脱下旱冰鞋，坐在场地外的一个角落里，先是假装百无聊赖，靠着墙闭上眼睛，装睡。过了一会儿他醒悟过来，仙女根本就不会注意他，装睡没有任何意义。他又站起来，拎着鞋子走到栏杆边，默默地看着仙女他们滑行。既然已经沦为观众，他试着保持风度，为他们鼓掌。但是风度一样没有引起仙女的重视，她和那个男孩重新牵起手来，还示威似的朝他瞄了一眼，他们滑行的身影像一对标准的搭档，像一对初恋的情侣，更像一支箭，射穿了保润的心。保润承认自己是愚蠢的，他苦心经营的一点欢乐，一眨眼已经沦为羞耻，不是她的罪，便是他自己的错。此后，保润去上了一趟厕所，还去饮水机旁边喝了几杯水。两件事情打了岔，心情稍微有所好转。他决定放弃，结束这错误的一天。他用旱冰鞋敲着栏杆，对着仙女大声喊道，押金，记得把押金拿回来！仙女也许是故意的，她没理睬他。保润从她的书包里拿出可口可乐的瓶子，飞起一脚，瓶子朝场地中央飞了过去，你他妈的聋了？押金，八十块，记得拿回来！那塑料瓶子在旱冰场上滚动，几乎破坏了所有人的滑行，受害者纷纷用谴责的目光注视保润。仙女站在场地中央怒视着保润，大约过了两秒钟，她的手突然指向保润，大家别理他，她用尖锐的声音告知众人，别理他，他是井亭医院逃出来的疯子，头脑有病的！

保润苦笑了一下，没有反驳。这次他必须作出体面的选择了，他选择扬长而去。

讨　债

　　他以为她会来，等了好几天，不见她的人影。

　　旱冰鞋的押金还在她那里。他不知道她为什么不来还钱，她不来，他便有了理由去找她。一个理由，价值八十元，也许很多了，也许太少，还不够成为一个好理由。仙女和八十块钱。两件事如此缀接在一起，成为一道黏糊糊的难题，他为此坐立不安，内心多次掂量，最后趋向于势利的那个答案。一切看她的态度，如果仙女对他好，八十块钱便不重要，否则，那钱不能白白给她，一分钱也不能少。

　　他为祖父开辟了新的散步路线，牵拉着祖父朝育苗重地走，走到一棵香樟树边，他把绳头拴在树干上，告诫祖父，你老实一点，在这儿转几圈，我到老花匠家里办点事去。

　　一丛高大的蓖麻和几棵向日葵掩映着老花匠的棚屋，墙上的那行警示标语也许是被仙女故意涂掉了，只保留**闲人**两个字，棚屋因此显出几分调皮搞笑的气氛，看上去那不像是老花匠的家，是仙女一个人的家了。屋后便是井亭医院的围墙，墙头上有残存的铁丝网，四周的水杉、刺槐和银杏树长高了，铁皮屋顶便显得越来越矮。油毛毡的顶棚上晾晒着一匾萝卜干，还有一只彩色的塑料风车，斜插在屋檐下，迎风旋转。一块旧花布经过拼凑缝缀，充当门帘，遮住了门里的主人以及杂乱的家居杂物，夹板门半掩着，门后传来一个老妇人不停咳痰的声音。

　　仙女的窗子沐浴着春天的阳光。那窗子有点特别，形状像火车车窗，扁扁的畚箕的一小块，窗玻璃一块透明，另一块模糊，是磨砂玻璃，上面还贴着新年留下的剪纸。有一只杏黄色的太阳帽挂在窗边，露出一个均匀的半圆形，窗台上堆着书、圆珠笔、头箍、梳子，一堆五颜六色的珠子链子闪着绚烂而虚假的光，还有一只大号的输液瓶，里面插了几枝粉红的月季，一只白色鞋垫很唐突地夹在月季花叶之间。这扇小窗透露了一个少女生活的基本信息：一，风华正茂；二，乱七八糟。

保润还记得那只白色鞋垫，屈辱的鞋垫让他联想起自己屈辱的遭遇，他和鞋垫一样，都是被她踩在脚下，随意使用、随意弃置的。他的脑子突然一热，骂了句脏话，随后他跳到一只倒扣的大缸上，朝屋里喊起来，仙女，你给我滚出来！

屋里隐约的音乐声沉寂了。窗后有人穿着塑料拖鞋沓沓地奔走，碎花布门帘掀开，是仙女的奶奶出来了。那老妇人白发零乱，神情凄苦，太阳穴上贴了一张膏药，眯着眼睛搜寻外面的声源。祖父也许在井亭医院太著名了，即使远远地站在香樟树下，老妇人也一眼认出了他，挖魂的？怎么跑这儿来了？她双手前摆，做了一个轰小鸡的动作，走，走，别上这儿来挖魂，这儿是苗圃，没你的魂。

祖父站在香樟树边，委屈地为自己申辩，我没挖，我好久没挖了，我五花大绑的，怎么挖你家的苗圃？

保润这时在缸上举起一只手，吸引老妇人的注意，他说，看这边！不关我爷爷的事，我找仙女，让她出来一趟。

老妇人打量着缸上的保润，脸上有了愠怒之色，仙女不在，在也不见你这种小流氓，看看，你还踩在我家水缸上？快下来，你把水缸踩坏了，要赔的。

保润跳下水缸，擅自朝仙女的窗子走过去。他说，谁是小流氓？老太婆请你不要随便污蔑人，随便污蔑人，要负法律责任的。他的脑袋还没来得及探进窗台，老妇人操起一把长竹条扫帚追过来了，你还说你不是小流氓？人家女孩子的房间，你鬼头鬼脑地看什么？你不是小流氓，是大流氓啊！

窗户后面响起噗嗤一声，那声音代表有人在偷偷发笑。保润急于察看究竟，一条腿跨到了窗台上，仙女，你滚出来！他这样高喊着，几乎看见了她投射在墙上的影子，遗憾的是仙女的奶奶不给他机会，她扑过来一把抱住他的另一条腿，把他从窗台上拽下来了，气死人了，你爷爷头脑有病，你爹妈呢？他们头脑也有病的，不教育你的？这么大的人了，一点家教都没有！

保润挣脱了老妇人，悻悻地离开了窗边。就这么离开，他不甘心，回头对着窗子大声说，躲有屁用？你欠我八十块钱，明天到男病区九号病室来还钱，明天不来还，每天一块钱利息！

仙女奶奶有点发怔，眨巴着眼睛，几秒钟的茫然之后，她恢复了镇定，忽然发出一声怒吼，挥起竹条扫帚朝保润腿上扫过去，一边扫一边骂，什么八十块？什么利息？敲诈勒索来了？敲诈勒索也得认个有钱人，怎么认到我家门上来了呢？谁不知道我们家穷得叮当响，你瞎了狗眼啊！

老妇人用出了全身的力气惩罚他。他且躲且跑，腿上被竹条扫帚狠狠地扫了好几下。空手而归是他料想过的结果，但他从没有料到，权利行使不当，会沦为这么难堪的罪行，他从棚屋仓皇逃离，就像逃离一个犯罪现场。跑出去好远了，他听见祖父在喊他，保润，你往哪儿跑？我还在树上呢！他回到香樟树边，解开惊慌失措的祖父，气咻咻地说，今天放他们一马，下次再说！

保润半新的裤子上留下了那把竹条扫帚的纪念。最难处理的是一些黏糊糊的黑色颗粒，它们牢牢沾在裤腿上，不愿分离，他起初不知其为何物，后来抠下来仔细研究，才发现那是兔子的粪便。

所谓的最后通牒，对她是完全无效的。此后好几天，保润没等到她的人影。

保润倒是见过柳生。他从祖父的病房看见柳生骑着自行车往女病区的方向去，像是看见了罪人，也像是遇到了救星，他下楼去追柳生，跑到楼下又站住了，见到柳生说什么呢？事情过去了，柳生的错，他已经谅解了，仙女的错，他不知道如何评判。他是爱面子的人，与柳生谈论仙女，谈论的是羞辱，与柳生谈论那八十块钱，谈论的是小器与猥琐，干脆，他把一切都藏在心里了。

　　他心情不好，对待祖父的态度便粗暴了许多。一连几天，他带祖父出去散步，为祖父绑的都是法制结。法制结不舒服，祖父对此有强烈的抵触情绪，不仅反抗，嘴里还嚷嚷，我不要法制结，我要民主结！祖父的抗议惊动了九号病房的病友，他们过来围观，都认为法制结太可怕了，它适用于死刑犯，对老迈体弱的祖父并不公平。病友们纷纷为祖父求情，按照各自的美学趣味向保润提出建议，有的倾向梅花结，有的倾向菠萝结，还有人以为民主结捆起来很容易，径直过来争夺保润的绳子，试图在祖父身上亲手尝试一把。保润好不容易驱散了那些病人，迁怒于祖父，竟然把祖父捆绑在铁床架子上了。他把一只痰盂踢到祖父的脚边，说，要小便小到痰盂里，今天自己伺候自己，我要出去买东西。祖父说，又要乱花钱，你到底去买什么东西？他梗着脖子想了想，说，买一把刀！

　　他骑车来到井亭医院的门口，看见灰白色的公路寂寥地躺在原野上，没有汽车，没有行人，只有一个废弃的塑料袋被风卷着，在公路上飘飘停停。他忽然意识到，自己比那个塑料袋还要茫然。要买一把什么样的刀？去哪儿买刀？买了刀干什么？其实他没想过。他只是想出去散散心。到哪儿去散心？这才是一个问题。他没有知心的朋友，也没有特别的爱好，其实他无处可去。他在宣传橱窗边停留了一会儿，推起自行车，在井亭医院忿忿地走，依稀觉得前面有一双绿色的旱冰鞋，正以 S 形的路线滑行，戏弄他，或者激怒他。经过小树林，空气中飘来一股农药刺鼻的气味，他看见了老花匠。老花匠身上背了个喷雾器，正忙着给几棵果树打农药。

　　他把自行车停在一棵桃树下，朝老花匠喂了一声，然后就抱着胳膊斜着眼睛，用问责的眼神打量着老花匠。老花匠听见了他特殊的问候，他认得保润，问，今天怎么是你一个人，你爷爷呢？保润摇了摇头，表示他没有兴趣拉家常。老花匠说，今天你爷爷犯错误了，关他禁闭了？保润鼻孔里哼了一声，说，我爷爷犯的是小错误，有人犯了大错误。老花匠不懂他复杂的暗示，露出黄牙嘿嘿一笑，随后表达了一份迟到的谢意，小伙子谢谢你啊，多亏你的绳子厉害，今年你爷爷很安分，我的花草树木也都安分了，去年春天你爷爷到处乱挖，可把我忙死了。老花匠的热情寒暄，被保润视为一种心虚的表现，他适时地发难，对老花匠嚷嚷起来，你呜噜呜噜地说什么呢？话都说不清楚，还来跟我玩虚情假意？老花匠惊愕地看着保润，小伙子，我说话你听不清楚，你说话我也听不清楚啊，什么叫虚情假意？保润说，你孙女欠我钱，你真的不知道？你谢我谢个屁，让她来见我，让她来还钱，我谢谢你行不行？

老花匠或许听说过保润上门要债的事，他眨巴着眼睛观察保润，利用对方的愤怒，对真相进行了核实。核实很快有了结果，老花匠表明了他的态度，我家仙女不懂事，从小任性惯了，你别跟她计较。老花匠开始掏裤子的口袋，掏出一个纸包，小心地打开来，数出六块钱来，往保润的手上送。老花匠说，这里是六块钱了，还差两块钱，下次一定还给你。

保润大约愣怔了两秒钟。你幽默啊，你他妈的太幽默了！他这么重复着口头禅，忽然拍掉老花匠的纸包，朝他大吼起来，不是八块钱，是八十块钱，你上她的当了！

老花匠这次被惊着了，他似乎无法相信，债务双方嘴里的金额，存在着如此巨大的落差。老花匠的眼睛直直地瞪着保润，思考了好一会儿，最初的惶恐渐渐变成轻蔑，其后，那目光里只剩下谴责之意了。小伙子，做人要正派，说话要凭良心，仙女是我养大的，我还不知道她？她从小穷惯的，八块钱都没有过，你敢借她八十，她都不敢拿你四十啊。

保润的面孔涨得通红，因为急于脱离困境，也因为急于揭穿仙女的真面目，他愤怒的陈述夹杂着大量的人身攻击，你真以为你孙女是个仙女？她是什么仙女？下贱透顶！她是一个诈骗犯，阴谋家！你瞪着我干什么？老子从来不说谎！你去工人文化宫问问，一双旱冰鞋的押金，是八块，还是八十块？

老花匠表情凛然，目光里燃起了怒火，什么叫下贱？什么叫诈骗犯？小伙子，你说话嘴巴干净一点。我不懂什么旱冰鞋湿冰鞋的，我不去什么工人文化宫，要去就去派出所，你们到底是怎么回事，到底是八块还是八十块，你们两个人，到底谁是诈骗犯，我去派出所，问个清楚！

他们都认为自己掌握正义，正义与正义之间，恰好充满敌意，就这样，一次难得的谈判不欢而散了。

老花匠背着喷雾器向着树林深处去，似乎有意躲避一个不知羞耻的恶棍。保润追进了树林，不知道自己是要继续申辩，还是要继续索债。从老花匠那里要回八十块钱，似乎是不可能的了。老人身上的工作服有盐化的一圈圈汗渍，头上的旧草帽起码用了十年以上，帽檐上印着一排曾经流行的口号，"为人民服务"。老人转过身去打药水，裤裆处露出一条裂口，隐约可见里面的花布裤衩，他脚上的一双解放鞋估计产自七十年代，每只鞋头上都绽开一个洞，露出枯黄的大脚拇趾。

树林里弥漫着农药酸溜溜的刺鼻的气味，很多无名的昆虫簌簌地逃离了树枝和叶子。保润吸紧鼻子，挥手驱赶着空中的飞虫，有好几次，他想缓和气氛，又不知从何说起，最后斜眼看着树梢，发出了一声模糊的指向不明的威胁，好，好，你等着。老花匠注意到保润尾随着他，厌恶的眼神里多出了一丝戒备，小伙子，你跟着我干什么？是不是捆人捆惯了，要捆我？保润反问道，捆你？捆你有什么用？老花匠不说话，举起喷雾器对着保润这边喷了一下，往前走一步，又喷一下，两次动作连贯地看，应该是一个警告：你有绳子我有农药，这农药有毒，你离我远一点好。保润冷笑一声，迎着农药的气雾走过去，走到一棵老柏树下，有一只白头翁从树上扑簌簌地飞起来，他目送鸟影远去，忽然意识到与老花匠的纠缠毫无意义，于是他站住了，我跟你这个老家伙啰嗦什么？他抬起腿朝老柏树的树干踹了一脚，说，回去告诉你孙女，我们走着瞧！

家

天还没黑透，保润家的门口便亮起了霓虹灯的灯光。

或者这么说，天还没黑透，马师傅的店铺外面便亮起了霓虹灯的灯光。这是香椿树街历史上第一家精品时装店，准备赶在五一劳动节开张，店面装修紧锣密鼓，灯光已在调试中了。

绚烂的彩色光源照耀着小半条香椿树街，吸引了很多街坊邻居。不知是哪个性急的亲朋好友，早早送来一只大花篮，花篮摆在台阶上，红色绢带被固定了。**开张大吉**。**恭喜发财**。两排祝福特别醒目。有过路人从自行车上下来祝贺马师傅，有人甚至中途离开餐桌，端着饭碗跑到店堂来参观。时装店的面积虽然不大，却尽最大可能浓缩了时代的奢华，堪称时尚典范。墙纸是金色的，地砖是银色的，屏风是彩色玻璃的，柜子是不锈钢的，吊灯是人造水晶的，它们罗列在一起，发出炫目的竞争性的光芒。从福建广东与浙江定制的大批服装还在路上，金发碧眼的塑料模特已经提前站立在花丛中，赤膊上阵，随时愿意为主人的创业梦效劳。街坊邻居从时装店出来，都觉得心情复杂，马师傅用他的财富，如此轻易地改写了香椿树街的历史，寒酸破败的香椿树街，落后守旧的香椿树街，从此跟上了时代的步伐，这是马师傅的功劳，也是金钱的功劳。很多人由衷地称赞马师傅的大手笔，老马，你到底花了多少钱啊？才几天工夫，老疯子的破房间给你搞成了小香港！还有人向马师傅表达了自己的悔意，说，我就是胆小啊，要是前年跟你辞职下海就好了，我要是发了，就在隔壁开一家卡拉OK，街坊邻居都来唱歌，免费！

也有个别邻居的心态不是那么健康，比如王德基，他背着手来看热闹，半句祝贺的话也不说，眼神里都是妒意，这也罢了，马师傅不便赶他，没想到王德基后来像一只壁虎似的，贴墙而立，竖起耳朵倾听着什么。马师傅忍不住地提醒他，王师傅你要听什么？我这儿开服装店，不是北京的回音壁啊。王德基回过神来，用手指叩了一下金色的墙纸，居然问，疯老头是不是死了？他是不是死在井亭医院了？马师傅没好气了，说，你去隔壁问！我这里生意还没开张，拜托你嘴里说点吉利话行吗？

无论祖父是死是活，他曾经的房间，已经属于马师傅，一切都与祖父无关了。关于祖父的近况，香椿树街上大致流传着两种版本。一说他已经在井亭医院卧床不起，死期迫近，再也回不了家了，这传言的源头来自保润的母亲，经过左邻右舍的大力传播，属于主旋律。还有一种版本听起来像谣言，说疯老头已经挖到了祖先的尸骨，人已返魂，他在井亭医院天天闹着要回家，是家里人不准他回来了，小辈贪财，把疯老头的房间换成人民币了。

保润驻守井亭医院，不知家里的变化日新月异。那天他被父亲替换回家，骑车到了家门口，一时不敢下车了。祖父的房间似乎被某个怪兽一口吞噬，消失不见了，临街的窗户与墙体经过扩张改造，变成了豪华的玻璃移门，移门里侧，是花花绿绿的时装森林。一个黑暗而衰败的世界被精心粉饰，旧貌换新颜，却是别人的世界了。保润推着自行车，站在家门口发愣，想起去年国庆节祖父闹着要回家，他许诺祖父春节带他回家。春节的时候祖父几次三番往井亭医院的大门闯，他又继续向祖父许诺，说看你这个春天表现好不好，表现好了，五一就带你回家。凭心而论，这个春天祖父的表现还算是不错，只是天有不测风云，保润的许诺再次成为空头支票，五一节就要来临，祖父的房间，已经是别人的时装店了。

保润不清楚父母与马师傅签的合约细节，他没有想到，连大门洞也割让一半给了时装店。原先的两扇黑漆木门只剩下了半幅，门洞后面形成了一条莫名其妙的夹弄，很黑，很窄。保润小心地扛着自行车通过夹弄，心里憋闷，嘴里大声叫起母亲的名字，粟宝珍，恭喜你，明年就成万元户了！

厨房里响起锅盖落地的声音，母亲在煤气灶边回应道，你讽刺谁呢？我们老了，钱也带不到火葬场，腾房子挣点钱，都是为了谁？我们要当万元户，都是为了谁啊？你这孩子，是吃粮食长大的？

他没有反对过父母的发家致富之路，但一切付诸现实之后，他发现了那条道路的泥泞之处，有点下贱，有点冷酷。这个家割让之后，局促了许多，也陌生了许多，屋檐下卑微而贫贱的气息愈加浓重了。保润有点厌恶这个家。厌恶七十年代的家具，厌恶潮湿的墙泥斑驳的墙壁，厌恶昏暗的十五瓦白炽灯，甚至厌恶桌上的青边大碗。母亲把晚餐端上餐桌，他斜着眼睛说，都成万元户了，还用这破碗？还吃油渣炒白菜？给我钱，我去买点卤牛肉来吃！

母亲看他更不顺眼。他从母亲的铁盒子里拿过钱，这个事实无法掩盖。晚餐过后，母亲来问他那八十元钱的下落，他心虚，轻描淡写地说，算我借你的行不行？不就是八十块吗？看你那样子，像是天塌下来了。母亲追问他，你是不是交了女朋友，约会花掉的钱？他不说话，鼻孔里发出一声莫名的冷笑。这样的态度让母亲觉得可疑，盘问便越来越深入越来越尖锐了，你哑巴了？拿那么多钱到底干什么去了？去赌了，还是去嫖了？他一下子恼了，大叫道，我天天伺候爷爷，上哪儿赌，上哪儿嫖？你们不是有钱了吗？我大便没草纸，那八十块钱，让我擦屁股了！母亲气急了，抓起一个锅刷冲过来，啪啪地打他的脑袋，我算看透了你这个孩子，你不是吃粮食长大的，你是吃屎长大的！八十块钱啊，不明不白地弄没了，你倒像吃了枪药？

现在他难得回家，一回家，照旧迎来一个烦人的夜晚。保润听见母亲在楼下的房间里咒骂他，骂一会儿便调转枪口，开始抱怨父亲无能，教子无方，又责怪祖父遗传细胞不好，上梁不正下梁歪，这个家里的三代男人，脑子不是少一窍，就是多一窍。母亲的怨诉有母亲的风格，无论愤怒与悲伤，都有着缓慢的节奏以及紊乱的方向。其后，母亲开始老调重弹，检讨自己的一生，她断定自己一生的悲剧从嫁入这个家庭开始，找错了婆家，嫁错了人，生错了儿，错一步错一生，再怎么努力，也就是个苦命人了。

对于母亲宏观的全方位的批判，保润早已习惯，他说，妈，你好幽默。这是唯一的回应。睡觉前他从柜子里找出了一条裤子，搭在椅子上，准备明天更换。那条穿脏了的旧裤子，被他往楼下一扔，没扔远，落在楼梯口了，他过去捡起裤子，闻到裤管上依稀还散发着兔粪的气味。他又掏了一遍口袋，摸到口袋深处的两张皱巴巴的票根，一红一绿，两张票根，它们紧紧地卷在一起了。他小心地展开来，工人文化宫，旱冰场，四月四号，这些细小的文字记载了一个雨天湿润的信息，慢慢地绽放，在灯光下狡黠地眨巴着眼睛，也许在向他道晚安，也许只是提醒他：把我们留下吧，留下做个纪念。

他留下了两张票根，把它们塞到了枕头下面。

家里的枕头很软，被窝里很好。棉被上有阳光留下的香味，那香味使他安静，也使他困倦。母亲悲愤的声音断断续续浮上阁楼，经过散漫的变奏，渐渐成了他的催眠曲。

一朵云从临街的小窗挤进阁楼，沿着多角形的天花板款款浮动，几乎触手可及。他认识那朵云。那朵云的面孔，是一张少女清新纯洁的面孔，带着促狭傲慢的微笑。他知道那朵云的名字。空气中弥漫着淡蓝色的雾气和栀子花香，那朵云降落下来，居然有两只脚，穿着一双浅绿色的旱冰鞋。他好奇地张开了双臂，但是他抱不住云，抱住的是一团虚无。即使在梦里，他也清楚地意识到，那是一朵云，那是一个少女抱不住的魂。他起床开灯，关上了临街的小窗，云被阻隔在窗外了，梦依然结伴而来，后半夜的梦与现实成功焊接，焊出一片巨大的旱冰场。旱冰场悬浮于半空，微微颤动，状如一块椭圆形的漂浮的巨毯。一群陌生的男孩沿着巨毯的边缘站立，像一圈路灯的灯柱。灯光很亮，他看见仙女的绿色旱冰鞋放射出两片绿光，在巨毯上跳跃。别人都轻易地攀上了巨毯，只有他上不去。巨毯上男孩的队伍越来越庞大，他们众星捧月，与仙女组成S形的路线，沿着巨毯的弧线行进，一路欢呼。S形的仙女。S形的快乐。他能听见仙女夸张的笑声，还隐约听见了巨毯的纤维丝断裂的声音。他想跳，跳，跳起来抓住那块巨毯，把它从空中抽掉，但是他的手够不到，怎么也够不到。他够不到巨毯，他够不到仙女。

他的手在绝望地攀援，充满了愤怒，愤怒通过灼热的指尖，先压迫他，然后又挑逗他，他的手因此下探，不断地下探。一阵酥痒的快感集中在保润的小腹以下，忽然不可抑止地喷发了。这么深奥的梦，这么愤怒的梦，终究还是引发了雷同的结果。噗的一声。喷发。喷发。他在黑暗中醒来，不免有点羞恼，又有点恐惧。他试着分析自己的生理现象，越分析越纳闷，听说别的男孩梦遗，都与色情有关，他不一样。他的梦遗，总是与羞辱有关，与愤怒有关，甚至与S形有关。他的身体，为什么会准时发出噗的一声？那是破碎的声音，确实有个什么气泡破碎了。梦遗使他听见了身体里的一条谜语，这谜语与魂灵有关，他以祖父的遭遇作为猜谜的途径，努力地想象谜底。祖父的魂丢了，它从后脑勺的疤痕处飞出，那是魂灵最普通的出逃之路。他不一样。他怀疑自己的魂灵从头脑里坠落，一直坠落到生殖器的区域来了。噗的一声。那是魂灵破碎的声音，他听到了。他的魂与别人不一样，它是白色的，有一股淡淡的腥味，具备狡黠善变的形态，它能从液态变成固体，从固体变为虚无，它会流淌，也会飞翔，它从生殖器这个出口逃出去了。他与祖父不一样。他的魂，是被黑夜弄丢了。不，他的魂，是被她弄丢了。

早晨起床后他有点疲惫，丢魂的夜晚，总是给白天留下创伤。他来到阁楼的小窗边俯瞰街景，看见久别重逢的香椿树街躺在灰蓝色的晨光里。街上小雨，路面湿漉漉的，到处闪着蚌壳状的圆形光亮，过路的行人匆匆奔走，都是腿短身子长的体型，都是心急如焚的步态。有个穿雨披的妇女走得很慢，沿途用雨披遮挡手里的一炷香，嘴里高喊着一个名字，小美，小美，回家来！

那妇女的声音太凄厉了，听起来毛骨悚然。他探出窗子追逐她的身影，认出那是会计师老陈的老婆，她女儿小美，是香椿树街最漂亮的女孩之一，因此，保润对小美的境况很好奇，跑到楼梯口问母亲，那个小美，怎么啦？

母亲心里存着一股气，不愿意和他说话，别来跟我说话，我不跟吃屎的孩子说话。母亲跑到门外，细细地听了一会儿街上的喊魂声，自己有了谈兴，回来告诉儿子，听说小美丢了魂啊，不会说话只会哭，老陈的老婆喊了几个早晨了，还是没把魂喊回来。

又丢一个魂？他说，小美还是个中学生么，怎么也丢魂？

母亲说，去年是老人丢魂，今年轮到年轻人了，谁搞得清楚？老陈的老婆说小美是吃错了一只烂桃子，拉了一次肚子，从马桶上站起来，就丢了魂！骗鬼呢，谁没拉过肚子？吃一只烂桃子能把魂吃丢吗？拉一次肚子能把魂拉丢吗？她肯定在编谎呀，家丑不可外扬的，马师母说小美是早恋，不知被谁搞大了肚子。

谁？他追问道，是谁搞大了小美的肚子？

鬼知道是谁。母亲停顿了一下，忽然戒备起来，用什么东西敲了敲楼梯，你关心这种事干什么？人家小美未成年，不管是谁，都要枪毙的！

母亲终归是母亲，他下楼，看见早餐已经放在厨房的桌子上了。他坐下来，对着大饼油条和豆浆发愣，脑海里盘踞着两个女孩，一左一右，左侧是小美，坐在马桶上，右侧是仙女，她站在旱冰场上。母亲说，吃啊，都是粮食做的，记得吃了粮食，以后要说人话。他说他没有胃口。母亲说，有没有胃口都要吃，吃饱了上学去。他如梦初醒，忽然想起父亲替换他回家，是要让他回烹饪学校上学去的。他焦躁起来，推开早餐说，吃饱了就押赴刑场？我不吃！母亲说，你这是人话吗？学校是刑场？不吃不求你，早点上学去，我们已经跟王校长打好招呼了，你今天到他办公室去一下，学校里那堆事情，王校长会交代你的。

久违的书包早就放在楼梯口了，椅子上挂着雪白的厨师帽和围裙，都是母亲隔夜为他准备好的。按照父母的算盘，他要回烹饪学校上几天课，把实习考试应付过去，应付过去，就可以拿到厨师的证明了。父亲说那是他的前途，母亲说那是他的饭碗。他对着那只蓝色的书包思索着，手伸进去，抓到了一本彩色菜谱，油腻腻的，封面上是一盆松鼠桂鱼。松鼠桂鱼。他在烹饪学校曾经热衷于制作这道著名的菜肴，但这个早晨，那盆金黄色黏糊糊的东西让他感到反胃，他一扬手，把菜谱扔到了阁楼上。

趁着母亲在厨房里灌开水，他跑过厨房，把自行车从家里推到了街上。很不巧，自行车偏袒母亲，存心跟他作对，人都骑上了车，他发现轮胎泄了气，返身回去拿打气筒，拖延了两分钟，他的行踪便暴露了。母亲先是在餐桌上发现了保润的厨师帽，而后在楼梯口看见了保润的书包，捡起东西追出来，嘴里大叫，你这孩子也丢魂了？你不带书包不带厨师帽，去上什么学？

保润匆匆地给自行车轮胎打气。他说，上学的事以后再说，我今天不回学校，回井亭医院。

你敢！母亲脸上变了色，咬牙切齿地拉住儿子的自行车，王校长那边都打点过了，两瓶好酒两条好烟，花了不少钱。告诉你多少遍了，回学校混几天，你就拿到厨师执照了。

厨师执照谁稀罕？又不是飞行员执照。我骗你不是人，今天井亭医院要开护理观摩会，乔院长要我去表演，上午去一级病区，下午去二级病区，缺了我不行。

母亲诧异起来，问，什么事情缺你不行？你表演什么？乔院长到底让你表演什么？

他撸一撸袖管说，我能表演什么？捆人啊。

母亲很快明白过来，眼里气出了泪花，跺脚道，都是你爷爷害人啊，井亭医院去不得了，你这孩子的魂，丢了，丢了，也丢了！我明天跟小美他妈一样，要上街喊魂了！

母子俩在街上拉扯一辆自行车，做母亲的毕竟气力不支，两只手被儿子掰开，眼睁睁地看着自行车飞驰出去了。邻居都出来看热闹，看见保润已经扬长而去，粟宝珍瘫坐在门槛上，拍着胸口为自己疏导怒火。邻居问，保润到底怎么啦？她瞪着天空，指着天说，丢魂了，不公平啊，我们一家四口人，已经丢了两颗魂！邻居追问保润丢魂的症状，她心情不好，又要面子，随口搪塞道，他不肯上学，要去学雷锋。邻居说，学雷锋是好事，怎么是丢魂呢？她站起来拍拍裤子，说，怎么不是丢魂？别人学雷锋做好事，他学雷锋，是去捆人啊！

兔 笼

保润在井亭医院是个大红人了。

乔院长也赏识他的捆绑绝艺。这年春天医院紧跟形势，倡导人性化管理，口号是：井亭医院——幸福港湾。要打造一个幸福港湾，首先要尽可能地消除病人的痛苦，尤其重症病区，护工们习惯了使用皮带齿轮金属器械束缚病人，追求速度，手法粗暴，造成很多病人的皮肉伤害，从一类病人居住的灰楼，到二类病人居住的黄楼，从早到晚回荡着病人们此起彼伏的嚎叫，公路上的路人都听得见，这给医院的声誉多少带来了负面影响。经过医院管理层的研究分析，重症病区被列为改革试点，率先推广人性化的无痛捆绑，这样，保润以业余专家的身份被请到灰楼里，给三十多名男女护工上了一堂观摩课。

上午他多少有点紧张，好在技艺熟练，护工们渐渐地都用艳羡的目光盯着他的手。他演示了自创的九种绳结，手法算得上清晰流畅，护工们普遍有捆绑基础，大多数人当场学会了代表最高难度的菠萝结。乔院长详细询问病人的感受，菠萝结是否无痛？病人一致反映，痛还是有点痛，不过比老式捆绑法舒服多了。

73

保润辛苦了一上午，灰楼里的现场观摩会初获成功。乔院长请保润去小餐厅吃了午餐，还喝了啤酒。祖父有幸陪同，席间乔院长也表扬了祖父，夸他用自己的身体为保润的绝艺做出了贡献，祖父很谦虚地说，应该的，都是为人民服务啊。

下午移师黄楼，捆绑对象是二类病人。保润本来卸掉了负担，心情是轻松的，不料中途出了意外，仙女提着一篮牛奶瓶，不知怎么混到现场看热闹来了。保润听见牛奶瓶子叮当作响，回头瞥见仙女的身影，一下慌了手脚。两个人的目光在人堆里相撞，是冤家路窄的交锋，她的表情从慌张到好奇，从好奇到轻蔑，至多用了一秒钟的时间。忽然，她咯地笑出了声，所有人都回头看她，她知趣地捂住嘴，还在笑，笑得肩膀不停地颤抖。乔院长过去撵她，这是观摩会，有什么可笑的？你要笑出去笑，别在这儿影响我们。她撇撇嘴，应允道，我不笑了，再笑要出人命的。然后她提起篮子往人堆外面钻，人都走出病房了，又探回半张脸，大声抒发了她的感受，他也算专家了？你们来观摩他？她向众人做了个鬼脸，说，你们这些人，胃口真好啊。

保润愣在那里，看见她的脸一闪，牛奶瓶叮当叮当地响着，朝楼下去了。她太嚣张了，她的嚣张似乎在证明他的窝囊。他追出去，朝那个背影喊了一声，你给我小心点儿，等着瞧！除此之外，他一时不知道该怎么对付她。此后，保润心乱了，心乱手便乱，绳子在病人的身上失去了逻辑和方向，他干脆草草地结束演示，把绳子往乔院长怀里一扔，说，手酸了，不捆了，今天的观摩到此为止。

众人愕然，看着保润怒冲冲地走出病房。他们猜到老花匠的孙女败了他的兴，却不清楚那两个年轻人有过什么样的瓜葛。乔院长觉得很没面子，随口评价了保润，这种年轻人，素养太差了，终归是捧不上墙的刘阿斗。又问大家，你们谁知道他和仙女是什么关系？谈过恋爱的？有个女护工说，他们怎么会恋爱？仙女瞧不起保润的，你们猜仙女背后怎么骂他的？哈哈，仙女骂他是国际大傻逼啊。

春天以来保润经常在老花匠的棚屋附近活动，他在摸索一条最有效的途径，以便与她交涉。有时候他牵着祖父，看起来光明正大的，有时候是一个人晃悠，多少有点鬼鬼祟祟。

以棚屋为圆心，他的活动范围大约在五十米之内，主要是给仙女传递一些讯息，那些讯息看起来有点杂乱，分别使用了粉笔、红砖和煤渣，涂抹在通往铁皮屋的各条小径两旁。祖父以为他在写标语，问他外面是不是又搞运动了，写这么多标语，到底是要批判谁？他说不是标语，是写一个通知。祖父说，通知都要写在大黑板上，挂在大门口，你写在这些僻静的角落里，谁看得见？他随口搪塞祖父，我不通知大家，就通知一个人。祖父追问，通知是给大家看的，怎么通知一个人呢？你通知谁？通知什么事？他说，告诉你也没用，你不认识她。祖父看看铁皮屋的方向，看看保润，眼睛突然亮了，我知道了，我怎么不认识她？你妈妈冤枉我啊，我没有传染你，你丢魂怪不到我头上，我早看出来了，老花匠那孙女勾走了你的魂！

他曾经在一堆水泥预制板上改写了一个革命烈士的著名诗歌。**生命不可贵，爱情价不高，若为金钱故，两者皆可抛**。他自认为这首伟大的诗歌会引起她的注意，果然如此，过了两天，他看见了她的批注：*蠢货，那要看是多少钱*。他对她玩世不恭的回应不满意，所以用煤渣续上了一行字，*八十块，限三日之内还清!* 他命令式的口气招致了更不客气的答复，*太少了，此处不准大小便!* 她不讲文明，他也不客气了，水泥预制板上已经写不下字，他找到一棵粗大的法国梧桐，用粉笔在树干上写了一圈仙女的名字，又为这个名字作出了很多贬低性的注解，借此抒发他的愤慨之情。*妖怪。骗子。贱货。女阿飞。丑八怪*。过后他去梧桐树下查看仙女方面的反馈，发现他的留言都被抹去了，梧桐树的树枝上竟然挂出了一块纸牌子，纸牌上写着一排怒气冲冲的大字：**安全重地，保润与狗禁止进入!**

他们之间的对话进入了歧途，游戏的色彩越来越少，恶毒的人身攻击越来越多。保润决定破釜沉舟，干最后一票。他去医院的小卖部买了一枝排笔，一瓶墨水，准备把标语直接刷到她家的墙上，让所有人都认清她的真面目。

这一次，他顺利地看见了仙女。仙女在窗后，屋里有隐约的音乐声飘出来。她或许坐着，或许躺着，面孔与上半身隐匿在窗帘背后，只有一条腿架在窗前的桌子上，随着音乐的节拍轻轻摇晃。阳光照耀着她的腿。那条腿被流行的黑色健美裤包裹着，修长，神秘。脚是光裸的，借助黑色的反衬作用，显得精致而苍白。她的脚尖在桌上舞动，与风对话，与阳光玩耍，脚趾甲上新涂了猩红色的指甲油，五颗脚趾不安分地张开了，像五片玫瑰花瓣迎风绽放，鲜艳夺目。她以五颗脚趾迎接保润，也扰乱了保润，他有点发慌，一下忘了自己的来意，人莫名其妙地蹲了下来。

他不知道自己为什么会蹲下来。偷窥是有害的，偷窥令人心虚，他觉得自己像一只拧紧的闹钟，正要发出强大的铃声，发条突然断了。他身边是那口废弃的倒扣的大缸，缸底有一个不规则的扁圆形洞孔，他一时不知道该做什么，眼睛贴着洞孔朝内张望，缸内一片漆黑，什么也看不见。他试着朝洞孔里吐了一口唾沫，唾沫没有回声，缸里没有动静，他惊扰了一只花脚大蚊子，它从缸里飞出来，在他脸上狠狠地咬了一口。所以，他记得蹲在缸边的那十几分钟，腿倒是不酸，只是脸上很痒。

起初只是老花匠在小菜园里忙碌，他左手抓着一把韭菜，右手捧着一把菜秧，研究了一番，大声对着屋里说，韭菜老了，菜秧瘦了，这地方的土不好，怎么上肥都没用，菜就是长不好啊。仙女奶奶掀开碎花布门帘出来了，手里拿着一只藤条拍子，她或许听到了什么异常的声音，站在门前向四处瞭望，目光如鹰。她在地面上没有发现可疑之处，又抬头看天，最后对阳光发表了独到的看法，这地方土不好，人不好，连太阳也不好！她对老花匠说，你看这太阳也丢了魂，整天病歪歪的，一点没力气，晒什么都晒不香。

一条棉被晾在病歪歪的阳光下，被里是白底绿色条纹的，有一摊血痕留在上面，虽然被清洗过，浅红色的印渍仍然清晰可见。保润看见老妇人在两排晾衣杆之间穿行，举着藤条拍打棉被。她开始批评仙女了，没见过这么懒的丫头，拍拍被子都不肯拍，女孩子家这么懒，以后嫁给谁去？从早到晚守着那个音乐匣听啊，她的魂不在身上了，让那个匣子吸进去啦！啪，啪，啪。一股熟悉的栀子花香被老妇人拍出来了，夹杂着雪花膏与海鸥牌发乳的香味。他能闻到香味。他轻易地鉴别出来，那是仙女的棉被，那是仙女的香味。

她的香味在空气里妖娆地回旋。她就在窗子后面，那只脚离他不远。五颗脚趾甲就在窗子后面，离他不远。五瓣红色的花瓣探出了窗子，向着保润开放。这是他们的咫尺天涯，他在这边，而她仿佛在天涯之外。一切都出乎预料，他来复仇，结果他呆呆地蹲在一口大缸边，脸上很痒，脑袋有点晕眩，他的影子蜷缩在地上，又细又瘦，像一摊卑微的水渍。他抬起头，看看天空，天空中的太阳果然是病歪歪的，他觉得自己也病歪歪的，而且下贱，怎么不下贱呢？他明明是来复仇的，现在他眺望着她的窗口，竟然在思念她了。

老人们总算进了屋，厨房里有碗碟相撞的声响，看起来，一家三口要吃午饭了。保润注意到老花匠顺手把几片菜秧叶子塞进了兔笼。外面只剩下那只兔笼了。兔笼放在蓖麻丛下，漆成天蓝色的铁丝网格，新近挂上了一个粉红色的心形标牌。两只兔子，一灰一白，沐浴着春天的阳光。她的兔子，她的宠物，她的朋友，离他如此之近。他混乱的头脑忽然一亮，一场濒临绝望的较量，顿时有了新的方向。从两只兔子那里寻求公平，是他的灵感，也是一个最简约的选择，他离开大缸，悄悄地潜过去，提走了那只兔笼。

兔子不叫。兔子不像它们刁蛮的主人，从不反抗。它们如此温顺，玛瑙般的眼睛凝视着一个来犯者，没有恐惧，只有一丝好奇。两只兔子在保润的手里颠簸，一只仰望天空，一只怀抱菜叶，像一对安静的情侣。兔笼比他想象的要洁净许多，笼底的纸板刚被打扫过，青草和菜叶看上去新鲜欲滴，他闻了闻笼子，兔子光洁的皮毛也超出了他的想象，闻不出小动物常有的腥臭。现在，兔笼上的那个心形塑料标牌，他总算看清楚了，应该是从长毛绒玩具上剪下来的，上面印刷了三个花体字：**我爱你**。

他提着兔笼在医院里疾走，那个粉红色的小塑料片不时地触及他的膝盖，它以塑料的名义，对一个陌生的膝盖诉说，诉说盲目而空洞的感情。**我爱你。我爱你。我爱你。**

天蓝色的兔笼太醒目了，井亭医院几乎人人知道那是仙女的兔笼，为了避免不必要的麻烦，他脱下外套遮住了兔笼。既然把兔子视为人质，便要善待兔子，他准备为两只兔子寻找一个合适的居所。他往僻静的地方去，钻进了医院东北角的小树林。谁都知道树林与草地是兔子的故乡，但这两只兔子有点特殊，除了吃草，它们另有使命。他试着把兔笼挂在一棵枣树的树杈上，兔子升到了半空，它们是快乐还是恐惧，兔子玛瑙般的眼睛未作任何流露，是他自己觉得不妥，兔笼不是鸟笼，不该挂到树上去的。他仔细察看四周的地形，记起来一棵老银杏树，树下有一个废弃的窨井，以前带祖父来散步，被绊了好几次，对于兔笼来说，那倒是一个理想的掩体。他找到了银杏树，奇怪的是废窨井从树下消失了。他东张西望的时候，听见树林里有别人的脚步声，他刻意躲避，没想到脚步声追着他过来了。站住，我是公安！那人发出了夸张的警告，保润吓了一跳，听声音蹊跷，回头一看，是柳生，柳生像一个幽灵尾随着他，进入了树林。

你提着人家的兔笼在这里干什么？功夫不错呀。柳生说，约会才几天，都在替她喂兔子了？

保润镇定下来，想想此事柳生罪责难逃，一系列脏话便喷涌而出，对着柳生破口大骂。柳生眨巴着眼睛，说，你吃错什么东西了吧？我替你做了媒人，你还骂我？保润说，什么狗屁媒人，滚一边去。柳生说，等你把话说清楚了，我马上滚，她到底怎么得罪你了？你不说清楚，我怎么替你摆平啊？保润在火头上，回头骂道，还来跟我吹牛皮，你能摆平什么？摆平你的鸡巴去。柳生倒是有涵养，居然笑起来，摆平鸡巴也不容易，要忙半天呢。保润不好意思再骂柳生，提起兔笼忿忿地端详着两只兔子，他说，告诉你也无所谓了，她吞我八十块钱，连个说法也没有，我扣她两只兔子，做人质！

事情的原委太复杂，说出来很丢面子，说谎最好，可惜保润不擅长说谎，经不住柳生的再三逼问，保润大致透露了工人文化宫之行的遭遇。但这厢的诚实换来了那边的怀疑。柳生狡黠地盯着保润，满脸诡笑，我听不懂。什么旱冰鞋？什么八十块押金？你们的关系不同一般么，上过了？你要是上了她，这事情就摆不平了。

上是什么意思，保润很清楚，香椿树街的男孩都知道上一个女孩意味着什么。他涨红了脸为自己申辩，上她干什么？又不是大美女，有什么可上的？我连她的手都没碰一下。

还是听不懂。柳生目光炯炯，逼视着保润，连手都没碰一下？她凭什么吞你八十块钱？

保润无法佐证自己的无辜和清白，只好赌咒发誓道，我要说谎，全家人都死光，一个都不剩。发了毒誓，柳生不得不相信了保润。柳生说，那好，她不给你面子，就是不给我面子，她要你就是要我，这事情我负责到底，人也好，钱也好，都包在我身上了。

尽管柳生说话浮夸，但他的态度渐趋明朗，给了保润些许安慰。剩下的是她和柳生的关系，这一直是保润的心结，他刺探柳生道，你到底怎么做了她的老大？你们两个人，经常一起出去玩？柳生说，也没出去几次，这丫头很任性的，有时候喊她她摆臭架子，不方便带她了，她又像跟屁虫一样盯着你问，明天我们去哪里玩？烦死人。保润说，那你们都去哪里玩？你带她出去滑旱冰，还是看电影？柳生说，我没兴致陪她干这些事，我带她去东门舞厅跳舞，跳小拉。保润说，什么小拉？柳生说，小拉就是小拉，小拉你都不知道，还想钓什么女孩？看保润满脸茫然，柳生便在地上走了几个舞步，你听说过水兵舞吧？你知道吉特巴吗？这个小拉，有点像水兵舞，又有点像吉特巴，这个小拉，现在外面最流行啊。保润模仿柳生跳了几步，还是疑惑，什么水兵吉特巴，什么小拉？不会是贴面舞吧？柳生说，贴面归贴面，小拉归小拉，饭要一口一口吃，先小拉后贴面，小拉以后才贴面，懂不懂？保润沉吟了一会儿，有点懂了。又问，听说东门舞厅可以跳贴面舞，你没带她试试？柳生察觉到保润异样的眼神，嘿地一笑，挥挥手说，我知道你要问什么，你他妈的别想歪了，人家是未成年，你没上过她，我也没上她，骗你是畜生，我比你好不了多少，她就喜欢跟我跳小拉，除了她的手，我哪儿都没碰过。

　　这样，他们似乎交了一次心。交心过后，友谊突如其来，他们彼此从对方脸上看见了一丝友谊之光。后来，保润提起地上的兔笼，跟着柳生去了水塔。

　　柳生挑选这个绝妙的地点安置兔子，保润很满意。水塔就在树林边缘，红砖垒砌的封闭式塔体爬满了暗绿色的藤蔓，塔端的圆柱形泵房像一顶巨人的帽子，抽水声嗡嗡低鸣，陈述着深奥的虹吸原理。他们的脚步声惊动了一只棕黄色的长尾野物，它从水塔里面蹿出来，很快消失在草丛里。保润认为那是一只黄鼠狼，柳生则坚称那是狐狸。保润问柳生，狐狸要不要吃兔子的？柳生说，兔子么，谁不爱吃？人要吃它，狐狸肯定也要吃，不过你放心，我知道什么地方最安全，听我安排就行。

　　医院方面给水塔焊了一扇铁条门，不知为什么迟迟没有安装，形式主义地斜靠在门框上，一跨就进去了。保润跟随柳生，提着兔笼攀上高高的铁梯，直抵水塔顶部的泵房。泵房里别有洞天，超出了保润的想象。一条圆形甬道环绕着巨大的水箱，甬道的一半是亮的，另一半是暗的，有两颗烟蒂扔在角落里，还有一卷破草席竖起来，靠在水箱上。保润问柳生，怎么有草席，谁跑到这儿来睡觉？柳生嗤地一笑，说，你真是国际大傻逼，谁会跑这儿来睡觉？辛辛苦苦爬到这上面，都是来干那事的，那事，明白了吗？

　　保润在四周谨慎地考察一番，把兔笼放在了窗洞下面，此处算是泵房最明亮的区域了。两只兔子，一灰一白，它们安静地蜷缩在笼子里，耳朵轻轻耸动。听说兔子的听觉非常灵敏，它们一定在分辨水泵嗡嗡的抽水声，还有水塔外面风吹林梢的颤索声。保润的耳朵也很灵敏，依稀听见了两颗兔子心脏跳动的声音。

对于兔子来说，这也许是世界上最荒芜的角落了，没有草，没有人，只有宁静的水流声。柳生先下去了，保润从地上捧起撒落的几片菜叶，放回笼子里。他走到铁梯上，回头一望，心里突然注满了巨大的空虚，脑袋有点发晕。兔笼上那个粉红色的心形标牌，不知什么时候自动展开了，一道温柔的红光刺破了泵房的幽暗，对着他娓娓倾诉：我爱你。我爱你。我爱你。

我爱你。

会　合

他们约好在水塔里会合。

保润提前到了水塔。有人比他来得更早，泥泞的地上有自行车轮胎的辙痕，还有一颗新鲜的香烟头，他知道是柳生，但是四周不见柳生的踪影。他朝着水塔的顶部叫了几声，除了巨大的回声，没有任何呼应。一切都是柳生安排的，柳生不在，他的心里没有底。他想去上面看看两只兔子怎么样了，刚朝铁梯上走了两步，听见身后哐啷一响，有人撞翻了水塔门口的铁条门。

仙女来了。

她跨过铁条门的一瞬间，那股清凉的栀子花香也涌了进来，保润看见水塔里桶状的阳光跳了一下，他条件反射，跟随阳光一跳，躲到了一只柴油桶后面。他从来没有这样紧张过。这个瞬间值得纪念，他在暗处注视着她。她一来，他整整一个春天的焦灼消失了，她一来，他整整一个春天的等待也结束了。柳生为他吹响了战斗的号角，一场决战将要开始，他灼热的身体莫名地打了个冷战。

她似乎留了点心眼，像一个探险家似的，带了手电筒，又从哪儿捡了一根木棍，牢牢地攥在手里。她先用木棍试探水塔里的动静，嗒嗒地敲，一边敲一边走，敲到了柴油桶，发现暗处有人影一闪，她按亮了手电筒，手里的木棍也高高地举起来了，谁？谁干的？王八蛋！她尖利的嗓音先声夺人，兔子呢？我的兔子在哪里？

保润的脸被手电筒的光罩住，眼睛睁不开，他往暗处挪了几步，一只手抬起来，护住了自己的眼睛，他说，你往哪儿照？不准照我的眼睛。

她认出了保润，一下变得威风凛凛，犯罪分子也怕亮光？偏要照你，照瞎你的眼睛！她用手电筒的光追逐保润的眼睛，嘴里发出一声轻蔑的冷笑，我就知道是你干的，干这种没出息的事，你还算男人吗？快，把我的兔子交出来！

保润缩在角落里，脑袋转来转去，竭力躲避手电筒的光亮。交出来？你让交我就交？没那么容易。他说，我不算男人，你算女人？你也不算女人。

她似乎一心要搜救兔子，顾不上跟他吵架，手电筒从保润的脸上移开，沿着水塔的底部转了几个圈，她大声地喊起来，灰姑娘，白雪公主，你们在哪里？别怕啊，我来了！环形的黑暗被手电筒的光一点点地照亮了，除了几台废弃的医疗仪器，一堆板结的散装水泥，水塔的地面别无他物。她搜到铁梯下面，朝上面张望，看见保润两条粗壮的腿耸立在梯级上，状如两个树桩，起到了路障的作用，她敏感地意识到他的心思，对着铁梯上面喊，灰姑娘，白雪公主，你们在上面吗？保润遮挡着她的视线，嘴里说，什么灰姑娘？什么白雪公主？她们在电影里的，不在水塔里。她狠狠地推了他一把，推不动，便用手电筒去敲他的膝盖，听着，我命令你，五秒钟之内把兔子交出来！

保润不知道柳生是怎么把她约来的，柳生不露面，游戏规则不详，保润有点无助，他不知道如何摆平她，只记得自己的逻辑：一手交钱，一手交兔笼。趁着女孩分神，他突然抓走她手里的手电筒，向女孩摊开了另一只手掌，八十块钱呢？旱冰鞋的押金，先把押金还我！

她毕竟心虚，啪地拍开保润的手，转过脸去嘟囔，什么押金？莫名其妙。她跑到水塔门口，站在光线里眨巴着眼睛，一边把食指含在嘴里，习惯性地咬起指甲，很明显是在思考对策。噗的一声，她吐出一小片指甲，对策也有了。那不是押金。她说，那是罚金，请你搞搞清楚，好不好？

什么罚金？保润反应不过来，怒声道，你罚我什么？

去的时候你把我丢在公路上，回来又把我丢在旱冰场，你忘了？你临走还用可乐瓶子砸我，让我当众出丑，你破坏我的心情，败坏我的名誉，难道你都忘了？她用一种恫吓的眼神瞪着保润，眉毛一拧，罚你八十块钱，算是优惠你了，我欠你什么钱？

她擅长强词夺理，保润早就领教过了，论吵嘴，他不是她的对手。他脑子一热，动手了。突然一下，他揪住了女孩的马尾辫，狠狠地拽一下，高声喊道，你到底要不要兔子？要兔子先还钱，八十块钱，先还我！

她尖叫了一声。对于保润突发性的暴力，她并没有多少准备，保润的腕力很大，无法挣脱，她的面孔被迫仰起来，近距离感受他的怒火。她的目光开始流露出一丝怯意，嘴角还残留着虚张声势的微笑。钱我已经花了，怎么样？听起来她的语气介乎于坦诚与挑衅之间，她说，我买录音机就差那八十元，我买录音机了，怎么样？

保润不相信自己的耳朵，忽然记起那天在铁皮屋外面听见的音乐，是一支流行歌曲。**你从哪里来／我的朋友／好像一只蝴蝶飞进了我的窗口**。他惊愕地瞪着她，这不是谎话，是真的。她买了录音机。她视他为一堆狗屎，却用他的钱去买了录音机。你真以为我是国际大傻逼？保润这么大吼了一声，老鹰捉小鸡似的把她揪到了水塔门口，骑到我头上拉屎来了？今天饶不了你！走，我跟你回去拿钱，有钱还钱，没钱拿你的录音机，否则，让你偿命！

你狗眼看人低，八十块钱就要我的命？八十块算个屁，你的命才那么下贱！她在挣扎中依然保持了尊严，还有清醒的精于计算的头脑，她啐了他一口，然后发出义正词严的声音，录音机要一百五十元，你八十元想拿我的录音机？你是强盗吗？你要抢劫吗？

保润擦干净脸上的唾沫，一时茫然，听见她又及时地摆出一个方案，听起来很明智，也很公平。我让你听两次音乐行不行？要不优惠你，听五次？她的声音听起来一半是试探，一半是命令，好了好了，干脆让你听十次算了，八块钱听一次，毛阿敏，程琳，朱明瑛，还有邓丽君啊，你赚大啦！

他在走神，因为无意中触碰到了她小小的紧致的乳房。那种触觉过于敏感，类似不慎触电，从手掌到腹部，有一种微微发麻的热量通过，保润忽然撒开了手。他一撒手，她便占了上风。她捡起地上的木棍向保润比划着，欺负我的人还没出生呢，你再敢来，看我一棍抡死你。她用一根木棍开路，奔向铁梯口，仰起脸向铁梯的上方张望，嘴里高声喊道，灰姑娘，白雪公主，别怕，你们等着我！

她像一头小鹿般的轻盈善跑，一眨眼已经跃上了狭窄的梯阶，保润反应慢了半拍，伸手拉扯，只触到了她的马尾辫的辫梢。他们一路追逐，越追越高。铁梯发出的震颤声被水塔的桶状空间有效放大了，水塔里似乎飞舞着无数雷电霹雳，声浪震耳欲聋。他们先后攀到水塔顶部的泵房，那巨大的回声慢慢收敛起来，直至寂静。仙女弯着腰大口大口地喘气，脑袋转来转去，好奇地环顾着水塔上下的空间，由于刚刚享受了一次意外的刺激，她的嘴里轮流发出喘息和感叹的声音，我的妈，这么高的水塔，这么大的风，我的妈呀，累死我啦。

但是，兔子不见了。

一夜之间，水塔诞生了一个惊人的秘密。泵房的环形甬道还是半明半暗，昨天的铁丝兔笼放在窗下，今天已在暗处。兔笼还在，笼门却被谁打开了，两只兔子不见了。保润愣在那里。他记得很清楚，昨天特意检查过兔笼的门，笼门关得好好的，他还用树枝做了个加固栓。是黄鼠狼或者狐狸吗？听说黄鼠狼和狐狸都是聪明透顶的野物，它们也许会开兔笼的。他隐隐地觉得柳生应该对这个意外负责，于是冲到铁梯边，朝着下面喊起来，兔子怎么跑了？柳生，你在哪里？柳生，你快上来！

柳生不在水塔下面。柳生不知跑哪儿去了。按照柳生的描述，事情一定会摆平，摆平之后还会有点乐子，他们三个人要在水塔上举办一次舞会，跳小拉。小拉。小拉需要仙女，舞会需要音乐，需要一台录音机。保润正在猜测柳生的去向，会不会是去借录音机了呢？猛然觉得身后撞过来一阵风，仙女举着她的兔笼扑过来了。还我的兔子！仙女满脸是泪，高举兔笼朝他的脑袋砸来，我的兔子哪儿去了？你灭了我的兔子，我灭了你！

他们之间的决战，一下进入了白刃战的阶段，她看起来已经歇斯底里了。保润费了很大的劲儿才夺下那只空兔笼。笼子里腐烂的菜叶和黑色颗粒状的兔粪纷纷撒落在他身上，那个粉红色的塑料标牌晃荡着，染上了一抹鲜红的血迹。**我爱你**。**我爱你**。他感到右手食指上一阵尖锐的刺痛，细看之下，食指被兔笼的铁丝戳了一个口子，正在殷殷地出血。他扔下兔笼，抬起一只脚踩在上面，不是我干的，骗你不是人。他冷静地吮干净手指上的血珠，可能让黄鼠狼拖走了，不过就是两只兔子，算我有责任，你开个价吧。

她抹干眼泪，紧张地盯着他那根流血的手指。她曾经从口袋里掏出一块折叠的小纸片，揉捏了一秒钟，又忿忿地塞了回去。也许觉得递纸巾是某种和解的信号，和解太快有失她的尊严，她的神情在瞬间变得幸灾乐祸，然后慢慢恢复了严峻。她开始咬指甲，目光闪烁不定，观察着保润，噗的一声，她吐出一小片指甲，新的方案成熟了。她说，我不欠你钱了，你把灰姑娘弄没了，要赔四十块，白雪公主是白兔，比灰姑娘贵，要赔五十块。你听好了，现在是你欠我钱了，一共欠我十块钱。

保润瞪大了眼睛，发出了几声冷笑，他原想对她进行讽刺挖苦，苦于缺乏相应的口才，最终还是跳起来了，你放什么狗屁？谁没见过兔子？北门市场就有卖兔子的，一块钱一只，你的兔子凭什么这么贵，难道是熊猫生的？

她平静地捡起了兔笼，嫌贵你把兔子给我找回来，找不回来就赔，我养的兔子，就是比熊猫还贵！她提着兔笼走到铁梯旁边，晃了晃笼子，你看你看，兔笼也给你踢坏了，兔笼不要钱买的？五块钱，也要赔吧？你现在倒欠我十五块钱啦。

她的报复以数学为基础，以恶意为逻辑，竟然是流畅而深刻的。她背过身去，他听见了她喉咙里低微的声音，国际大傻逼。他不承认那是一个绰号，那是咒骂，虽然她有意克制了音量，却带给保润从所未有的羞辱，还有绝望。他要一卷绳子。一卷绳子。他下意识朝四周扫视，除了水箱边的那卷草席，水塔里什么也没有，这儿不是祖父的病房，没有绳子。他一个箭步冲到铁梯口，展开双臂堵住她的出路，不准走，柳生还没来，我们等柳生来。仙女冷冷地瞪着他，账都算好了，你欠我十五块，还等柳生干什么？你们还要干什么？他愣了一下，说，不干什么，柳生说要跳小拉。一丝疑云从她乌黑的眼睛里稍纵即逝，她傲慢地笑起来，你跟我跳小拉？我是舞女？你脑子里有细菌啊？我跟你跳，还不如跟一头猪跳！

她原本有机会夺路逃跑，偏偏不舍得扔下手里的空兔笼，兔笼出手帮助主人，以残破的铁丝勾住保润的衣服，结果帮了倒忙。两个人被勾在一起厮打，胜负不言自明。保润箍着她的腰往泵房里走，小拉，去跳小拉。他赌气地喊着，不跳也要跳，跳不跳由不得你。为了防止她咬人，他谨慎地扣住她的脖颈，避开她的牙齿。她的脸被迫向水塔的顶部仰起，涨得通红，面颊上开始有泪珠潸潸而下，尽管如此，她还是努力地念出了一些人物的名字，东门老三你认识吗？珍珠弄的阿宽你听说过吗？告诉你我不是好惹的，惹我你要后悔的，我在社会上认识好多人，老三阿宽都是我朋友，惹了我，你吃不了兜着走！

无论她的威胁多么具体多么务实，为时已晚了，保润咬着牙说，我没惹你，是你一直在惹我，什么老三什么阿宽，我谁也不怕，今天就是要摆平你，今天就要跟你跳小拉。

保润不知道如何开始，他从来没有跳过舞，他从来没有跳过小拉。关于小拉的舞步，柳生略微指点过，但没有合适的舞伴，他怎么记得住？他搂着她在泵房里撞来撞去，碰翻了那条草席，草席在地上缓缓展开，依稀袒露出两具模糊的纠缠的身体，一男一女，雪白的裸体，像两朵花一样绽放开来，淫亵，但有点迷人。小拉。小拉。不合时宜的幻觉让他慌乱，他一脚踢走了草席，听见仙女在他怀里挣扎，嘴里尖叫着，你敢动我一个手指，我让老三剁掉你十个手指，你敢欺负我，我让阿宽活剥你的人皮！

他无心与她斗嘴，听见外面起了风，泵房的小窗外有什么硬物琅琅地撞击着水塔，一抬眼，发现窗销上拴着一条金属链子，金属链子垂向水塔的外面，闪烁着银色的奢华的光芒。他记得去年井亭医院的保安人员曾经在泵房里拴过一条狼狗，那应该是被遗忘的狼狗链子。他腾出一只手去拉狗链子，狗链子仿佛也是被驯服的，一节一节快速爬了上来，嚓，嚓，嚓，一眨眼狗链子已经守候在窗边，等候新主人的命令。他试着拽了一下，链身很长，捏一把，链条有点潮气，但很柔软，他欣慰地叹了口气，好，看我怎么摆平你。

直到狗链子套到她的肩上，冰冷的链子划过她的皮肤，绕了第一下，她才知趣了，及时发出第一次求饶的声音，算了算了，放开我，我不要你的钱了，算我欠你八十块，行不行？保润冷笑道，现在大方来不及了，我们今天清账，谁也别欠谁。她的求饶很快变成了呼救，她喊了几声爷爷，叫了几声奶奶，还喊过乔院长，叫过保卫科李叔叔，很快她意识到向这些人求救是徒劳的，于是想到了柳生，她满眼是泪，绝望地跺着脚，柳生你这个王八蛋，都是你害人！柳生你快来，你死哪儿去了？快来救人啊！

但是柳生救不了她，柳生行踪诡秘，不知道跑哪儿去了。保润从口袋里掏出骑车用的手套，堵塞了她的嘴巴。你放心，手套不脏，刚刚洗过的。他端详着她的眼睛，说，你也知道害怕？不用怕，我不跳小拉了，现在你求我，我也不跳了。他的手在空中一挥，佯装打了她一记耳光，现在怕了？打女孩子不算本事，你放心，我不打你，我就**捆**你。说到**捆**这个字，他的脸上出现了一种近乎得意的表情，我捆人的速度，不是世界第一，就是中国第一，今天让你见识一下，你数十二下，十二下，我保证把你捆个结结实实。

他知道仙女不会数，他自己数。数十二下，那不是吹牛，他曾经在祖父的身上做过实验的。一，二，三，交叉。四，五，六，缠绕。七，八，九，跳转，最后三下是打结。这是保润最熟悉的工艺流程。之前他从未使用过狗链子，也从未捆过一个健康的少女，工具有点特殊，对象更是奇特，他在心里比较了一下各种绳结的优劣，还是觉得莲花结合适。莲花结的流程稍微繁琐一些，不过他的技艺炉火纯青，数十二下，没有什么问题。狗链子有点滑，也有点重，她的蓝色牛仔夹克恰好承受狗链子的坚硬质地，咬合也没有问题，只是在狗链子穿越仙女胸部的瞬间，他的心跳加速了，他有问题了。金属链子在她的乳房上绽开莲花的第一个花瓣，他的小腹以下开始激荡一股灼热的气流，气流向下入侵，并且在坠落中升华，生理竟然产生了过激的反应。为此，他感到一阵慌乱。整整一个春天的思念，现在有了回报，整整一个春天的欲望，从黑暗到黑暗，好不容易找到最后的出路，居然还是这条绳索之路。

捆。

捆她。

捆起来。

把她捆起来。

被捆绑后的仙女如此弱小，让他惊讶。因为无助，也因为过度憋气的原因，她的胸部急剧地起伏，风暴席卷两座小小的馒头似的山峦，山峦上弥漫着白色的烈火，那火焰灼伤了保润的眼睛。一，二，三，数十二下。一个少女神秘的肉体世界被镇压了，那个世界天崩地裂，发出喧嚣的碎裂之声，碎裂声穿透她的皮肤，穿透她的身体，回荡在水塔里。四，五，六，数十二下，莲花在她的身上开放了。他的手上留下铁链子冰冷的触觉，还有她皮肤上的体温。七，八，九，十二下，数十二下，数十二下，莲花结上的莲花渐次开放了。

莲花开放在幽暗的水塔里，闪烁着金属特有的尖利的银光。他顺利地把仙女拴在铁梯上，掸了掸手说，等着柳生来救你吧，现在你不欠我了，我们清账了。他听见她嘴里发出了几声含糊的呻吟，眼睛里的怒火渐渐熄灭，变成一堆暗红的灰烬，泪水从灰烬里钻出来，打湿惨白的面孔。这是第一次，保润从她眼睛里发现了羞耻，畏惧，还有绝望。她痛苦地低下了头，用下颚撞击肩膀上的铁链，银色的颈链断了，仿玛瑙坠子闪着一道暗淡的红光，轻盈地跳进了兔笼。兔笼已经毁坏，只有那个粉色的塑料标牌完好无损，依然在黑暗中发出盲目而轻浮的誓言。**我爱你。**

我爱你。

保润跑出水塔，外面明亮的阳光非常刺眼，风是冷的，但冷得柔软。他很疲惫，手按膝盖，在台阶上蹲了一会儿。他出了好多汗，汗水湿透了衬衣，后背上凉浸浸的。对面的树林里，桃花凋谢了一半，梨花正在盛开，还是春天，别人的春天鸟语花香，他的春天提前沉沦了。巨大的空虚长满犄角，一下一下地顶他的心。他闻自己的手，一般来说手会保留恶行的气味，但这次，他意外地闻到手指留有余香，那股清冽的栀子花香味是属于仙女的，他心里清楚，那是春天的最后一缕香味了。

树林里响起一阵自行车的铃铛声。柳生终于出现了。他注意到柳生的自行车负荷很重，几只鼓鼓囊囊的塑料袋子挂在龙头的两侧，一路摇晃着。

柳生问，你摆平她了吗？

保润先是摇头，然后又点头，含糊地说，摆平了。

怎么摆平的？你上她了？

没有上。我捆。保润说，我把她捆起来了。

柳生朝水塔张望着，表情看起来有点鬼鬼祟祟的。保润瞥见他的裤

上
部

保
润
的
春
天

89

腿上沾了几丝白色的毛毛，起了疑心，走过去摘下那些毛毛，用手指一捻，发现那是一绺兔毛。

保润嘴里倒吸了一口凉气，惊叫起来，是你干的？你他妈的把兔子弄哪儿去了？

柳生不以为意，脸上流露出一丝诡秘的笑意。你吵什么？千万别吵。我去食堂找小崔了，红烧兔肉不要花时间炖吗？柳生打开车龙头上的一只塑料袋，从里面小心地拿出一只饭盒，打开了盖子。看，两只兔子都在这儿，熟了。他捧着饭盒朝保润递过来，你尝尝，红烧的，加了茴香和花椒，很香啊。

保润闻见了一股热乎乎的扑鼻的香气。他打了个寒颤，脑袋嗡的一响，手一掀，那只沉甸甸的饭盒落在地上，汁液四溅，一块兔肉掉在了柳生的脚下。柳生叫起来，你他妈怎么回事？红烧兔肉那么香，难道你不爱吃红烧兔肉？保润白着脸，匆匆地往树林外走，似乎急于要摆脱一个可怕的恶魔。柳生在后面捡饭盒，嘴里高喊道，不吃兔肉就不吃，我们还要开舞会，你跑什么？小拉，教你跳小拉，你不学小拉了？保润奔跑起来，回头骂了一句，还拉个屁！你不是人，你他妈的吃什么兔肉？给我吃屎去吧！

保润一口气跑到树林外面，有几颗石子追着他，从树林的那一侧唰唰地飞来，越过林梢，最后落在他的脚下。远远地传来了柳生羞恼的叫喊声，保润，你这个国际大傻逼，我都是为你忙，跟你交朋友算我瞎了眼，从今往后，我们一刀两断！

他站在远处仰望水塔。红色的水塔上空覆盖着几朵稀薄的云彩，看不见罪恶的痕迹，听不见她的声音。只有风声。风吹云动，塔顶的云团状如一群自由的兔子。白云，乌云。白兔，灰兔。兔群在天空中食草，排列出谜语般的队形。他觉得自己笨。春天的天空充满谜语，那谜语他不懂。春天的水塔也充满谜语，那谜语他不懂。还有他自己，春天一到，他的灵魂给身体出了很多谜语，他的身体不懂。他的身体给灵魂出了很多谜语，他的灵魂不懂。

他什么都不懂。

白色吉普车

对于香椿树街的居民来说，那辆白色吉普车是久违了。有人记性
好，记得吉普车的号牌是四个特殊的字母，ZNZF，只是不知道四个字
母是否有什么特殊的意思，有人文化程度高一些，一语道破天机，说那
是汉语拼音呀，ZNZF，就是捉拿罪犯的意思。

国泰民安了，白色吉普车几乎遗弃了香椿树街，那是值得欣慰的
好事。但是孩子们不管这一套，看见白色吉普车驶上桥头，不禁欢呼起
来，来了，来了，来了一辆！他们追着吉普车沿街奔跑，高喊着他们心
目中罪犯的名字，三霸！抓三霸！他们喊得有根据，三霸不仅走私外国
香烟，还是火车站一带票贩子的领袖，这在香椿树街是公开的秘密，但
吉普车驶过了三霸的烟杂店，三霸伏在柜台上，嘴里啃着一条鸡腿，还
向吉普车招了招手。孩子们有点扫兴，继续追，又齐声高喊，是李老
四，去抓李老四啦！这次喊得也有道理，那个李老四天天带着钢锯和大
剪子出没在铁路码头和荒废的工厂区，专门剪电缆电线，剪了卖钱，剪
断了军用光缆就要坐牢，但是白色吉普车从李老四家门前过去了，李老
四的母亲坐在门口洗衣服，还向孩子们打听，是谁家孩子犯事了？这白
汽车，好久没来啰。

孩子们后来就跑累了，怏怏地聚在一起休息，不知谁挑了头，他
们开始为吉普车的新目标打赌。由于每个孩子心目中都有一个罪犯，很
多香椿树街居民无辜的名字从他们嘴里蹦出来，其中不仅包括王德基父
子、猪头、黑卵、小武汉，竟然还有德高望重的老干部老年，为人师表

91

的中学教师冯老师。没有一个孩子提及保润，孩子们怎么会想到保润呢？保润当时在街上籍籍无名，很多孩子甚至都不知道保润长得什么模样。

听说白色吉普车开到香椿树街的时候，保润正在马师傅的精品服装店里看热闹。

装潢公司的人在橱窗玻璃上喷墨，先喷出"巴黎时装"四个红色的花体字，保润眯着眼睛端详，这里卖巴黎时装？有没有纽约时装？果然，巴黎时装后面就是纽约时装，只不过字体换了蓝色。他为自己鼓起掌来，去翻看装潢公司的人带来的草图，再来一个东京时装？东京后面再来一个香港？装潢公司的人竟然点头称是，反问保润怎么知道他的设计思路。他得意地说，猜出来的，这种设计谁不会？我也会，设计就是吹牛，吹国际牛皮嘛。

马师母和儿媳妇围着一只纸箱，一个膝盖上铺条裙子，一个怀里抱着衬衣，每人手里一把剪刀，喀嚓喀嚓，忙着剪掉衣服上的线头。保润对时装店的业务如此轻慢，儿媳妇率先表示反感，什么叫国际牛皮？我们店走精品路线，不进地摊货，都进外贸货，出口巴黎，出口纽约，怎么不能叫巴黎时装纽约时装？马师母向媳妇使了一番眼色，悄悄指着自己脑门，意思是此人脑子缺一窍，别跟他论理。她转脸，对保润赔出一张笑脸，保润你没事做了？你妈妈不是说你要去市委上班吗？保润摇摇头，诚实地解释道，不是市委，是市委招待所的食堂，去做饭。马师母笑了笑说，好歹是市委的食堂，做饭给市委领导吃，多好，肯定有前途的。他不知怎么接受马师母的美意，朝自己家方向努努嘴，我不知做饭给谁吃，是他们在忙这事。马师母说，是啊，一家人么，你伺候你爷爷，你父母为你忙，你爷爷，最近怎么样了？他一挥手说，还那样，三年五年死不了，说不定万寿无疆。马师母说，那你呢，你在那里怎么样？听说你在井亭医院谈了个女朋友？她的目光热切地询问着保润，拿起膝盖上的裙子，抖了一下，身材一定很好吧？要不我打个折，你把这条裙子买给她？

保润涨红了脸，支支吾吾地看着那条裙子，忽然说，那是谣言，我的女朋友，还在天上飞呢。

他迈下服装店的台阶，正好听见那辆白色吉普车急刹车的声音，吉普车停在斜对面老孙家门口，车门打开，跳出来三个穿制服的公安人员，他们朝着服装店门口跑过来，尖利的眼神集中在保润的脸上，乍看热情，细看凛冽。有个人手里抓着一副铐子。保润突然发现来者不善，抓我的？他惊叫了一声，跳起来向着街东的方向狂奔。他跑得飞快，跑出一个漂亮的S形，S形在街道上拖曳了五十多米，不巧赶上鲍三大的黄鱼车迎面过来，鲍三大哪儿会放过这样的机会，他大喝一声，犯罪分子，你往哪里跑？龙头一扭，黄鱼车的车身灵巧地横在街上，保润便扑在一堆冰冻带鱼上了。有个公安人员趁势从后面摁住他。保润被一股浓重的鱼腥味所包围，听见鲍三大得意的声音，我早说过这个孩子要犯罪，你们还不信，这个说他老实，那个也说他老实，现在你们看看，他到底老实不老实？铐走啦！

春天的一个下午，保润被铐着双手走过家门。

这是他人生中的第一次，不是他捆别人，是别人用手铐铐住了他。看上去他很不习惯，一侧肩膀拱起来，身体歪斜，眼睛直直地瞪着手腕上的铐子，似乎在思考脱身的方法。两个公安不时地推搡着他，他的脚步故作悠闲，他的面颊和嘴角沾满了银白色的带鱼细鳞，模样看上去有点滑稽，又有点可怜。

他母亲粟宝珍站在门口，脸色煞白，手里拿着一块肥皂，袖套上湿了一片，都是肥皂沫子。马家婆媳围在粟宝珍身后，婆婆一副爱莫能助的样子，媳妇的脸上是恍然大悟的表情。粟宝珍不敢与公安人员交流，尖声喊着保润的名字，保润保润，你干什么坏事了？保润说，什么也没干，我就捆了一个人，她吞了我八十块钱。粟宝珍扔掉手里的肥皂，跺脚道，什么乱七八糟的？你给我好好说话，讲清楚呀，到底捆了谁？到底是谁吞了那八十块钱？保润咽了一口唾沫，突然烦躁地说，太复杂，讲不清楚！

即使保润口齿流利，也没机会对母亲讲清楚了。两名公安各自伸出了一只手，准确地说，是伸出了白手套，其中一只白手套封盖了保润的嘴巴，另一只白手套拧了下保润的耳朵，然后顺势搭在他肩上，拍一下，又拍一下。那名公安应该来自北方，普通话听起来非常标准，一看就是初犯，还不懂规矩？现在教你规矩，闭上嘴巴。让你说话你才能说话，听懂了没有？

保润点了点头，脸上的表情与其说是恐慌，不如说是腼腆。他不敢分辨两名公安的脸，只是记住了两只白手套不同的气味。一只有清凉油冷酷的气味，另一只白手套闻起来亲切一些，带着一股浓浓的烟丝的香味。出逃的五十米路程，很快走完了，保润看见白色吉普车在街边等他。此去不妙，他知道目的地，那个目的地被香椿树街居民称为**里面**。**里面**。他从来没有料到，白色吉普车有一天会为他而来，他也要到**里面**去了。

他被两名公安干脆利落地塞进了吉普车车门。车上已经有了另一个人，像一件沉默的货物，先行运上吉普车，占据了有限的空间。他看见那人宽阔的后背，还有油腻腻的后脑勺，背影有点像柳生。等到那人回过头，保润发出了一声惊呼，柳生！真是柳生。他不清楚柳生为什么会先到一步。他不清楚自己用狗链子捆人，犯了多大的罪，更不清楚柳生为什么也要到里面去了，据他所知，柳生不过是把她的两只兔子红烧吃了。

94 柳生的双手被铐在一根特制的不锈钢钢杆上，半跪着，他还穿着肉铺的白色工作服，身上散发着生猪肉特有的膻味。柳生来陪他了，他和柳生仍然在一起，他的心里说不出来是惊还是喜。因为禁止说话，他只好用眼睛询问柳生，几次对视，柳生总是首先移开他的视线，看起来有点心虚。保润注意到柳生不知什么时候挂了彩，他的一只耳朵上，可笑地包着一块纱布。

他们现在被铐在同一根钢杆上了，像两个真正的朋友，即将分享神秘的里面的生活。随着吉普车的颠簸，两个人的肩膀偶尔会撞在一起，保润后来坚持用肩膀发问，但柳生的肩膀刻意地避开了他，柳生看起来很害怕。因为柳生害怕，保润觉得他有必要保持乐观，肩膀不能交流就用脚，保润的一只脚悄悄探出去，故意踩了柳生一下，躲开，便又踩一下。没想到柳生平时那么神气活现，一上吉普车便成了个脓包，保润只踩了他两脚，柳生竟然告了保润的状。这是第一次，保润听柳生卷起舌头说起蹩脚的普通话，报告公安同志，这个人不老实，他用他的脚，踩我的足啊。

拘留所

有好多地方都算**里面**，保润去的是城北拘留所。

城北拘留所在皮革厂的厂房后面，曾经有个雅号叫无意园，但本地居民都记不住这个深奥的名字，只称其为皮革厂后面。可以想见，皮革厂后面的历史要比皮革厂长久多了。当年园子的主人是个大丝绸商，历时八年修建这个私家园林，未及竣工，解放了，主人逃往台湾，丢下这个半吊子园林，被司法部门作为敌产接收了。对于古典园林的外行来说，这园子已经够漂亮了，一条长廊连着一条长廊，一个天井套着一个天井，还有一片荷叶状的池塘，池塘边堆着太湖石假山，四周红红绿绿，风一吹，旧社会的桂花与竹子在摇曳，新社会的花草和蔬菜在摇曳，它们在一起，正好是历史在摇曳。皮革厂后面的美景，是被封闭的美景，这么诗情画意的一块地方，用来关押嫌犯，有关部门也觉得浪费，动过商业开发的脑筋，但前面的皮革厂是个障碍，要开发后面，必须要把前面搬走，偏偏皮革厂是本地税收的大户，地位比拘留所高，不好动，结果前面后面就都不动了。

95

保润曾经多次从皮革厂的前面路过，他从未料到，有一天自己会到皮革厂后面来，似乎是梦里走错了路，醒来之后，已经抵达**里面**，这么短促而诡异的旅程，超出了他对自己人生的想象。

他一步就跨到**里面**了。里面古怪难闻的空气似曾相识。是典型的皮革厂气味，甜中带腥，腥味里透出些辛辣的苦涩，所有牲畜幸存的皮毛，都还在怀念主人消失的肉体。是一种悼念的气味。四月以来保润夜梦频频，每个梦境都被这种气味所包围。不仅是空气，城北拘留所的一切都似曾相识。他小时候跟随祖父去过本地所有的古典园林，所以，在跨过无意园豪华宽敞的第一道铁门时，他猜想进去后要右拐，右拐后会遇见一个古典式的圆月门，门头上应该雕刻着**别有洞天**四个字。果然，看守带他右拐，果然，他看见了圆月门，与他的猜想稍显不同，圆月门上额外加装了一扇正方形的铁门，形状像一个过度雕琢的画框，他穿过这道门的时候心里想，别有洞天呢？圆月门上怎么没有别有洞天？会不会刻在反面呢？到了门那边，他偷偷地回头一望，差点失声惊叫，**别有洞天**！四个字呈扇形排列，赫然出现在圆月门的反面，他的先见之明，奇迹般地得到了印证，无意园里的别有洞天，果然是刻在圆月门的反面的。

到了**里面**，他竟然变得如此睿智，这也许是偶然，但足以缓解他沉重的心情了。然后是搜身。吐舌头。脱裤。撅屁股。他大方地褪下裤子，撅着屁股让人检查，并没有多少羞辱之感。他惊异于自己与看守们熟稔的配合。从未到过皮革厂后面，从未有人告诉他这一套繁琐的程序，他是怎么做到无师自通的？有一个瞬间，他甚至企望听到几句表扬。他对自己的表现很满意。外面是外面，里面是里面，到了里面，他其实一点也不笨的。

看守带他穿过一条长长的走廊，青砖地上有一道稀薄的波纹状的阳光，它始终在他的脚尖前方波动，引导他往拘留所深处走，像一个神秘的幽灵，前来认领一个失散的亲人。他东张西望，忽然大胆地问看守，下面一道门是**曲径通幽**吧？看守愕然，问，你是二进宫？以前来过的？

他摇头说，我是初犯，第一次进来么，我猜的。看守讽刺他道，没想到你还很有才华呢，那北京中南海里是什么样子，你能猜出来吗？猜猜看啊。他不敢造次，赶紧闭上了嘴。第三道门是盾形的，被几丛竹子所掩映，透过摇曳的竹影，他清楚地看见了门头上**曲径通幽**四个大字，**曲径通幽**！他的智慧再次被证明，喜悦不知为何却打了点折扣，他盯着门边摆放的两盆万年青，心里有点小小的遗憾，那丛竹子，还有两盆万年青，怎么就没有猜一下呢？

门那边站着个打扫卫生的囚犯，四十多岁的样子，瘦高个，瓦刀脸，镶着金牙，一看见保润便露出了亲热的微笑，来了？那是老友间打招呼的态度，保润往四周看，没看见任何第三者，不禁有点紧张，向看守声明，我不认识这个人。这次轮到看守为他释疑了，看守说，你不是知道个**曲径通幽**吗，你不认识他，他可以认识你，曲径就是这么通幽么，你们这些人，迟早要到这里欢聚一堂。

曲径通幽。

他和很多陌生人欢聚一堂。

他被分配去了听风阁。听风阁从前是主人的书斋，后来被改造成一个特大的囚室，木格花窗都用水泥封堵起来，里面听不到风了，只有一股久未清洗的人体蒸发的臭味，沉积在空气里。一盏昏黄的白炽灯，照耀着一堆陌生的人脸，人脸都靠着墙，组合起来像一幅巨型的浮雕，主题待定。他从人群里寻找柳生，一张张面孔辨认下来，未见柳生的踪影。他问，你们谁见过柳生，香椿树街的柳生？里面的先驱者大多盛气凌人，有人恶狠狠地奚落他，香椿树街在什么地方？柳生是谁？做过什么大事？我们为什么要认识他？也有人不欺生，态度温和地开导保润，找熟人呢？里面的熟人有什么屁用？到了里面，谁还帮得了你？死狗救不了死猫，要找人通关系，到外面去找啊。

他不知道听风阁里为什么有这么多人，外面的世界国泰民安，这么多人犯的什么事？一打听，嫌犯大多来自城南的扫帚巷，是一条街上的街坊邻居。前不久大家争相去挖一只装满黄金的坛子，把一户海外华侨的空屋挖坍塌了，牵连了左邻右舍，有人报警，他们便相聚在这里了。保润一听事情的原委，脑海里立刻浮现出祖父的身影，心里内疚，又不便透露自己的身份，说，你们怎么那么傻？一听就是谣言，从我们香椿树街传出去的谣言啊，我们街上早没人挖黄金了，你们怎么还在拼命挖呢？扫帚巷的人对保润的说法不以为然，他们说，你们香椿树街是穷街，哪能跟我们扫帚巷比？你们那儿不是一只手电筒吗，一只手电筒能装多少黄金？我们那儿是一坛黄金，一坛子黄金埋在地下啊！我们扫帚巷以前住的都是有钱人，国民党的将军，纱厂的资本家，还有妓院的老板，哪家没有半抽屉金货？别说是一坛黄金了，听说还有一只腌菜缸呢，一大缸黄金，以前埋在公共厕所的化粪池下面的，不知谁下手快，给挖走啦！

　　扫帚巷的人对保润也很好奇，问他怎么进来的，保润敷衍地说，也是手痒，手痒惹的事。别人说，你不是也挖了？你挖到什么了吗？他摇头道，我不挖，我捆人，捆了个人。别人对他的故事有兴趣，纷纷追问，你捆人要干什么？图财还是图色？你捆的人是大老板，还是大美女？他不肯透露实情，犹疑半天说，不是大老板，也不是大美女，捆了干什么，我也不知道。看别人表情诧异，他苦笑了一声，挖着鼻孔说，要是知道了，我也不会进来了。

　　柳生始终没有被送到听风阁来，他不知缘由，一直苦苦地等着这个伙伴。扫帚巷人发现保润经常趴门缝朝外面张望，调侃他说，女朋友也进来了？你眼巴巴地找你女朋友呢？保润说，不是女朋友，是柳生，这事有点奇怪，我们一辆吉普车过来的，进来他就不见了，放风也看不见他的人影，不知把他关到什么地方去了。扫帚巷的人说，大概关在后面黄鹂轩了吧？我们听风阁的是小案子，黄鹂轩的才是要案大案，你那朋友，情况不妙啊。又有人警觉地追问保润，那个柳生到底犯了什么事？你这么牵挂他，你们是同案吗？是共犯吗？保润心里掂量了半天，谨慎地说，不，不是，我不知道柳生干了什么，反正我就捆了个人，什么也没干。

大约过了一个星期，扫帚巷的人们在听风阁里听到了自由的风声。据说这起挖金案在世界司法史上也是首例，并无任何法规可以借鉴，对于那十七个做发财梦的居民，定罪有难度，起诉太勉强，饶恕他们又天理不容，最后便采取了罚款放人的老办法。有消息称，被挖坍的房子主人，在大洋彼岸得了老年痴呆症，没有办法追究故乡的街坊邻居了，他的不幸，对于扫帚巷居民来说是一个天大的喜讯。案子之所以拖得这么久，主要是各个部门对罚款额度有争议，有的主张多挖多罚，少挖少罚，怎么界定多挖与少挖，以各家搜缴的工具数量为标准，每把铁铲或铁镐罚款五百元，这个方案虽然细致，但需要人手挨家挨户搜查，工作量太大，被否决了。又有人主张简化处理，以认罪态度为参考标准，重罚那些装疯卖傻不思悔改嬉皮笑脸寡廉鲜耻的人，而那些积极检举他人提供线索的，应该得到宽大处理，可以无偿回家，这个方案貌似公平，但也容易引起误解，似乎举报者就可以白挖别人的房屋，也不太科学。为了避免留下诸如此类的后遗症，最后各个部门统一了意见，还是采取平均主义的处理方式，每人罚款五百元，一视同仁，交钱走人。

尽管是偷鸡不着蚀把米，人的自由毕竟要紧，扫帚巷的家属们顾不上冤屈，都欢天喜地去银行取了存款，到皮革厂后面交钱领人。十七条好汉一下走了一大半，热闹的听风阁萧条了许多。有个叫小伍的翻砂工，平素与保润相处不错，他从外面回来收拾东西，直奔保润而去，一只手朝他裤裆里掏了一把，保润你不得了啊，看不出来你鸡巴那么痒，还说你爷爷丢了魂，你的魂才丢了，丢在裤裆里啰！保润一头雾水，捂住裤裆刚要骂人，心里咯噔了一下，问，到底怎么了，你听说我什么事了？小伍眯着眼睛看他，人开始后退，手指一下一下地戳着保润，还跟我打马虎眼？我堂兄是郊区派出所副所长，我有权威消息，我堂兄都告诉我了，你强奸了一个未成年少女，你是强奸犯，出不去了！

保润慢慢地蹲了下来。小伍把外面的空气带进了听风阁，有一股皮革腐臭的气味钻入他的鼻孔，往下，往下，直至喉咙，食道，胃，肺部和心脏，他的身体在瞬间被那股臭味所侵占，甚至他的呼吸，也是臭烘烘的。

然后，他吐了。

藕香亭

有人带保润去了提审室。

提审室在假山上的藕香亭里。此前到天井放风，他注意过假山上过度雕琢的美景，没有想到他会爬上这座假山的石阶，钻到那美景里去。藕香亭四周耸立着奇形怪状的石笋和太湖石，处处鲜花与竹影，竹影把阳光裁成了均匀的条状，铺在弯曲的石阶上，仿佛命运在此铺设了一根根竹签，他走上去，一丝疼痛从脚底传递到头脑。晶莹的竹签状的阳光，那尖削和锋利，暗示正义，象征真理，给他必要的疼痛，然后为他领路，领他去往假山的山顶。

他的前途，现在在假山的山顶上了。

亭子里面有点阴冷，一男一女两个提审员并排坐在花窗前。男的面带烟色，嘴唇发紫，手里捧着一只酱菜瓶子做的茶杯，杯子里是黄褐色的茶汤。女的手里转动着一支圆珠笔，她的五官容貌和发型，包括表情，都很像他母亲粟宝珍。保润坐到椅子上，平生第一次讲究了礼貌。阿姨好。叔叔好。人家没理会他。一束灯光啪地打到他脸上，亮得刺眼，他一下挺直了身子。上半身是端正的，屁股不安分，从右向左，从左向右，悄悄地移动了几个回合。男提审员厉声道，椅子上有钉子吗？你连坐椅子都不会坐？他犹豫了一下，用手摸一下椅子，椅子上没有钉子，好像有水啊。

他们让保润站起来，过来察看椅子，椅子上果然湿漉漉的，男的打量着那一大摊水痕，说，不是水，是尿，前面的八号畏惧法律制裁，尿裤子了。保润绕到椅子背后，谦虚地说，我不用坐，你们坐，我站着就行了。男的推了他一把，谁允许你站的？以后有你站的机会，现在不准站，赶紧坐下。他瞥了眼椅子上的尿迹，用征询的目光看着女提审员，阿姨有抹布吗？女提审员微微皱起了眉头，这里不提供抹布，屁股稍稍翘一点就行了，有什么关系？裤子脏了可以洗，脑子脏了不好洗，懂不懂？

起初他听从建议，微微翘着屁股，渐渐地他忘了八号嫌犯的遗尿，瘫坐在椅子上了。小伍所言不虚，险恶的局势远远超出了他的想象。*仙女。井亭医院。水塔。星期二的下午。你对仙女做了什么？*他们问得仔细，他答得小心。*兔子。兔笼。红烧兔肉。我一口没吃。都是柳生干的。*他们的神情严峻，目光刀一般地投在他的身上。你什么也没干，那你为什么在这个地方？我们抓错了人了？他抵御不了他们的目光，低下头说，*我就是绑了她一下，绑好她我就走了。*他们不允许低头，命令他把头抬起来。他抬起头，目光粘在女提审员制服里玫红色的毛衣领子上，再次想起了他母亲，他母亲也有那么一件毛衣，玫瑰红的。女提审员说，我给你一点提示，你最好老实一点。她摊开一页纸念了一段，他听不懂那些医学数据，只听见几个刺耳的音节，处女膜。破裂。然后男提审员也念了一页笔录，似乎是她的口供。他注意到笔录使用了强暴这个字眼，不是强奸，更不是上。以保润的理解，上是一回事，强奸是一回事，强暴又是另一回事，他小声地询问，那个强暴，不是强奸吧？男提审员以为他故意捣蛋，当场拍了桌子，你装什么蒜？没念过书吗？强暴就是强奸，强奸就是强暴！

他吓晕了。尽管口齿不清，他依然努力向审讯人员澄清，这是一场误会，除了捆她，他什么也没做过，可以当面对质。又提醒他们，如果她真的受到强暴，强暴她的一定是柳生，他和柳生，也可以当面对质。女提审员明确告诉他，不需要对质，受害者已经撤销了对柳生的指控，她现在只指控你，你是唯一的犯罪嫌疑人了。他愣了半天，牙齿咬得嘎嘎地响，不敢发作，说，那柳生呢？我算犯罪嫌疑人，他算什么人？男提审员再次命令他端正态度，不准东拉西扯，他说，检举别人也要有证据，要是大家都像你这样，临死拉个垫背的，我们还审得过来吗？我们还要不要睡觉，要不要吃饭？实话告诉你，那个柳生，昨天已经释放了，回家了。

仿佛突遭晴空霹雳，他从椅子上跳起来，一跳起来就泄了气，蹲在地上了。很明显，这是他有限的人生中听到的最大噩耗。他蹲在地上抓耳挠腮，嘴里连声嘟囔，不公平，她不公平，你们也不公平。过了一会儿，他冷静了一些，抱着脑袋，茫然地注视着椅子。椅子上的那摊尿液已经干了，疏淡的阳光透过藕香亭的花窗，在椅座上编织出一条奇妙的链形。男提审员说，你看着椅子干什么？椅子救不了你，站起来，坐到椅子上去。他不情愿地回归原处，绝望的目光掠过那男人烟黄色的脸孔，瞪着女提审员领口露出的玫瑰红毛衣，正是那种亲切而温暖的颜色，让他突然崩溃，他张开嘴，开始嚎啕大哭。他的哭声像一个受尽委屈的小孩子，哭了一会儿，他捂着眼睛提出了一个要求，阿姨求求你，叫我妈妈来一趟，我妈妈叫粟宝珍。女提审员说，为什么不叫你爸爸来？你爸爸在哪儿？他哽咽了一下，说，我爸爸没空，来了也没用，他不会说话的。又过了一会儿，他不好意思了，哭泣声戛然而止，表情看上去坚强了许多，他抹抹眼睛，突然说，历史会证明的，我没有强暴她，我只是捆了她。

捞　人

都知道保润出事了。

粟宝珍到时装店来找马师傅夫妇，吞吞吐吐，要求预支下半年的房租，马师母禁止丈夫随意表态，亲自追问钱的用途，粟宝珍只说出"儿子"两个字，一下哽咽了，捂住了脸。马师母猜到粟宝珍要去捞儿子了，捞人总要花钱，说不定还是无底洞。马师母的为人，属于既热心又精明的类型，权衡之下做出一个聪明的决定，确保了自己的利益，也兼顾了人情。她声称服装店选址失误，生意不景气，半年以后要不要续租还不一定，钱不能算预支，只能是借，给你们救个急。粟宝珍泪汪汪地点头，算预支也行，算借也行，一辈子都没跟人要过钱啊，我们也是逼上梁山，现在只有钱能救一救保润了。

过了几天，保润的父亲来了，把那笔钱原封不动还给了马师傅，说一时用不上，兜里装着别人的钱，他们夫妇晚上都睡不好觉。马师傅很纳闷，你们不救保润了？保润的父亲垂头丧气，说，自己的亲骨肉，怎么不要救？救迟了，现在筹多少钱，都迟了。马师傅说，难道那女孩家不爱钱吗？保润的父亲说，不是不爱钱，是不要我们家的钱。马师傅更纳闷了，奇怪，你们家的钱不是人民币啊？保润的父亲似有难言之隐，羞愧地向马师傅吐露了实情，都怪我没本事，通关系通不上去，柳生家把工作做到了前面，已经把人家摆平了，那女孩一家卷了铺盖走人，连个鬼影子都找不到了。

保润的父母一直在为儿子喊冤，但毕竟是一家之言，不可偏听偏信，左邻右舍的信任自然有所保留。也有人对保润素无好感，根本就不信所谓的冤情，背地里说可怜天下父母心，就是儿子做了江洋大盗，做了杀人犯，也要为他喊几声冤枉。烹饪学校的人登门造访，想与家长一起探讨保润的前途，可惜没有机会。那夫妇俩大清早就出去奔波了，门上一口气挂了三把铁锁。尽管日子已经过得水深火热，老实人总是遵守老规矩，记得这时间自来水公司要来抄水表了，电力公司要来抄电表了，出门前，粟宝珍用粉笔在门板上工工整整地抄写了两排数据，分别是本月电表和水表的度数。电表：1797。水表：0285。不知哪个无家教的调皮孩子，专做歹事，偷偷地在电表度数前加了强奸两个字，数据一下变成了本月强奸1797度。人们经过此地，都注意到门板上的字，大人摇头，孩子哄笑，幸亏马师母及时发现了问题，拿抹布过来擦掉了那个肮脏的字眼，算是做了件好事。

邻居们都频繁地往马家的时装店里跑，不是对店里新来的时装感兴趣，是对保润的案情感兴趣。马师母嗔怪邻居们，平时拉你们进来也不来，这会儿都来了，没想到我这店里攒点人气，还要沾那保润的光。只不过巧媳妇难为无米之炊，粟宝珍不透露案子的进展，马师母也就无法提供什么新的线索，只是说，快了，总要水落石出的。邻居们从各自的见识出发，踊跃分析保润的前景，因为都是自说自话，所以谁也说服不了谁。后来，不知谁提起了祖父，哎呀呀，疯老头现在可怎么办呢？一家人谁也顾不上他，不是又要挖魂了吗？这样，邻居们暂时抛开保润，开始议论起祖父来了。

绍兴奶奶说她去年春天帮过祖父，替他把一把铁锹藏在自家门背后，不过藏了三天，今年她家门背后老是发出一种怪声音，扑哧扑哧地响，尤其半夜三更的时候，那锹声吵得她无法睡觉。绍兴奶奶指着自己的黑眼圈说，你们看我的眼圈，是不是比乌鸦还黑？又是三宿没合眼，哪儿敢合眼呢？我一睡着就梦见保润他爷爷，张着手跟我要铁锹，我的锹呢，谁拿了我的锹？我怀疑他是给我托梦，死人才托梦呀，你们说保润他爷爷会不会是蹬腿走人了？现在家里人都不管他，说不定他成了孤魂野鬼，我们都不知道！

没人敢轻率地推测祖父的生死，但大家一致认为，不管祖父是死是活，他丢失的魂一定还在香椿树街上游荡。至于祖父之魂的形状是什么样子的，那颗魂是附在他的铁锹上，还是躲在别的什么地方，各人见解不尽相同。纺织女工孙阿姨每天上夜班回家，只要她的自行车离家近了，一只白猫肯定会从保润家的房顶上跑过来，跑到她家屋檐上喵喵地叫，等到她掏钥匙开门，那白猫已经蹲在门边了。孙阿姨说，你们说吓人不吓人？我看那白猫皮包骨头，一双眼睛可怜兮兮的，分明是保润他爷爷的眼睛！我说猫咪你快走，猫蹲那儿不动，我说保润他爷爷你快回井亭医院吧，别在这儿瞎转了，你的房间没了。哎呀，说起来你们都不相信，那猫喵呜一声，唰地就跑走了！

众人分不清孙阿姨的描述是否有添油加醋的成分，都瞪大眼睛，发出了或高或低的惊叹声。绍兴奶奶总结说猫有九命，借出一命给祖父，算是大慈大悲了。他们谈兴正浓，有人忽然意识到祖父的话题给马师母带来的尴尬，互相使个眼色，于是大家都噤声，偷偷地观察马师母的脸色。马师母说，你们不用那么看着我，我知道你们心里嘀咕什么呢，怕我在这里做生意风水不好？是不是？马师母颇有大将风度，她的脸上是一种从容而艰深的微笑，告诉你们，风水是门大学问，你们是不懂的。你要是气正，风水跟你转，坏风水能转好了。你要是气不正，你只好跟着风水转，好风水也转坏了。我怎么会不知道疯老头的房间有邪气，我为什么敢在这里做生意？请教过许半仙的，心里有数，邪不压正啊。

女邻居们仍然一知半解，孙阿姨说出了所有人的疑惑，马师母，你怎么知道你的气是正的？你怎么知道你的正气能压过邪气呢？马师母犹豫了一下，解开衣领，露出了脖子上一条黄灿灿的金项链，气要正，要舍得花钱，花钱买黄金！她向邻居们展示着金项链的长度和宽度，耐心地解释其奥秘，我是听了许半仙的话，买了根金项链戴着，二两三钱重呢。许半仙说了，黄金超过二两，就能克住身边的邪气，真是灵验的，你们这个见鬼那个见魂的，我太太平平，什么魂也没见过，就是生意不好，有点烦心。众人凑过去观赏那根金项链，羡慕之余，嫉妒心油然而生，这么粗的项链，也只有你马师母戴得起，我们哪儿有这个福气？绍兴奶奶想去摸那根金项链，被马师母的胳膊有意无意地一挡，手伸到半空缩回来，她一扭身离开了时装店，嘴里阴阳怪气地说，老话说有钱能使鬼推磨，谁相信戴一根金项链能降鬼呀？鬼也有善有恶的，保润他爷爷就是去了阴间也是善鬼，你要是哪天碰到个恶鬼试试，别说一根金项链，就是穿上金缕衣扎上金腰带也没用，你一个妇道人家，哪儿降得住恶鬼？

恰逢五一劳动节前夕，以往灰蒙蒙的街道看上去有点艳丽，有点丰腴。沿街有零星的鲜花适时开放，美人蕉和鸡冠花点缀着墙角，月季花虽然大多栽在破脸盆或者旧砂锅里，也发扬艰苦奋斗的精神，开出了鹅黄或粉红的花。天空蓝得发亮，像是涂了一层颜料。风吹在脸上是软的，是孩子们作文里所说的和煦的春风。地上热闹，空中也有风景。学校商店工厂甚至废品收购站都拉出了庆祝节日的横幅标语。有人在石码头上清理一堆山丘般的垃圾，附近回荡着各种重物落地的声音，像性急的节日礼炮提前鸣放。在街道的南侧，化工厂的电工爬在梯子上，正在调试工厂拱形门廊上五颜六色的彩灯装饰，孩子们挤在下面看，嘴里尖声叫喊，亮了，都亮了。

总之，节日就是节日，香椿树街上弥漫着喜庆的旋律，只有一个中年妇女满脸悲凄，过度的悲伤使她在大街上如入无人之境，她捏着一块湿漉漉的手绢，歪歪斜斜地走，看不见车流和人流，听不见汽车喇叭和自行车的铃铛。不时有骑车人呵斥她，甚至有人在车上出手推她，这位大姐，你会不会走路？回头一看，看见一张被泪水泡肿的面孔，两个发青的眼袋状如核桃，她木然地仰起头，看着天色问，同志，现在几点了？骑车人一下谅解了这个妇女，以这样的心情，确实是不必遵守交通规则了。

儿子出事以来，粟宝珍很少出现在白天的大街上。不过是半个多月的光景，这女人以往清秀的容颜已经变老，头发也飘出了几绺白色，有什么不幸，似乎已经尘埃落定。她的哭泣，其实是小声的呜咽，并没有引起别人同情的用意。从香椿树街的东头到西侧，很多人认出了她，一颗恻隐之心被她的泪脸照得发烫，很多人过去拉扯她，想去劝慰她，可惜粟宝珍不领情，她的悲伤不容侵犯，她一边呜咽，一边还反问那些好心人，谁在哭？我哭了吗？有什么好哭的？

路过石码头，粟宝珍忽然站住了，她在这里发现了一个敌人的身影，红肿的眼睛里放出一道尖锐的光芒，所以，她真的不哭了。石码头的空地上聚集着一群业余文艺演出的积极分子，多为香椿树街的各界妇女，不胖不瘦，不高不矮，服装统一，形体一致，她们手持玫瑰红的大羽扇，正在居委会戴阿姨的指挥下排演团体操。一嗒嗒，二嗒嗒，三嗒嗒。十几把羽扇有序摇摆。整齐的波浪形队伍忽然变了形，谁也没有料到粟宝珍会闯进来，她一把抢过戴阿姨手里的电喇叭，对着电喇叭吹了一口气，嘴里一迭声地喊起来，各位街坊邻居，我给大家汇报一下我家保润的冤案，是大冤案！保润没做什么坏事，他被人栽赃了，他是代人受过啊！

排演队伍里一片哗然。粟宝珍嗓音嘶哑而激愤，一阵哽咽之后便语不成声，戴阿姨想趁机夺回电喇叭，被粗鲁地推开了。粟宝珍说，戴阿姨你别急，让我冷静一下，再汇报一句话就走。她果然冷静了一些，那一句话却难以概括出来。大家观察她的眼神，很快发现她是醉翁之意不在酒，她的目光像一把匕首飞向排演队伍中的邵兰英，柳生他妈，我先要向你汇报，我儿子要判刑了，起码十二年，弄不好是无期，你们一家人高兴了吧？高兴了吧？

大家恍然大悟，脑袋都转向了邵兰英。邵兰英是见过世面的人，遇到如此窘境，一点也不慌张，她缓缓收起了手里的羽扇，不卑不亢地说，保润他妈，你这话是从何说起？我跟你无怨无仇，论年纪你儿子是小辈，我是长辈，他判刑坐牢，我为什么要高兴？

这会儿你还能装糊涂，我佩服你！自家儿子做了伤天害理的事，没事了，别人家孩子替他去坐牢，你怎么不高兴？粟宝珍悲怆的声音和呼吸一起被电喇叭放大了，听起来有点刺耳，我家保润做了柳生的炮灰呀，别人不明真相，你心里不清楚？你还说你不高兴？你不高兴还在这儿扭秧歌？你在这儿扭啊扭啊，就不怕闪了你的腰？

我扭秧歌关你什么事呢？不要以为你拿着电喇叭就代表中央了，乱喊乱叫有什么用？邵兰英面露厌恶之色，说话依然慢条斯理，保润他妈，我一直以为你是懂道理的人，这会儿怎么就不讲理了呢？谁该坐牢谁该自由，你说了不算，我说了也不算，人家女孩子是受害者，受害者说了才算，对不对？

此话说到了要害，电喇叭沉默了一下，突然传来粟宝珍凄厉的嘶喊，谁说了都不算，人民币说了算，后门说了算，你们家钱多，后门多，关系多，你们把人家女孩子买通啦！

排演团体操的妇女们都用羽扇遮脸，交头接耳，大多数人听闻柳生和保润是同案犯，谁是真正的主犯，谁是受冤的从犯，她们一时都不敢表态，至于粟宝珍和邵兰英作为母亲的表现，她们是有资格判断的，大家普遍欣赏邵兰英的风度，觉得粟宝珍实在太过分了。戴阿姨过去抢夺她的电喇叭，嘴里劝阻道，保润他妈，你心情不好我们都懂，但是也不能占着电喇叭这么喊下去，我们还要排演，时间很紧，五一节的花车游行，我们香椿树街也要上节目，这是政治任务，耽误不起的。

粟宝珍总算松开了电喇叭，脸上出现了一丝愧疚之色，你们排练好了，政治任务耽误不得，我怎么不懂？我是看见她在这里扭秧歌，实在气不过，对不起大家了。戴阿姨扶她坐到自己的小方凳上，粟宝珍看着天色说，几点了？我没时间坐，一天没进一粒米，还要回去给他爸弄晚饭呢。她想站起来，人站不直了，身体像一只虾，弓着腰顶在墙上。戴阿姨问，你的腰怎么啦？她说，要给孩子伸冤啊，这几天走了八辈子的路，腿走麻了，腰大概也累断了，你们排练要紧，我就这样弓着，歇一会儿。

十几把玫瑰红的羽扇很快恢复了波浪形，电喇叭里又响起戴阿姨热情的声音。一嗒嗒、二嗒嗒。左手起。三嗒嗒、四嗒嗒，右手起。中断的排演继续进行。两个香椿树街的母亲，一个在排练的队伍里，舞姿依然一丝不苟，依稀在示威，一个用腰顶着墙，表情痛苦，红肿的眼睛里射出一道微弱而犀利的光，明显在受难。人们冷眼旁观，两个母亲的目光你来我往，在轻音乐的伴奏下，她们开始以目光交战，半空中刀光剑影，旁观者一时无法仲裁两个人的胜负了。

后来是时装店的马师母闯进了排练队伍，她心急火燎地拨开人群，对着粟宝珍大叫道，保润他妈，你怎么还坐在这里看热闹？快去看看保润他爸，不好啦！粟宝珍愣了一下，我在这儿歇口气，你别吓唬我，他怎么不好了？马师母说，我哪儿忍心吓唬你？你们家门上不是有三把锁吗？保润他爸开了两把锁，第三把钥匙找不到了，我听着他晃那把锁，晃着晃着，骂着骂着，一头就栽倒在门口了，眼珠子又爆出来了，嘴里在吐白沫，怕是又中风了！

排练这次是自动终止了，大家目送粟宝珍仓惶而去，都说保润家流年不利，屋漏偏逢连夜雨，一劫连着一劫，真是可怜了。旁边的邵兰英认可众人的怜悯之心，但她适时地补充了一句，说，可怜人必有可恨之处。她说得莫测高深，别人便都急于听她的看法，可怜与可恨到底是什么关系。邵兰英说，我也没什么理论，反正我们老百姓的日子都一样，种瓜得瓜种豆得豆，这家人怎么教育孩子的，又是怎么对待老人的？你们街坊邻居不都看在眼里？老天也看在眼里，人在做，天在看啊。我也不怕谁给她传话，我就是这个观点，她怪不了谁，都是报应。邵兰英说到这里，手指翘起来朝天上一指，要怪就怪老天爷去，这户人家，一定是遭天谴了。

众人听得心惊，抬头仰望天空，香椿树街的天空一片湛蓝。神灵也许躲在一片白云后面，也许藏在一束日光里，但是这条街上有那么多可怜的老人，有那么多不孝的子孙，神灵如果主持正义，很多人家都会遭到报应，为什么独独选中了保润一家呢？对此，众人都感到茫然。谁该是遭报应的人？每个人心目中其实都有一份名单，只是碍于人情世故，大家不便宣布罢了。

听说保润的父亲是二次中风。稍具医学知识的人都清楚，一次中风导致腿脚不便，二次中风非常危险，多半危及生命。有人不理解三把锁的事情，说他们家又不是什么万元户，门上为什么要挂三把锁？也有人冷静分析，说丢了第三把钥匙，应该是次要原因，保润的父亲一定是受到了更强烈的刺激，也许马师母没有把门上孩子的涂鸦擦干净。**强奸1797度**。谁看见了不生气？当然，种种猜测无从验证，验证也没有什么意义了。

听说保润的父亲在医院急救室里躺了五天五夜。抢救的效果很不理想，医生吩咐粟宝珍准备后事。粟宝珍去买了两套寿衣，一套是丈夫的，一套是她自己的，她把两套寿衣都堆放在丈夫的枕边。粟宝珍拍着寿衣，与昏迷中的丈夫交流。她说我知道你在打什么小算盘，想一死了之？想把这个烂摊子扔给我一个人收拾？你休想。你能死，难道我就不能死？我告诉你，没有那么便宜的事，寿衣准备了两套，要不穿都不穿，要穿我们都穿，你敢蹬腿我就敢上吊，你一蹬腿我就替你穿寿衣，穿好你的就穿我的，我要是比你多活十分钟，我就不算人，我们要去一起去，那一老一小，随他们去！

听说是粟宝珍的绝望威慑了昏迷不醒的丈夫，他不敢死。到了第六天早晨，他蹬了一下腿，只蹬了左腿，蹬得很轻，到了第六天的深夜，他的左手又动了一下，正好按住了寿衣，一根手指慢慢地翘起来，似乎在央求妻子，别激动，有事慢慢商量。到了第七天，保润的父亲苏醒过来，粟宝珍破涕而笑，但是医生劝她不要高兴得太早，说病人的性命虽然勉强保住，但是人已经成了一具空皮囊，很脆很薄，一碰就碎，以后是你们家属要小心了，时时刻刻，必须小心看护。

邻居们去医院探视，病人说话呜噜呜噜的，谁也不懂，只有粟宝珍可以翻译他的语言，她说，自己这副可怜样子，还要教育你们呢，他说了，一个家庭要太太平平，第一要孝顺老人，第二要管好子女。邻居们都点头，认为他透露的是经验之谈，头脑还是清醒的。保润的父亲又继续呜噜呜噜，表情越来越激动，粟宝珍却不肯翻译了，不仅拒绝翻译，还哭起来了。邻居们猜到了病人呜噜什么，都去劝粟宝珍，夫妻间总要拌嘴的，何况你们心情不好，不翻译就不翻译吧。粟宝珍抹一抹眼泪，咬牙说，翻就翻，翻了让你们评评理，他在怪我呢，怪我不孝顺他爹，怪我宠坏了保润，怪我贪图钱财，你们大家评评有没有这个道理？他不怪他爹这个害人精，不怪他儿子不争气，不怪他自己没本事，一盆脏水，都泼到我头上来了。

清晨或者夜晚，人们偶尔会在大街上遇见粟宝珍，她形容枯槁，眼神涣散，似乎接受了命运赋予的所有不幸，认输了。很多人同情她，说

黄雀记

要评选天下最苦的女人，非粟宝珍莫属，想想都累死了，家里三个男人，一个犯人，一个病人，还有一个疯子，都要靠她一个妇道人家。粟宝珍的大苦大难，别人难以分担，也只能用言语关心一下。有人看见她在桥头的干果摊子买核桃，小心翼翼地与她搭话，保润他妈，核桃买给谁吃，买给老的还是小的？她红着眼圈，叹了口气说，自己吃的，医生让我吃点核桃补脑子，我脑子里每天轰隆隆地响，听说精神病人发病前脑子里都这么轰隆隆响，再这么响下去，我也要进井亭医院了。别人马上宽慰她说，不会的不会的，我也经常头痛，痛得咝咝地响，那我不是也要进井亭医院么？粟宝珍说，你头痛，我头痛，痛得不一样。我迟早要垮的，拖一天是一天，晚一天好一天，我要是垮了，我倒轻松了，就是好端端一个家没了，想想都不甘心。

她那个家还留有一缕人烟，但已经倾颓了一大半，摇摇欲坠了。有一天法院派人来送传票，敲门无人，马师母从店里热情地跑出去，一看是传票，嫌那个牛皮纸信封不吉利，不肯代收了。她帮着人家把传票从门缝里塞进去，听见那人嘴里哎的一声，这是不是一棵苋菜？马师母一低头，发现保润家的门槛下面果然长出了一棵苋菜，高高大大，碧绿碧绿的，叶片上还滚动着一颗莫名其妙的水珠。

回　家

有一天早晨，马师母和儿媳妇去开店门，发现店里出了事。

店堂内涌出一股污浊的怪味，模特儿都衣冠不整，歪歪斜斜挤在一个角落里。她们一眼看见收银台上睡着个老头，嘴里打着响亮的呼噜。老头的身上盖了两件呢子大衣，脚上搭了一件羊毛衫，脑袋下枕着一个绣花靠垫，都是店里的货品，柜台下面还放着一双老式的布鞋，布鞋边摆着一只老式的搪瓷夜壶，不知是从哪儿冒出来的。

她们认出来，那是祖父，久违的祖父回来了。

婆媳俩此起彼伏地惊叫着，仔细一看，店堂与保润家竟然打通了，原本封死的一道暗门被凿开了一个大洞，从时装店这一侧探头出去，可以看见保润家的家具杂物了。儿媳妇吓得跑出了店堂，马师母又气又急，对着那个洞口大叫起来，保润他妈快来，你快来看看吧，这算怎么一出戏，恶心死人啦。洞口那边没有回应。保润的母亲一定留宿医院了。马师母的叫嚷只惊动了一只老鼠，那老鼠身形硕大，它从厨房窜出来，钻到碗橱下面去了。

祖父闻声坐了起来，他的头发长得像个野人，眼窝深陷，眼角上沾满了眼屎，木然地瞪着马师母，你是谁？你不是马家的媳妇吗，跑到我房间里干什么？两件呢子大衣从祖父身上慢慢塌落，祖父出逃者的身份也得以清晰地鉴定，他还穿着井亭医院的蓝白条睡衣，手腕上拴着一个红色的号牌，9-17。有一股又酸又馊的怪味从祖父身上散开来，悠悠地荡漾在店堂里。

马师母镇定下来，急着去捡地上的时装，差点撞翻了搪瓷夜壶，她气昏了头，指着暗门上的那个洞，对着祖父嚷嚷，钻回去，快钻回去，这不是你的房间了！

祖父不愿意听从马师母的指挥，坐在柜台上缓缓地环视着店堂，哪儿来这么多衣服？我的床呢？我的柜子呢？我的照片呢？马师母说，没有了没有了，这儿早不是你房间了。她试图把他从柜台上拉下来，拉不下来，他瘦弱的身体里残存的力气，远远超出她的想象。我的大床呢？祖父说，那么大一张床，你们把床搬到哪儿去了？马师母说，这里没有你的床了，你的床在井亭医院。祖父茫然四顾，那人呢？保润呢，我儿子呢，保润他妈呢？马师母不知如何应付，又兼在气头上，便尖声喊道，不在不在都不在！她一喊，店堂里响起了一阵回声，不在。不在。都不在。那回声把马师母自己吓了一跳，怎么会有回声呢？她瞥一眼暗门上的洞口，正有一团凄凉的寒气从保润家那侧渗透过来，流淌在她的脚下，像一股隐形的不祥的洪水。她突然怕了，跑到店外对儿媳妇喊，你还傻站在这里干什么？快去叫人，把你公公叫来，把老大老二都叫来！

很快马师傅带着两个儿子赶来了。男人们毕竟有力气，处理突发事件也更冷静一些。他们把祖父从收银台上架下来，顺势给他穿好了鞋子。大儿子吸紧了鼻子说，老头的脚好臭，起码一个月没洗了。小儿子说，不是脚臭，好像是裤子臭，他的裤子后面是什么？不会是屎斑吧？马师傅批评儿子们说，别嫌弃人家，谁都有老的一天，你们到时说不定比他还要臭。

祖父还记得马师傅的乳名，用手指戳他的肩膀，你不是马家小八子吗，大清早的，你们怎么一齐跑到我家来呢？我们家的人都到哪儿去了？马师傅把祖父安置在椅子上，叹息道，保润他爷爷，让我跟你说什么好？你不好好地待在井亭医院，跑回来干什么？你好大的本事啊，井亭医院七岗八哨的，你怎么跑回来的？祖父的脸上流露出一丝狡黠之色，竖起三根手指说，三十块，我花了三十块钱。马师傅追问，花了三十块，买通的门卫？祖父忽然意识到什么，抿着嘴唇说，我不能告诉你，告诉你就把老王卖了，下次就不方便了。马师傅的两个儿子这时都笑起来，大儿子说，谁说他的魂丢了？没丢干净呢，他还知道贿赂，还知道搞不正之风。小儿子好奇地摸了一下祖父的后脑勺，说，他的魂说不定真的回来了？井亭医院那么远的路呢，还是深更半夜，否则，他怎么找得到家？

马师母已经把祖父的夜壶送到了洞口那侧，嘴里说，恶心死了，恶心死了。按照她的主张，夜壶塞回去之后就轮到人了，祖父是从洞口钻过来的，理应把他从洞口送回去。马师傅过去研究墙上的洞，不禁感叹了一声，这老头，不愧天下第一锹啊！挖地挖得好，挖墙也挖得好，你们看这洞，挖得多整齐多实惠，正好一个脑袋过来，一个肩膀过来，一锹也没多挖呢。

单单从技术上看，把祖父塞回去是可行的，但马师傅不同意老婆的妇人之见，他认为祖父再疯也算长辈，把一个长辈如此塞进洞里了事，不仅草率，而且不近人情。他和儿子媳妇们商量，这一次，必须替保润家分忧了，他们要亲自把祖父送回到井亭医院去。马师母后来被说服了，跑出去给祖父买了大饼油条，说，好人做到底，他好歹回家一趟，让他吃饱了肚子再走。

鲍三大的黄鱼车很快停在了时装店门外，人也等在车上了。无奈祖父狼吞虎咽地吃了人家的早餐，却不肯配合人家的善行，他抱住一个塑料模特儿往地上一躺，像一个小孩一样耍起了赖皮，我哪儿也不去，我回来过节的，祖父说，你们不知道明天是五一劳动节吗？是劳动人民的节日，我要过节。

对待这么一个老人，不宜过分使用武力，大家都手足无措，犯难地看着一家之主。马师傅一时也没有主张，拉着祖父的手，无意中碰到那个井亭医院的号牌，9-17，一低头，马师傅注意到祖父枯皱的手腕皮肤，镌刻着一道深深的暗红色的绳痕。马师傅忽发灵感，想起保润的绳子，眼睛顿时亮了。找绳子，绳子！他打开柜台门，找到了一卷尼龙绳子，绑绑看，我们也来绑绑看，听说他看见绳子就听话，我们也来试一试。

绳子果然是灵验的。店堂里的人记得非常清楚，马师傅手里的尼龙绳在祖父的手腕上只绕了一下，一下，就像念出某种神奇的魔咒，老人身子一颤，头一昂，立刻驯顺地站了起来，他说，松一点，要民主结，我要民主结。

开始听不清楚他的要求，后来闹明白了，他要捆一种叫做民主结的花样。大家都缺乏捆绑经验，讨论了半天，谁也不清楚民主结是怎么捆的，凭着对字义的推测，这种绳结应该比较宽松。马师傅说，好，保润爷爷，这要求不过分的，就给你捆个民主结，你这把年纪了，我们也不忍心给你法制结。父子三人七手八脚的，总算在祖父身上捆出一个想象中的民主结，虽不好看，但松紧适度。一家人带着胜利的喜悦，簇拥着祖父走出店堂，登上了鲍三大的黄鱼车。

鲍三大的黄鱼车在香椿树街上总是威风凛凛的，臭带鱼来了，让开，让开！伴随着他洪亮急迫的喊叫，路人只好纷纷让路，平时总有人对他缺乏尊重，鲍三大，你去充军吗？鲍三大你到殡仪馆拉尸啊？那天的情形有所不同，没有人骂鲍三大，人们发现黄鱼车上的乘客阵容太奇怪，马家父子大家都认识，那个五花大绑面容枯槁的老头，几乎没有人能认出来了。很多人问，你们从哪儿绑了个糟老头啊？那么把年纪做了什么坏事？鲍三大卖弄嘴皮子道，你们太幼稚了，做坏事的不一定绑着，绑着的不一定做了坏事，懂不懂啊？马师傅是正经人，怕别人误会，指指祖父，又指指自己的脑门，是保润的爷爷啊，他从井亭医院偷跑出来的，我们要把他送回去。

被捆绑的祖父面带微笑，显得很慈祥。

他被马家父子搀扶着，端坐在黄鱼车上。从正面看，他的身上有绳子紊乱地穿越，像一名老迈的逃犯，马家父子像他的押解员，再看他的背影，那背影透露着德高望重的气息，像一名游子归乡的贵宾，马家父子像是他的随从和跟班了。祖父对香椿树街的记忆零乱而细密，有着时间的筛选，他只认识三十年以上的邻居熟人。春耕的母亲坐在门口晒太阳，他还按照多年前的老规矩，喊她新嫂嫂，新嫂嫂，吃过饭了吗？可惜新嫂嫂不认识他了，她用手搭着前额打量黄鱼车，说，这是哪一位啊？还叫我新嫂嫂呢，马上都要去火葬场啰。路过公共浴室的时候，正好遇见浴室开门，老锅炉工廖师傅在卷门帘，祖父还记得向廖师傅打听浴池的水温，廖师傅，今天池子水烫不烫？廖师傅正在闹什么情绪，大声说，不烫，上面说要节约能源，不让烧烫，只有温吞水，你们爱洗不洗！后来黄鱼车经过北门桥头，桥上站了一堆少年，不知为什么在起哄，打打闹闹的，还有人对着黄鱼车打唿哨。祖父忽然想起了保润，情绪开始波动，保润呢？他瞪着眼睛问马师傅，保润去哪儿了？我家保润到底跑哪儿去了？

马师傅对两个儿子使了个眼色，说，你家保润出远门了，你家保润去旅游了。

看祖父疑惑的表情，旅游的说法他并不相信。保润，保润，你野到哪儿去了？你丢下我不管，以后要后悔的！他开始躁动，不停地向着街道两侧东张西望，有几次他企图站起来，都被马家父子按住了，黄鱼车不停地摇晃，鲍三大的骑行难度陡然增加，他在前面责怪马师傅父子，你们人道主义搞多了，要让他听话，民主结怎么管用？要搞就搞法制结，绑紧一点，再紧一点！

马师傅父子一起动手，重新调整了绳结的力度。鲍三大的策略果然见效，好言相劝，比不上绳子发言，捆绑对于祖父的化学作用是很明显的，捆得越紧，绑得越密，那个身体就越驯顺。马家父子都是捆绑的新手，只能在实践中探索捆绑的艺术，他们试着加大力度，尽可能地利用长度，把尼龙绳的多余部分一起拴在祖父的膝盖上，这样的探索很快成功了，老人下肢的骚乱骤然停歇，整个枯枝般僵硬的身体渐渐归于柔软。这不是民主结，是个乱结啊，我要民主结！尽管祖父嘴里还在抗议，人总算安静了下来。马师傅端详着自己无意中创造的绳结，觉得它又怪异又可靠，随口问儿子，这应该叫个什么结？儿子们说，我们哪儿知道？这要问保润，他才是专家。鲍三大回过头匆匆扫了一眼，你们不看报不学习，就是没文化，起名字要配合形势的，叫个安定结，多好。

有了那个安定结，祖父确实就安定了。

后来黄鱼车经过护城河上的立体交叉桥工地，四周人山人海，一片繁忙的建设景象，祖父阴郁的面孔上泛起了明亮的微笑，车上四个人清晰地听见了他的感慨，祖父说，祖国的面貌日新月异啊。

中　部

柳生的秋天

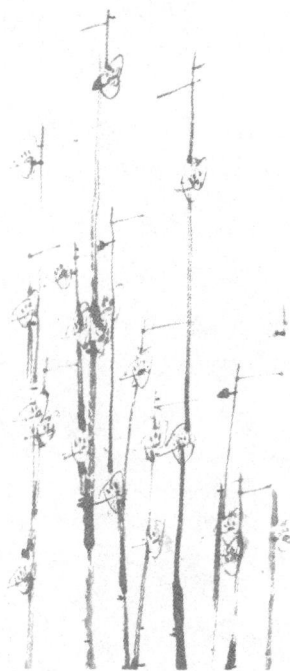

侥幸岁月

柳生夹着尾巴做人，已经很多年了。

他侥幸躲过了一场牢狱之灾。此后，他的生活被侥幸所定义了，多少年来父母的絮叨像一只闹钟，随时随地提醒他：你的快乐是捡来的，不要骨头轻，夹着尾巴做人吧。你的自由是捡来的，不要骨头轻，夹着尾巴做人吧。你的全部幸福生活都是捡来的，不要骨头轻，你必须夹着尾巴做人。

他的骨头其实不轻。他拖累了整个家庭，这种负罪感抑制了青春期特有的快乐，使他变得谦卑而世故。因为他，家里的债欠得太多了，债主的名单也太长了，邵兰英为此做出了分工。柳师傅交际广，负责回馈法院公安那面的关系网，那些应酬有套路，大抵是烟酒礼券洗桑拿，加上请客吃饭，接近外交事务。邵兰英自己揽下的事情，其实更像复杂的宣传统战工作。她最怕人心多变，仙女那边一旦反悔翻供，儿子还是跑不了。笼络老人用钱最见效，笼络仙女的心，光用钱不行，还要投其所好。邵兰英知悉仙女喜欢漂亮的饰物，买了一堆五光十色的珠链、戒指和头饰去，仙女根本瞧不上那堆东西，嫌低档，嫌俗气，倒是一眼看上了她手上的翡翠手镯，邵兰英不舍得这个祖传的镯子，嘴上客气了一下，强调镯子戴了好多年，不容易摘下。仙女说，你想给我就能摘，我给你拿肥皂来，看好不好摘？她没有办法，忍痛摘下镯子，看着仙女把镯子套到了自己的手腕上，心里嘀咕，这个女孩子，日后不知会嫁到谁家？嫁到谁家，谁家一定要倒霉的。

邵兰英给老花匠一家送礼，一年要送三次，分别是春节、五一节和国庆节，时间合理绵延，像法令一样雷打不动。老花匠一家搬迁到了郊县的双山林场，那条统战之路一下变得更加辛苦，她不怕，照旧带着一只沉甸甸的大篮子坐长途汽车到双山林场去，坚持了好几年。她一心要认仙女做干女儿，仙女不答应，仙女的奶奶倒与她姐妹相称了。直到有一次她去林场，发现老花匠的宿舍里来了新房主，人家告诉她老花匠已经干不动活了，林场辞退了他们，仙女去了外地工作，老夫妇俩回乡下养老去了。她僵立在宿舍前，一声声地长叹，心里不知是喜还是忧。人家又到屋后搬了一盆白兰花给她，说是老姐妹留给她的礼物。白兰花当时正开着，很香。她依稀记得自己说过最喜欢白兰花，说说而已，没想到老花匠夫妇记在了心里。她有点感动，带着那盆白兰花离开林场，无奈左手一篮子礼物没有出手，右手的花盆越来越沉重，走到半途中，她看看四下无人，狠狠心，把那盆白兰花放在路边的草丛里了。

至于柳生自己，他承担了一项特殊的任务。邵兰英指派他给保润家送猪下水，送了几次，猪肝猪肚都被保润的母亲当场扔到街上，他再也不肯去了。邵兰英也没有再逼迫儿子，说，本来是顺水人情，不收就不送了，否则别人往歪处想，以为我们心虚，好心给人当了话柄，小意思就变成没意思了。

这边停止了善意的表示，那边却有了让步的反馈。精品时装店的马师母肩负斡旋的使命，特意到肉铺来找邵兰英谈心，她说人心都是肉长的，保润的父母已经认了命，无心追究柳生了，他们胃口不好，对猪下水没有什么兴趣，家里不缺别的，缺的是人手。三句两句就说到了祖父，好歹是家里的长辈，好歹活着，扔又扔不掉，管又管不了，成了他们的一块心病。马师母婉转地表达了一个意愿，保润替柳生吃了官司，是否让柳生代替保润行个孝道，多去井亭医院照顾一下疯老头？邵兰英虽不认可马师母的逻辑，但心里觉得这要求并不过分，她说，马师母，你给粟宝珍也传个话，我们两家不是冤家，我们两家有缘啊，让她想想，这街上就出了两个精神病，给我们两家摊上了，怎么没有缘？柳生去替保润行孝，谈不上，两家人互相照顾一下，倒是应该的，只当让柳生去学雷锋了。

邵兰英把新任务交给儿子，柳生不赏脸。他说你们虚情假意的干什么？又要做婊子又要立牌坊，要去你们去，我没有那么好的胃口，我看见那老头就犯恶心。邵兰英火了，用鸡毛掸子打了柳生，她说，伤疤还没好，你就忘了疼？让你尾巴夹夹紧，你倒又翘尾巴了？这不是虚情假意，是做人的道理，自己欠下的债，你自己不知道？你年轻力壮的，跑几次井亭医院怕什么？捏着鼻子也要去，我们做父母的不开银行，不能替你还一辈子债的。

母亲总是了解儿子的，柳生必须夹紧尾巴，而他人生的伤疤，其实并没有完全愈合。保润是一个梦魇，说来就来，不分白天黑夜。有一天早晨他骑车路过铁路桥，一列火车正巧轰隆隆地通过桥面，一团黑影从火车上飞落下来，掠过他的肩膀，挂在自行车杠子上。他定神一看，居然是一个绿色的尼龙绳圈，看那绳圈的直径，应该是一个套头圈，他好奇地试了试，绳圈套上他的头部，不大，也不小，严丝合缝地咬住他的脖子。他惊出一声冷汗，火车已经过去了，他还站在桥洞下发怔，突然怀疑，保润会不会出狱了？保润会不会正在那列火车上？他扔掉那个尼龙绳圈，恐惧缓缓地消失了，一种巨大的内疚浮上了心头，他对着火车的影子说，对不起，国际大傻逼。

121

柳生曾经去枫林监狱探望过保润。

那是一个炎热的夏天，他背着一只旅行包，搭长途汽车到了枫林镇。包里装满了他为保润精心挑选的礼物，香烟、白酒、袜子、墨镜，其中有一支特殊的圆珠笔，是一个亲戚出国带回来的稀罕物，摁一下笔头，笔杆上金发碧眼的女郎会慢慢卸下她的泳装，大大方方展示一个性感的裸体，他喜欢这支笔，他认为保润会更喜欢这支笔，所以他把它小心地插在衬衫口袋上，准备伺机塞给保润。

天气很热，他在监狱门口看见一个老妇人带着包裹，坐在荫凉的墙根下，一边打瞌睡，一边默默地流泪，她的身边竖着一个纸牌，纸牌上写着：李福生是冤案！他不知道李福生是她什么人，也无意打听那冤案是怎么回事，是那个老妇人的哀伤，让他有点震惊。老妇人边睡边哭，呼吸时鼻息浊重，犹如风箱，泪珠则以均匀的速度渗出眼眶，一滴一滴地淌落在面颊上，他盯着那道泪泉注视了一会儿，渐渐地觉得浑身不自在了，冤案？他嘟囔道，有什么稀奇的，这世界上的冤案太多了吧？

他找了一片树荫躲避毒辣的日头，看见一个奇怪的少年沿着监狱的围墙，不停地绕圈，少年穿着汗衫和短裤，满头大汗，走一会儿停一会儿，将耳朵贴着墙，听一会儿，又喊一会儿，大宝，大宝，你给我滚出来！少年的声音尖利而愤怒，他在后面暗自发笑，问旁边卖冷饮的摊贩，他在喊什么？大宝是谁？那摊贩说，好像是个强奸犯，男孩每年都来，说要亲手把那个大宝阉了。

他不宜开口探听，大宝强奸了谁？是少年的母亲还是姐姐，或者是他的女朋友？他在心里猜，猜着猜着觉得扫兴，脸上有点发烫，看看离监狱会客时间还早，他买了根红豆冰棍，一路吃着冰棍，去附近的枫林镇上闲逛了。

枫林镇不仅有个著名的监狱，还是一个古镇。这类有历史的小镇夏天都比较凉快，树木参天，房屋高大古老，总是体贴地给予沿途的行人一片荫凉。他在荫凉处走走停停，看看石板路中央的古井，看看路边墙泥斑驳的祠堂，嘴里说，没意思，这种东西有什么意思？后来就走到了一家杂货店门口，一群小镇青年聚集在此，乱哄哄的，围着一张崭新的台球桌打球。

他停下来看热闹。对于桌球，他其实一知半解，只不过小镇青年们球技太烂，给了他逞能的机会。他嘴巴闭不住，手也闲不住，在旁边指指点点，小镇的青年们不买账，他干脆自己上了场，这一下就玩得不可收拾了。他爱面子，输不起，一局输了不服气，再来一局，这样玩了半天，店主出来收钱，对手让他付钱，说你输当然你付钱，他觉得合理，去找旅行包，这才发现他的包不翼而飞了。问旁边的人，都说不知情，还有人反问他，你真的带了包吗？没见过你的包么。他又急又恼，脱口骂道，怪不得监狱选中了你们枫林镇，原来抓人方便，你们这里到处都是小偷！

　　他犯了众怒，被杂货店门口的青年们团团围住，差点挨了打。店主出面保护了他，但是同情归同情，打桌球的那笔费用，店主无意豁免，他掏不出钱来，走投无路之间，想起口袋里的特殊礼物，拿出那支圆珠笔摁一下，说，先来看洋妞，我让她干什么她就干什么。他的嘴里发出了快乐的指令，脱，穿，穿上，脱了！店主和青年们都推推搡搡地争抢有利位置，大家瞪大眼睛，盯着他手里的圆珠笔，他一下又威风了，最后，把圆珠笔往店主手里一拍，慷慨地说，德国进口货，三百块也买不到，今天算我倒霉，归你了。

　　等他赶回监狱门口，会客时间已经过去了。他看着接待室关闭的大门，看看自己两手空空，摊开手，苦笑了一声，说，好。这样也好。虽然误了正事，误得荒唐，但也许那是天意，他很快原谅了自己：反正也没有礼物了，反正他也不一定愿意见我，反正见了面也不知道说什么好。他从裤子口袋里掏出长途汽车的车票，对着监狱大门晃了晃，反正，我已经来过了。

　　这些年来柳生一家风调雨顺。用邵兰英的话来说，都是积德行善修来的福。花痴柳娟的病奇迹般地好转，出院了，天天坐在家里刺绣，绣鸳鸯戏水，鸳鸯绣得活灵活现的。有人好心来做媒，对方是老西门一个坐轮椅的钟表匠，两个人见面，竟然一见钟情，柳娟及时嫁了，第二年便生了个小宝宝。是个女婴，美如天仙，众人见了，无不赞叹命运对柳娟额外的垂青。本来柳生一家与井亭医院已经撇清了关系，不必与那个晦气地方打交道了，但是，从保润家派来了新的义务，这义务呈现篱笆的形状，一次许诺，某种道义，还有群众舆论，它们一齐将篱笆扎紧，柳生无法脱身了。

柳生就这样成了祖父的访客。

他大老远地跑到井亭医院去，陪着别人的祖父。祖父是一棵疯癫的不老松，以家族的名义幸存于世。他面对祖父枯瘪的面孔和羸弱的身体，仿佛面对一场战争留下的废墟。该凭吊的凭吊了，该安慰的安慰了，所有该做的事情都做好，剩下的，便是百无聊赖。持久的善举，适合一个圣人，并不适合柳生，他做好事，总做得三心二意。外面的世界越来越精彩，香椿树街的万元户越来越多，各行各业都开始流行一句话：时间就是金钱。这句话蛊惑了柳生的心，他愿意浪费一点时间，但浪费的时间最好能换来点金钱。他在荷花弄有个熟识的朋友，靠回收各大医院废弃的医疗器材，出去倒卖，发了横财，柳生受此启发，认定井亭医院里也有商机。所有的商机，都是跑出来的。他有事没事就往医院的办公楼里跑，口头禅是：有没有生意介绍我做做？井亭医院的医务人员也跟他混熟了，没有生意介绍，倒有人热心地介绍对象给他。他说我先要生意再要对象，有了好生意，自然会有好对象。乔院长那里他跑得最勤，给乔院长跑腿，陪乔院长下围棋，只输不赢，输得还很认真，他和乔院长的关系越来越亲密，最终是乔院长拍板，给了他一笔真正的生意，允许他来承包医院的菜蔬肉类供应。柳生当天就回家向父母宣布，我要下海了，我要买一辆面包车。

父母都是有远见的人，他们认为外面形势变了，儿子在肉铺混日子也没有什么出路，下海试试也好。于是，父母动用了自己的积蓄，加上女婿的赞助，给柳生买了辆面包车。

他开着面包车来往于香椿树街和井亭医院，每周都到医院财务科结一次账，再去祖父的病房，心情好了，脸上总是喜洋洋的。有人看见过他把一个红包往祖父的裤腰里塞，关照祖父说，没钱了跟我要，我要是不在，想吃什么想喝什么，找人去买。他甚至还跟祖父开玩笑，想找小姐也可以，告诉我一声，我把小姐给你送过来。

祖父近年来四肢肌肉萎缩得厉害，已经拿不动铁锹铁镐了，无需捆绑，监护就少了很多麻烦。柳生去陪祖父，更多的是打扫他身体的卫生，替他理发，带他洗澡。祖父的头颅与别人不一样，头发剃干净之后，头皮上一块勾形疮疤清晰可见，他问祖父那是不是当年挨批斗，被王德基用煤炉钩打出来的？祖父点头称是，说以前打他的人多了，他不计较王德基，只是那煤炉钩打得不是地方，头上要不是有那么一个通道，他的魂也没那么容易飞走，要是当年敢歪歪脑袋，躲一下煤炉钩就好了，躲一下，说不定他的魂就永远丢不了。柳生说，咳，还说那魂干什么？别的老人都有魂，有魂有什么用，不都翘辫子了？你没魂那么长寿，有什么不好？替祖父洗澡的时候，柳生注意到老人的生殖器像一只田螺，隐藏在稀疏的白毛中间，他好奇地问，爷爷你的怎么那么小了？要是给你送小姐来，你还有没有用？祖父腼腆地捂住了胯下，很诚实地告诉他，以前有用的，我怕它给我惹事，天天严格约束，时间长了，它就安分了，现在恐怕没什么用了。

祖父对他的善举有过疑心。祖父说我家保润哪儿有什么好朋友，就算是好朋友，也好不到你这个份上。你是不是要分我的家产呢？小伙子，你要是有这个心，那就来晚五十年了，我们家以前是阔过，半条香椿树街都是我家的，上海外滩有家美国银行你知道吧？那美国银行里有我们家一只保险柜！可惜都保不住呀，多少房契地契也经不住一把火，多少金山银山也经不住抄家没收，现在我是无产阶级了，你这么伺候我，我只能请人给你写封感谢信啊。柳生嬉笑道，我不算保润的好朋友，我不要你的家产，也不要什么感谢信，爷爷，雷锋你知道吧？你以后就把我当活雷锋好了。

他欠保润的，都还到了祖父的头上。与祖父相处，其实是与保润的阴影相处，这样的偿还方式令人疲惫，但多少让他感到一丝心安，时间久了，他习惯了与保润的阴影共同生活，那阴影或浓或淡，俨然成了他生活不可缺少的色彩。他曾经听见父母在厨房里悄悄地议论，有朝一日保润回家了，对柳生会是什么态度？好心会不会有好报？要是保润不领柳生的情，那我们家岂不是竹篮打水一场空？父母的忧虑伤了柳生的自尊，他冲进厨房，从母亲的汤碗里抓过汤匙就往地上砸，父母还没有弄清儿子撒的什么野，他又抓起一个汤匙，高高地举起来，你们瞎操什么心，世界那么大，还容不下我和他两个人？他斥责着父母，开始砸第二把汤匙，这次动作很潇洒，手一松，汤匙自动坠落在地，砰的一声过后，他用脚归拢地上的碎瓷片，说，你们看见这两把汤匙了吗？这就是我的态度，我和保润，能和平就和平，要是不能，我跟他同归于尽！

特二床

门被撞开了一大半。

有人莽撞地往办公室里面闯，带着一阵寒风，还有一股甜腻而浓烈的香水味。为什么不开门？你们在下棋还是打牌？那女人微胖的面孔率先钻过了门缝，尖利的声音变得激愤起来，好啊，关着门在下棋？知道我们国家为什么落后吗？就因为养了你们一大窝懒虫，混吃等死，上班不干活，天天下棋！

他们是在下棋。柳生经常陪乔院长下围棋，乔院长下棋的时候是不处理工作的，谁若不知趣，就由柳生出面，把人打发走。柳生从椅子上跳了起来，正要去驱赶那个女人，女人从挎包里抽出一把宝剑，只见半空里银光一闪，女人高喊道，闪开，马仔闪一边去！

一听就是郑姐，飞扬跋扈惯了，她不屑于听柳生的名字，从来都喊他马仔。是一个四十岁多岁的妇女，装扮时髦，时髦得有点不伦不类。她穿着猩红色的羽绒服，黑色健美裤，白色运动鞋，肩上挎了一只棕色的皮制剑鞘，那剑鞘使她看上去盛气凌人，像一个新时代的女金刚。柳生每次看见郑姐的宝剑，都忍不住发笑。听见他的窃笑声，郑姐猛然回头，剑挑柳生的下颚，马仔，你笑我的剑？现在社会上妖孽太多，我随身带把剑斩妖，有什么好笑的？柳生小心地躲闪着剑，我不是妖孽，你别斩我呀。郑姐说，你做妖孽都不配，你是个小马仔，小马仔，你不认识我的？柳生说，我哪儿敢不认识你？你是箍桶巷的郑姐，千万富翁嘛。

　　谁没听说过箍桶巷的郑姐和她弟弟郑老板呢？那姐弟俩是一个传奇。他们的创业之路与居民的沐浴紧密相关，姐姐承包了箍桶巷口的老澡堂养德池，弟弟最初在池子里帮人搓背，闲来无事，构思了一条精彩的广告：百年养德池，今朝水文化。广告巧妙地迎合了大批浴客崇尚文化的消费心理，养德池从此名噪一时，宾客如云。姐弟俩从箍桶巷起步，很快做大做强，成立了郑氏水文化连锁企业，旗下最多的时候拥有二十多个洗浴中心。后来企业再扩张，易名为郑氏国际投资贸易公司，做发泡塑料生意服装生意钢材生意汽油生意，还走出国门，买下了越南两座矿山的经营权，姐弟俩毫无争议地成为城南首富。荣华富贵来得太快，太多，姐姐懂得如何享受，弟弟一时无法适应，不幸得了妄想症，总是怀疑有人要暗杀他。有一天深夜，郑老板拉着一只旅行箱在大街上狂奔数千米，径直闯进公安局的大门，自称有人追杀他。值班人员发现他浑身上下只穿了一条三角内裤，两只手腕则戴满了名贵的瑞士手表，问他为什么是这副装束，他说，来不及，来不及了。打开箱子检查，里面除了几盒避孕套，都是一捆一捆的人民币，值班人员起初以为遇见一个梦游的富翁，询问之下，才发现不是噩梦的错，是恐惧击垮了年轻的郑老板，他投诉绑架者在他的办公室里留下了很多长长短短的绳子，指称杀手乔装打扮成美艳的按摩小姐，今夜就要伺机下手。值班人员很快联系上郑姐，郑姐当场在电话里哭了，说，他是董事长呀，这个样子，公司还怎么上市？值班民警问，你们公司的股票也要上市？去上海还是深圳？郑姐边哭边说，不去上海了，也不去深圳了，去井亭医院！

127

郑老板成了乔院长的病人，郑姐却成了他的上帝，上帝不好怠慢，乔院长对柳生使了个眼色，还不快给郑姐泡茶去？自己去打开了药柜。开塞露，开塞露在哪里？他嘴里念叨着，郑老板还在便秘？长期便秘影响肠胃功能，我很重视这个情况的，昨天就吩咐他们多送几瓶开塞露去，都怪李护士不长记性。

郑姐冷笑一声，开塞露开塞露，你就知道个开塞露，昨天就告诉你，我弟弟大便通了，现在不是便秘的问题，是他在这里的地位问题。我们交了那么多钱给医院，你给我们一个特二床，房间朝西呀，什么意思？我弟弟不住朝西房间，要住就住特一床，要朝南！

特级病房是给厅局级以上准备的，给你弟弟特二床，已经算特殊照顾了。乔院长耐心地向郑姐解释着，眼睛突然一亮，说，特一床是康司令，老红军老革命老领导啊，你们见过康司令了吗？你们相处得怎么样？

我们没相处，他瞧不起我们，我们也不稀罕搭理他！郑姐似乎被捅到了痛处，勃然大怒道，少跟我提什么级别，现在是商业社会，钱就是级别！什么样的大干部我没见过？市委书记的手，我握得不想握了，省长的手，我也握过！你少拿康司令来压我们，康司令住院不交钱，我们交了多少钱？凭什么他是特一床，我弟弟就是特二床？

乔院长的脸上有点挂不住了，示意柳生将茶几上的棋子收起来，自己从口袋里掏出一盒风油精，用手指蘸了些，一圈圈地涂在脑门上。头疼头疼，一边是司令，一边是大老板，我哪边也不敢得罪啊。他对柳生苦笑，含沙射影开了个玩笑，这倒霉院长真是个苦差事，赚不了钱，整天得罪人，柳生啊，干脆让给你算了。

多少钱？郑姐突然问。

乔院长一时没有反应过来，什么多少钱？

买你这个院长，多少钱？郑姐的宝剑在半空中挥了一下，她说，干脆我把井亭医院都买下来算了，我弟弟想住哪儿住哪儿，多少钱？你开个价！

办公室里的空气忽然凝滞了，乔院长的脸上是某种震惊的表情，他瞪着郑姐的脸孔，嘴里连声说，荒唐荒唐，郑姐你太荒唐了。郑姐说，你才荒唐，现在市场经济，什么不能买，什么不能卖？日本人买了纽约的帝国大厦，你听说过没有？我有个朋友，一辆小轿车换了个副厅级，你相信不相信？柳生在一旁笑，一千万，卖给她么，医院给她，精神病人也卖给她，便宜卖，一千块一个。乔院长用眼神制止了柳生的起哄，斟酌半天，最终还是采取了好言相劝的方式，郑姐我知道你有钱，有钱还是花在别的地方好，有钱也别买井亭医院，这医院是国家的，我哪敢跟你开价？再说了，饮水不忘挖井人，你们家今天能够发家致富，靠的是谁？不是靠的共产党吗？共产党靠谁？都靠康司令他们当年打江山，人家是革命的功臣啊，我们怎么好意思跟他抢病房，郑姐你说对不对？

郑姐不愿意点头，也不敢轻易摇头，被迫地产生了些许歉意，但歉意只是从眼神里闪了一闪，马上就消失了，她仍然充满了怒气，乔院长我问你，今天星期几？

柳生朝办公桌上努努嘴说，请看日历，今天星期四。

马仔闭嘴，这里轮不到你说话。郑姐用宝剑指了指柳生，剑头忿忿地转个圈，垂下，对着地面笃笃地敲，今天星期四了，我要的办公室，你准备好了没有？

乔院长也许是健忘了，也许是装糊涂，他迷惑地看着郑姐，什么办公室？郑姐你要到井亭医院来办公？

不是我，是白小姐！我弟弟聘的女公关，不要办公室吗？郑姐叫起来，你把我的话当耳旁风了？上星期就关照你，白小姐今天来报到，三楼东边那空房间，我们要租下来，给她做办公室！

乔院长想起了什么，哦，那个小姐啊。他的表情变得复杂起来，挠着头说，这女公关到底是干什么的，我们也搞不清楚，她在高级病区出出进进，怕影响不好吧？柳生听出了乔院长的担心之处，在旁边帮腔，公关小姐有正规的，有野鸡的，还有挂羊头卖狗肉的，万一是个鸡婆呢？这是精神病疗养院，来个鸡婆到处乱走，你让病人还怎么安心疗养？

　　你个烂马仔，再插嘴，我一剑斩了你！郑姐忿然地用宝剑对着柳生，做出一个斩人的动作，然后对着门外喊起来了，白小姐，你还站在外面干什么？进来给他们看看，你是正规的还是野鸡的，给他们看看，你是不是鸡婆！

　　那个白小姐还站在走廊上。

　　一团暗影在门边晃动，他们这才注意到，门外一直有高跟鞋笃笃敲地的声音。她进来了，像一朵湿润的乌云进来了，柳生记得很清楚，她一进来，室内的光线不知怎么就暗下去了，他迎接这个年轻女人，就像迎接一个悲伤而诡秘的黑夜来临。

　　白小姐手里拿着一个活页夹，一部手机，手机上坠着金色的花状饰物。她身上有隐隐的栀子花的香味，头部和大半张脸用一条黑色的围巾蒙起来了，柳生只看见她的眼睛，眼睛很黑，很美丽，浓缩了两片愁云。一件深棕色的毛皮大衣覆盖着她的身体，帷幕一样厚重，垂到膝盖以下，露出了修长的小腿，还有那双紫色的镶钻的高跟鞋。

　　无疑是命运安排的一次约会，他们的目光撞在一起，闪电不期而遇，伴随着一股隐秘的飓风，她头上的黑围巾不知怎么滑落下去，一张苍白而熟悉的面孔暴露在他的视线里，起先是傲慢，后来是惊恐。他们彼此认出了对方。只是两三秒钟的迟疑，柳生看见她转过脸去，对乔院长说，你这里有传真机吗？

　　是仙女。仙女回来了。记忆訇然一响，成为满地碎片，放射出令人惊悚的尖利的光芒。她的毛皮大衣，一共拖曳着十年的时光。他看见了两只兔子。看见了水塔。看见了保润。他下意识地捂住半边脸，慢慢地往办公室门边移动，乔院长注意到了他反常的举动，柳生你去哪里？我这里好多事，都要你帮忙呢。柳生一时慌张，随口说，等一会儿，我要上厕所。他跑到走廊上，忽然觉得忘了一件事，于是回头，朝办公室里大声喊道，她一定是正规的。

幽灵的声音

她回来了。

他曾经设想过多年以后，设想过与保润的一百种相遇，独独没有设想过与仙女的再次相遇。他记得很清楚，当年仙女亲口向他母亲发过誓，永远不会回到你们这个可恶的城市，永远不想见到你们这些人肮脏的嘴脸，我就是死了变成骨灰，我的骨灰也不会往你们这里飘。他从来没有料到，食言是一个未成年少女的专长，也是她的权利，那个少女，现在回来了。

他有点怕。她一回来，他犯罪的青春也回来了，一个紊乱的记忆也回来了。一连几天，他驾着面包车经过井亭医院的小树林，觉得车厢里的菜蔬猪肉都在慌乱地抖动，废弃的水塔里隐约响起了水的回流声，一页翻过去的历史，被风吹回了原处，让他辨认。他有点怕。他必须辨认。有一个低沉的声音在水塔上呼唤他，上来，柳生你上来。他分辨不出那是保润的声音，还是一个幽灵的声音。

两只乌鸦还栖息在水塔顶上。这么多年过去了，还有两只乌鸦栖息在水塔顶上。树枝分割的时空碎裂了。恍惚之后是惊悚，他忽然发现自己的生活充满了快乐的假相，而真相是连绵不绝的阴影，它像一座云雾中的群山，形状变幻莫测，排列的都是灾难的比喻。这么多年过去了，他还在灾难的包围之中。

大约是第三天，他看见她站在井亭医院的门口，怀里抱着一个文件夹，看样子是在等出租车。她的穿着打扮总是时髦得令人意外，一件高领的宽松式粉色毛衣，一条黑色小羊皮裤子，她的身体曲线有一种写意

131

式的美感，炫耀青春和美丽。在早晨九点钟的阳光里，那双乌黑的杏眼被柔美的光线反衬着，像两个春天的花坛，繁茂的心事以花朵的格式悉数开放。她的面孔裸露在淡金色的阳光里，看起来有点傲慢，有点妖娆。她的嘴唇涂抹了暗色的口红，晶莹而湿润，令他心乱，那是他曾经亲吻过的嘴唇吗？还有她的乳房，它在毛衣下显得那么丰满，那么性感，让他不敢正视，那是他曾经抚摸过的乳房吗？岁月洗涤了某些触觉的记忆，她现在的美貌与性感，改写了他过去的罪恶，他的负罪感在虚幻中悄悄地变异，升华为某种荣耀，竟然夹杂了一丝甜蜜。他想起一句流行歌曲的歌词：曾经拥有。曾经拥有。他为此而慌神，开着面包车从她身边经过时，全身莫名地紧张，随手按了一下喇叭。你好。他的问候很犹豫，喇叭声则清脆响亮，她回过头，眼睛忽然一亮，伸出一条胳膊拦住了车。

师傅帮个忙，带我去市中心。她不容分说地拉开了车门，坐在他的身边，补上一句，我付你车费。四目交接，两秒钟的慌乱，她很快恢复了镇定。我司机生病了，这鬼地方，半天看不见出租车的影子。她吸着鼻子朝面包车后面张望，你这车上什么气味？跟厕所似的，好难闻啊。他没说话，听见她弯起手指敲打车窗，开车，我有急事，将就一下吧。

他注意到她手腕上泛着一小片绿光。是一只翡翠手镯，也许正是他母亲当年赠送的礼物，母亲在家里不止一次地念叨，说那只翡翠手镯是玻璃种，又是祖传老货，现在翡翠升值，不知道要值多少钱了。他不敢仔细辨认那只手镯，随口问道，小姐贵姓？

132　　她侧过脸，嘴边一抹讥讽的微笑，不是见过的吗？叫我白小姐。她的眼睛里有针锋相对的锋芒，你呢？先生你贵姓？

他一下不敢说话了。必须小心谨慎。他们之间的默契脆薄如纸，稍不留神，便破坏了。他们的过去是一杯腐茶，盛在同一只杯子里。必须小心杯盖。打开了杯盖，腐茶的秘密也就暴露了。不能打开。不能相认。不能说话。他默然地开着车，闻到她身上清冽的香水味。现实仿照着梦境，她回来了，梦也回来了。她坐在他的身边，就像一片黑夜降落下来，带着浓重的露水，带着一些诡秘的忧伤。

车过老城门，他忽然听见她嗤地一笑，别演戏了，累死人。她对着化妆盒上的小镜子，用一个眉刷刷自己的眉毛，告诉我，那个国际大傻逼，现在怎么样了？

是她先打开了那只杯盖。他没有料到，这么快她就没有耐心了，转脸一看，她的表情显得僵硬，语气却是平静的。很明显，她在问保润的近况。一杯腐茶重见天日，腐茶里映出了保润模糊的面孔。他低声说，还那样，他还在里面，刑期没满。她低下头，从包包里掏出纸巾，擤了擤鼻子，我感冒了，一到秋天我就感冒。然后她拿出一个粉饼，对着镜子补起了妆，随便问问的，好了，你记住一件事，我不叫仙女了，我是白蓁，以后叫我白小姐。她说，你要是再叫我仙女，小心我对你不客气。

他懂得她的意思，世上没有仙女了，名叫仙女的少女一去不复返了。那是另一种默契，他乐于遵守。他说，白小姐，以后有什么事要我帮忙，用个车什么的，尽管吩咐。她鼻孔里含糊地哼了一声，你能帮我什么忙？救个急罢了，我要是老在你这破车里钻出钻进的，还怎么在外面混？她的傲慢不加掩饰，他有点尴尬，忽然问了一个愚蠢的问题，白小姐，你那么年轻那么漂亮，为什么要给个精神病人当公关小姐呢？

她啪地合上了化妆盒，斜着眼睛看着他。少见多怪。她说，他愿意付钱，我愿意挣钱，哪儿来的为什么？大家都下海了，你不是也下海了吗？

空　屋

香椿树街那么短促，他开着面包车来来往往，不知多少次路过了保润的家。白天路过，他总是加速，匆忙穿越时装店里人群的目光，夜里他反而减速慢行，趁着难得的安静，打量一下保润的家，只是打量，不算观察，也不是睹物思人，他惦记的，其实是一棵树。时装店的霓虹灯光打在那片年久失修的屋顶上，他每次都注意到那棵桑树，一棵桑树，端端正正地长在保润家的屋顶上。不知是哪只鸟衔来的桑葚，在这片寂静的屋顶上找到了沃土，几年下来，桑树足有半人高了，竟然长得枝叶茂盛。

曾经有几个孩子爬上保润家的房顶，去摘桑叶，被时装店的马师母骂下来了。马师母说如果不是她看着，屋顶上的桑树早就被人拔掉去喂蚕宝宝了，不仅是孩子调皮，某些黑良心的街坊邻居说不定也有上房揭瓦之心。谁都有机会爬上保润家的屋顶，因为那片屋顶下面，已经空无一人了。

保润的父亲去了天堂。他死于第三次中风，据说临死前要去拿一只拖鞋，拖鞋只穿上了一只脚，人先走了。来不及说出临终遗言，死者走得不甘心，遗容便显得古怪吓人，他看起来怒发冲冠，眼珠子几乎瞪出眼眶，怎么也抹不拢，嘴巴张大了，保持着呐喊的口型。粟宝珍怕吓着别人，在丈夫的遮脸布上系了带子，像一只口罩绑在脑后，谁也不敢去解开那只口罩，如此，左邻右舍谁也没有瞻仰到死者真正的遗容。

这是香椿树街有史以来最安静的丧事，没有人哭丧，灵床躲躲闪闪地停在幽暗之处。如果不是时装店歇业关门，路人甚至不会注意到保润家门上的白色纸条：谢绝吊唁。居民们都知道，谢绝归谢绝，吊唁归吊唁，该去的还是要去。邵兰英代表柳生一家人，抱着一只花圈去吊唁，先站在门口，试探主人的反应，看粟宝珍没有反对，邵兰英就进去了。她一进去就有惊人的发现，粟宝珍神色呆滞，两边太阳穴上都糊了药膏，守在死者身边，埋头剥瓜子仁。这是很不恰当的表现，她和马师母等人为此交头接耳。粟宝珍注意到了邻居的议论，她说，你们不要这样看着我，我哭不动了，我的眼泪流干了，一滴也挤不出来了。又向众人举起一粒瓜子，这瓜子是给炒货厂剥的，不是我吃的，医生说我的血压太高，很危险，手里做点事，一是防止中风，二是赚点小钱，我万一要是也中风，谁给他出殡呢？

保润没有回来，大家都能理解，奔丧也是要有资格的，他没有了这个资格。还有一个亲人，是祖父。祖父有没有资格？这是一个值得商榷的问题。邻居们普遍认为，无论是什么样的父子，最后一面，终归是要见一下的，粟宝珍应该去把祖父接回家。有人怂恿马师母去做说客，马师母一口回绝，不知道她是真心体谅粟宝珍，还是怕祖父回来连累了自己，马师母说，坚决不接疯老头，我替她做主。你们就不要来添乱了，我哪儿是不懂老礼？凡事要从实际出发啊，这个家一共四口人，疯了一个，关了一个，死了一个，只剩下宝珍一个人了，老礼不要紧，她的身体最要紧。

葬礼之后，粟宝珍被她妹妹接去了省城。她嫁到香椿树街几十年，为人妻为人母，最终还是靠娘家的亲人，返还她一个温暖的怀抱。临走前粟宝珍续签了房屋租约，租金不升反降，但有一个附加条件，要马家负责照管房子。她对马师母说，我嫁到杨家没享过一天福，想不到在杨家苦了一辈子，最后还要靠妹妹，我妹妹有福气，她嫁得好，妹夫做官越做越大，以后我就跟着妹妹过，看看福气是什么样子的。马师母不知道那女人是心寒了，还是心硬了，试探道，妹妹再好，哪儿比得上儿子？儿子迟早要回来，这儿好歹是你的家，说扔下就扔下了？粟宝珍叹了口气，拍拍膝盖说，什么儿子？一个讨债鬼罢了。这地方也不是家了，是一个墓啊。你知道我为什么半死不活的吗？都是让鬼魂缠的，天天夜里睡不好觉，他家一大堆祖宗的鬼魂，从这里蹦出来，从那里跳出来，都围着我吵，人呢？人呢？他们的人呢？几世几代的鬼魂都来跟我要人啊，好像是我谋害了他家的子孙。马师母听得害怕，环顾四周道，那你一走，他们家祖宗会不会来跟我要人呢？粟宝珍思索了一下，反过来安慰她，鬼魂也讲道理的，你是房客，又不是他家的媳妇，怎么能找你要人呢？

后来马师母向她打听保润的境况，说街东的三霸提前出狱了，又去火车站做票贩子，桑园里的猪头也减刑回家了，在桥上替人修自行车，你家保润，有没有减刑出狱的希望呢？粟宝珍黯然地垂下头，我跑了好几趟了，希望不大。人家说父母怎么跑都没用，主要看犯人在里面的表现，自己的孩子自己知道，保润能有什么好表现？他哪里比得上三霸，哪里比得上猪头？到哪儿都不讨人喜欢，人家不给他加刑，就算便宜他了。

粟宝珍向马师母转交了家里的钥匙，说人算不如天算，等到保润回家的那一天，她不知道自己还在不在人世，只能麻烦你保管这些钥匙了。这样的临别赠言，让马师母差点流出了眼泪，她注意到三串钥匙是一样的，保润和他父亲的那两串，她觉得脏兮兮的，也不吉利，挑出来要还给粟宝珍。粟宝珍摆手道，马师母你都拿着，这个家的钥匙，我一把都不留，不瞒你马师母，我这一走，就不准备回来了，不是我心狠，现在别人的日子都好了，我也想过几天好日子啊。

这样，保润的家也交给马师母打理了。马师傅一家都有商业头脑，精品时装在香椿树街销售不畅，他们一直在酝酿转向经营。近年来香椿树街居民没有了温饱之忧，普遍都很怕死，如何长寿如何养生，成了街头最热门的话题，向街坊邻居出售药物和保健品，无疑是更适合民情的生意。马家早就与一家著名的连锁药店签了加盟合约，店铺要改造，做大做强，之所以迟迟不动，只是碍于房东一家的健康状况，不忍心扰了他们。粟宝珍一走，时机也到了，他们放开了手脚，再一次大兴土木。

连锁药店是连锁的，装修都要听从别人的指挥，连店铺门面的大小尺寸也连锁，不能大，更不能小，原先时装店迎街的店门，比标准还是小了几十公分，所以，保润家的那扇家门，不得不再次让贤，原来的半扇木板门，必须被削去一半。装修工人已经卸下了门，拆下了门框，马师傅心里犯起了嘀咕，说这样做以后会不会惹纠纷，还是要设法找到粟宝珍，商量一下再削门。马师母嫌他啰嗦，让他亲自从门槛上走一走，试一试。她说，你比保润胖，你能过去，以后保润就能过去。马师傅顺利地走过去了，身体与门框正好匹配。马师母说，看，不是过去了？小什么呀？凡事要从实际出发，迎街门面多金贵，你给保润留这么大一扇门，他又没机会走，不是浪费吗？

柳生很少步行路过保润家，路过也从不停留，但有一次例外了，母亲差他去马家的新药店跑一趟，为父亲买胃药。他走到药店，一下被门口崭新的广告牌吸引了。那广告牌像一大块流动的屏幕，遮住了保润家的门洞。一个白种男人在微笑，衬衣口露出黑色的胸毛，一个金发女郎在微笑，比基尼泳装下的肉体散发着湿润而性感的光亮，他们相拥坐在海边的沙滩上，什么也没做，但看上去刚刚做过了什么。广告的文字主要是英文，他看不懂，仅有的几个中文是红色的，特别醒目：男人福音，进口伟哥，独家经销。他朝广告多看了几眼，被马师傅的大儿子注意到了，他给了柳生胃药，并不急于收取药钱，朝四周扫视一圈，一猫腰从柜台里扔出一盒东西来，好东西来了，伟哥，试试伟哥去！原厂进口货，别人嫌贵，你买得起的。

他拗不过对方的热情和抬举，也拗不过自己的好奇心，竟然掏钱买了一盒。柳生记得很清楚，他把胃药拿在手上，那盒伟哥塞到口袋里，忽然听到隔壁的保润家里回旋着一股凄凉的风声。他探头到广告牌后面一看，保润家平时尘封的小门半掩着，有穿堂风从长长的夹弄中夺门而出，吹得广告牌上的西洋男女不停抖动，一辆老式的永久牌自行车倚靠在墙角，车轮钢圈仍旧闪烁着寒冷的光晕。他认得出来，那是保润骑过的永久牌自行车，自行车的后架上，还整整齐齐缠着一圈绳子。

柳生僵立在那里，看见有个粗壮的身影，在自行车边晃动。是十八岁的保润，他躲在门后的阴影里，浓缩成另一块阴影，他在时光的掩护下，等候时光飞逝。他在等谁？他依稀看见了十八岁的保润，胡须初现，肌肉发达，目光如刀。他看见了十八岁的保润，身上穿着旧时代风行的米黄色夹克，手里转动着一条长长的绳子，保润说，进来，柳生你进来，我们好好谈谈。

他不敢进去，看见一个人影从门里出来了，是马师母。马师母戴着帽子和口罩，一手提着水桶，一手举着个鸡毛掸子，嘴里说，家具都烂了，被褥都霉了，墙泥都裂缝了，这个家，我哪儿有本事替她收拾？他匆匆要走，马师母的鸡毛掸子在他后背上拍了一下，柳生你别走，我这儿有几封保润的信，你带去井亭医院给他爷爷。他说，为什么不退回去？信可以退的，他爷爷还看什么家信？马师母说，怎么好退信呢？他爷爷疯归疯，好歹也是亲人，亲人都可以收信的。她从怀里掏出一叠信，指着信封哀叹道，真是可怜啊，爸爸死了这么久，儿子还不知道，看看收信人，还写着他爸爸的名字呢。

柳生带走了那几封信。半途上好奇，偷偷地拆开了看。保润的每封信只有一页纸，稚拙的字迹略有不同，有的认真些，有的潦草些，内容几乎一致，像是抄袭了一份样本。开头都是亲爱的爷爷、爸爸、妈妈你们好，内容差不多都是我在这里一切均好请放心。结尾更是雷同，无一例外都是希望你们保重身体，此致敬礼。

他把信封折了一下，塞在裤子口袋里。此致敬礼。此致敬礼。他觉得那些文字长有一排细小的牙齿，轻轻噬咬着他的大腿。分隔多年了，通过几页返潮的信纸，他与保润有了一次神奇的相遇。保润陌生的字迹留有体温，透过牛仔裤厚厚的布料，慢慢融化在柳生大腿的皮肤上。保润的生活以空洞的文字概括了，收入柳生的裤子口袋，竟然是沉甸甸的。柳生觉得大腿处有点疼，还有点烫，口袋深处隐隐飘散出一种古怪的焦煳味。秋天以来他经常闻到这种气味，不知它来自干燥的季节，还是来自干燥的记忆。此致敬礼。透过保润的家信，他隐隐地看见了自己的未来，那个未来冒出了一缕神秘的青烟。

过了几天，他去九号病房探望祖父，带去了保润的家信。不知道是冲动的结果，还是冷静的对策，他脑子里有了一个大胆的计划。他问祖父，你还记不记得保润的模样了？祖父说，现在的模样不记得，就记得他小时候的模样。他又问祖父，你就剩这么一个孙子了，想不想去看他一次？祖父说，想也没用，我连男病区的门都出不去，怎么能去监狱看他？柳生探清了祖父的态度，没有多说什么。他从包里找出理发工具，开始帮祖父理发，刮胡子。然后他替祖父穿上了一套廉价的西装，端详着祖父说，现在像人了，可以去见孙子了，你跟我走，什么也别说，我带你去看保润。

他不顾井亭医院的规章制度，把祖父悄悄地塞进了面包车。祖父钻进一只菜筐里，顺利地闯过井亭医院的三道门岗。到了公路上，他让祖父坐到了副驾驶的位置上，说，怎么样？我对你够意思吧？祖父临窗四望，望见满眼新的风景，嘴里便发出一声欣喜的感叹，祖国的面貌日新月异，真是日新月异啊！

面包车驶往五十公里以外的枫林镇。时隔多年，整个世界花样翻新，枫林监狱还是老样子，灰白色的水泥高墙一望无际，墙上森严的电网一望无际，东侧多了一座瞭望铁塔，塔楼里有人影晃动，一只高音喇叭挂在瞭望窗下，闪闪发亮，喇叭上站着几只大胆的麻雀。有一幅红色的宣传标语自塔顶垂下，引人瞩目：热烈祝贺枫林监狱荣获十佳文明监狱称号！

他把面包车停在公共停车场，拿出公文包数里面的钱。祖父看着他数钱，嘴里帮着数数，数着数着祖父晕了，他说，这么多钱啊，数都数不清，你准备给谁？他说，给保润的见面礼。祖父说，你为什么要给保润这么多钱？犯人不能花钱，会让干部没收的，不如我替保润来保管。他推开祖父的手，笑着说，爷爷，他有钱不好花，你有钱也没用处，还是我自己来处理吧。

他低估了祖父的智商，却高估了祖父的健康状况。他搀扶着祖父走到监狱门口，正好遇上卫兵换岗，有个短小的换岗仪式。下岗的卫兵迈着夸张的步伐向他们走来，上岗的卫兵手持锃亮的自动步枪，对准他们的方向，做了个瞄准的姿势。这次虚拟的射击吓着了祖父，祖父惊叫了一声，枪毙！他甩脱柳生的手，提着裤子就往面包车那里跑。柳生没有想到他跑得那么快，祖父一路跑着，裤管里一路淌下了不明的液体，滴在地上。他猜到那是尿，祖父受到四把自动步枪的惊吓，尿了裤子。

这是一个无法预料的意外事故。祖父不肯下车了，柳生怎么劝解都没用。他说，爷爷，我是陪你来的，你不去看保润，那我们不是白跑一趟吗？五十里路呢，汽油都烧掉很多钱。祖父定下神来说，我不管，我是爷爷他是孙子，让他到车上来看我。柳生说，爷爷你糊涂了，这是监狱，只能你进去，他不能出来的。祖父说，那你一个人去吧，替我问一下，他什么时候能出来？再替我捎句话，我等他出来给我收尸呢，他什么时候出来我什么时候死，再也不赖在这个世界上，再也不给大家添麻烦了。

他掂量了一番，最终把祖父锁在车上，自己去了接待室。访客很多，他挤在人堆里填表登记，觉得心里乱糟糟的。填写名字的时候他犹豫了，起初想填自己的名字，不知为什么有点胆怯，干脆写了疯老头的名字，杨宝轩，还特意注明了身份，爷爷。

然后是等待。他坐在接待室的长椅上观察着周围的人群。透过访客们的年龄以及脸上的表情，他试图分析出受访者的案底，谁是贪污受贿，谁是暴力行凶，谁是风化案子。有对中年夫妇站在墙角，男的在抽烟，女的一直在抹眼泪，悲伤的目光里充满了受创的母性，还有怨恨。他蓦然想起了那年夏天遇见的老妇人，甚至想起了她亲属的名字，李福生。李福生是冤案。他直勾勾地看着那妇女，看她的泪珠如何滴出眼眶，然后被纸巾擦拭干净了。中年男子首先察觉到了他的目光，对妻子说，你别哭了，人家都看着你呢。柳生向他们点点头，笑了笑，他特别的善意引起了那对夫妇的误会，男的走近他，围着他转个圈，突然问，你是不是来看我家张亮的？他没来得及反应，女的也过来了，一只冷津津的手伸过来，抓住了柳生，你是不是张亮的朋友，是不是小黄？你是小黄还是小丁？你怎么不给我家张亮证明一下，他是冤枉的？他吓了一跳，赶紧摆手，我不认识张亮。我不是小黄，也不是小丁。他躲到角落里去，垂下头注视着自己的膝盖，嘴里下意识地嘀咕，谁不是冤枉的？我也有朋友在里面，也是冤枉的。

总算轮到他了。他听到了一个狱警洪亮的喊声，杨宝轩！杨宝轩在不在？他赶紧站起来，跟随着狱警来到走廊上。那狱警很年轻，穿着新潮的裁剪考究的灰制服，腰身与臀部都被勾勒出来，裤腿偏瘦，腿便显得很粗壮。不知为什么，他的体型让柳生想起了保润，他记忆中模糊的保润变得清晰起来，十八岁的保润多么粗壮，现在不知变成什么样了。走廊很长，墙上刷写的标语有了年头：改过自新，重新做人。走廊尽头可见一扇铁门，迎面竖着一面大镜子。他看见自己的影子尾随着狱警，忽快忽慢，越来越慌乱，镜子里的映像，让他感到一种莫名的恐惧，他向角落里闪了一步，避开镜子的映照，这样，他的影子突然从镜子里消失了。那个狱警注意到了他反常的举动，回过头训他，你这人怎么回事？躲什么呢？你到底要不要进去？他站在墙边不动，脸上带着一丝深深的歉意，我不是躲，有什么可躲的？他说，对不起，我听错了，我不是杨宝轩。

　　他走向停车场，心里弥漫着巨大的空虚。祖父在车上睡着了，歪着头，嘴角边流出一摊口水。他坐到驾驶座上点了一支香烟，烟味熏醒了祖父，祖父问，我家保润怎么样了？他想了想，顺口扯个谎，还那样，老了一点，瘦了一点。祖父说，他到底什么时候出来？他说，快了，该出来就出来了，爷爷你放心吧，总归有人替你收尸的，他不替你收，我来替你收。

　　他发动了面包车，心里比较了两次失败的枫林监狱之旅，哪一次更可笑一点？他不知道，只是心里充满遗憾。透过车窗抬眼一望，西侧枫林镇的景象有点像海市蜃楼，昔日古朴冷清的小镇如今高楼林立，竟然也有了些许国际化的气象。一道橘红色的橡皮拱门耸立在枫林桥边，拱门上的一排大字异常醒目：羊肉汤之乡欢迎您！他从来不知道枫林镇是个羊肉汤之乡，想起当年被窃的那只旅行包，忿忿地说，不是小偷之乡么，怎么变成羊肉汤之乡了？

　　枫林镇上不知是谁家办喜事，或者是又一家羊肉汤馆开张大吉，鞭炮爆竹声不绝于耳，空气欢乐地震颤，一只烟火的残骸像鸟一样飞行数百米，先是落在面包车的车顶盖上，然后滚落在地上。他下车察看，发现一个六角形的烟花残骸，恭喜发财的字样还清晰可辨。恭喜我发财？

那是一个好兆头。他把烟花捡上了车，放在挡风玻璃前面。他问祖父，爷爷，枫林镇的羊肉汤真的有名吗？祖父说，怎么没有名？我小时候就跟着我爷爷去喝过，坐小轿车去的。他忽然对羊肉汤产生了兴趣，问祖父，你想不想去枫林镇上喝碗羊肉汤？祖父点点头，说，想喝的，我刚才做梦，还喝了一碗羊肉汤。

枫林镇的老街拆了，参天大树不见了，以前的石板小街拓展成了宽阔的柏油马路，路边竖立着欧洲风格的黑铁灯柱。驱车在中心大街上走，每隔百米，便会穿越一座仿古的水泥牌坊。镇子中心有了一个广场，一半是绿油油的仿真草，另一半铺了红色化纤地毯，广场的西侧，一个庞大的建筑体已经拔地而起，黑压压地遮住半边天空。从正面看，那建筑有点像美国首都华盛顿的白宫，从侧面看，又有点像一座寺庙的骨架，柳生研究了半天，终究不敢确定，那是一座白宫，还是一座寺庙。

正逢羊肉最美味的季节，枫林镇的空气里飘荡着羊汤的香味。满街羊肉汤馆都标榜为百年老字号，门口镶嵌的奖状与牌匾，名头都很大，有的是国家级，有的是亚洲级，还有一家是国际羊肉汤协会的定点餐馆。柳生无法鉴别真伪，就凭着经验，把祖父领进了顾客最多的那一家。

祖父的胃口好得惊人，一口气喝了三大碗羊肉汤。起初他鼓励祖父放开肚子喝，后来怕吃出祸来，就让店家收走了他的碗。他打开公文包准备付钱，一下掏到了那盒伟哥，脸埋到公文包上，看了半天，心里不无感伤。近来瞎忙，他几乎忘了包里这个昂贵的新鲜玩意儿，它有多么神秘，它有多么有效，迄今未有证明。他冷眼观察，枫林镇上除了羊肉汤馆，到处都是洗头房、足浴店、桑拿中心，他在娱乐休闲方面嗅觉灵敏，这样的小镇，往往是买春的天堂。热腾腾的羊肉汤催发了他体内某种热能，他看着对面的祖父，不停地摇头。祖父说，你怎么老是对我摇头？加羊肉才要钱，加汤又不要钱，为什么不喝了呢？祖父不知道他秘密的心思，他现在多么想吃一颗伟哥，体验一下传说中神仙般的滋味，这么好的时机，偏偏身边有个祖父碍手碍脚，只好在心里劝自己，算了算了，药还不会过期，下次再说。

羊肉馆斜对面的一家洗头房早早亮起了粉红色的灯光，门口坐着一个年轻姑娘，架着二郎腿飞针走线，刺的是十字绣。她穿着紫色的低胸羊毛衫，黑色的皮裤，身材谈不上多么热辣，但领口处那一道深深的乳沟非常耀眼。他们已经要从洗头房走过去了，那姑娘的脚尖忽然对着柳生转了个圈圈，柳生注意到了那个圈圈，斜着眼睛鉴别，确定她的脚在说话。她的一只脚穿着丝袜，另一只脚是裸的，他确定，那只裸露的涂着蔻丹的脚，对他说了悄悄话。

他一下走不动路了，脑子里斗争一番，还是心痒，把祖父拉到墙边征求意见，爷爷，今天你理了发，头上好多头发楂子，我们去这家店洗个头怎么样？祖父朝洗头房的门脸看了一眼，说，要收钱的吧？洗头自己洗好了，何必花钱让人洗？他向祖父挤眼睛，说别人洗比自己洗舒服，你不洗不知道，洗了才知道。祖父说，你把我当野狗了？我又不是没让别人洗过头，香椿树街理发店的白师傅，替我洗了五十年的头呀。柳生嘿嘿地笑起来，你那叫什么洗头？这里的小姐给你洗，比白师傅舒服多了，你进去了就知道了。他几乎强行把祖父拽到了洗头房门口，一只手搭在那个年轻姑娘的肩膀上，捏一下，又拍一下，别绣了，来客人了！

姑娘抬头瞄了他们一眼，忽而矜持起来，低下头说，先跟老板娘去谈啊。老板娘已经从沙发上站起来，对门口的一老一少，抛出两个平等的媚眼，从来没遇到过这么孝顺的孙子，带爷爷来洗头啊？你们一老一少的，准备怎么洗呢？

柳生挟着祖父闯进店堂，楼上楼下四处打量了一下，心里有了数，把祖父按在一张转椅上，这还不简单？分开洗。他对老板娘招手，你来给我爷爷洗，就在楼下洗，干洗加按摩，那绣花小姐给我，我要安静一点，我们到楼上去洗。

外面的姑娘扔下十字绣进来了，抱起双臂，对柳生露出一个疲惫的媚笑，张老板，最近生意怎么样啊？柳生猜她认错了人，一时不知如何回答，她一扭身，人朝楼上袅袅地走，嘴里问，老花样？柳生想了想，笑道，老花样没意思吧？来点新花样怎么样？他尾随着她，刚刚走到楼梯拐弯处，祖父那边闹了起来，回来，柳生！柳生你上哪儿去？要洗头一起洗，为什么要分开洗？柳生说，爷爷你别吵，我就在楼上，这位大姐陪着你，有什么要求尽管跟她提，你享受我买单，还不好吗？祖父说，你到楼上我也到楼上，为什么让我一个人在楼下？你这是要搞什么阴谋诡计？他不好对祖父解释什么，指着老板娘说，老板娘你怎么那么笨？赶紧把我爷爷搞定，快给他洗头，洗啊！老板娘忙不迭地往祖父头上倒洗发水，祖父惊叫着甩起脑袋，你要干什么？你往我头上倒的什么东西？老板娘也嚷起来了，要死了要死了，洗头膏都洒了，弄到我眼睛里了，这老爷爷从哪个星球来的？你让我怎么伺候他？柳生说，他是从地球来的，就是没进过洗头房，他不懂干洗的，你先给他按摩，好好按几下，你按得好，他不就老实了？老板娘听从柳生的指挥，慌忙将手搭在祖父的脖颈上，才揉了几下，祖父跳了起来，你一个妇道人家，怎么对我动手动脚的？祖父满脸惊惶，头上顶着一堆洗头膏的泡沫，跑到门边，对柳生喊，柳生快跑，这地方不健康，要犯法的！

他几步冲过去，一把揪住了祖父，爷爷你别乱说，这地方，就是为了健康才开的。她们都是我的朋友，我要和那小姐谈点生意，我谈生意你洗头，我谈好生意你洗好头，我们就回去了。祖父仍然犟着，他的一只手顽强地扳住了铝合金的移门，唾沫喷到了柳生的脸上，我说不健康就是不健康，柳生你听我的劝，留在这里要犯法的，你要不走，放我走。柳生终于怒了，眼睛一亮，手一挥，对老板娘说，绳子，找根绳子来！

老板娘虽然不解其意，还是尽职地找了一圈绳子。柳生把祖父按在椅子上，举起绳头在他肩上拍了一下，只拍了一下，老人仿佛被一道闪电击中，身体顿时僵硬，我要民主结。他只说出了这一句话，此后便

144

安静了。柳生的绳子在祖父身上来回穿梭，草草几个回合，祖父已被结结实实地绑在椅子上。老板娘在旁边瞪大了眼睛，发现捆人的冷静，被捆的顺从，不禁咿咿呀呀地惊叫起来，老板，你们到底是从哪儿来的？我做这一行好多年，怪人也见了不少，从来没见过你爷爷这样的人，他不会是有精神病吧？柳生虎着脸说，什么精神病？他什么都懂，就是欠捆，捆了就正常了。他检查了一下祖父身上的绳结，掸去祖父肩上的灰屑，说，老板娘，你去把电视打开，看看有没有动画片？他愿意洗头就洗头，愿意按摩就按摩，不愿意就拉倒，让他在这儿看动画片。

那姑娘一直站在楼梯上，目睹店堂里的这幕好戏，她的表情忽惊忽喜，哎呀要死了，哎呀笑死我了。偶尔发出的几声惊叹，可以理解为对祖父的同情，但柳生是她的客人，她的立场很明显地偏向客人。她耐心等候着，看见被缚的祖父安分了，问，老板，好了吗？柳生掸着手说，好了，捆好他就好了。

楼上空空荡荡的，凝滞的空气里有浓烈的霉味，夹杂着一股康师傅方便面的作料味道。一个十七八岁的男孩坐在一只纸箱上，埋头打游戏机，看见柳生，那男孩露出了一个女孩子般灿烂的微笑，大哥来了？他警觉地停住了脚步，这是谁？那姑娘察觉出柳生的惊诧，说，没事的，放心，他是我弟弟。

她拉着柳生来到一面镜子前，对着镜子补妆，周围并没有房间，柳生正在纳闷，姑娘对着那面大镜子拍拍手，说，芝麻开门。手一推，镜子咿呀一声打开了，里面是个密室，看起来黑咕隆咚的。那姑娘打开灯说，进来呀，里面很安全的。

他的腿进去了，身体不肯进去，朝外面探头一望，那男孩依然坐在纸箱上，聚精会神地打游戏，游戏机的荧光照射着他稚气的面孔，柳生提醒她，你弟弟还在外面。姑娘说，我知道他在外面，他没地方去。他说，你是他亲姐姐吗？她点头，是亲姐姐，怎么了？不知道她是故意装傻，还是有什么猫腻，他开门见山地问，你在里面做服务，让他在外面打游戏机？你们姐弟俩不别扭？她明白了他的意思，撇嘴道，哪个挣钱活不别扭？要挣钱，谁顾得上别扭不别扭？然后她凑到柳生的耳旁，轻声向他透露了一个隐私，我弟弟去年从乡下出来的，也干这一行，去伺候男人。男人哪能伺候男人？丢死人！是我把他从那澡堂子里拉出来的，他现在跟着我，当我的保安了。

柳生一时无语。镜子合上了。那姑娘把一块纱巾搭在台灯上，暗室立刻变成了幽幽的紫罗兰色。凑近了看那姑娘，姿色其实平平，眼睛里一潭死水，脸上敷了很厚的粉，她的性感，她的率真，看起来也都经过了一番世故的粉饰。他闻到一股熟悉的难以形容的气味，是床铺的气味，也是肉体的气味，是别的男人留下的气味，也包含他自己的气味。墙边堵着一口大衣柜，他谨慎地打开柜门，敲敲摸摸，检查了一遍。那姑娘说，你放心，柜子里没什么，这地方刚开放，歪门邪道那一套，大家都没学会呢。他还不放心，手在一堆被褥下面捞了一下，捞到一本杂志，拿起来一看，是《快速致富的十六种渠道》，他认真地说，好书啊，你们了解十五种渠道就行了，最好的渠道，你们不是都掌握了吗？

他是洗头房的常客。此间的服务程序执行统一标准，他了解这套流程。流程是雷同的，但姑娘们的手，嘴唇，以及身体，都是新鲜的，他迷恋的是这种新鲜。他躺在皱巴巴的泛潮的小床上，瞥见床头柜上有一瓶矿泉水，立刻想起公文包里那盒伟哥，手伸到公文包里，嘴里随意问道，你叫什么名字？姑娘说，三号。他说，我不是问你号码，问你叫什么名字？姑娘抿嘴一笑，老板，现在就问名字了？我叫仙女。叫我仙女好了。

他一惊，什么意思？他坐起来瞪着她的脸，你到底什么意思？你是什么仙女？你是哪一路的仙女？

老板怎么大惊小怪的？我是仙女呀。姑娘委屈地说，枫林镇上的人都叫我们仙女，做我们这一行的，都是仙女，叫仙女客气一点，总不能叫我们妓女吧？

他不知说什么好，只是觉得扫兴，深深地叹了口气，躺下去了，说，叫妓女当然不好，不过仙女也不能随便乱叫吧？我不怕妓女，就怕仙女。他指着自己的短裤，半真半假地说，它也怕仙女，你看你看，你说你是仙女，吓得它都降半旗，向你致哀了。

矿泉水瓶盖拧开了，那颗小小的药片已经捏在手上了，他隐隐地觉得不安，不知是对药品不放心，还是对这个仙女不放心，或者是对自己不放心，他把药片又塞回了公文包。姑娘注意到他的动作，问，老板你吃什么药？他开了个无趣的玩笑，速效救心丸，遇到你这样的仙女，我的心脏受不了。然后暗室外面响起了嘈杂的声音，楼梯上有人噔噔地奔走，他吓了一跳，谁来了？公安吗？姑娘贴着暗门听了听，示意他放轻松，不是公安，是你爷爷，你肯定没绑紧他，他找到楼上来了。他贴到暗门上听，听见祖父高声喊着他的名字，他皱起眉头嘀咕，绑得很仔细啊，那么紧的绳结，他怎么松开的？镜子外面传来了老板娘尖利的叫嚷，椅子，小心椅子！今天真是撞了鬼，老爷爷你别到处乱跑，摔了跟斗我要负责的！老爷爷你跟我说实话，你到底是从哪儿来的？是不是从精神病院跑出来的？那个男孩在外面开心地大笑，替祖父回答道，肯定是从杂技团来的，身怀绝技，你看这老头子，绑着把椅子还能上楼呢。

他一下兴味索然，在姑娘身上胡乱地抓了几把，穿好衣服走出了密室。外面的祖父已经急得满头大汗，那把椅子还绑在他的背上，但是方向竟然被调整过来了，祖父与椅子背靠背，看上去像一对苍老的连体兄弟。柳生在火头上，粗暴地拽住那把椅子，一边往楼下走，一边厉声数落祖父，你好大的本事，绑着椅子还能乱跑？哪天把你绑在汽车上，看你能不能背着汽车跑？我算是服了你，以后再带你出来，我就是国际大傻逼。

外面天色已经昏暗，门口的灯箱放射出粉红色的光，鲜艳得令人心慌。他拉着祖父的手，回头朝店堂一看，那姑娘站在楼梯上，已经嗑起了瓜子，脸上表情漠然。倒是那个男孩跟出来，悄悄塞给柳生一张粉红色的名片。大哥，欢迎下次光临。男孩赔着笑脸说，大哥要是过来不方便，可以电话预约，我们提供上门服务。

公关小姐

柳生搜罗了很多娱乐场所的名片，大多是女孩子给他的，设计花里胡哨，洒过香水，那类名片都被他放进一只铁盒子，藏在面包车的储物柜里。白小姐的那张名片，他一直放在钱包里。它来得有点特殊，是他从乔院长办公桌的玻璃台板下偷偷抽出来的。偷名片不算偷，他需要那张名片。它带有法国香水味，米黄色的底板镶嵌着金丝银丝，文字是中英文对照：郑氏国际投资贸易公司。公关部经理。名片右上角有一个女人剪影，长睫毛，高鼻梁，清汤挂面式的头发，是经过艺术加工的白小姐。模模糊糊的美丽，低调的性感，有效地渲染了名片主人神秘的魅力。

他试过自己的胆量，打她的手机，号码拨到最后一个数字，他放弃了。其实根本没想好，要对她说些什么，其实他根本不清楚，他对她复杂的情意中，哪些是歉意，哪些是谢意，哪些出于好奇，哪些出于情欲，还有哪些，是不可表达的柔情蜜意。

148　　谁都承认白小姐是美女。从井亭医院到全世界，到处都是美女的舞台，美女走到哪里，人们的目光便跟到哪里。美女的履历，有的写在她的眼神里，有的锁在秘密的抽屉里，议论与猜测，是那抽屉唯一的钥匙。柳生听到过井亭医院的人们议论白小姐的来路，有人信誓旦旦地指称，白小姐就是世纪夜总会那个草裙女王，亦歌亦舞，妖魅奔放，号称世纪夜总会的当家歌手。这来路可信，郑老板出没娱乐场多年，从夜总会挖人，可说是近水楼台先得月。那么夜总会之前呢？之前她是干什么的？又有人打听到白小姐曾经在深圳生活多年，做过一个香港商人的二奶，是著名的二奶村里最年轻的二奶，香港商人后来又包了三奶，三奶比她还年轻，她一气之下离开了深圳。这样的履历听起来有点不堪，但是依然可信，那么，做二奶以前呢？白小姐做二奶以前是干什么的？一时无人知道，但是有人猜测，猜测之后犀利地断言，以前以后都差不多，这样的女孩子肯做什么正经职业？靠脸蛋吃饭，靠身体吃饭，以前肯定是个三陪小姐吧。

听别人谈论白小姐的过去，谈得越深，柳生的心跳得越是厉害。以前呢？再以前呢？井亭医院人来人去，当年的水塔事件，相信已经被人淡忘了，即使有人记起那件事，涉及的罪恶，也不一定归咎。但他总是谨慎地保持沉默，以防别人旁敲侧击，引蛇出洞。除了沉默，没有更好的方法掩饰他内心的风暴了。

她在井亭医院出没，通常是坐一辆柠檬色的小车直抵一号楼，柳生并不容易遇见她。他们之间本该互相回避，这是两个成年人必须遵守的默契。但更多的时候，这份默契不仅给他带来安宁，也给他带来了某种莫名的失落。他发现自己放不下她，他在怀念她。她的少女时代留给他的记忆，是一只破碗，碗里盛满他的罪恶和愧疚，残缺的碗口现在有黏糊糊的液体溢出来了，溢出来的，都是荣耀和骄傲的泡沫。她的初夜，是我的。她的身体，曾经是我的。她的一切，她的一切的一切，曾经都是我的。

他其实想见她，去一号楼外面偷偷观察过好几次。她的办公室里挂着天鹅绒窗帘，窗台上放着一盆仙人掌，开着黄色的花。她在窗帘后面，不知道在干什么，她在那里干些什么呢？隔壁就是郑老板的二号病房，病房外面套着一个阳台，阳台上竖立着一杆遮阳伞，伞下有一张塑料圆桌，桌上也放着一盆仙人掌，开着黄色的花。两盆相仿的仙人掌，两朵黄色的花，清楚地交代了两个房间亲密的关系。他始终放不下一个疑问，她和郑老板，到底是普通的雇佣关系，还是老板与小蜜的关系？所谓的公关小姐，还需要为郑老板做些什么？

他从来没见过郑老板享用那个阳台，只看见他的奔驰轿车停在楼下。在井亭医院，郑老板奢侈而黑暗的生活是医务人员最热衷的话题，也是科学研究的对象。他的恐惧症愈来愈重，先是怕绳子，怕黑夜，后来怕早晨，怕狗吠，怕陌生男子，所有的药物都毫无疗效，所有的精神引导都是对牛弹琴，专家与心理学家组成的治疗小组束手无策，他们联合完成了一篇论文，提交给一个国际性的精神疾病学刊，论文题目为《财富的暴增与财富拥有者的精神紊乱综合征》。郑老板作为典型病例，以患者Z先生的化名进入全世界专业人士的学术视野，Z先生有一个奇特的病理现象，论文中稍有提及，但未及展开，那便是对美色的极度依赖。唯有美色能减轻Z先生的狂躁，也唯有美色配合，能让Z先生愉快地接受所有的治疗手段。

乔院长亲口告诉过柳生，郑姐已经全面接管了弟弟的生意，只给他留下消费女色的权利。只要郑老板的奔驰商务车停在楼下，就说明他病房里有小姐，那些小姐的怀里巧妙地抱着一束鲜花，像是来探访病人，她们隔三差五地来，每次都是新面孔，每一张新面孔，都比老面孔更漂亮。乔院长感叹说，这个郑老板，有伤风化啊，我这边管理不好做，白小姐的那碗饭也不好端，所有的小姐都是她去物色，要二十五岁以下，要漂亮性感，简直是选美啊！听了这个内幕，柳生不知道为什么很不受用，我操，她穷疯了？他骂骂咧咧地说，这算什么公关小姐，不就是个专职妈咪吗？

郑老板三十岁生日那天，一辆豪华面包车获准进入了井亭医院。面包车停靠在一号楼下，车上下来一群叽叽喳喳的女孩，下来就分成了几堆，有一堆浓妆艳抹半袒半露，主打性感热辣牌，有一堆穿白衣素裙运动鞋，一看就是走清纯可爱路线的，她们像是来自不同公司的时装模特，准备一起登台表演，比较高低，上台前便有了一丝不友好的竞赛气氛。有人开始拌嘴，一个女孩的普通话带着四川口音，你算欧美风？你的鼻子要不是垫出来的，我一口吃下去！另一个东北女孩厉声说，我不算欧美风你倒算清纯派？我垫鼻子你垫哪儿？哪儿？你垫胸！那么大一片硅胶，你不怕爆炸啊？争吵声被白小姐制止了。白小姐说，安静，安静，你们有没有记性？告诉过你们多少次了，这不是夜总会，这是精神病疗养院，谁敢再吵架，我不付费用！

白小姐指挥那支乱哄哄的队伍排好队，鱼贯而入，浓烈的香风卷进了一号楼。门房张师傅拦在楼梯口细细数过，一共三十个女孩子，一下慌了神，问白小姐，不是给郑老板庆生吗？怎么来了这么多女孩子？白小姐说，我们开生日派对呀，郑老板今天三十岁生日，一岁请一个小姐，一岁献一首歌，多什么？一个也不多。张师傅说，三个女人就一台戏了，三十个女孩上去，那要吵成什么样了？这里是高级病房，不是娱乐场所，她们最多进去十个人，其他的都回去。白小姐往张师傅手里塞了个红包，说，张师傅，一个也不能少呀！这地方天天这么安静，你不觉得像个坟墓？相信我没事的，难得狂欢一下，有益身心健康！

三十位小姐在一间病房里开祝寿派对，不敢说是开创了世界医疗史的新篇章，至少在井亭医院是一次辉煌的壮举。起初，欢乐有所收敛，门窗内传出来的歌声大致上是祥和动听的，那样的音色与旋律，大概是来自清纯可爱组的小姐。后来轮到热辣性感组了，果然热辣，果然性感，果然是要把清纯组比下去，有个小姐献唱了一首什么劲歌，听不清一句歌词，只听见她的喘息和喊叫声，COME ON，COME ON，COME ON！有其他女孩子在旁边放纵地起哄，COME ON，脱，COME ON，脱，快脱！这样，二号病房里的狂欢真正有了狂欢的气氛，那股放肆的声浪惊动了整个井亭医院，很多住院病人从病房窗口探出了脑袋，分辨着歌词与欢呼的内容，很快有人听懂了，热烈地呼应起来，卡忙，脱，卡忙，脱，快脱！

郊外寂静的空气就这样被欢乐点燃了，这是井亭医院历史上亘古未有的欢乐。欢乐向着四周蔓延，趋向白热化，欢乐中荡漾着性的暗示，有的奔放，有的忸怩，有的是西方风格，有的是传统风范，它们有效地感染了某些性欲亢进患者，从二号楼三号楼里冲出来很多年轻的男性病人，像一匹匹脱缰的野马。他们一路大叫，卡忙，脱！脱！卡忙，脱！快脱！他们面红耳赤，以参与者的姿态奔向一号楼，奔向狂欢的乐园。

大楼外面的保安来不及阻止这股疯狂的人流，只能向楼里的门卫大声喊叫，病人造反了，关门，快关门！张师傅仓皇地跑出传达室，已经有一个穿三角裤头的男病人跑上了楼梯，手中挥舞着内衣，嘴里亢奋地狂喊，脱，上去再脱！张师傅扑上去，正在与那个病人拉扯，喧闹的音乐中突然响起砰的一声脆响，然后是玻璃碎裂的声音，几秒钟的寂静之后，一号楼里响起女孩子们此起彼伏的尖叫，保安、张师傅与病人都愣在那里，结果是病人先反应过来，抱着脑袋逃向楼外，开枪了，别脱了，有人开枪了！

特一床康司令开枪了。

是特一床康司令开枪了。

柳生跑到一号楼的时候，好戏已经散场，造反的男病人们被护工们拽走了，地上只留下一只孤独的男拖鞋，远看像一个硕大的感叹号。康司令的病房窗口似有人影闪动，他看不清那人影是康司令的勤务兵，还是他的家属，或者是康司令本人，他往前走了几步，凑得太近，那紫红色的丝绒窗帘便刷地合拢了。

过了一会儿，白小姐带着那群女孩子下楼了，她们争先恐后地钻进豪华面包车，一阵香风熏得柳生打了个喷嚏。女孩子们脸上大多有受惊的表情，只有两个女孩颇有大将风度，一路走一路争论着，一个说，是橡皮子弹，吓唬人的吧？另一个说，你想得美，人家是司令，有真枪的。他注意到白小姐抱着一个柱式音箱，面有愠色，嘴里喝斥着一位性急的小姐，先上车，上车再谈钱，不会少你一分钱的！

白小姐精心操办的一场盛典就这样以失败告终了，她的情绪看起来很恶劣。他不知哪儿来的勇气，挤上去说，我来帮你抱音箱。白小姐冷眼扫了他一下，你是谁？我不认识你，闪一边去。他不介意她的无礼，觍着脸说，你不认识我，我认识你的，有什么事要我帮忙，尽管开口。白小姐抱着音箱走到车门口，忽然站住了，回过头瞄着他，你过来，是有一件事要你帮忙。他受宠若惊地跟上去，听见她压低声音说，郑老板也要一把手枪，重金收购，你能买到枪吗？他吓了一跳，听她口气不像玩笑，就摆着手说，这不能攀比的，多少钱也买不到枪啊，人家康司令的枪不是买的，是组织上配的。她眨着眼睛，表情先是失望，然后就变成了明显的鄙夷，狗改不了吃屎呀，你还是嘴上热闹。她用音箱朝他身上拱了一下，厉声说，你能帮什么忙？我还不知道你的德行？给我闪一边去。

她不信任他，这似乎是公平的。

这么多年过去了，他早已经学会夹着尾巴做人，而她依然是那个仙女，大胆，任性，不知世事的深浅。柳生接受她的粗暴，但不能接受她的轻视。他不知道是跟白小姐赌气，还是跟自己赌气，从那天开始，他四处打听，如何能买到一把枪。

三教九流的朋友柳生也认识不少，打听一圈下来，有人让他找火车站开黑车的李大毛试试。他不认识李大毛，特意跑到火车站去，混在一群民工中间挤上了李大毛的黑车。李大毛的样子面熟，他一时想不起在哪儿见过他，就站到驾驶座边假咳几声，企望对方先认出他，但李大毛的胳膊很粗鲁地撞了他一下，你要替我开车吗？站后边去。他只好向李大毛自报家门，我是香椿树街的柳生啊，东门老三的朋友，我们没准在老三家见过面的。李大毛头也不回，说，老三是谁？有话快说，有屁快放。李大毛不喜欢绕圈子，他又不能单刀直入，只好小心地试探，听说你有**仿真的**卖？李大毛斜着眼睛打量了他一下，找错人了，要仿真的去玩具商店，我只有真家伙。柳生赶紧附在他耳边说，我知道的，你开个价。李大毛的表情开始认真起来，一只手从方向盘上移下来，五根手指对着柳生灵活地翻转，缅甸货，三万。美国货，五万。要缅甸货先付八千块定金，要拿美国货，先拿一万块定金。李大毛这么豪气，他反而不敢相信他了，站在车上发愣。民工们都好奇地听着他们的谈话，听不懂，都眨巴着眼睛。他环顾中巴车上黑压压的陌生的人脸，心里有点怕，站起来便下了车，边走边说，钱没问题，回去跟我老板商量一下。

他犹豫了两天，心里还是放不下那件事，无论李大毛那边是否靠谱，这都是为她效劳的机会。他打电话跟她预约见面时间，她一听是他的声音，不管三七二十一，说声打错了，便挂了他的电话。他没办法，只好找上门去。

那天他遇见了久违的郑姐，郑姐从一号楼里出来，身后竟然跟着两个穿袈裟的僧人。他有点纳闷，问门房张师傅，郑姐为什么带着和尚来看弟弟？张师傅说，病急乱投医呀，她嫌医生没用，要试试香火的力量。他与张师傅熟络，扔了一支香烟就上楼了。来到白小姐办公室的门口，他闻见里面飘出来一股浓烈的焚香味，以为走错了，试着推推门，门是虚掩的，那宽大的办公室已经辟出半间，做了一个香火堂。她半躺在一个蒲团上，两条腿笔直地伸到半空中，正在练习瑜伽。她身后的红木供桌上摆放着一尊鎏金的菩萨像，香炉里香烟袅袅，红烛的烛光在她的脸上跳动，她的颧骨和前额处各有一小簇红光，忽明忽暗的。

他以熟人的态度跟她打招呼，喂，干什么呢？

我认识你吗？她厌恶地看着他，没见我在练瑜伽吗？瑜伽不能打断，快给我出去。

她的腿依然倒竖着，他打量了一下她的足尖，她的脚趾甲也涂了猩红色的指甲油，看起来新鲜而湿润。你贵人多忘事，不是让我买枪吗？我替你打听到路子了。他事先想好了自己的好处费，所以对着她缓缓亮出了两个手指，要拿枪先交两万块定金，缅甸货四万，美国货六万，我觉得不算太贵，反正你们郑老板有的是钱。

她盯着他的手指，眼神看起来有点诡谲，买枪那么容易？什么缅甸什么美国，什么四万什么六万，你不觉得太便宜了？

他观察着她的表情，吃不准弦外之音，正要在价码上做出让步，听见她鼻孔里噗嗤一声，笑了起来。她的笑声让他感到不妙，脸上谄媚的表情立刻僵硬了，郑老板到底要不要买枪？我冒了这么大的风险，忙了半天，你是耍我呢？

我才懒得耍你，是你自己智商太低。她总算结束了瑜伽练习，站起来松着腰，都是气头上的话，你倒记住这事了？知道他买枪干什么？报复康司令啊！一个精神病人的话，你也当真？你脑子也有问题的？她嘴里奚落着柳生，一只手翘起兰花指，指着菩萨像，看看那是什么？大龙寺请来的菩萨啊，郑老板皈依了，信菩萨了，人家现在天天烧香念经，还买什么枪？

他注视着金光四射的佛龛，想骂人，又不敢骂。他像一个痴情的小丑，一场卖力的演出之后，获得的只是无情的嘘声。这让他感到了一丝羞恼。然后她的手机铃声响了，她走到办公桌前拿起手机，一只手朝他挥了挥，你可以走了，我要接电话。他怏怏地走到门边，心里有气，嘴里嘀咕了一句，烧香拜佛有什么用？都给我小心点儿。她在后面说，你让谁小心点儿？柳生我告诉你，你欠我的债一辈子也还不清，我不过是瞧不起你，懒得让你还。

香火庙

柳生与乔院长每周一次的对弈终止了，乔院长说他近来焦头烂额，没有心思下棋。他不甘心，径直闯到院长办公室去敲门，乔院长出来，毫不客气地把他推到了走廊上，没看见我在接待贵宾？哪儿有时间下棋？康司令的夫人来了。他探头朝门里面一看，有一堆人影在晃动，一个白发苍苍的老太太坐在沙发上，面有愠色，她穿着军绿色的呢子大衣，挂一根乌漆龙头拐杖，回眸朝柳生冷冷地一瞥，不怒自威，柳生识相地闪到一边，替他们关上了门。

他其实知道乔院长的苦经。特级病房的两个病人，一个有钱，一个有枪，两个人偏偏是天敌，互不买账，双方都憋着一股气，乔院长夹在中间，成了一个受气包。比较之下，来自郑老板那边的压力还好应付，最让乔院长头痛的，是康司令的枪。康司令曾经冲进院长办公室，用枪指着乔院长的脑袋批评他见钱眼开，丧失党性，纵容资产阶级暴发户在病房里腐化堕落，大搞封建迷信。那次把乔院长吓得不轻。事后他向康司令的家属展示了脑门上那个枪管印子，暗示他们，康司令再怎么德高望重，毕竟是个精神病人，天天拿着枪恐怕会闹出人命，医院没有权力收缴康司令的枪，你们家属应该要小心点儿，不能让他拿着枪到处发脾气了。康家的家属赞同他的主张，但是也提醒乔院长那个暴发户实在太可气了，不就是搓背搓出来的钱吗？仗着那几个臭钱，把高级病房搞得乌烟瘴气的，你们医院现在都是经济挂帅，我们理解，但你做院长的也要注意原则，要是眼里只认钱，你头上的乌纱帽，兴许会保不住啊。

乔院长嘴上说他不在乎那顶乌纱帽，但柳生知道，无论什么样的乌纱帽，都是宜戴不宜摘，况且，那顶乌纱帽也是柳生的庇荫。他真心想为乔院长排忧解难，苦于插不上手，动了番脑筋之后，他去古玩街的小贩那里买了一块古铜币，准备送给乔院长压惊，那铜币上镌刻着四个字：官运亨通。

他带着那只锦缎小盒，专程到乔院长办公室跑了一趟。这礼物特殊，心意也很隆重，乔院长被打动了，掂了掂铜币说，进来吧，官运通不通，我也顾不上了，先看看棋运通不通吧。

院长办公室里残留着一股香水的气味。那香味使杂乱的办公室显得气氛暧昧。她来过了。她到哪里都不可避免地留下些痕迹，不是香水脂粉的气味，便是金钱的痕迹。他注意到乔院长办公桌的抽屉半开着，露出一个牛皮纸信封，还有一只银色的装饰精致的方盒子，他说，院长的抽屉怎么能敞开呢？要时刻关紧的。他替乔院长关上了抽屉，回头挤了挤眼睛，白小姐来过了？怎么样啊？

他的表情过于轻浮，乔院长很反感，你跟我挤什么眼睛，想哪儿去了？她不是来勾引我，也不是来贿赂我，特级病房又出事了，康司令把郑老板的香火堂砸啦！

他不知道出于什么心理，咯的一声笑了，看看乔院长脸色难看，赶紧摆出适当的表情，说，这康司令的火气，为什么这么大呢？乔院长拿出棋钵放在茶几上，一声声地叹气，看起来还是没有心情下围棋。他追随着乔院长凝重的眼神，注意到办公桌上用红布蒙着的一堆东西，好奇心来了，走过去要揭红布，被乔院长拦住了。别动，先猜猜看那是什么？他先猜香烟，后猜茅台或五粮液，乔院长鄙夷地瞪了他一眼，双手合十，认认真真搓几下，掀开了那块红布，一道金光迸射出来，几乎迷了柳生的眼睛。乔院长说，看，大龙寺的菩萨，现在供到我这儿来啦。

他愕然，一眼认出那是白小姐办公室里的鎏金菩萨像，几天不见，那尊菩萨的头部多了一道刺眼的刮痕。

原来郑姐带了九名僧人去过一号楼，为弟弟念经驱魔，香火旺了点，动静也大了点，浓烈的熏香味与嘈杂的人声，恰好是康司令最反感的两种事物。康司令派勤务兵去抗议，郑姐不买账，康司令便亲自出马，用一条独臂抱起菩萨像，把菩萨扔下了二楼的窗口。郑姐和九名僧人都不相信自己的眼睛，直到菩萨金身在楼外的草地上发出訇然的巨响，他们才尖叫起来，说你是司令就可以这样对待菩萨吗，菩萨才不会考虑你的级别，康司令，你小心报应。后来受伤的菩萨像由九个僧人护送到乔院长的办公室。郑姐跟在后面，悲怆已经大于愤怒，乔院长说郑姐那样的女强人，遇到康司令也终于俯首称臣了，她的眼睛里，第一次出现了软弱的泪花。

乔院长怀着必要的恭敬与歉意，迎接了菩萨。但是办公场所供奉这么一尊神圣的菩萨，实在不是长远之计。趁着郑姐后来冷静下来，他们就菩萨的去向讨论了几个回合，并没有双方认可的结果，白小姐就先来了，带来了那只大信封。乔院长说那不是什么贿赂，是一笔基建费，郑姐要院方负责在井亭医院找个清净的地方，搭建一座香火庙，给郑老板专用。

柳生听得发愣，过后便啧啧地感叹起来，大手笔，牛逼啊！有钱人他妈的就是不一样，枪管用，钱更管用，看起来，有枪的还是难不倒有钱的么。

他们难不倒，难倒我了。乔院长一脸愁容，摊着手问他，你告诉我，上哪儿去找空地盖这个香火庙？井亭医院好歹是名牌医院，文明示范单位的牌牌，挂了好多年了，谁敢破坏医院的环境？检查团一来，媒体一曝光，倒霉的还是我！

他瞥了一眼抽屉，心里想乔院长你不肯盖香火庙，为什么要收下她的钱？话到嘴边又咽了回去。都是大活人，难免口是心非，那么厚的信封拿在手里，谁不动心呢？他眨巴着眼睛思考乔院长的难题，一边铺开围棋棋盘，点了第一手棋，脑子里突然一亮，说，有了。乔院长疑惑地看着他。柳生说，我有地方了，有地方给郑老板烧香了，你不用找空地盖房子，那水塔不是现成的香火庙吗？找人把水塔装修一下，让郑老板去水塔烧香，谁也不影响，多好！

很多时候，柳生自认为要比别人聪明一些，这一次，堪称最完美的例证。他听见乔院长由衷地赞美了自己。赞美了他的智商之后，又赞美他的商业头脑。赞美过后是谈生意。改造，装修，请菩萨，请佛龛，置办香炉烛台，自然要由柳生经办。这种半公半私的事情，利润最大，柳生一向最感兴趣，但这笔生意有点复杂，要赚这笔钱，他就要带人进水塔施工，想到要与水塔朝夕相处，他心里隐隐地发毛，所以，他嘴里胡乱地应付着乔院长，乔院长，我跟你谁跟谁？我们先下棋，工程再商量，慢慢再商量。

他在乔院长眼里是无需商量的角色，需要商量的是郑姐，为此，乔院长做了三个小时的说服工作。由于郑姐坚信菩萨是郑老板最后的希望，香火是菩萨的食粮，对菩萨有诚心，便不可断菩萨之炊，后来她勉强接受了水塔改建香火堂的方案，只是要求工程马上开工，限期十天之内竣工，以便郑老板及时给菩萨进香。

乔院长把柳生喊到办公室去，当场数了一笔钱给他。柳生见钱就拿，拿了又有点胆怯，试探着对乔院长说，修庙请佛我不在行，要不，我再发个包，去替你找个行家来？乔院长疑惑地瞪着他，这要什么行家？你以为是盖大雄宝殿呢？暴发户搞迷信，提供个场所罢了，只要金碧辉煌就可以！我这是头一次见你躲生意，再发个包，你那一份钱不少掉很多吗？柳生还是犹豫，说，不是钱的事，是我心里犯嘀咕，我父母都信菩萨，把菩萨请到那水塔里，菩萨会怪罪我吧？乔院长说，我也信菩萨，菩萨慈悲为怀，四海为家，没你那么小心眼，荒山野岭都能建庙烧香，水塔怎么啦？那水塔是五十年代建的，不是豆腐渣工程，菩萨在里面很安全，怎么会怪罪你？

　　水塔里的工程超出了他对所有生意的想象。他从来没有料到，十年以后他会回到水塔，利用这座废弃的水塔来赚钱。接手这么一项工程，类似于清除一个噩梦，也类似于包装一个噩梦，难度不高，却需要一根强大的神经。这工程难为了他，但人情与利润累加在一起，抵消了他心里的不安，他终究还是忙碌了起来。

　　水塔是他的禁区，他已经很多年没去过水塔了。

　　穿过树林，还是那座水塔，水塔的顶部，依然是乌鸦的家园。青苔覆盖了水塔，尘土覆盖了青苔，岁月被岁月所遮掩，当年的犯罪现场，如今已经了无痕迹。一切应该都被遗忘了。水塔保持缄默，困扰他的是水塔顶上的两只乌鸦，他总觉得乌鸦的鸣叫有点反常，鸦鸣声回荡在清冽的空气中，以尖锐而烦躁的音色，向他历数人间沧桑。他畏惧乌鸦的鸣叫，他记得很清楚，当年逃出水塔的时候正值黄昏，四周一片死寂，唯有那两只乌鸦，发出了见证者尖利的鸣叫。

159

　　他带着三个工匠忙碌了一个星期，完成了水塔的改造和装修。施工方案其实简单，水塔被拦腰截断，香火堂设在下面，他让工人把通往水塔顶部的铁梯封死了，按照他的思路，那个位置，正好被用来供放佛龛。当锈蚀的铁梯消失在钢筋水泥之中，一个噩梦被埋葬了，水塔里的世界焕然一新。他欣赏着那堵崭新的墙面，看着工匠往墙面上涂刷乳胶漆，心里陡然升起奇妙的喜悦之情，他创造了那堵墙，似乎借机获得了一次新生，因此，他一反常态，尽情地表扬了工匠们，干得好，堵得很好，刷得也很好。

工程收尾了，他给白小姐打电话，用公事公办的口气要求她来验收工程。白小姐在电话里沉默了一会儿，突然骂了一句脏话。他有此思想准备，敏捷地说，过去的事情，就让它过去吧。她那边挂了电话。他想象着她在电话另一端的心情，认定那样一句脏话，不过出于一种轻微的怨恨，过去的事情，应该已经过去了。他走到水塔外面，仰视泵房幽暗的窗口，恰好一只麻雀从树林那边飞过来，飞进了窗口。从此以后，只有鸟类可以进入那个禁区了。他感到欣慰。他亲手堵住了一个黑暗的记忆，他亲手堵住了一条通往罪恶的路，他把一个秘密交给菩萨，从此以后，仁慈的菩萨会镇守所有黑暗的秘密。

郑姐选了个黄道吉日去请新菩萨，新菩萨来自更有名的崇光寺。但是黄道吉日管不了天气。那天的天空阴沉沉的，水塔似乎并没有做好迎佛的准备。夏日里缠塔攀升的爬山虎，到了深秋气力已经不支，大风吹过来，枯干的枝蔓迎风飞舞，水塔看上去像一个披头散发的巨人，面目狰狞。他站在水塔的台阶上指挥两个搬运工，把菩萨宝座从面包车上请了下来。搬运工都是新手，干活笨手笨脚的，一不小心，嗞的一声，菩萨脚上的一块金粉被刮掉了，他不得不大声提醒，小心脚！小心手！小心菩萨的头！好不容易，菩萨的金身倾斜着进入水塔，立在一张大理石桌面上，原先模糊的身形显出了庄严的气势，水塔开始被佛光照亮了。他盯着菩萨的金手，那金手是抬起来的，朝着西南方向，指尖上闪烁着五片金色的圆润的光芒。依照他的理解，菩萨的手势不是代表宽恕，便是代表遗忘。他感到安心，彻底信任了那片金光。他记得母亲说过，谁能给新开光的菩萨敬第一炷香，一生将享受菩萨的保佑，他不敢敬第一炷香，怕被郑家人发现痕迹，趁着郑家人还在路上，他跪下来，抢磕了第一个响头，他对菩萨说，菩萨保佑，我已经改过自新，我不是坏人了。

羞　耻

在朋友圈里，柳生的口碑算是不错的。以香椿树街的标准来看，他的生活模式，已经接近一个成功人士了。他会赚钱，也会花钱。每次赚了钱，他必然犒劳自己，买一套西装，或者换一个最新款的手机，如果赚得多了，他要向朋友们吹嘘，吹嘘之后必然请客，请一班朋友吃一顿，洗个桑拿，或者去 KTV 飙歌，让大家都来分享他的成功。水塔工程竣工之后，他照例约了春耕和阿六去洗浴中心。这次去得不巧，做泰式按摩的小姐刚刚把脚踩上他的背，手机响了，他嘴里说关机关机，一看是乔院长的电话，又拿起了手机，对朋友们解释道，乔院长的电话不能不接，他的电话，有商机的。

结果不是商机，是一件麻烦事。乔院长说香火堂的门被人撬坏了，催促他去换一扇结实的防盗门。他没有料到，水塔改建的香火堂在井亭医院受到如此的追捧，郑老板出资修庙，却无福独享烧头香的权利。此间人士都迷信崇光寺的威名，崇光寺请来的菩萨金身就在水塔里，他们抑制不住火热的膜拜之心，有人在清晨时分破门而入，抢在郑老板之前烧了头香，弄得水塔里面满地残灰，又脏又乱。乔院长说郑老板很生气，不是头香，他情愿不进水塔烧香。乔院长说他也很生气，柳生，我给你那份钱也不算少吧？你从哪儿弄了扇老木门来糊弄他们？赚钱也要凭良心，为什么不舍得安一扇防盗门？

他的心一沉，放下电话对春耕他们发牢骚，赚点钱也不容易，忙完工程还要忙保修，烦死人啊。他不敢违抗乔院长，马上离开洗浴中心，开着面包车直奔装饰市场，拖上了一扇结实的防盗门，还有一个安

161

装工。面包车开进井亭医院的时候，远远地，他看见水塔外面有一个黑衣女人的身影，很像白小姐，但等到他停好车，与安装工一起拖着防盗门过去，已经找不见白小姐的影子了，只有那两只乌鸦守候在水塔的顶上，呱呱地鸣叫。

水塔的门果然被撬坏了。安装工在忙碌的时候，他仔细地察看了一遍香火堂，里面确实乱，乱得触目惊心。四只蒲团不见了，新铺的米色地砖上留下了杂乱的鞋印，墙上雪白的乳胶漆已经被旺盛的香火熏黄，香火烛光熄灭了，佛龛前仍然可见各种自制的香炉，有的是用可口可乐的瓶子裁剪的，有的用一次性纸杯，有的用破损的瓷碗，他看见菩萨的金臂上挽着一条贺联：**祝井亭医院全体病人早日恢复健康！**菩萨的莲花座上放着很多红色或黄色的小纸条，打开一看，大多是香客们祛除病魔的祈望，其中有几张纸条明显出自医务人员之手，有人拜托菩萨，让一个名叫胖胖的孩子来年考上重点高中，有人要菩萨保佑王彩霞顺利获得会计师执照。他怎么也没想到，会有一张邪恶的白纸混在香客们美好的祈望中，白纸黑字，看起来特别醒目：**柳生是个强奸犯！**他吓出一身冷汗，无法理解为什么有人要向菩萨告他的状。他下意识地怀疑过白小姐，观察字迹，斟酌之下，又觉得不像她的风格，此后他怀疑祖父，好久没去照料祖父了，那老头会不会使阴招报复他？但他清楚祖父的身体机能，肌肉萎缩，手指早就拿不住笔了。他闻了闻纸条，似乎要辨析那是谁的气味，当然无果，他骂了一声放屁，咬着牙，唰唰几下，撕碎了那张小条子。

乔院长嘱咐他把新钥匙交给白小姐，他去了一号楼，推她的门推不开，听听里面没有声音，不知为何不敢敲门。他在楼梯上茫然地转了几圈，最终还是回到了传达室，请门房张师傅把钥匙转交给白小姐。他说麻烦你告诉白小姐，明天开始郑老板就可以去烧头香了，我这次装的门，别说那些精神病人，就是火箭炮也打不开了。张师傅接过那串钥匙挂到墙上，歪着头注视柳生，忽然朝他嘻地一笑，用你的火箭炮呢，柳生？听说你的火箭炮很厉害啊！他听对方的玩笑有点出格，说，老张你什么意思？你又不是小姐，我的火箭炮跟你有什么关系？张师傅说，跟我没关系，跟白小姐有关系吧？听说你以前那个什么……你**那个**过白小姐的？柳生一惊，脸上乍然变色，什么那个？那个什么？张师傅扭捏一番，"强奸"两个字还是说不出口，竟然用两只手做了个下流手势，问，听说是真的？柳生足足愣怔了两秒钟，拉上传达室的窗子，隔着窗玻璃对张师傅喊，有人还说我搞过你妈呢，你说是不是真的？

　　他匆匆地离开了一号楼。起初他没有意识到张师傅对他的伤害有多严重，只是觉得胸口有点闷，脑袋发晕，双腿走路是软绵绵的。到了食堂门口，他拉开面包车的车门，食堂门口的两个厨子诧异地打量着他，柳生你怎么了？脸色不对头呀。他先摸了摸自己的脸，我脸色怎么不对了？之后，他的手按在肚子上，揉了几下，他说，我是胃痛，我的胃痛得厉害。

　　后来，他的胃部竟然真的痛起来了。他从汽车的反光镜里发现了自己惨白的脸色，一滴滴豆大的汗珠正从额头淌到脸颊上。胃痛。真的胃痛了。不仅是胃部，他的五脏六腑都在忍受一种锋利的刺痛。他觉得自己病了。他居然承受不了张师傅的一个手势，那手势像一支尖刀，带着毒液，直捣他的创口。这么多年了，他自以为创口已经痊愈，其实还在溃烂，一戳就痛。在社会上混了这么多年了，他不知道自己为什么越混脸皮越薄。他低估了自己的自尊心。他不知道自己如此自尊，更不知道自己如此脆弱。除了羞耻，除了痛苦，他还感到了一丝自怜。

水塔风波

　　柳生去医院看胃病。

　　医生给他做了胃镜检查，找不出什么病灶，随口打听他的职业，他说自己开公司做建材生意的。医生说他的胃毫无问题，身体的不适，也许是工作压力导致的结果，建议他调节一下生活节奏，静养一阵。他乐于接受医生的建议，回家向父母转告医嘱，说他要调节一下生活节奏了，要出去旅游。父母体恤儿子，揽下了井亭医院每天的菜蔬肉食供应，开车送货的活，则委托给了柳生的表弟。

柳生约了春耕和阿六出行，先去了杭州，又去了黄山。他在西湖泛舟，乔院长打过他的手机，他在黄山观云，乔院长的电话又来了。他不肯接电话，春耕和阿六很纳闷，乔院长的电话不是有商机吗，你怎么也不接？他笃定地说，他现在找我没好事，什么时候是商机，什么时候有麻烦，我猜得到。柳生果然是有先见之明的，那些日子井亭医院发生的一场风波，他有幸逃脱了。

郑老板是坐着奔驰轿车去烧香的。郑老板去烧香的时候穿着防弹衣，防弹衣外面罩一件黑色的风衣，加上墨镜、口罩和棒球帽，除了两只耳朵，几乎什么都看不见，无可侵犯。安全保护措施全面启动，郑姐物色了一名退伍侦察兵为弟弟开车，兼任保镖，又招募了一名前举重运动员，做弟弟的护工。两个彪形大汉时刻尾随着郑老板，这使郑老板看上去像电影里的黑社会头目，不怒自威。

从一号楼到树林边的水塔，开车仅需一分钟的时间。郑老板常睡懒觉，他烧第一炷香，有时候要拖到中午十一点左右。对于井亭医院的其他香客来说，这样的早晨相当漫长，有人七点钟就守候在水塔边了，一心等着郑老板的第一炷香，他出来了，别人才可以进去烧第二炷香。这是无可争议的局面。谁都知道水塔香火堂是郑老板出资修建的，郑家姐弟的名字，分别以善男信女的名义镌刻在香火堂的牌匾上，人们清醒地认识到，佛门也是市场经济，香火堂也有老板，老板的特权无法改变，唯一可以争取的是第二炷香。因此，当郑老板进水塔烧香的时候，水塔外面总是一片混乱，抢烧第二炷香的竞争非常激烈，香客们忙于争抢最有利的地形，不免发生冲突，有人互相争吵，吵着吵着就动起手来。这种乱象惊动了院方，乔院长不得不派人去水塔，专门维护香客们的秩序。

或许是咎由自取，香客们与郑老板共享香火堂的时间并不长，仅仅是两三天过后，他们便失去了向崇光寺菩萨祈福的权利。郑老板前脚出来，他的司机便向守门的护工使个眼色，护工立刻锁上了水塔的防盗门。香客们围着护工吵起来，等会儿啊等会儿，你们现在就锁门，让我们怎么敬菩萨？护工说，我没空等你们，我是为郑老板服务的，不是为你们服务的。香客们说，谁敢让你为我们服务？你留个门给我们，我们负责打扫卫生，保证香火堂明天干干净净的，让你们老板来烧头香。那个护工寡不敌众，被香客们逼在台阶上，拼命护着兜里的钥匙，你们别来难为我，小心我把你们举起来，要扔多远扔多远，有事去找李司机！香客们又去追着奔驰汽车跑，有人勇敢地扑到车头上去敲车窗，抗议郑老板做事情太小气，让我们穷人进去供个香，你有什么损失？你那么大的老板，还怕几个穷人的香火把你烧破产吗？郑老板自然拒绝回应，司机怕事情闹大，代表老板向公众表了个态，郑老板不管钥匙，我也不管，钥匙归白小姐管，你们能不能进水塔烧香，去跟白小姐商量，这些杂事，白小姐说了算。

这样，一群人在井亭医院门口拦住了白小姐的橘红色小轿车。有个姚大姐是医院的后勤人员，为儿子的高考来烧香，她自恃有身份，有口才，代表众人与白小姐交涉。白小姐却不愿正眼打量一下姚大姐，她坐在车里，一味地埋头玩着手机，这种傲慢和蔑视的态度很快激怒了姚大姐，姚大姐放弃了交涉，突然对白小姐发难了，你算什么公关小姐？挂羊头卖狗肉而已，你以为没人知道你的底细？从小就不正派，长大还靠男人吃饭，你算个什么大人物？还以为自己是巩俐了？以为自己是撒切尔夫人了？

据说白小姐摇下了车窗，她没有与姚大姐吵架，只是噗的一声，把嘴里的口香糖吐到姚大姐脸上去了。橘红色轿车绝尘而去，姚大姐追上去对车屁股啐了一口，算是泄愤。大家都不了解白小姐的过往，只是觉得这公关小姐冷漠透顶，一颗心好像一块石头。好多不公平的事情，似乎都有公平的逻辑。多数香客们在心里默认，崇光寺的金菩萨确系郑老板的财产，菩萨有义务保佑郑老板，没有义务来保佑他们这些穷人。但有个病人家属吴老师，认真研究过佛学，笃信菩萨的胸怀，他很乐观地鼓励大家，你们不要唉声叹气的，菩萨要是只保佑富人，那还叫什么普度众生？距离不是问题，水塔进不去，我们就在外面进香么，只要心诚，菩萨一定会看见你的香火。

众人受到吴老师的鼓舞，一窝蜂地回到水塔，围绕着水塔的塔身，供上了各自带来的香火。毕竟是在露天，塔边风大，地上潮湿，什么品牌的香火都难以点燃。有人一边给菩萨隔墙上香，嘴里嘀嘀咕咕地埋怨，有人脾气火爆，为了发泄心中的不满，故意把蜡烛沿着水塔台阶，一路铺到防盗门前，扬言道我就偏在门口烧，堵着门烧，反正门外不是他们的产权。还有一些人赌气，干脆放弃了这么低贱的香火，他们离开水塔，恨恨地眺望一号楼，心里燃烧着整个无产阶级的怒火，咬牙切齿地发出了誓言，这个暴发户算什么善男信女？仗势欺人啊！他不把穷人当人，迟早让他尝尝穷人的厉害！

一股仇恨的暗流在井亭医院涌动。仇恨自然地发酵，首先发酵成流言蜚语。关于郑老板的病情，医院内开始流行一种新的说法，说郑老板不仅是一个精神病患者，还是一名艾滋病人。人们大多相信无风不起浪的谣言，郑老板放荡糜烂的私生活，谁都有所耳闻，联想起他平素森严古怪的装束，人们都忍不住惊呼，怪不得，怪不得啊！那艾滋病不是要传染的吗？他什么福都享受过了，死了也不冤，我们要是被传染了，岂不是给他做陪葬？有人跑到乔院长的办公室去闹事，要求院方驱逐郑老板。乔院长迫于各方压力，不得不公开郑老板的血检报告，指着各个检测结果告诉他们，郑老板只是得过淋病，淋病也早治好了，他的 HIV 检测，一直是阴性。但是群众是不管 HIV 的，一份血检报告平息不了这场风波，一场旨在驱逐郑老板的民间运动在井亭医院悄悄地展开了，妖魔鬼怪不知怎么也加入了这支队伍，大肆地兴风作浪，很快，大家听说郑老板的病房闹鬼了。

大批绳子的幽灵在井亭医院里游荡。它们来历不明，去处却固定，所有绳子奔向一号楼郑老板的病房。白色的尼龙绳子来了。绿色的尼龙绳子来了。麻绳来了。草绳来了。钢丝绳也来了。绳子躺在郑老板烧香的必经之路上，绳子耷拉在郑老板奔驰轿车的顶上，绳子游荡到郑老板的阳台上，堆在铁艺桌子上，盘踞在仙人掌花盆里。有一根绳子系在郑老板病房的门把手上，打了一个活结，拖着一条标语：艾滋病滚出井亭医院。还有一条银色的金属绳子，后来被证明是终结一切的魔绳，充满正义的魔力，它像蛇一样从郑老板病房的门缝底下钻进去，钻到沙发下面，精确地套住了郑老板的牛皮拖鞋。郑老板在沙发上看电视，要上厕所了，脚往沙发下一探，探到的是那根冰冷的金属绳，他当场喊起了救命，喊了几声便休克了。

乔院长接到白小姐的电话，连奔带跑地赶到郑老板身边，发现年轻的千万富翁已经处于昏迷状态，像个孩子躺在护工的怀里。他穿着黑丝绒的睡衣睡裤，脖子上戴着三条金项链，手指上有一枚闪闪发亮的钻戒，那钻石起码三克拉。郑老板的睡裤扣子敞开着，人虽然昏死过去，下身状态特殊，睡裤被顶出一个小山包，乔院长当场指着郑老板的裆部，质问护工，他在干什么？你们干什么了？护工茫然地瞪着乔院长，今天没小姐来，老板什么也没干，就是在看碟片。乔院长回头朝电视屏幕一看，影碟机还在播映状态，一个金发碧眼的裸女叉开双腿，依然尽职地做着自渎的动作。乔院长忿然关掉了电视，一气之下，数落起昏迷的病人来，别怪人家说你是艾滋病，见过堕落的人，没见过你这样堕落的人，有钱有什么用？有那么多钱，就为自己买一具行尸走肉吗？

虽然狠狠地踩碎了那张黄色碟片，但乔院长心里清楚郑老板的病情，无关色情的事，是绳子惹了祸。乔院长无法惩治绳子，便亲自在一号楼贴出了告示：**此区域严禁携带绳子**。要追查绳子闹鬼的元凶，线索太多，难度太大。乔院长深知井亭医院民怨鼎沸，郑老板成了人民公敌，他无力保护，只好寄希望于保安和门卫的责任心，要求他们随时随地注意绳子的动向，见到一根没收一根。但是，所有严密的补救措施都做晚了，郑姐前来兴师问罪，情绪过于激动，竟然挥起宝剑，狠狠地刺了乔院长一剑。

柳生后来看见了乔院长右肩上那块圆形的瘀青，乔院长自嘲说，这是他收治郑老板获得的最好的礼物。柳生当场为他的缺席道了歉，说，要是我不去黄山就好了，要是我在，肯定为你挡掉那一剑。

那天柳生在食堂门口卸菜，听食堂的人说郑老板的二号病房已经人去屋空。特级病房的清洁工捡了大便宜，病房里有很多遗弃的物品，吃的，穿的，用的，都是好东西，当然，有的东西用途特别，比如一箱未开封的名牌避孕套，五颜六色的，还带水果味。女清洁工不舍得扔，又不好意思拿，都送给了男护工。男护工们大概都不用避孕套，转手扔给一个绰号小瓶子的少年病人，小瓶子，给你好多气球，去吹吧，吹了挂到树上去。这样，避孕套便改变用途，变成无数长溜溜的彩色气球，挂在含苞待放的梅花树枝上了。食堂里的人指给柳生看那些气球，看见没有？都是小瓶子用套套吹的，还是小瓶子对郑老板最热情，这是欢送郑老板出院的气球啊。

恰逢白小姐来办理郑老板的出院手续。柳生看见她从住院部出来，怀里抱着一个纸盒，走到小花园的路口，她忽然折返，朝医院北角的健身房走去了。柳生记得健身房所在的位置曾经有一座铁皮棚屋，那是仙女昔日的家。他看见她在昔日的家园转悠，一个紫色的身影时隐时现，远远望过去，影子在光线下波动，散发出一丝哀悼一丝缅怀的气息。健身房里传来了康复操的音乐，有一群病人在医师的带领下做操，可以听见病人们夸张地踩踏地板的声音，偶尔夹杂着某个病人失控的快乐的笑声。他注意到她在一扇窗子边停留了很久，手搭着额头朝健身房里面张望。他不知道她是在找人，还是在找她自己的影子。从前那里有过她的窗子。他还记得那扇窗子，扁扁小小的，像火车的车窗，从前他多次见过临窗而坐的仙女，头发湿漉漉的，插着一把红色的塑料梳子，她坐在窗边，看书，或者发呆，像一个旅行者坐在自己的火车上。

他眺望着她的火车，她的旅程。他可以望见她的火车，但眺望不到她的旅程。对于他来说，他认识的是仙女，白小姐其实是一个陌生人。他不清楚自己在她心目中的形象，他是谁？是另一个陌生人，还是一个十恶不赦的罪人？他眺望着她，借助她的身影追思自己的青春。健身操的音乐骤然变调，那么明快积极的节拍，嗒，嗒，嗒嗒。久违了。小拉。这节奏可以跳小拉。嗒。嗒。嗒嗒。身体轻轻摇摆，抓住舞伴的手，拉，温柔而有力地拉，拉一次，两次，三次，手臂穿梭，身体旋转，交换位置。他的身体轻轻摇摆，突然停顿了。他想起来她是他最后一个舞伴。最后的舞伴。弹指一挥间，他已经十年没跳过小拉了。

她从纸盒里抱出两盆仙人掌，放在健身房的窗台上。看起来，所有的哀悼放下来了，所有的缅怀也都放下来了。她朝医院门口走，白丝巾在风中飘，高跟鞋咯噔咯噔地响。一列神秘的火车要开走了，她的旅程那么遥远，她的停留，也许都是为了远行。他不知道这是他的遗憾，还是他的幸运。有一只瘦骨嶙峋的流浪猫跟着她走，一路喵喵地叫，她站住了，从挎包里拿出了什么零食，丢给那只猫。她看着猫，他看着她，一下想起很多年前她提着兔笼的少女时代，心里升起一种隐晦而热切的冲动，他的手朝车窗外慌乱地一挥，收回来，按响了面包车的喇叭。她猛然回过头，看着他的面包车，他后悔自己的冒失了，他不知道自己为什么要按喇叭。其实，他们之间是否需要道别，他并没有想过，惊慌之下他举起一棵白菜晃了晃，大声说，这白菜很新鲜，要不要给你一棵白菜？

还好，这次她忍俊不禁地笑了。

那天她心情似乎很好。她向他要了一支香烟，吸了几口，咳起来了，扔掉烟说，你这烟太呛，我抽薄荷烟的。她的目光从柳生的脸上散漫地掠过，又返回来，聚焦在他鼻孔下方，她对他的仪表忽然提出一条意见，鼻毛该剪剪了，挺帅的一张脸，钻出来一根鼻毛，恶心不恶心？柳生几乎受宠若惊，忙不迭地用手指塞了几下鼻孔。然后他耳边当啷一响，她扔过来了一把钥匙。你要是闲着没事了，替我去水塔烧几炷香。

169

中部

柳生的秋天

她袅袅地往井亭医院的大门走，走了几步又回过头，对他说，还有你自己，也多烧几炷香吧。

麻　烦

因为她，柳生后来养成了修剪鼻毛的习惯。

每次对着镜子修剪鼻毛，他的镜子里会浮现两张面孔，她的脸适时地浮在他身后，若隐若现的。他会想起她的玉葱般洁净漂亮的鼻子，还有她的行踪，现在，她的火车开到哪儿去了？直到半年以后，他接到了一个意外的电话，对方自称白小姐，听她的音色腔调是熟悉的，但自报家门之后她就不说话了，似乎在等待他的反应。

他不相信她会联系他。以为是推销小姐们的垃圾电话，又怀疑对方来自某个洗头房或者沐浴中心，有时候在那里遇到心仪的美女，他会留下自己的名片。他问，你是哪个白小姐？对方反问，你认识多少白小姐？然后又沉默了。那沉默带着些揶揄，还有一丝隐隐的压迫感，柳生的心不知为什么狂跳起来，为了谨慎起见，他说，这位白小姐，麻烦你回答我一个问题，请问你小时候叫什么名字？对方迟疑了一下，突然发怒了，你这个娘娘腔，烦不烦人？算了算了，我不是白小姐，我是仙女行不行？他一下从椅子上站了起来，行了，我知道你是白小姐了，你无事不登三宝殿，有什么事要我帮忙，尽管开口。听电话那端有嘈杂的市声，她好像是在大街上。这次你真的跑不掉了。她突兀地一笑，笑声稍纵即逝，这次我真的有事请你帮忙，我们约个地方面谈，行不行？

那会儿他正在餐桌上，父亲在他的侧面，母亲坐在他的对面，两个人花白的脑袋，一个向左，一个向前，都在竭力地辨析那个奇怪的电话。母亲的警惕性总是高一些，她观察着儿子脸上的表情，什么白小姐？哪儿的白小姐？又不是你女朋友，你跟人家献什么殷勤？他心里很乱，嘴里敷衍着母亲，谁给谁献殷勤了？是从香港来的白小姐，约我出去谈生意的。

　　他一下子就没有胃口了，进了房间关起门，对着屋顶说，什么意思？他不知道她什么意思。他能帮她什么忙？已经半年没见过面了，他对她的近况一无所知。有一个瞬间，他对这次约会的判断倾向于敲诈，下意识地打开抽屉，翻看了一遍自己的存折和现钞，仔细一想，又觉得不必多虑，她似乎不是那样的人，她不像那样的女人。过了一会儿，他开始换衣服。内裤、袜子和衬衣，都换了最好的。他照了照镜子，衣冠楚楚了，只是发型不够时髦，便往头发上喷了好多摩丝。这时候父亲在外面敲房门了，柳生，你在房间里鬼鬼祟祟的干什么？柳生你给我听着，这两年你赚点钱，骨头有点轻！对象八字没一撇，小姐认识了不少，你的生活作风要注意一点啦，别忘了你有污点，一辈子要夹着尾巴做人的。

　　他穿上了衣橱里最昂贵的一件西服，拍打着袖口往门外走，嘴里说，放心放心，我夹着尾巴习惯了，不夹尾巴还不会做人呢。母亲发现了他身上的西装，赶上来揪住了他的胳膊。这不是那件进口西服吗？脱下来脱下来，那么贵的西服，结婚派用场的，谈生意不能穿！他甩掉了母亲的手，教育她说，你们真是穷惯了，一件西服也当个宝。现在外面是物质社会懂不懂？你们知道什么生意经？告诉你们，穿得好不好代表你的身份，对生意很有影响！

　　也算是一次约会，地点是她指定的。他找到市中心那家新开张的港式茶餐厅，并不性急，先走到街对面，仔细地观察一番茶餐厅的店堂，然后穿过街道，又扫了几眼店门口的餐牌，店堂是安全的，餐牌价格也不算昂贵。他一手拉着西装的衣襟，以流行的成功人士的步态，走进了茶餐厅的大门。

　　她先到了，坐在一个角落里，面对着桌上的一壶茶。有一棵仿真棕桐树竖立在她身后，棕榈叶子在光线下交织出一大片锯齿形的阴影，笼罩着她的面部和肩膀。他朝她走过去，忽然觉得四周冷清得蹊跷，偌大的店堂，似乎仅仅在等他一个人。小心。小心一点。是一次鸿门宴吗？是一个精心编制的圈套吗？是一场迟到的敲诈谈判吗？是君子报仇十年不晚吗？种种不祥之念拖累了他的脚步，他站住，朝厕所方向张望。至少先去上个厕所？想一下，小心一点，再想一下。他转了个身，蓦然听见她的声音，你往哪儿走？连我都认不出来了？她从座位上站起来，用手比画成一把手枪，做了个击毙的手势，气死我了，难道我现在这么丑？丑得你认不出来了？

只有老朋友之间的互相迎候，才会如此亲昵，那份亲昵给了他意外的惊喜，他一下子松弛下来。她当然没有变丑，只是追随时尚，挑染了头发，有一部分头发斜挂在额前，遮住她的半边脸，那绺头发是金色的。他坐下来，开始卖弄嘴皮子，肉麻地夸赞她的美貌。她敲敲桌子制止了他，好了，我马上还要去见一个客户，没时间听你的甜言蜜语，赶紧谈正事。她果然直奔主题，说她惹了个麻烦，要他帮忙解决。她斜睨着他的脸，眼神很隽永，忽然嘻地一笑，说，养兵千日用兵一时，我总算给你派上用处啦。

他懂得她的言下之意，而她的麻烦在柳生听来并不新鲜。她向郑老板借了三十万，又转借给马戏团一个人开公司，说好是高利贷，半年还钱，现在逾期一年多了，那人还不出钱，郑家人发怒了，停发了她的薪水，下一步便是炒她的鱿鱼。他立刻明白了她的企图，你是要我帮你追债？她点头，暗示道，你社会上有人吧？他说，我以为什么事呢，这事我能搞定。她敏感地皱起眉头，你以为是什么事？以为我让你杀人放火？他说，杀人放火不好，追债好。他不知怎么笑了起来，从来都是别人追我的债，这次轮到我讨别人的债了。

他们面对面坐着，一壶水果茶已经冷了，几片苹果、菠萝和香蕉沉在壶底，色彩依然鲜艳。这是第一次，他和她面对面坐着，他坐在她的阴影里，忽然想起她当年的兔笼。现在，他像一只兔子被她的笼子收纳了，他钻进了兔笼，也许已经被她提在手上了。他有点怅然。谈完正事应该谈点别的了，这半年你跑到哪里去了？这半年来你都干了些什么？这些真切而愚蠢的问题都被他咽了回去，他几乎猜得到她的回答，你是我什么人？我在哪里我干了什么，关你何事？他不敢造次，耐心地看她发短信。偶尔地她抬起头，说，郑姐烦死人了，我恨不得杀了她。

他注视着她的手。她的手指在按键上灵巧地闪动，那只翡翠手镯不见了，一条银色的镶嵌宝石的手链坠在纤细的手腕上。她的面颊上斜挂着一绺金色的头发，一抬脸，金色的头发与黑发暂时分离，他注意到她右面颧骨处的一块瘀青，你脸上怎么啦？他忍不住地问。她说，别看我脸，我的脸跟你有关系吗？他不敢多嘴了。两个人面对面坐着，他能闻到她身上香水与皮革混合的气味。他觉得这个约会有点古怪，他到底坐在谁的对面？她是谁？是一个朋友还是一个仇敌？或者，仅仅是一个久别重逢的故人，一个欲擒故纵的债主？她发完了短信，终于抬起头，你在想什么？怕我了？我可怕吗？他摇头道，你有什么可怕的？杀人越货的人我也没少见，怕你我就不来了。她从头到脚审视着他，甚至掀开桌布看了看他的皮鞋，今天不错。她忽然莞尔一笑，你今天仪表还不错，发型好，皮鞋很亮，西服也很合身。他有点得意，没来得及表白，她已经站了起来，不过，成功人士不穿你这种老土牌子，郑老板的西服，不是纪梵希就是阿玛尼。她边走边说，你要是讨到了那笔钱，我送你一套阿玛尼！

马戏团

谁不知道桃树街上的东风马戏团呢？

这家马戏团曾经无限风光,风光了三十年。他们驯养的骏马最喜欢挑战熊熊烈火,擅长穿越各种口径的火圈。他们驯养的猴子热爱劳动,善于模仿建筑工人,肩上搭一块花毛巾,心甘情愿地拉拽最沉重的板车。他们驯养的老虎号称音乐家,有着罕见的艺术素养,不仅欢迎驯虎师站在虎背上横吹牧笛,还能用它的虎牙叼着牧笛,吹出《学习雷锋好榜样》的基本旋律。他们驯养的大象对体育运动很有好感,驯象师利用它的身躯锻炼体魄,长长的象鼻是驯象师的单杠,驯象师吊在上面,可以连续做一百个引体向上。

柳生记得以前看过一档电视节目,东风马戏团的一头老虎和一个女驯兽员,分别代表动物和演员,接受主持人的采访。他记得很清楚,老虎名字叫欢欢,女驯兽员的艺名是乐乐。印象最深的是乐乐回忆她与一个非洲总统和东南亚国王的交往,言辞之间,透露出那两位贵宾曾经是她的超级粉丝。主持人问及一段传说中的桃色新闻,乐乐女士,你能不能给我们说说,那个非洲总统是否曾经想把你带回非洲?柳生竖着耳朵听,柳生相信全市人民都竖着耳朵在听,可惜女驯兽员闪烁其词,既没有澄清什么,也没有证明什么。倒是那头老虎的表现让人欢喜,主持人当时请老虎向全国观众说点什么,老虎欢欢嘴巴一张,吐出一个横轴,然后用虎爪铺开横轴,铺开了四个金光灿灿的大字:恭喜发财!

柳生不认识那个名叫瞿鹰的男人,但阿六迷恋过马戏,见过舞台上的瞿鹰。阿六告诉他,瞿鹰就是那个表演白马穿火山的驯马师,论驯术全国一流,又兼外表英俊潇洒,当年曾经大红大紫。东风马戏团解散之后,阿六还见过瞿鹰,说他把马戏团的马牵到西郊游乐场教人骑马,阿六去骑了一次钻火马,只骑了十分钟,也没有钻什么火圈,瞿鹰竟然收他八十块钱,狠狠地宰了他一刀。

去马戏团替人讨债,这事情多少有点怪诞,柳生心里没有底。他原先想约上七八个精兵强将,以此营造必要的声势,但最后的结果不理想,只有阿六和春耕来了。阿六想要两条香烟的犒赏,春耕胃口大一些，说我不要香烟，这次要到了钱，你再带我去香港旅游一趟。

他们在桃树街上寻找马戏团，走来走去，浪费了很多时间，记忆中马戏团那道威严的大拱门，似乎人间蒸发了。马戏团原址东面的红房子改头换面，开了一家游戏厅，很多孩子在里面打游戏，打出一片刺耳的嗡嗡的噪音。西面的房屋被一家丝绸经销部占用，橱窗里挂满了花花绿绿的丝绸，店堂里站着一个男人，拿了一只电喇叭对他们喊，全世界最便宜的真丝，走过路过，不要错过，进来看看进来看看！柳生走进了店堂，对那个男人说，你五大三粗的在这儿卖丝绸啊？我们不买丝绸，我们找马戏团，那么大的一道大拱门，怎么会不见了呢？那人扫兴地放下电喇叭，朝店堂外面指了指，哪儿还有什么大拱门？要找马戏团，到角落里去找吧。

他们转回去，果然在角落里发现了马戏团的门。已经是小门了，准确地说，是一扇侧门，开在游戏厅的西墙上。门上贴着供电局的欠费通知单，还有老军医治疗梅毒的小广告，一张盖着另一张。柳生推开门，看见一条窄窄的弄堂式的通道，通道尽头可见一棵树荫浓密的大树，树上晾着一条格子被单。阿六鼻子灵，先闻到了马粪的气味，他跑进去对着走廊上一堆黑乎乎的东西研究了一番，说，是马粪啊，这儿肯定是马戏团了。

他们穿过通道，都下意识地吸着鼻子。马戏团的空气是不一样的空气，有点腥，有点臭，还有一点点辛辣，那是动物们遗留的气息。走近那棵大树，阿六一眼认出是舞台上的背景，他称之为老虎树。柳生问他为什么叫老虎树，阿六不好意思地解释，我小时候这么叫的，因为这树一摆出来，老虎就要登场了。老虎树下坐着一个五十来岁的女人，不知道是门房，还是过气的演员，她懒洋洋地剥着蚕豆，豆子嗒嗒有声地丢进碗里，空瘪的豆荚都扔到了一面铜锣里。她的目光落在柳生的公文包上，盘问道，你们哪儿来的？来买什么？

不买什么。柳生说，我们来找人的。

知道你们找人，找人买什么？

你们这儿不是马戏团吗？柳生好奇起来，你们马戏团，能卖什么？

什么都卖。卖了东西发工资。女人说，狮子卖了，老虎卖了，猴子卖了，连兽笼都开始卖了。

阿六在旁边插嘴，一只老虎卖多少钱？

女人从头到脚地打量阿六，撇着嘴说，老虎浑身都是宝啊，要好几十万呢，一般人买不起的。

那猴子呢？阿六又问，猴子便宜点吧？会拉板车的猴子，一只多少钱？

女人朝对面一间办公室张望着，小张不在啊。她说，猴子的价格要问小张，他管猴子的。

柳生及时推开了阿六，对女人说，你别听他的，他连猴子也买不起。我们找瞿鹰谈点事，瞿鹰住在这里吧？

找瞿鹰？那你们是来买马的？女人说，只剩下他的几匹马了，他不一定卖，听说要开骑马俱乐部，做生意。你们要找瞿鹰，就跟着马粪走吧，他住在马房里。

马戏团里空寂无人。他们经过了大排练厅，门窗都还开着，地上堆满了乱七八糟的纸箱和木箱，有苍蝇绕着几只快餐盒飞舞，一件鲜红的练功服，不知怎么被人丢在一只木箱上。马戏团昔日的荣耀与风光都在墙上挣扎，他们看见墙上挂着各种尺寸各种形状的红色锦旗，各个年代的五颜六色的演出海报。有一面铜鼓被遗弃在窗下，鼓槌扔在窗台上，阿六拿起鼓槌，探身进去敲鼓，咚咚咚，排练厅里响起了鼓声的回音。一只老鼠不知从哪儿钻出来，跳到一只纸箱上，审慎地观察着窗外的三个不速之客。阿六扔下鼓槌说，他妈的，这地方以前多牛气，怎么说荒就荒了？我小时候翻墙来看他们排练，被看门老头拎着耳朵打出了门，老头说他们东风马戏团的排练也是国家机密，不能偷看的。

他们跟着马粪走，地上的马粪不见了，马房就到了。马房里阴暗潮湿，一股草料与马粪混合的气味扑鼻而来，透过铁门，依稀可见那三匹

黄雀记

神奇的钻火马，它们被拴在水泥桩上，侧向四十五度站立，姿态统一，马眼睛闪闪发亮。马房的角落里辟出了一间古怪的小屋，屋顶盖着一块蓬布，四面墙体用铁栅栏加三合板围拢，挂满了塑料袋和衣物，其中一件银色镶金边的礼服被隆重地套入衣架，放射出奢华而突兀的光晕。看得出来，那铁屋以前应该是虎笼或者狮笼，现在改变用途，算是瞿鹰的卧室了。

兽笼里的被窝蠕动着，有人从里面慢慢地钻出来，踉跄着来到铁门前。一个四十来岁的男人，浓眉大眼，宽肩窄臀，头上扎了一个时尚的马尾辫，穿一条红色的灯笼裤，他的面孔有点浮肿，但眼睛很亮，带着某种拒绝一切的怒意。不卖，不卖。他嘴里嚷嚷着，喷出一股浓烈的酒气，走吧，我不卖马！

我们不买马。柳生说，你是瞿鹰吧？我们是白小姐的朋友，找你谈点事，谈什么你心里应该清楚吧？

不清楚。瞿鹰打量着柳生，你们是她的哪一路朋友？黑道上的朋友？

黑道谈不上，白道也谈不上，我们不管黑道白道，我们只管替白小姐讨债。柳生考虑了一下，手指从公文包里夹出一张名片，他说，我公司不大，业务范围很大，这也算我的业务，三十万，今天我们拿不到钱就不走了。

瞿鹰没有接柳生的名片。他扫视着铁栅门外面的三个人，脸上不屑的表情很快变成了愤怒，他从口袋里掏出手机，朝着柳生亮出了手机屏幕，看看吧，看看就懂了，我跟白小姐是什么关系？我为她妻离子散，我为她无家可归，我们之间谁欠谁还说不清楚，你们来讨的什么鸟债？你们走，不要管我们的事，我会跟她算账的。

柳生看清了手机屏幕，是一张标准的恋人照片。白小姐和瞿鹰合骑一匹马，瞿鹰从后面搂着她的腰，她正转过脸来亲吻瞿鹰，那个瞬间，她一定是幸福的，眼睛里流光溢彩，她的嘴唇，看上去血红血红的，充满爱情的欲望。柳生说了声，不错，很浪漫。然后便推开了瞿鹰的手机，都是以前的事了吧？给我看这个没用，别说一张手机照片，你就是拿一堆床照出来也没用，我们不管感情纠葛，只管要债。他从公文包里掏出一个纸包，塞到铁门栅格中，我也给你看一样东西，我们是干什么的，看一看你就知道了。

那纸包徐徐地绽开，一只猪蹄白花花软塌塌的，带着些血丝，躺在瞿鹰的脚下。你喜欢吃这玩意吗？拿去，红烧炖汤都可以。柳生做了一个剁手的动作，说，实话告诉你，我就是干这个的。

瞿鹰冷笑了一声，你是剁猪手的还是剁人手的？麻烦你说得清楚一点。

剁猪手是专业的，剁人手不熟练。柳生说，剁人手的机会不多，要练，看你给不给我机会了。

给，给你机会！瞿鹰不假思索地将手伸出铁栅，向着柳生上下抖动，来，送给你剁，你不剁不是人养的！你没带刀？找上门来剁我的手，还要我给你找一把刀？

阿六挤上来，一边努力把瞿鹰的手推回去，一边安抚他，我们不带刀，说明我们想解决问题，我们不急，你急什么呢？瞿鹰的手转了个方向，固执地竖到阿六面前，快，他没胆你来剁，剁了不就解决问题了？剁了就滚蛋，滚回你们香椿树街去。柳生一时下不来台，对春耕使了个眼色，春耕过来抓住那只手，弹了一下手掌，你别慌，先给你看看手相，剁不剁我们再商量。春耕眯起眼睛打量着瞿鹰的掌纹，轻蔑地说，这才是天下第一倒霉鬼，比我还倒霉一百倍，怪不得你会混成这样，你这样的手，还真该剁！事业线那么短，爱情线不通，金钱线不通，该通的都不通，就你这种倒霉蛋，还敢借三十万去做生意？还敢跟白小姐谈什么恋爱？

很奇怪，手相打了个岔，瞿鹰像是服用了一帖镇静药一样，激愤的情绪渐渐地缓和下来。看起来瞿鹰对自己的厄运是有所认识的，他在灯笼裤上抹了抹手，对着外面的光线，研究起自己的掌纹来，问春耕，哪条是事业线？哪条是爱情线？哪条是金钱线？他妈的，我怎么老是记不住。

柳生对春耕说，别告诉他，拿出三十万，再告诉他。

瞿鹰放弃了他的手相，手插在灯笼裤的裤腰里，眼睛炯炯地瞪着柳生，嘴里打出了一个酒嗝，别拿三十万来吓唬我，三十万算个屁啊，我是运气不好，遇到了骗子，否则三百万都赚回来了。他这么说着，在暗处摸索了一会儿，忽然一扫腿，踢出来一只午餐肉的罐头，又扫一脚，踢出来一只白酒瓶子，瞿鹰说，午餐肉罐头里有八百块，酒瓶子里有一千块钱。我现在只有那么多，要不要随便你们，我中午喝多了，还要去睡一会儿，你们自便。

午餐肉罐头滚到了阿六脚下，那只酒瓶体积大一些，没能钻过门下的空隙，停在铁门里侧了。阿六捡起了罐头，数了数里面的一卷钱，说，对的，真的是八百。春耕蹲下去扒拉门缝里的酒瓶，被柳生拍了一巴掌，柳生说，捡它干什么？这是打发叫花子呢，这点钱，我都懒得弯腰拿。春耕说，积少成多么，你懒得弯腰我来弯腰，我先拿着，不行吗？

他们试图撞开铁栅门，撞不开，马房里的一切都出奇地坚固，除了它的主人。瞿鹰看起来酒意未消，他往食槽里抓了几把草料，摇摇晃晃地走到马房的角落里，对着一个什么容器撒了一泡尿，而后，又钻回了兽笼里的被窝。兽笼咯吱咯吱响了一会儿，黑暗中忽然传来一阵古怪的声音，他们都分辨得出来，是属于男性的那种强忍的哭泣。瞿鹰哭了。瞿鹰躲在兽笼里哭了。瞿鹰压抑的哭声慢慢变得奔放而流畅，他用手摇撼着兽笼，兽笼发出了哐当哐当的巨响，瞿鹰的哭声混杂着含糊的嘟囔，起初他们以为他在咒骂什么，后来听清楚了，瞿鹰说他**后悔**，他说**后悔后悔后悔后悔后悔**死了。

外面的三个人面面相觑。后悔。后悔。谁不后悔呢？他们各自的生活都充满了懊悔，所以他们静静地听着，并无人嘲笑他的哭声。但是，马房里的三匹白马受惊了。三匹白马转过了马头，马脖子侧向四十五度，谛听着主人的动静，马从未听到过主人的哭泣，那奇特的声音并不是它们记忆中的驯令，马的纪律因此出现了漏洞。第一匹马勉强保持了静止，第二匹马焦躁不安，左前蹄试探地伸向半空，马尾左右摆动，等待着主人更加明确的指令，第三匹马看起来是误会了主人的意思，以为要出征舞台，它忽然昂起头，前蹄举升，嘴里发出了尖利悠长的嘶鸣。

马的骚动使瞿鹰的哭泣声戛然而止，他从兽笼里踉跄着钻出来，轮流安抚三匹白马。第一匹马，他抚摸了马鬃，他对马说，胜利，你乖一点。第二匹马，他抚摸了马背，对马说，曙光，你老实一点。第三匹马有点特殊，他捏了一下马的生殖器，对马说，英雄，你别闹了，我心烦，再闹我把你宰了。

午后的阳光略显苍白，一片苍白的阳光带着恻隐之心，从附近的屋顶上逃下来，挤进马房的铁栅，努力勾勒出瞿鹰和三匹马的轮廓，那轮廓芜杂，也是苍白的。他们注意到阳光在瞿鹰瘦削的面颊跳动，他的眼角有一滴晶莹的泪珠。阿六轻声对柳生嘀咕，他在哭，他哭了。柳生冷静地说，不一定真哭，要防备苦肉计，他们吃文艺饭的人，都很会演戏。春耕已经对这趟生意泄了气，他把柳生拉到一边，拿起地上那只白酒瓶子晃了晃，说，这种酒三块钱一瓶呀，一喝就上头，我都不喝它，喝这种酒的人，你跟他讨三十万？哪儿来的三十万？柳生不甘心放弃，竭力地鼓舞朋友们的士气，你们千万别泄气，坚持就是胜利，他不是鹰吗，我们就熬这只鹰，再熬他一会儿，三十万拿不到，兴许拿个几万块，也算给白小姐一个交待。

后来，马房的门从里面打开了。

瞿鹰牵着一匹白马走出来，脸色显得非常平静，那套闪亮的银色礼服搭在马背上，像一张过度考究的马鞍，你把这套礼服穿上。瞿鹰提起礼服对柳生说，穿上礼服，马会听你的话，你把马牵走吧。

柳生一下领会了瞿鹰的用意，大叫起来，谁要你的马？我们来讨债，不是来牵马的。

我没有钱，只有马，胜利是最乖的马，你们把胜利牵走吧。瞿鹰把马缰绳塞到了柳生手里，他说，我不骗你们，这匹马价值不止三十万，请你们转告白小姐，我输光了，她胜利了。

白　马

　　这个城市没有马，柳生从来没有骑过马。

　　那天他穿着驯马师的盛装，牵着马穿越大半个城市。一切如在梦中。繁华的街道是梦中的舞台，对于他来说，这舞台太长了，太大了，观众太多了。他有点骄傲，又有点害怕。那匹白马高大俊美，马的眼睛空灵而湿润，偶然的对视，他总觉得马的眼睛里噙着泪，因此他努力地向马示好，但除了抚摸马鬃，他并不知道怎么安抚这匹被主人抵债的马。

　　柳生的特权让阿六羡慕不已。途中阿六多次央求柳生，他要骑马，要柳生把驯马师的服装脱给他。柳生拒绝了。柳生说阿六你别出这个风头了，要是出点意外，马惊跑了，到手的三十万也没了，我们不是白辛苦一场吗？

　　他怕马受惊，牢牢地拽着马缰，专挑那些安静的街巷走。马蹄声给那几条冷清的街巷带来了节日的气氛，马来了，马来了！很多人从屋子里跑出来看马，有一个大脑袋少年一路尾随着他们，他一定是昔日马戏团的粉丝，一路上都在向白马高声叫喊，胜利，胜利，你去哪儿？白马不认识那个少年，少年便追着柳生跑，叔叔，你要带胜利去哪里？柳生顾不上理睬他，听见春耕在后面对少年说，你喜欢胜利吗？喜欢就回家去，跟你爸爸要三十万，交给我们三十万，你就可以把胜利牵走啦。

181

瞿鹰所言不虚，那套银色的礼服胜似魔服，白马的温驯出乎他的意料。柳生牵着马顺利地通过了北门老桥，来到香椿树街上。回到了自己的地盘，三个人都松了一口气。但是，香椿树街轰动了，乱了，春耕的孩子来了，阿六的侄儿侄女来了，街坊邻居都来了。小孩们追着白马欢呼，恳求一次骑马的机会，柳生无动于衷，嘴里说，闪开，都闪开，踢到了人我不负责。春耕哄骗儿女说，这马我们不敢骑，我们明天骑游乐场的假马去，这是神马呀，价值三十万，你们骑坏了它，爸爸赔不起，只能把你们卖给人贩子。阿六试图把他的侄子抱到马背上去，要拍照留念，柳生毫不客气地制止了他，马怕镁光灯，你不懂的？沿途的居民们站在家门口，看一匹白马破天荒地通过香椿树街，嘴里都啊呀呀地惊叹起来，柳生，哪儿来的马？买的？捡的？还是偷的？有人羡慕柳生身上的那套银色礼服，柳生，你哪儿弄来的这套衣服？穿着好帅，像一个国际巨星啦。他懒得向那么多人解释，一路上只用半句话敷衍他们，抵债的，别人抵债的。

柳生牵着马抵达家门口，白马恰巧拉了一摊黑色的粪便，他父亲瞪着地上那摊马粪，愣住了，柳生，你到底在外面忙什么生意？贩起马来了？邵兰英闻讯出来，气得跺起脚来，要死了，要死了，怎么牵了匹马回家？都快三十岁的人了，什么时候能学好？她从门后拿了把扫帚，先打柳生，柳生躲开了，又挥舞着扫帚去打马，白马嘶鸣了一声，前蹄离地，半个身子腾空，似乎要从她头上跃过去，邵兰英吓得蹲了下来。马似乎受惊了，柳生拼命拉住缰绳，对母亲吼，扔掉扫帚，这匹马价值三十万，打不得！邵兰英扔掉扫帚逃回家，砰的一声撞上了门，在门后尖叫，什么三十万？三百万也不准牵回家！你这个不成器的孩子，你和马，都给我滚！

他深知母亲的脾性，说破嘴皮子，她也不会允许一匹马进家门的。他和阿六商量过，能不能把马牵到他家天井里养两天，阿六心里对他有气，一口拒绝道，我家天井那么小，都是我妈晾的咸肉咸菜，回扣是你拿，你妈不肯养马，我妈怎么肯呢？他又找春耕拿主意，春耕说，那么大一匹马，谁家能让你放？你还是把马牵到石码头去吧。他接受了春耕的建议。在码头上，他给白小姐打了电话，一心向她报喜，但是，白小姐的电话怎么也打不通了。

　　她的手机始终关机。他很纳闷，给她发了个短信，**没讨到钱，只讨到一匹马，速来取马**。还是没有回音。柳生不知道她那边是怎么回事，心里有点不安。暗自揣测她的下落，几种下落都不好，有的让他妒忌，有的让他心寒，有的让他害怕，干脆就不去想了。她是一个谜，她的谜底越来越深，他猜不出她的谜底。至于那匹白马真实的价值，也是个谜，解开这个谜，相对要容易一些。他有三教九流的朋友，宠物市场一个绰号叫垃圾的人告诉他，普通的马并不值钱，但是东风马戏团钻火圈的马，价值肯定不止三十万，只不过买家难寻，要出手，必须找对买家。垃圾还向他提议，如果怕麻烦，可以交给他中介，如果不放心他的中介，干脆他来直接收购，出价五万元。柳生知道垃圾从来不做蚀本生意，当场在电话里表态，五万元也不算少了，可惜，是别人的马，不是我的马。

　　第一夜，他把马拴在一台起重机的底座上，撬开操作室锈蚀的铁锁，裹了件棉大衣，凭窗守马，将就了一夜。水泥厂已经倒闭，石码头上一片荒凉，香椿树街的野猫野狗都喜欢来此处过夜，撞见一匹大白马，野猫悻悻地逃走了，野狗绕着白马观察了一番，看看不是猛兽，虚张声势地吠几声，也跑了。从小到大，他从未在室外过夜，码头上的这个夜晚，以其宁静与诡秘触动了他的心。星空下降了，极其温柔地铺在他的头顶上，河水向城外流淌，一路喃喃低语，偶有夜航的船只悄然经过，桅灯昏黄的光束从漆黑的河面上拖曳而过，河水稍稍亮了一下，很快又沉在黑暗里。石码头的夜色渲染了他的心事，他几乎彻夜无眠，明天开始，他要赡养一匹马了。是她的马。是白小姐的马。这个负担来得莫名其妙，带着挑战的色彩，还夹杂了一丝玄妙的诗意。他在夜色中注视那匹白马，发现马的夜晚比他更安详。它在一个陌生之地安睡，鼻息均匀而雄壮，马鬃在月光下闪烁着绸缎般的光泽，那光亮吸引他走出操作室，在马的身边铺满了各种蔬菜，他对马解释道，委屈你了，没有草，只能吃些蔬菜了。然后他轻轻地抚摸了马鬃，发出一声由衷的感叹，胜利你真美，你比美女还美啊。

石码头上养马，毕竟是权宜之计，第二天，他开始为马寻找一个宽敞舒适的马厩。他熟悉香椿树街的每一块空地，圈起空地，便可以搭建一个简易的马房，但他不放心香椿树街的民风，觉得不安全，于是动起了房屋的脑筋。在柳生看来，最现成的马厩是保润的家，那老房子人去屋空，又有天井，养一匹马，倒是天造地设。他牵着马去找马师傅的儿子小马，小马也喜欢马，虽然认为这事有点不道德，但经不住柳生的纠缠，还是找出保润家的钥匙塞给了柳生。

柳生打开保润家的门，屋里涌出一股浓烈的霉味，窄窄的过道里有冷风吹过，门缝里射进一道晨光，像一把长剑斜插在地上。他不由得打了个冷战，听见小马的催促声，你发什么呆？我妈快来了，赶紧把马牵进去，别让我妈知道了。他进去展开双臂，试了试过道的宽度，宽度正好可以让马通过。他小心地把马牵进去，先经过灰蒙蒙的客堂，客堂的板壁上还挂着保润父亲的遗照，死者的眼睛从各个角度注视柳生和他的马，目光里似乎充满了惊疑。通往阁楼的楼梯上，还挂着一把黑阳伞，伞面爬满了白色的霉菌。他知道楼梯上就是保润的阁楼，他从来没有上过那个阁楼，突然就抑制不住好奇心了，他丢下马，蹑手蹑脚地爬了上去。

184　　　差不多是世界上最荒凉的阁楼了。主人的用品都装入了两只蛇皮袋，扔在墙角，行军床上铺满了报纸，一床棉被和枕头堆在床角，枕巾上落满了灰尘，看不出是什么颜色了，他抓起枕巾抖了抖，灰尘散尽，原来是橘黄色的。他注意到枕巾上嵌着一根头发，黑黑粗粗的，摸上去很坚硬，那一定是保润留下的头发，一根十八岁的头发。他用两根手指夹着那根头发，保润，你好吗？头发无言，只在他的手指间飘动，他朝头发吹了一口气，手一松，头发不知飘到什么地方去了。对不起。他说，保润，借你家圈一下马，算兄弟对不起你了。

他准备把马养在天井里。推开通往天井的门，第一眼瞥见的是保润的旧自行车，它失意地倚着院墙，龙头上盖了一件塑料雨披，后架上仍然缠着一捆麻绳。保润以前用过的石担和哑铃扔在地上，哑铃生锈了，石担的洞孔里长出了一丛绿油油的青草，他正要把白马往天井里牵，大门那边响起了一片吵闹声，然后他听见了小马恐慌的叫喊，柳生小心，我妈来了！

果然是马师母赶来了。柳生被骂了个狗血喷头。马师母说柳生你自己骑在人家头上拉屎不说，还要弄一匹马到他们家里去拉马粪？人在做天在看，这是你妈妈说的，回去问问你妈妈，难道天就看不见她儿子吗？再去问问你妈，别人做坏事天打雷劈，她儿子做坏事，就不怕天打雷劈呀？

柳生知道马师母是一个障碍，为此他有思想准备，马师母你看清楚了，这是一匹马，一匹马关我妈什么事？拜托你别这么乱喊乱叫的，别人听见以为闹地震呢。柳生说，马师母你放心，我从来不白占别人便宜的，这房子空着也浪费，我出钱租下来，行不行？我给保润家创收，行不行？

他忙着与马师母交涉，一时顾不上马。白马胜利滞留在客堂里，正默默地与一幅死者的遗照对峙着，骄傲聪明的马或许感受到了死者的敌意，马脖子忽然一扫，保润的父亲从墙上掉落下来，哐当一声，玻璃镜框碎了一地。马师母吓得跳了起来，脸色煞白地捂住胸口，不好了，柳生你自己看啊，这张照片是粟宝珍留下守家的，连死人都在抗议了，你听不见？柳生你不知道怕的？你要是不把马牵走，我马上就去找你妈妈，让她来牵走！

柳生没有办法了。再僵持下去，人与马都没有好果子吃，他只好牵着马，讪讪地离开了保润家。

他去找小拐，这是事先推敲过的第二方案。小拐在废品收购站收废品。废品收购站的后院堪称香椿树街上最大的院子。小拐对马有兴趣，并且贪图小利，这都是马的福音。他塞给小拐两包香烟，小拐又问他要了一个防风打火机，问，这匹马能不能骑的？他警告小拐道，这马不是人骑的，是骑人的，你只有一条好腿，千万小心点儿，要把好腿摔坏了，我不负责任。小拐交出了后院的钥匙，帮着他一起把白马安顿好了。凭心而论，除去保润家的天井，收购站的后院算是香椿树街上最安全最实用的马厩了。院子里的大磅秤权充拴马桩，一口巨型破铁锅正好做了马的食槽。他舒了一口气，抚摸着马鬃说，胜利，这回对不起你了，条件有限，只能将就一下啰。

饲料的麻烦不算太大，柳生弄不到马草，倒是有各种各样的菜蔬，便每天往院子里倒一筐烂菜，以菜喂马。这样养了四天马，马似乎认识他了，他故意不穿那套银色礼服，骑到马背上试了试，马很安静，仅仅甩了一下尾巴。他感到欣慰，表扬了马，也给了马一个慷慨的许诺，表现不错，明天让你钻火圈玩。

大约是第四天的凌晨，他在睡梦中听见了手机的蜂鸣声，他有某种预感，起来一看，果然是一条短信，署名白蓁。短信催促他：**火速把马送到纽约花园郑老板家。**

手机号码是陌生的。他打回去，接电话的是一个男人，普通话带着明显的台湾口音。听得出来，对方身处夜生活的场所，背景声音很嘈杂。那男人不断地追问柳生，你是谁？柳生说，让白小姐听电话，我是她一个朋友。那男人说，我们都是她的朋友，你是她哪条道上的朋友？柳生耐着性子说，生意上的朋友，你让白小姐听电话，我们有急事，要商量马的事！那男人哈哈笑起来，商量马子的事？那你跟我商量更好，出来吧，我们边喝酒边商量。柳生急了，对着手机大声喊，白小姐！白小姐！你快出来说话。那男人说，白小姐出不来，她在卫生间里吐，她现在只跟马桶说话，她酒量太差，你要是她的朋友，就过来替她喝。对方的手机被谁抢过去了，柳生以为是白小姐来了，结果是另外一个男人，听口音是东北。东北人喝得更醉，狂笑了一番竟然邀请柳生说，朋友，快过来，过来打炮，今天我请客！柳生忍不住了，我打你老娘的炮！他这样骂了一声便挂断了电话。

他很生气。看看时间，已经是凌晨三点钟了。白小姐一定回到夜总会，干起老本行了。已经凌晨了，她和那些男人到底在干什么？他擅长的种种联想都是不洁的、色情的。年轻美貌的姑娘千人千面，风月场上人各有志，但堕落总是雷同的，不过是一条狭窄黑暗的隧道，从无辜的肉体进去，从无辜的肉体出来。他想起很多年前水塔上的那个黄昏。一个被诅咒的黄昏，一个堕落的黄昏，因为诅咒的嘴唇已经合拢，堕落的痕迹已经冲刷干净，关于两个肉体的细节，他只记得自己这一边了。他竭力回忆那个少女的肉体，记忆竟然非常模糊，只记得树林里的夕阳之光打在她瘦削的肩胛骨上，勾勒出一片小巧玲珑的洼地，浅浅的，金灿灿的。他的欲望是金灿灿的稻浪，在这一小片洼地里快乐地歌唱。他记得自己金灿灿的欲望，记得那一小片肩胛骨，除此之外，他什么也想不起来了。

是第四天的早晨，天空阴沉沉的。他去废品收购站牵马，发现后院的大铁门虚掩着，一堆新鲜的马粪散落在门外，他惊呼了一声不好，推开大铁门一看，果然不好了，大磅秤孤独地竖立在院子中央，铁锅里还留着昨天的莴笋和卷心菜，白马不见了。他吓出一身冷汗，操起一根铁管奔进收购站店堂，一路大叫着，马，马，我的马呢？小拐刚刚上班，正蹲在地上捆扎一堆纸箱板，他惊恐地看着柳生手里的铁管，竭力表明他的无辜，别瞪着我啊，我以为是你骑走了。小拐说，你拿着铁管要夯谁？不关我什么事，昨天是你自己关的门。柳生怒吼道，是我关的门，我问你是谁开的门，马没有手，它自己会开门逃走吗？小拐抢下他手里的铁管，扔在废旧金属堆里，我怎么可能给马开门？肯定是谁夜里翻墙进来了，谁让你到处吹牛了？你说那马价值三十万，不是给小偷做向导吗？小拐委屈地说，你怎么还瞪着我啊？要是不相信我，你马上去报警！

他回到收购站后院，细细地察看了现场，看了也是白看，大磅秤上留着半截绳子，地上有马蹄印，那印子从泥地上拖曳到大街，最终被大街上的柏油水泥所吞噬，什么也看不见了。

有人看见过那匹白马。

白马在清晨的香椿树街上奔跑，惊动了沿街的菜市，曾经有人想去拖拽马辔头与缰绳，都没成功。那匹马穿行于街市，旁若无人。炸油条的小癞子告诉柳生，白马喜欢火苗，在他的火炉子前停留过至少五分钟，他不知道马的心思，扔了根老油条给它，马不吃油条，跑了。有个卖豌豆苗的女菜贩告诉柳生，白马跑过她的摊位时停了下来，把马脖子伸进了菜筐，豌豆苗很贵，女菜贩不舍得让马吃，拉拽了一下菜筐，马就跑了，女菜贩向柳生夸赞道，你那马懂事啊，比人强，有人买半斤豌豆苗，顺手要抓一大把呢。

柳生找马，找了整整一个上午。相对来说，一匹失踪的马比一个失踪的人要醒目许多，马是向市区方向跑的，他沿途呼喊马的名字，胜利，胜利！听起来像是一个人的游行示威，但没有人嘲笑他，大家都听说柳生丢了一匹马，那匹马价值三十万。从妇产医院上夜班回来的胖阿姨给他提供了最初的线索，说白马曾经出现在人民街和改革路的十字路口，它在花坛边徘徊，马辔头上不知被谁挂了一条粉红色的丝巾，胖阿姨还说那马很讨人喜欢，路人们只要向它挥动丝巾，粉的也行，红的也行，花的也行，它一律抬起前蹄，不停地给人们作揖。公交车司机老徐说白马就在他的十一路汽车前碎步前行，他按喇叭赶马，那马对不文明的喇叭声似乎有所抵触，故意不给汽车让路，步点悠闲而均匀，司机和乘客只好耐着性子，在马路上慢慢地蜗行，直到十一路抵达春风街的站点，公共汽车与白马才分道扬镳。老徐提供的信息提醒了柳生，春风街离桃树街很近，他一拍脑袋说，我怎么那么笨？胜利认识路的，我知道它去哪儿了！

柳生错失了整整一个上午的时间，等他寻到桃树街上，已经是中午时分了。远远地，他看见一辆白色的急救车停在游戏厅的门口，车边挤了一群人，脑袋高低错落，都朝向马戏团的夹弄张望着。他跑过去，听见人们谈论的不是马，而是死亡的方法。两个从游戏厅出来的男孩，一直在高声争论，一个说，是安眠药，三瓶！另一个说，什么安眠药，是割腕，割到了静脉，我看见血了！那个做丝绸生意的小老板也在人群里，他对两个男孩说，吵什么？你们说得都不全面，安眠药他吃了，静脉他也割了，你们以后要是活腻了，记得要像他这么干，要死就死个痛快。

　　柳生没来得及打听什么，马戏团幽暗的门洞亮了，里面外面响起一片吆喝声，几个白大褂抬着担架从门里出来了。他看见瞿鹰的半张脸露出白色的罩单，像一轮苍白的月亮，他头上的马尾散开了，一绺卷发垂在他尖削的额角上，随着担架的颠簸，微微颤动。瞿鹰的身上有一股刺鼻的酒气，混杂了一丝甜腥味。柳生注意到担架上有血滴落，血像雨珠一样缓缓地洒下来，一沾地，那些血滴就变黑了。他打了个寒噤，嘴里下意识地咕哝了一声，怎么回事？旁边有人说，怎么回事？活不下去，轻生了么。他退到人群外面，张大嘴呼呼地吐出几口气，说，我操。好死不如赖活，这道理都不懂？

　　急救车呼啸起来，很快驶离了桃树街。马戏团门口的人群渐次散去。男孩们跑回了游戏厅，卖丝绸的老板站到店门口，用一根火柴剔着牙，他对柳生说，小瞿是有名的驯马师啊，一表人才，以前很风光的啊，很多女孩迷他，等在马戏团门口要签名。柳生说，有什么用？他有名，女孩子才迷他，他混惨了，还有谁理他？老板说，不光是女孩子，很多中央领导省里领导，还有外宾，都跟他合过影。柳生说，合个影有什么屁用？一转脸谁也不认识谁了。那老板说，他以前手头很阔的，买东西都不还价，上个月还在我这儿买了一堆礼品，花了好几千。柳生说，他阔过？阔过李嘉诚了？阔过比尔·盖茨了？几千块算什么？上个月有几千块，这个月还不是家破人亡了？那老板将柳生引为知己，不停地点头，这位老板是过来人，说得对，今天不知道明天的事！我想通了，今朝有酒今朝醉，我马上关了店门去加州海滩，洗温泉，做按摩，做足疗，来个豪华套餐！老板你去不去加州海滩？我们做伴一起去，可以免一张门票。

　　柳生的心思在马身上，敷衍几句，便开始打听白马胜利的踪迹。那老板认识白马胜利，说他早晨来开店门，看见胜利站在马戏团门口，浑身都是灰尘，不停地用马嘴拱门。门房龚阿姨被惊动了，出来牵了马，去找瞿鹰，瞿鹰已经叫不醒了。那老板感叹说，胜利是一匹神马呀，它早不回来晚不回来，为什么今天回来？是来给瞿鹰送终的！瞿鹰交过那么多女朋友，谁来了？都跑了。只有马来了，还是马好，马比人有情义啊。

马戏团的那扇侧门还开着，白马胜利应该在里面。柳生的一条腿跨过了门槛，另一只脚不知为什么往后缩，僵在门外了。门内是一个人的死亡现场，似乎也是某些人的犯罪现场。他有点怕，又不知道自己怕的是什么，正扶着门框进退两难，马戏团院子里响起了熟悉的马蹄声。他的眼睛一亮，果然是胜利，他看见了他的马。门房龚阿姨牵着马出来了。她肩上斜挎着一个大布包，眼睛里满含泪水，一边走一边低泣。柳生迎上去说，阿姨，你要把胜利带哪儿去？龚阿姨抬起胳膊用衣袖擦干了眼泪，牵到肖书记那里去，昨天瞿鹰送走的曙光，前天送走的英雄，今天瞿鹰人就不在了，只好我去送胜利了。柳生说，为什么要送到肖书记那里去？她说，肖书记吩咐的，马是国有资产，不是瞿鹰的私人财产，谁要买胜利，要跟肖书记去谈价钱，谈出了好价钱，我们才拿得到全额工资。柳生一把抢过缰绳，说，胜利已经抵债了，胜利是自己跑回来的，阿姨你忘了吗，胜利是我的了。龚阿姨抬起泪眼打量着柳生，突然扬手在柳生胳膊上打了一巴掌，你们这些黑社会，瞿鹰是让你们害死的啊，一条人命都搭给你们了，还不够？还要来抢我们的马？柳生抓紧马缰不松手，阿姨你不要乱说，谁是黑社会？我不过是替朋友要债的，没有这匹马，朋友那边交代不了。龚阿姨说，我不管你的朋友，我不管你是黑社会还是讨债鬼，我问你，你还是不是人？说，是不是人？柳生被她问得一愣，当然是人，你看不出来吗？龚阿姨激愤地叫起来，是人都有良心，你有良心吗？你有良心就别来跟我抢这匹马，看看那匹马，好好看看，马身上都是血，都是瞿鹰的血啊！

他们争抢着马缰，缰绳松脱了，白马胜利碎步通过马戏团幽暗的夹弄，穿越门框的时候，马头熟练地下俯，就像人那样低下了头，庞大的身躯便顺利地挤出了狭窄的小门。现在，白马胜利站在明亮的光线下了，昂着头，侧身四十五度站立。白马的皮毛显得肮脏不堪，马眼睛依然湿润澄澈，目光如同两颗宝石，闪闪发亮。柳生终于看清楚了，马背与马腹洒满的那些暗红色斑点，其实是血痕。它是一匹白马，不是花斑马。他知道那是瞿鹰的血。柳生从来不怕血，但这次不一样，一阵强烈的晕眩袭来，他晕血了。他不知道自己为什么晕血了。他扶着墙走了几步，找到一个墙角蹲了下来，背对着龚阿姨和白马胜利，干呕了几声。他放弃了他的权利。算了，反正不是我的马。他挥了挥手说，算了，不关我的事，你把马牵走吧。

后　悔

　　好多天过去了，白小姐那边无声无息。柳生不知道她是否听闻了瞿鹰的噩耗。她怎么看待瞿鹰，这是她的事情，而他的义务是那匹马，他以为她会来催讨那匹马，但不知道她是忘了马，还是忘了她的债务，或者是在酝酿什么新的人生计划，他试探着打她的手机，信号已经不在服务区了。他说不出自己的心情是侥幸还是忧虑，设想了某种不祥的可能性，或许，她那边也出事了。

　　有一天他开车路过善人桥，看见桥塊的台阶上挤了很多人，原来捕捞船刚刚开走，船员们从桥洞里捞上了一具无名女尸。他向那些看热闹的人打听，多大年龄的女尸？是二十五六岁吗？长得什么模样？别人都称自己随便瞎看，没有去注意死者的年龄和容貌。他站在善人桥下，看着桥洞里肮脏而静止的河水发愣，先是担心她的生死，瞥见台阶上来了两名警察，便又开始为自己担心了。他觉得自己是个聪明人，偏偏遇见她，智商便急剧地降低，一不小心又蹚了一次浑水，说不定，公安人员很快会找到他门上来了。

她像一个魅影，悄然侵入他的生活。那魅影躲在暗处，妖冶神秘，充满灾难的气息，不是在守候他，便是在召唤他。白马不在了，她还在，她的魅影像一把剑，亮闪闪地悬在他的头上。他思念那匹白马，也牵挂着白小姐，只是他对白小姐的牵挂显得怪异，那牵挂越来越消极，也越来越像一个道义的负担了。

乔院长算是消息灵通人士。有一天他们下棋，乔院长向柳生透露，郑姐正在到处寻找白小姐，扬言要给她点颜色看了。郑姐声称白小姐骗了郑老板三十万，还不出来，炒她鱿鱼她还委屈，竟然拿走郑老板的一只钻戒，留下一张纸条昭告主人，说钻戒用来做她的遣散费了。乔院长说郑姐很懊恼自己当初顺从弟弟，挑选白小姐做了公关小姐，她弟弟认不出蛇蝎美人，她是应该有这个眼光的。她亲口对乔院长发誓，我饶不了那丫头！迟早要摆平她，有钱还钱，没钱让她选两条路，要么毁容，要么进监狱，这样的丫头，再也不让她在社会上害男人了，我要为民除害！

他听得心惊，背上渗出很多冷汗，打断乔院长说，不关我们的事，我们下我们的棋。但棋局也很肃杀，他定睛一看，他的黑棋已经没有希望了，乔院长要追杀他的大龙，黑棋像一座华而不实的城堡，被一支白色冷箭射塌了。他瞪着棋盘苦笑，我输了，肯定输了。乔院长目光炯炯地看着他，你是输了，输给我是小事，一盘棋而已，千万不要输给她，那是一世人生，你输不起的。他听出乔院长话里有话，哪个她？我还会输给哪个她？乔院长你到底什么意思？乔院长说，你是聪明人，什么意思你心里清楚吧？我消息很灵通，我是为你好。

他母亲邵兰英的消息似乎也很灵通。不知是什么人在街上告诉邵兰英，说柳生和那个仙女谈起恋爱了，还为她去讨债，逼死了一个马戏团的演员。她又惊又怕，回来向柳生兴师问罪。柳生一口咬定是谣言，那是造谣，妈妈你怎么相信谣言？邵兰英说，人家平白无故造你什么谣？他说，怎么平白无故？人家嫉妒！看我家过上了小康生活，那么多人心里不舒服，难道你没感觉？

做母亲的最了解儿子，凡事柳生否认得越彻底，邵兰英通常都越有怀疑。在她看来，儿子当婚不婚，是一个最大的安全隐患，好比一道篱笆，四处镂空，外面的野物容易钻进来，家禽猫狗也容易钻出去，为了防范，一定要扎紧篱笆。柳生这样的儿子，总是需要管束，父母再怎么操心，难免百密一疏，儿子若能缔结一门理想的婚姻，才是扎紧篱笆的正途。邵兰英与丈夫连夜商量一番，很快拟定了一个未来儿媳妇的名单。她走访了相关的几家人家，权衡之下，绍兴奶奶的侄女小金符合她的要求，成了首要人选。邵兰英也是专制惯的，事先没有征求儿子的意见，擅自敲定了约会的时间，没料到柳生不仅违抗母命，还对无辜的小金姑娘进行了人身攻击。

谁要跟她约会？柳生说，她的脸比面盆还大，屁股像一袋面粉，连个腰身都没有，我好歹算个帅哥，你让我跟她约会，不是给我制造丑闻吗？

邵兰英认为儿子如此诽谤小金姑娘的容貌，一半是意气用事，一半是思想幼稚，所以她努力地为小金的外貌辩护，结婚过日子，腰身有什么用？人家小金是双眼皮大眼睛啊，脸盘大一点怎么不好？脸大福大你不懂吗？还有屁股大，算什么缺点？女人的屁股就是要大，屁股大，能生儿子的！

你们那套审美观早过时了，现在流行日韩系美女懂不懂？我的女朋友，还用你们操心？我要海选的，要决赛的，决赛时候要PK，那时候再带给你们看，行不行？

邵兰英不懂什么是PK，也不知道什么样的美女叫日韩系美女，很想弄清楚，香椿树街上哪个姑娘算日韩系美女？那个仙女，现在又出落成了什么系的美女？但她终究没有这个心情，径直跑到儿子房间里，取出那套进口西装，命令儿子穿，给我穿上西装，穿上就去！人要讲信

193

用，约好了人家，你不想去也要去！

柳生穿上了西装，穿上了才向母亲申明，今天我跟春耕他们打麻将，穿西装看看手气好不好，我不见那个丑女，影响心情，是你约的人，要去你自己去吧。

邵兰英劝也没用，恫吓也没用，拿了把扫帚要打儿子，柳生整了整西装迎上去，这套西装三千块，你舍得就扫，随便你扫。邵兰英气昏了头，丢下扫帚跺着脚，冷眼看见桌上的一串佛珠，抓过来就捻，这串佛珠在慈云寺开的光，很灵验，你这孩子还有没有救，我来问问慈云寺的菩萨！她手上恶狠狠地捻着，嘴里念着经，每一颗檀木珠上映现的都是仙女的面孔，有的模糊，有的清晰，有的正值豆蔻年华，有的已经被岁月打造过，妖媚惑人了。沉重的回忆使邵兰英面色发灰，嘴里不停地哀叹，不好了，不好了，慈云寺的菩萨告诉我了，妖魔又上了你的身！她不是什么美女，是你命里的妖孽啊，柳生我告诉你，你要是还跟仙女纠缠不清，我们这个家，又要灾祸临头了！

他不得不承认，母亲的佛珠不能预见幸福，预测灾祸却是灵验的。该来的麻烦，还是来了。当天他在春耕家的麻将桌上，接到一个陌生人的电话，那人自称是郑老板的手下，催他把白小姐的马送过去。他心往下一沉，嘴里矢口否认，什么白小姐黑小姐？我不养马，我在打麻将，你们要买马去内蒙古大草原，那儿有的是马。对方似乎料到了他的口径，很捧场地大笑，笑完了还祝贺他，手气怎么样？祝你大杠开花啊。祝贺过后，那人才撂下了一句话，我们认识香椿树街，认识你家的门洞，柳生，请你准备点好茶叶，我们去了要泡茶。

那些要喝茶的人，来得很快。

第二天他从井亭医院驱车回家，路上接到他母亲的电话，声音听起来非常怪异，她说有三个男人守在家门口，向她索要一匹马。他一下就猜到，喝茶的人上门来了。母亲在电话里说，你有马就牵回来给他们，没有马就去忙你的生意，家里有我们呢。关键时刻，母亲总是可以强压怒火，保持冷静，他听出母亲的暗示：你千万不要回家。关键时候他总是听母亲的，他的面包车在十字路口果断地掉了头，驶向了郊外的方向。

他驾车向西，开了足有二十公里路，再往下走，就是一片连着一片的墓地了，他忌讳墓地，停下车，在公路下的玉米田里坐了一会儿。那三个人到底是谁？他是否认识他们？他脑子里闪现过一排排人脸，又被自己所否决。东门老三和珍珠弄的阿宽都已经过气，洗手不干了，现在外面谁还在干这种营生，他心里其实也不清楚。他想象了那三个人在他家喝茶的样子，并没有多少恐惧，只是觉得自己渴了。暮色在原野上弥漫，灿烂的云霞转眼变成了无边的黑暗。野外的夜晚来得那么快，他心里忐忑，偏偏手机的电池所剩无几，不宜打电话回家打听什么，他致电春耕，委托春耕去家里察看一下他父母的安危。春耕马上就去了，过了一会儿告诉他，他父母好好的，正在家里招待那几个人喝酒吃螃蟹呢。他松了口气，知道母亲正在施展她擅长的外交攻势，家里暂时应该无恙了。春耕问他，你在哪儿？要不要我过来陪你？你今天反正回不了家么，我们去洗桑拿，找个好地方过夜？他说，你少来趁火打劫，我现在哪儿有心思洗桑拿？我要找个安静的地方，好好想一想。春耕嗤地一笑，好好想一想？你去想什么？你能想什么？他一时答不上来，模仿电视剧里的人物说，想什么？想我的人生之路，不行吗？

195

他的人生之路，暂时只能局限在公路上。他把面包车开到路边的一间小旅馆，停车进去开房间。老板问他要身份证，他随口说，你们这种破旅馆，客人来是抬举你们，还要什么身份证？老板倒不生气，认真地解释道，我们这种旅馆，公安查得最严了，住我们这儿的客人，好多形迹可疑的，不瞒你说，坏人比好人多啊。他说，那你看我是好人还是坏人？那老板打量着柳生，诚实地说，这个，不好说的，我哪儿看得出来？坏人脸上又不写字。柳生在公文包里掏了半天，没找到身份证，倒是摸到一把陌生的钥匙，举到眼前仔细辨别，是水塔的钥匙，泛着银白色的光。他灵机一动，想起香火堂里专门为郑老板准备了一张双人沙发，睡那张沙发，也许比小旅馆更舒适更安全，于是他傲然地走出旅馆，回头对老板说，你不放心我，我还不放心你呢，干脆，我今天去我别墅住。

这个夜晚要小心行事。他想起以前看过的那些黑帮电影，被追杀者总是尽量缩小自己的目标，面包车无疑是个累赘，要确保安全，必须人车分开。他把面包车停在一个加油站的空地上，自己沿着公路往井亭医院走。公路上夜色四合，天空与路面都是黑黢黢的，风很大，有点冷，野地里似乎鬼影重重。他干脆一路小跑起来，跑了很长的一段路，看见井亭医院温暖的灯光，他弯腰喘气，眼睛不知不觉地湿润了。他不知道自己是怎么回事。

井亭医院的门卫都认识他，他轻易地获得放行，还借到了一个手电筒。夜色中的井亭医院静得出奇，他穿越黑暗中的树林，来到水塔下面，只惊动了两只乌鸦。两只乌鸦在水塔顶部发出沙哑的叫声，似乎在抗议一个夜晚的入侵者。郑老板遗留的香火堂仍然紧锁铁门，借着手电筒的光，可以看见信徒们奉献给菩萨的香火委屈地摆在水塔的台阶上。他穿过无数由塑料碗铁皮盒改制的香炉，还有好多用肥皂改制的烛台，打开了有点锈蚀的门锁。推开门，他一眼看见佛龛前的一团亮光，崇光寺的菩萨端坐于莲花座上，正在黑暗与空寂中普度众生，菩萨的手指向他发射出五道花瓣似的金光。他走过去，小心地触碰了一下菩萨的金手，菩萨，你最近好吗？他不知道菩萨能否听见他的问候，他不知道菩萨是否介意他深更半夜跑来借宿，但既然人们都说菩萨普度众生，众生之中自然包括他柳生，菩萨能保佑别人，也应该会保佑他的。

他跪坐在蒲团上，瞪着菩萨。菩萨就是菩萨，菩萨看起来愿意收留他，菩萨金色的面孔一如既往的慈祥，并无愠色，他感到心定了。香火堂里装了电灯，但他不敢开灯。他在黑暗中给菩萨磕了头，心想光磕头不成敬意，还应该给菩萨上一炷香。郑老板当初置办了很多香火，都藏在一只纸箱里，他找到了那只纸箱，为自己上了第一炷香。香烟在佛龛上笔直地上升，带着某种冲刺的热情，空气里开始溢满檀香和艾草的香味。水塔的往事不堪回首，他努力克制着自己的回忆，突然记起白小姐那天的嘱咐，又到佛龛前郑重地献上了一炷香，他对菩萨说，这炷香是白小姐的，请菩萨收下她的一点心意吧。

外面风声萧萧。他无法入睡。菩萨允许他在水塔里睡觉，有个神秘的幽灵不允许。每当他迷迷糊糊的时候，水塔里便适时地回荡起一种奇怪的声音，那声音来自被堵隔的铁梯，似乎有人在铁梯上轻轻地走动，慢慢上升，上升到水塔顶部的泵房，那声音变得清脆，当，当，被封堵的泵房里传来了隐隐的敲钟声。他害怕起来，睡意全消，仰起头大喊一声，谁？他忽然想起了保润，想起保润十八岁的面孔。他打开手电筒，走到佛龛的旁边，屏息倾听佛龛后面的动静，他拉住崇光寺菩萨的金手，以此壮胆，高声对着上面喊，保润，是你吗？保润，是你在上面吗？

幽灵保持沉默，像一个真正的幽灵。他不敢睡了，干脆摞起几个蒲团，坐在佛龛下面抽烟，准备坐等天亮。灯还是要打开，他看着那两炷香火。他的香火，还有她的香火。两股乳白色的香烟在灯光下显得平等，显得匹配。她的，他的。他坐在蒲团上，困倦地回忆自己的人生之路，这不是他所擅长的回忆，况且他的人生之路过于曲折，很快，又呵欠连天了。半梦半醒之间，他听见头顶上传来泵房的声音，似乎是谁绝望的抗议，也似乎是谁委屈的嘟囔声，不公平，不公平。他被唤醒了，什么不公平？他看一眼香火，觉得泵房的声音是一个命令，他忘了什么，这座水塔里至少应该有三炷香的，他的，她的，还有保润的。于是他起身，点燃了第三炷香。他对菩萨说，这炷香是保润的，菩萨，请你也保佑他吧。

回　家

　　后来柳生一直相信，崇光寺菩萨是偏心的，普度众生只是信徒们的愿望，该保佑谁，不该保佑谁，菩萨心里自有主张。后来柳生一直相信，那个夜晚他点燃的三炷香，浪费了两炷，菩萨偏心，只接纳了他为保润点的那一炷香。菩萨没有保佑他，也没有保佑她，菩萨仅仅保佑了保润。

　　那天早晨他去石码头开车，发现车下的垃圾比平日多，以为是野狗野猫干的，并没有在意。他打开驾驶座一侧的车门，听见有人在车厢里打呼噜，一回头，发现一个人的脑袋钻在菜筐里，身子像虾米一样蜷缩着，还在睡觉。他大喝一声，谁？干什么的？呼噜声戛然而止，一张男人的脸慢慢从菜筐里钻出来，苍白，浮肿，眼睛红肿，看起来疲惫不堪。车厢里瞬间充满了惊悚的气氛，他一眼就认出来了，是保润。保润穿着一件肥大的不合体量的西装，头上戴着一顶白色的皱巴巴的棒球帽，帽沿上有香港旅游四个金色的字样。保润憔悴的模样看起来像个中年人，唯有帽舌下的目光还残存着一丝稚气。你是柳生？他好奇地打量着柳生，从头到脚地打量，操，总算等到你了。你混得不错啊，真有汽车了？

　　柳生打了个冷颤。他下意识地想弃车而逃，一条腿已经跨出了车子，保润扑过来，抓住了他的衣襟，别跑，你跑什么？怕我啊？柳生的另一条腿留在了车内，努力保持着体面，我不是怕你，是怕鬼，以为车子里闹鬼呢，他强自镇定地说，回来怎么不打个招呼？我好歹有个车，可以去接你。

　　保润在裤子上擦了擦手，之后突然伸出来，和柳生握了一次手。是一次过于隆重的握手，颇具仪式感，柳生感觉到对方的手很有劲道，他不想示弱，把浑身的力气都聚在手上，两个人默默地较量着手劲，目光对视着，保润说，吧，你紧张什么？你的手怎么在抖？柳生抽出了手，甩一下，说，是你的手抖，我的手从来不抖。保润笑了一声，好，我抖没关系，你不抖就好，不抖好开车，我搭你车到井亭医院，去看我爷爷。柳生舒了口气，问，你不先回一趟家吗？马师母有你家的钥匙，我带你去拿。保润摇着头说，钥匙不急拿，先看我爷爷，其他的事情，一件一件来。

　　柳生主动向保润介绍了祖父的近况，说老头子好好的，虽说脑子越来越不清楚，身体还很硬朗，一顿要吃两碗饭。又问保润，我每个月给他三百块钱，还给他买营养品，你在里面听说了吗？保润含糊地应了一声，哦，好。算是致谢。过了一会儿问，现在的三百块，就抵以前的三十块吧？柳生不知道他用意何在，谨慎地说，通货膨胀么，现在物价天天涨，什么都涨，连避孕套也涨价，不过你别担心，你家的房租也涨了，听说马师傅每个月给你存一千块，省着点用，也够了。保润说，我担心什么？有你这个大老板在，还能苦了我？是不是？柳生讪笑道，是，那当然。保润拍拍他肩膀，又问，大老板，一个月挣多少钱？出于自我保护的本能，柳生刻意保持了低调，我算什么大老板？天天跟猪肉蔬菜打交道，挣几个辛苦钱糊口，连商品房也买不起，春耕阿六他们都抱儿子了，我跟你一样，到现在还是光棍一条。保润在后面沉默着，突然说，我打光棍不是我的错，你打光棍是你自己的错。他回头看着保润，老兄，什么意思？保润怪笑了一声，那个仙女呢？她对你那么好，怎么不娶她做老婆？

　　一句话点亮记忆之火，一簇暗火在面包车上无声地燃烧，微妙的热量在他们之间来回流动，柳生觉得脸上有点发烫。他想谈论仙女，又思前顾后，最后叹了口气，说，算了，都是不愉快的事情，还是不谈她了吧。

　　反光镜映出了保润的脸，那张脸在早晨的光线里颠簸，有时候显得呆滞，有时候显得阴郁。保润的额头上有一片蹊跷的湿润的光芒，他挺直身体端坐在一只倒扣的菜筐上，手里拿着两根胡萝卜。他用一根胡萝卜敲击另一根胡萝卜。咚。咚。咚。敲断了一根，又从菜筐里拿出一根。柳生不知道保润为什么要敲胡萝卜。咚。咚。咚咚。是很多年以后的保润，不是当年的愣头青，是一个危险的陌生人了，他的身上散发着里面特有的气息。柳生很警惕，耳朵里似有风暴隐隐地呼啸。他时刻盯着反光镜，冷眼瞥见一卷白色的包装绳在车子里来回滚动，绳子的一头善解人意地挨紧了，另一端却调皮地拖曳在地上，挑逗那只擅长捆扎的手，保润捡起了那团包装绳，一点点地抖开，往自己的手腕上缠绑，然后他听见了保润沙哑而突兀的声音，她为什么那么恨我？你知道吗？

　　一个致命的话题，终究绕不过去，该问的迟早要问，该答的却不好回答。柳生脑子里斟词酌句，嘴里蹦出来的是轻飘飘的套话，算了吧，过去的事情就让它过去吧，大家向前看。又诚恳地说，她现在也可怜，惹了一身麻烦，不知跑哪儿去了，听说去了日本。

　　后面安静了。保润冷笑了一声，抓起一根胡萝卜咬了一口。柳生听着保润咀嚼胡萝卜的声音，不敢轻易说话，心里有点打鼓，怀疑下面该轮到他了。关于栽赃，关于出卖，关于嫁祸于人，他迟早要对此作出合理的辩解，如何让罪恶听起来合理，他也没有什么良计妙策。柳生朝着车窗外的街道张望，希望遇见个拦顺风车的，车上多一个人，会多出一份安全。说来也怪，平时他的面包车从香椿树街经过，总是有熟人拦车，要去这里要去那里，但是那天早晨街上熟人的面孔不多，更没有任何人需要搭他的车。面包车驶过保润家的门口，他故意放慢了速度。马师母一家肯定不知道保润回来的消息，小马的红色摩托还堵着他家的门，门上贴满的各种小广告，没有人顾得上清理，这使那扇小门看上去更像一个广告栏。到你家了。他回头问保润，要不要停一下，放一放行李？

　　不停。保润说，我没有行李，你只管开车，开过去。

　　他们路过了春耕家。一个皮肤黝黑的女人穿着棉毛裤，在门前搭晾衣架，嘴里嘀嘀咕咕，不知在埋怨天气还是骂人，后面跟着一个小女孩，怀里抱着一床棉被，棉被高过了她的头顶。柳生动起了脑筋，对着小女孩高喊一声，小铃铛，让你爸爸出来一下，看看是谁回来了？小女孩不理柳生，女人朝面包车翻了个白眼，气咻咻地说，谁回来也不关我们的事，春耕出不来，还在床上挺尸呢，昨天又是一夜麻将。柳生有点失望，向保润介绍道，那是春耕的老婆，很凶的，母夜叉！他女儿也是个怪小孩，不爱学习，就爱做家务。春耕以前跟你玩得不错吧，要不要下去跟他打个招呼？

我跟春耕不熟。我在街上没什么朋友。保润顿了顿，突然一笑，要说以前，我就跟你玩得不错，对不对？

他听出弦外之音，心里一紧，岔开了话题，你从**里面**出来，先要去街道登记吧？正好顺路，我带你到街道办事处去登记。

登记不着急。这个街道少我一个人多我一个人，谁也不知道，谁也不在乎。保润说，我知道你的小算盘，别想那么多，今天是我出来头一天，是个喜庆日子，大家太平无事。

一路上果然太平无事。面包车经过工人文化宫门口的广场，刚有车祸发生，交通一时堵塞，车子无奈地停在一幅巨型化妆品广告旁边。柳生从反光镜里注意到，那个广告女郎吸引了保润的目光。广告女郎就是广告女郎，挑逗的嘴唇是猩红色的，湿润蓬乱的头发是金黄色的，裸露的肩胛骨是尖锐而性感的。一个西洋姑娘盲目而放肆的性感释放，在保润的眼睛里找到了聚焦点。柳生心里暗自好笑，回头向保润挤了挤眼睛，怎么样？憋了这么多年了，今天有什么想法？有想法尽管说，我带路，我请客。保润的目光很快从广告上闪开，什么想法？下面早就憋馋了，上面能有什么想法？他在菜筐上欠了欠身子，歪着脑袋思考着什么，过了一会儿，用手指着工人文化宫的大门问，文化宫里那个旱冰场，还在吗？

你想滑旱冰？柳生惊讶地说，你不想打炮，想滑旱冰？

不。我什么都不想。随便问问。

那旱冰场早没了，你看见麦当劳了吗？还有那边的肯德基？柳生说，原来的旱冰场，一半给了麦当劳，一半给了肯德基。

全家福

祖父不认识保润了。

祖父问柳生，保润是谁？

柳生说，保润就是保润，保润你都不认识了？是你孙子啊。儿子的儿子是孙子，你就他这么一个孙子，记起来了吗？

祖父说，我是孤寡老人，孤寡老人哪儿来的儿孙？

你不是孤寡老人，你有儿孙的。柳生说，你记得德康吗？他爸爸是德康，德康是你儿子，保润是德康的儿子，好好想一想，想一想就记起来了。

祖父念叨着德康与保润的名字，过了一会儿，他坚决地摇头，什么德康，什么保润？我一点也想不起来。祖父的脸上露出了痛苦而烦躁的表情，用两只手按摩着脑门，你别让我想事情，一想事情我脑袋就痛，我的脑袋又要爆炸了。

我也拿他没办法。柳生无奈地转向保润，摊开手说，你爷爷身体是不错，脑子越来越糊涂了，去年他还念叨过你，今年谁都不记得了，现在，他就认我一个人啦。

202

保润站在祖父的床边，他的目光在柳生与祖父之间来回穿梭，有点焦灼，有点失望，渐渐地，他的唇边流露出一丝讥讽的微笑，好像祖父与柳生正在合演一出蹩脚的双簧，他不得不捧场，嘴里发出一些奇怪的喝彩，好，很好。好得很。有一个瞬间，保润似乎要放弃这个糊涂的亲人，他朝病房外面走，走了几步又返回来了。柳生没有料到，保润会突然扑向祖父，他用两只手夹住祖父的脑袋，发疯般地摇晃起来，给我想，我是谁？想，给我好好想，德康是谁？保润是谁？谁是你的孙子？

你脑袋疼？疼死也要想，给我想！

祖父发出了一声声惨叫，柳生好不容易把保润拽开，发现祖父的裤子上热乎乎的，床铺上也湿了一片，祖父尿裤子了。柳生对保润说，你看你看，你把你爷爷吓得尿裤子了。他不是故意忘记你的，这叫失忆，你懂不懂？你怎么能这么对待他？

这老东西，气死我了。保润走到窗边，用手蒙着脸说，什么失忆？我怎么不失忆？操他妈的，气死我了。

柳生从柜子里翻出一套病号服，替祖父更换裤子。这样的事情，保润不在他会做，保润在旁边，他做得就更积极了。祖父赤身裸体，瑟瑟地坐在床沿上，听凭他的指挥。祖父雪白的头颅一年一年地萎缩，已经状如婴儿了。祖父的身体处于风烛残年，一切器官都在下垂，眼睑下垂，眉毛下垂，胸脯下垂，睾丸下垂。风烛残年的祖父有点臭了。他的头发是臭的，他的臀部是臭的，他的呼吸不仅发臭，还夹带了一种烂咸鱼的腥气。以前柳生伺候祖父总是吸着鼻子，这次他没有，他替祖父穿好裤子，带着一种解放的喜悦，好了，这次我替你换裤子，下次就是你亲孙子替你换了。你熬出头了，我也熬出头了，大家都熬出头了。

他瞥了眼保润，保润站在窗边，表情木然，没有感激之色，也没有妒忌之意。他招呼保润，你过来替他穿袜子，正常人的感情也要慢慢培养，何况你爷爷。从穿袜子开始，慢慢来，万事开头难啊。保润挪了两步，又站住了，他看着桌上一只搪瓷杯子。杯子里浸泡着祖父的假牙，一只苍蝇从窗外飞来，钻进搪瓷杯子里寻觅着什么，保润拿起杯子晃了晃，假牙叮当一响，苍蝇飞走了。保润说，你替他穿，我无所谓，算我也失忆吧。什么他妈的感情，我还稀罕感情吗？早不稀罕了。

柳生不知说什么好，自己动手替祖父穿着袜子，冷眼看见保润在翻床头柜的抽屉，似乎要找什么东西，他问保润，你要找什么？保润说，照片，小时候拍的全家福，看看我们一家人以前是什么模样。抽屉的垫纸下面果然有那么一张照片，保润捏着照片，放到窗前的光线下看，突然笑了一声，他妈的，没了，我没了。柳生说，不是全家福吗，你怎么会没了？保润说，我的脸没了，我妈妈的身子没了，我爸爸全没了，就他好好的，他都在！

柳生纳闷地凑上去，发现那张全家福照片被水渍浸泡过，影像的侵蚀效果很离奇，产生了神秘的取舍。保润胸前的红领巾还在，但颈部以上都腐蚀了，保润的母亲只剩下半边身体，依稀可见她穿着白色衬衫和黑色裙子，保润的父亲几乎完全消失，唯一残存的是一只皮鞋。全家福照片里只有祖父幸存，祖父在时间与水滴的销蚀中完好无损，祖父的苍老常在，祖父的猥琐常在，祖父的怯懦常在。祖父穿深色的中山装，脚上是一双解放鞋，头发梳得整齐光亮。祖父当时尚属健康，拘谨的眼神透露出一道狭窄的灵魂之光，他用躲躲闪闪的目光注视着摄影师的镜头，似乎向未来表达着某种深奥的歉意。对不起，你们都将消逝，只有我长寿无疆。

旧货交易

不仅是祖父，很多香椿树街居民都忘了保润的名字。

有人注定被历史遗忘，保润是个典型。不知该归咎于他们家族在街上冷淡的人缘，还是要归咎于保润自己不清不楚的声誉，香椿树街对他的回归并没什么热情。保润回家了，保润是回家了，但这消息就像雨天屋檐上的一滴水，仅仅是滴答一声，落下来之后便什么也听不见了。

只有柳生客气，执意要为保润接风。他带着春耕和阿六来征求保润的意见，喜欢什么样的热闹？是拉一帮朋友摆个酒席，还是去桑拿房洗桑拿，或者到歌厅包厢去唱卡拉OK？保润不肯选择。不要，都不要，你借我一个拉杆箱就行了。他说，我明天去省城看我妈，说不定不回来了，我姨夫当了大官，处级干部，听说很有权，他要是给我安排个好工作，我以后就在省城混了。

保润坐火车去省城探亲，去了几天，一个人回来了。

听说他姨妈一家对他很冷淡。他在亲友圈里一样名声不佳，姨妈带着一丝戒备之心接待这个外甥，姨夫干脆不屑于跟他说一句话。保润在姨妈家吃第一顿晚饭，吃到一半，姨妈姨夫和表妹先后借故离去，饭桌上只剩下他一个人，他脾气上来了，把半碗饭往桌上一扣，从姨妈家扬长而去。与姨妈一家闹翻后，他放低了此行的目标，一心要把母亲接回家。可是，母亲也不是他想象中的母亲了。粟宝珍在省城找了老伴，老伴待她很好，那边的子女慢慢也接受了她。她的暮年生活曾经留下悬念，这个悬念在儿子出狱之后无情地揭晓了，在老伴与儿子之间，在异乡与故地之间，粟宝珍放弃了儿子，放弃了香椿树街。母亲的决定出乎儿子的预料，保润问母亲，你不回去，我一个人怎么过？粟宝珍反问他，都快三十的人了，你还要靠我吗？让我回家去伺候你？他找不到正当的理由劝导母亲，既不肯表态从此要做一名孝子，也羞于倾诉一个儿子对母亲的思念，他说服母亲的方式更接近某种诅咒，到底谁伺候谁，现在谁知道？他说，你以后要是老年痴呆呢？你要是瘫痪了呢？要是得癌症了呢？你要不要我伺候？粟宝珍气得朝地上连吐三口唾沫，她说，我要是有个三长两短，有老张管我，你只要伺候好你爷爷，管好你自己，我就谢天谢地了。他还不死心，又对母亲说，我看你已经得上老年痴呆症了，忘了我是你儿子？儿子还不如一个糟老头？我看那糟老头子蹦跶不了几天的，老头哪天死了，你怎么办，还要不要回家？粟宝珍被逼急了，打了保润一个耳光，你咒我可以，人家老张没得罪你，不准咒他！实话告诉你保润，香椿树街那个家，我早放下了，从今往后都归你了，我的房间你尽管拆，我的东西你尽管扔，我靠不上老张也不靠你，我情愿死在老人院，也不回香椿树街了。

这一次，他看清了自己的未来，是一个剩余的未来，剩余的未来里，不会再有母亲了。探亲之旅戛然终止，他趁着天黑，无声无息钻回家，闭门不出。人们只看见阁楼上的灯光，看不见他的人影。柳生听说保润回来了，去敲门，怎么也敲不开。他有点多疑，问隔壁药店的马师母有没有听到过保润的动静，马师母说，他跟鬼魂没两样，早晨阁楼上有响声，下午就听不见动静了。柳生去撞门，撞了没几下，门开了，保润出现在门后，满嘴酒气，手里拖拽着一条长长的麻绳，你撞什么门？他对柳生说，你们家死人了吗？

柳生说，我们家没死人，我来看看你，看你是不是还活着。

还有几口气，死不了。保润砰地关上门。过了两秒钟，门又打开了，保润堵着门，手里拿着一股绳子，斜着眼睛看柳生。柳生说，你闷在家里玩绳子？这有什么意思，我带你出去散散心？保润沉默了一会儿，将手里的绳子一抖，绳子驯顺地盘缠在他肩上，像一条蛇。我不需要散心，我要温习功课。保润说，好久没玩绳子了，十八种绳结，我已经想起来十一种了，你要进来也可以，让我在你身上试试，试试法制结。柳生摆摆手说，谢谢你对我这么客气，我就不进来了，那个法制结，你还是在自己身上试吧。

几天后保润有了迎接新生活的迹象，开始在家里大扫除了。老房子尘封太久，厨房的碗橱里爬满了蟑螂，五斗橱被潮气腐蚀，门关不上，抽屉拉不出来，靠背椅子断了榫头，洗澡的大木盆漏水，都被他一个个抬出来，放在门口出售。起初标价很高，自然无人问津，后来每隔一天降一次价，街坊邻居还是不捧场，最后实在太便宜了，一个收破烂的货郎路过，用五十块钱把所有旧家具搬上了他的板车。隔壁的马师母走出店堂，正好赶上了最后那笔交易，她听见保润问那个货郎，还有一张大床，便宜给你要不要？货郎检查了一下板车的空间说，便宜就要，床是实木的吗？保润说，是我爹妈的老床，当然是实木，五十块给你，你要我就拆，立等可取！

马师母本要上去阻止，被儿子媳妇拉回了药店，按在店堂里看电视连续剧。隔着大门玻璃，能听见隔壁保润的锤子声。咣。咣。咣。保润在敲。保润在拆卸父母的大床。咣。咣。咣当一下，沉重的床架訇然倒下时，马师母打了个寒颤，捂着胸口说，造孽啊。他们一家人目送着货郎的板车满载而去，这一笔旧货交易，令人目瞪口呆。以和睦幸福的马家人的眼光来看，隔壁人家不啻发生了一起杀父弑母的凶案，连空气都血淋淋的。马师母咬牙切齿地评价道，粟宝珍真是命苦，养了这个孽子，还不如养一条狗护家呢。儿媳妇的感受非常简单，她说，那个保润是蛮恐怖的。只有小马的态度稍微开放一点，他开导母亲和妻子说，你们也别那么骂人家保润，不过是些老东西，迟早都要卖的，旧的不去，新的不来么。

过了没多久，保润来了。保润抱着一只陶瓮推开了药店的门，店堂里涌入一股肃杀的寒气。马家人一齐惊慌地站了起来，就像迎接一个凶手来访。马师母问他陶瓮里装的什么，保润说，我爸爸的骨灰，放在我妈妈床底下的。马师母尖叫起来，你把骨灰盒搬我店里干什么？还要卖？我不买你爸爸的骨灰！保润说，你们店里有没有磅秤？我想借用一下，称一称，我爸爸还有多重。马师母差点被他气哭了，说，没有磅秤，有磅秤也不给你称骨灰！保润低头注视着陶瓮，掂了一下，太轻了，我就是不相信，我爸那么大一条汉子，死了怎么就剩下这一点点？不到一公斤吧？

马师母忌讳那只骨灰瓮，毫不客气地驱逐保润，一边推他出门，一边训斥他，没见过你这样的不孝子啊，你这样慢待你爸爸的骨灰，他的魂灵升不了天的，难道你妈妈没告诉过你，你爸爸的墓地在哪里？赶紧去，赶紧去安葬了。保润被马师母推着走，勉强地回过头说，我妈妈说是光明公墓，你们知道光明公墓在哪里吗？马师母挥挥手说，别问我，我们家不跟墓地打交道，去找柳生吧，柳生经常开车带人去扫墓的。

207

扫　墓

柳生开着面包车，陪保润去了光明公墓。

不是扫墓季节，墓园里很冷清。他们转了几圈，没发现保润父亲的墓地。去管理处打听，人家告诉他们墓地也是分三六九等的，有豪华型普通型经济型，造价不一，保润父亲的墓地是经济型的，不能在正南方向的阳坡上找，要去坡后面找。他们找到了坡后，看见一个小小的墓碑上刻着杨德康的名字，其实，早已经对号入座了，一张黑白照片被提前镶嵌在石碑上，死者的目光穿越时空，带着生前的苦楚，带着某种恨铁不成钢的遗憾，打量着久违的儿子。石屉打开着，里面积满了雨水，等待着一瓮灰的降临。旁边是死者当年为祖父预先购置的墓地，地盘更小一些，两棵马尾松栽得早，长得茂盛浓密，已经蹿到半空去了。

保润比较着两块墓碑，发现父亲的名字是黑色的，祖父的名字是红色油漆描的，他从未到过墓地，不懂其中的奥秘，问柳生，为什么一个是红的，一个是黑的？柳生耐心地告诉他，黑字代表人死了，已经进来了，红字代表人还健在，还没进来呢。保润摸了摸祖父的那块碑，突然咧嘴一笑，好，你看看我们家多好，该来的不肯来，不该来的倒进来了。柳生知道他在说祖父，问，你爷爷万寿无疆，你烦不烦他？保润想了想，摇头说，不烦，好歹是个亲人，就剩他一个了。

有个老头带着塑料桶过来，指挥他们埋置骨灰盒。他们按照老头的吩咐，把骨灰盒放进石屉里，用桶里的泥灰糊好了所有缝隙。老头用瓦刀修了修边，说，好了，泥灰十五块钱，人工五块钱，一共二十块钱。

只要付二十块钱。无需动土，也无需填埋，如此轻易完成一个儿子的大业，出乎保润的预料。他茫然地问柳生，这就好了？柳生说，是好了，你以为要掘土挖墓呢？知道现在是什么社会？现在是服务型社会了，什么都讲求简单快捷。

真的简单快捷。

保润的父亲被严严实实地糊起来了。

真的很简单，真的很快捷。寥寥几分钟，保润的父亲安居于一只小小的石屉内了。

柳生对墓前的仪式较为熟悉，他让保润跪在地上，对石碑磕三个响头。保润磕完了三个响头，忽然将耳朵贴在石屉上，倾听着什么。柳生说，你在听什么？里面有蟋蟀吗？保润说，不是蟋蟀，你来听这声音，我爸的骨灰在里面跳呢。柳生凑上去听，果然听见一些粉末在石屉里的喧嚣，像是米粒在热锅里不停地翻炒。柳生说，不是跳，是你爸阴魂不散，死得不甘心，大概要关照你什么话吧？柳生轻轻拍了几下石屉，没用，里面的骨灰仍然在骚动，他看看自己的手说，我拍没用，他要嘱咐儿子，你来试一试，你说你听见了。保润犹豫了一会儿，终究还是伸出了手，开始拍打石屉，保润边拍边说，爹，你别吵了，我听见了，都听见了。

保润自己也没想到，他在安抚死者方面有如此的天赋，石屉果然静下来了。保润惊讶地说，真的好了，他不吵了。柳生过去亲耳验证，听见那个父亲的亡魂已经归于安静。柳生得意地说，你爸爸人好，很容易搞定，你看，他这不是安息了吗？

后来起风了，他们顶着风朝墓地外面走，穿越了很多陌生人的墓碑。有纸钱和锡箔的碎屑被风卷起，在两个人的头顶上飘飘荡荡，像一群金色的飞蛾追逐着他们。他们在风中点起了香烟。柳生抽了一口烟，问保润，你爸爸嘱咐你什么，你都听进去了吗？

保润说，我不知道他嘱咐我什么了，你听见了吗？

柳生拍一下自己的脑门，我来猜猜，他肯定是嘱咐你，过去的事情就让它过去吧，你要向前看。

保润踩灭了烟头，慢吞吞地说，这都是报纸电视瞎诌的话，过去的事情就让它过去？那，怎么可能呢？

中部

柳生的秋天

下　部
白小姐的夏天

六　月

六月的一天，她回来了。

她与我们这个城市之间，似有一个不公的约定，约定由命运书写，我们这个城市并不属于她，而她天生属于这个城市。她又回来了。一条鱼游来游去，最终逃不脱一张撒开的渔网。

春天与庞先生的欧洲九日游已经烟消云散，什么巴黎，什么罗马，什么埃菲尔铁塔，什么梵蒂冈，她所向往的欧洲，最后变成一些破碎的风景，漂浮在记忆里，脑袋晃一晃，欧洲就消失了。留下来的，是庞先生的一些精子，它们像一堆毒草籽落在肥沃的泥土里，在她体内生根发芽。是一次意外。她依稀记得卢瓦河边那座城堡里的绛紫色客房。因为窗外的河畔美景，因为床边的玫瑰，因为露台上的一瓶香槟，因为一个从未有过的浪漫之夜，她被庞先生打动了，以往应景式的感情忽然有了诚意。那一夜她没有敷衍庞先生，任凭庞先生脱下了她的内裤。玫瑰与香槟酒都是有害的，她勉强的性欲被庞先生悉心发掘，一点点地放大，高涨，最后趋于疯狂。避孕措施是怎么失败的，她一点印象也没有了，她只是觉得自己傻，为了报答一个夜晚的恩情，也许要付出一生的代价。

妊娠反应很强烈，她的演艺生涯被迫中断。酒吧旋转的迷彩灯光让她恶心，麦克风隐喻式的形状让她恶心，劲歌劲舞的节奏和动作也动辄让她恶心。有一天她在酒吧的小舞台上唱着歌，唱到高潮处，忽然就对着架子鼓呕吐起来，秽物喷到鼓手身上，鼓手抱头逃下台，客人们哄堂大笑。女老板看出她是怀孕了，手在她腹部摸索了一圈，把她拉下台说，你该回家了，唱歌归唱歌，赚钱归赚钱，我们不能迫害下一代啊。

第一次遇到这样的麻烦，她并不慌乱，只是感到懊丧，与男人们周旋这么多年，自以为得计，最终还是要用女人的身体买单。不仅是身体的疆域失守了，她生活中某些坚定的信条，也一下子破产了。为什么？她并不爱那个男人，怎么会怀上了他的骨血呢？她发现自己的弱点像雨后春笋，任何一场雨下在任何一个角落，笋尖便会猝不及防地钻出地面，若要长成一棵竹子也好，可惜，弱点的春笋，最终都是被人割去食用的。

她很懊丧。要么是富翁，要么是帅哥，要么服他，要么爱他，这是她选择男友的标准，为某个男人怀孕，则需要这些标准的总和。庞先生在标准之外。在她的眼里，庞先生只是一个普通的台商，矮、微胖，模样不丑但也没有吸引力，有钱，但不算富翁，至于爱，一时无从谈起。她在歌厅酒吧夜总会干了多年，认了不少哥哥，也认了好几个干爹，哥哥们和干爹们替她摆平了不少麻烦。庞先生不一样，他是处于哥哥与干爹之间的那一类客人，她与他的关系，比哥哥要黏糊一些，又比干爹要简洁一点。她始终叫他庞先生，这个捧场者的心，半开半合，有的部分是透明友善的，有的部分浸泡在荷尔蒙里，还有的部分，是一片模糊的阴影，难以看清。她分析过庞先生对她的好，与其说庞先生迷恋她，不如说是庞先生害怕寂寞，她是他治疗思乡的一帖膏药。她答谢庞先生的方法曾经很简单，脸颊上送一个香吻，喂他一杯酒，这些免费，如果陪他去见客户，所有的交杯酒，所有的眉来眼去打情骂俏，都计入劳动报酬，庞先生会赠送她最心仪的礼物，一只名贵的手袋，一款最时尚的手机。如此而已。他们之间的关系比露水还虚无。她很懊丧。原以为庞先生的欧洲游邀请是他发放的最后一次红利，旅游兼顾答谢，逃避兼顾散心，原以为巴黎之行是一场轻松的闭幕式，没想到是一场严峻的开幕式。她离开酒吧的时候，听老板娘正在向旅行社咨询去欧洲的旅游路线，巴黎罗马维也纳这些地名触痛了她的心境，她对老板娘没头没脑地说，欧洲再好，你也不能塞旅行箱里带回来，有什么用？浪费钱！老板娘说，你不是才去过吗？你都去欧洲了，我怎么去不得？她自知这样的阻挠太唐突了，气呼呼地补充道，我是为你好，你钱多得花不了就去，记住千万别去卢瓦河，那地方有灾气，去了要倒大霉的。

　　她的室友深蓝小姐也是酒吧歌手，比她还小一岁，已经有过两次流产的经验，有幸获得一家妇产医院的 VIP 金卡。深蓝小姐热心地陪她去了那家医院。医院在一个新兴的工业区内，外观看起来像一个休闲会所，有个别致的人性化的名称：雅典娜女性关爱中心。

　　手术室外等着好几个与她年龄相仿的女孩子，容貌身材各异，焦躁怨恨的表情则显得雷同，这支独特的人马汇聚在一起，每个人的腹腔与子宫里，都秘密地隐藏着一份简短的人生小结，专供医生浏览。错误的性。性的错误。这个时代，很多错误都是用手术来解决的。有一张双人沙发椅空着，她和深蓝小姐走过去，发现沙发上盖了一层塑料膜，掀开一看，塑料膜下布满了星星点点的血痕，有的地方像一块暗红色的袖珍地图，有的局部像涓涓溪流。两个人都捂着心口惊叫，旁边一个戴眼镜的女人为她们介绍了血的来历，介绍得细致而冷静，她说刚才有个拿香奈儿包的女孩子坐在这里，半天没抬头，我以为她在发短信的，看她慢慢躺下来，我还想呢，发短信怎么还躺下来发呢？谁想得到，她手上还有一把刮胡子刀片，跑这儿割腕来了！

　　她们逃离了那张双人沙发，转移到走廊上。她随口点评了那个女孩古怪的行径，都香奈儿了，都坐到手术室门外了，还割腕？想不开！深蓝小姐回头看着那张沙发，说，不一定是想不开，说不定人家是想开了呢。

　　雅典娜关爱中心业务繁忙，VIP 也要等。她坐在长椅上听女友谈她在深圳的购房计划，起初听得认真，渐渐脑子开了小差，走廊上几个年轻男人等候的身影，让她想起了庞先生。她掏出手机翻找她和庞先生在卢瓦河城堡外面的合影。先看自己，她显得那么开心，鬓上斜插了一朵红玫瑰，像一个女巫，时过境迁之后，她纳闷自己当时为什么会那样地开心。再看庞先生，他围着一条红围巾，搂着她的腰，眼睛里有幸福而内敛的光芒。照片的取景角度掩盖了庞先生的身材缺陷，他显得比任何时候都要年轻、高大。怀孕是微妙的，不仅改变了她，也改变了他。庞先生是受益者。这个瞬间，庞先生在她眼里获得了新生，他不再是那个寂寞而多情的商人了，他以一个男人的方式驻扎在她的身体深处，虽然是毫厘之地，却覆盖了她的一部分未来，她与庞先生，因此陡然亲近起来。她叹了口气，心里承认一个最大的意外悄悄发生了：世上有个男人，她不在乎他，她不爱他，但她开始思念他了。

她第一次向女友亮出手机屏幕，公开了庞先生的真实面目，这个台商，你觉得他怎么样？深蓝小姐仔细地看着手机上的照片，捂嘴一笑，就是个台商大叔，不怎么样啊，比那个驯马的，差了十万八千里。她知道深蓝小姐说的是瞿鹰，心里不悦，收起手机说，帅哥不能当饭吃，我其实早想开了，帅有什么用？又不能换美元。

她放弃预约的决定来得很突然。有个学生模样的女孩子站在她身边，满脸倦容，靠着墙打着瞌睡，她站起来对女孩说，你来坐吧，坐着睡，我们要走了。深蓝小姐很惊讶，不做手术了？你要去哪里？她说，买机票，回老家，去找庞先生。深蓝小姐说，你不是发过誓，永远不回老家吗？她摆摆手，苦笑道，我发的誓你千万别较真，发了那么多誓，当歌星灌唱片，做生意发大财，找个白马王子嫁出去，哪个誓言实现了？我发的誓，现在连我自己都不相信了。

她们走到医院的门外，看见工业区的大街上车水马龙，初夏的阳光照耀着一个年轻的南方城市，这个城市她来来去去，终究没有成为她的家乡。她拍了拍路边一棵棕榈树的树干，说，我操，又要走了。深蓝小姐说，迟早都要走，就看你往哪儿走，去年你说要去日本，今年你说要去澳洲，没想到一番折腾，最后还是要回老家去。她说，其实也不是我老家，你们都有老家，我没有，到哪儿我都是一个人。深蓝小姐觉得她的决定太草率，你对他有把握吗？你们以后怎么样，认真谈过吗？她说，谈这种事，我认真不起来，走一步看一步吧，反正我走的都是黑路，摸黑走惯了，哪儿有点亮光就往哪儿走。深蓝小姐问，那个庞先生算亮光吗？她认真地思考了一下，说，我也不知道，他是不是亮光，这次可以测出来了。

庞先生

庞先生起初有点亮。

他开车去机场接她。在出口处，他们有过一个漫长的拥抱。拥抱的时间偏长，那并非出于缠绵的需要，是因为她傲慢的身体投向一个矮胖男人肉鼓鼓的怀抱，从体态到感情，都需要一次艰难的调整。她觉得出口处的人群都在观察他们的拥抱，似乎在观赏一只倦鸟飞上枯树的枝头。一点点屈辱，一点点恐惧，加上一点点暖意，使她的眼泪不可遏止地流了出来。她不想让庞先生发现她哭了，她在他的肩头上擦干了眼泪。不知道他是否意识到衬衣湿了，她听见他还是像往常那样奉承她，你今天看上去好漂亮啊！

汽车音响播放的是她自刻的 CD，都是她在夜总会翻唱的港台流行歌曲。她知道这是他刻意准备的，这份心思让她有点感动，作为回报，她把头枕在他肩上。她说，我们去你的别墅？庞先生说，还是去酒店好，别墅不方便，我太太这几天会来。她说，为什么你太太早不来晚不来，偏偏跟我撞到一起来了？他耸耸肩膀，我也不知道。又说，酒店条件很好，四星的价位，五星的标准。她的头慢慢地离开了庞先生的肩膀，你订了几天酒店？庞先生观察着她的表情，说，你想住多久就订多久，住一辈子也行，我买单。她说，只有做鸡婆的女人，才住一辈子酒店。庞先生分析着她的眼神，你要不喜欢住酒店，就去租房子，找个好

217

一点的公寓，别墅也行，反正我买单。她说，那不是租房子，那叫包二奶，你要包我吗？庞先生有点尴尬，目光来回瞄了她几眼，鼓起勇气说，你要是愿意，我可以包你啊。我们公司，明年要上市了。她的脸扭向车窗外面，嗤地一笑，上市？我怎么觉得我也上市了呢？庞先生说，做小姐的才可以叫上市，要流通么，你不流通，不叫上市。她盯着庞先生侧面的脸部轮廓，我不流通？专门陪你一个人睡觉的？她突然拍了拍他的脸颊，正色道，知不知道我要跟你谈什么事？庞先生关掉了音响，到底什么事？要大老远地飞回来谈？她说，你猜，猜猜看。庞先生开始沉默，过了一会儿他说，我最怕猜谜，还是到酒店再猜吧。

酒店在市中心，与夜巴黎俱乐部一街之隔。她离开夜巴黎的时候，酒店还没建好，重返故地，她竟然住进了这幢摩天大楼，恰好面对自己的一页履历。站在房间的窗口，可以看见街对面夜巴黎的霓虹灯已经提前闪亮，英文，法文，日文，中文，四种文字渲染着这家夜总会的国际化路线，五色灯管勾勒出一个年轻女郎的轮廓，侧脸，撅臀，短裙和高跟鞋，看不出是什么种族。霓虹灯是她的一页履历，她的过去，闪烁着艳丽而务实的光芒，那光芒指向虚无。她拉上了窗帘。庞先生从背后抱住了她，鼻孔里呼出了粗气。她说，我没有那个意思。庞先生说，你没有，我有那个意思，可不可以？他的手在她胸部停留了一会儿，越过无袖衬衫，越过裙裤的腰绳，慢慢向下，向下。她挣脱了他，厉声说，不可以，小心伤着你的孩子。庞先生的手触电似的收回来，你说什么？她说，我说小心，我怀孕了，是你的孩子。

房间里的气氛一下凝重起来。他倒退着，退到沙发边坐下来。他的表情看起来很僵硬，细小的眼睛里投射出一道戒备的目光，那目光落在她的下半身，然后慢慢上升，我的孩子？在法国？他说，就那一夜，怎么会？

你不高兴？她斜睨着他，用刻薄的语气说，我也不高兴，我想怀巴乔的孩子，李嘉诚的孩子，成龙周润发的也行，谁想怀你的孩子？没办法罢了。

不会。他说，不会的。我记得很清楚，我戴套了。

不会？什么叫不会？她的声音失去了控制，变得尖利起来，是我怀孕了，不是你，你说清楚一点，不会到底是什么意思？

不会就是不会怀孕的意思。他干笑了一声，我戴套了，那么好的套子，你不会怀孕的。

她的脸发灰了，眼睛里喷射出怒火，怒火从他的脸部蔓延到腹部。他揪了下西裤的裤裆处，架起了腿，一条腿不停地晃悠着。她看见了他的白袜子，他的小腿肚比袜子更白，上面长着稀稀拉拉的几根黑色的汗毛。她说，操，我不管什么套子不套子，我就问你一句话，不是你，难道是鬼让我怀孕了？

不是鬼。他沉吟了一下，忽然提醒她道，是鬼佬吧，你不是说鬼佬帅，你不是说鬼佬性感吗？

你记性真好，那你告诉我，是哪一个鬼佬？

不要搞错了，是你怀孕，不是我怀孕。他嘴角上的微笑消失了，适时地进行反击，是哪一个鬼佬，应该我问你，不是你问我啊。

你把我当婊子看？婊子也只有一个身体，欧洲九天我都卖给你了，白天黑夜都和你在一起，还卖给谁去？她尖声叫喊着，血往头顶上涌，抓起一只杯子便朝他砸过去，算我瞎了眼睛，早知道这样，不如选个鬼佬，谁的遗传基因都比你好！

他没来得及躲闪，额头上出现了一个小嘴巴，鲜血立刻从他额头上钻了出来。她被血吓住了，捂着眼睛惊叫一声，活该，你怎么不闪一下？庞先生仓皇地跑进了盥洗间。她跟过去，被关在了门外。过了一会儿，庞先生用毛巾捂住额头冲出盥洗间，嘴里说，好，好的。她说，我有创可贴，在箱子里！但她没有机会为他敷创可贴了，庞先生已经站在走廊里了，他回过头注视着她，满手是血，眼神充满憎厌，脸上是一种决绝的表情，白小姐，我今天算看透你了。他说，我告诉你你是什么人，你，就是婊子，一个堕落的婊子！

米黄色的地毯上留下了庞先生的血渍，起初是红色的，后来颜色渐渐变黑了。她跪下来，用纸巾擦拭地毯上的血痕，纸巾变红了，地毯上仍然是一串黑斑。她的头脑一片空白。行李箱沾到了庞先生的一摊血，血在尼龙面料上洇出一个图案，像一束小巧而精致的焰火，无声地绽放。她万念俱灰，跪在地上反思自己的过失，忽然想起那个在手术室外割腕的女孩，心里产生了效仿之念。她打开行李箱，找出一把水果刀，试探着手腕上的血管，她分不清什么是静脉，什么是动脉，刀剑胡乱对准一条暗蓝色的血管，终究下不了手。她怕血，怕疼，她根本不想死。但是，除了死，她不知道怎样更好地惩罚自己。后来她专心清洗行李箱，咬着牙，想哭，哭不出声音来。她心里的仇恨吞噬了哀怨，忽然记起来行李箱是庞先生在欧洲买给她的，便朝行李箱恶狠狠地踹了一脚，滚，你才是婊子。

第二天中午她还在昏睡，酒店前台打来了电话，问她是否需要续住房间。她迷迷糊糊地说，别问我，去问庞先生。对方说，庞先生已经结过账了，今天开始他不承担房费了。她清醒过来，拿着电话愣了好久，骂了一声脏话。对方说，这位小姐怎么骂人？她对着电话喊起来，谁有兴趣骂你？我骂姓庞的，你又不姓庞，关你屁事！

她不舍得自费住这么昂贵的酒店，想起粮食局一个人称马处的干爹，平素待她很殷勤，他那里什么都可以报销，以前她去商店买皮鞋买香水，都拿发票给马处报销过的。她给马处打电话，打手机是空号，打他办公室，是个女人接的电话，起初还算客气，问她是马处的什么人，她说是干女儿。女人发出一声冷笑，干女儿算什么人？他干女儿多呢，你是哪一个？她不情愿地说，唱歌的，白小姐！那女人追问，你在哪里唱歌？夜巴黎？棕榈泉？加州阳光？24K俱乐部？她觉察到马处的办公室气氛有点反常，正在揣测马处的现状，听电话那端响起一阵窸窸窣窣翻纸的声音，白小姐，你有没有拿我们局的宝马汽车？她一时反应不过来，你说话我怎么听不懂？我怎么能拿你们局里的汽车？那女人沉默着，继续翻纸，翻了一会儿向她道歉，对不起，查到了，不是白小姐，是黄小姐拿的宝马。最后那女人总算绕回正题，指点她说，你要找马处？去纪委找吧，马处双规了，现在只有纪委知道他在哪里。

她愣了一下，赶紧挂了电话。想想当初夜总会女孩们对马处的预言应验了，马处迟早要出事，用他要趁早。马处那边，果然靠不上了。那个黄小姐，是不是夜巴黎做大堂领班的那个东北女孩？平素爱谈理想，爱读琼瑶。真可谓真人不露相，她从马处那里得到了几双皮鞋几瓶香水，人家黄小姐竟然开走了马处的宝马汽车。

住宿是当务之急，她来不及为自己惋惜，也无心为自己庆幸，从手机上删除了马处的号码，另一个干爹杨主任的名字便跳了出来。杨主任是一个基金会的领导，也是夜巴黎的常客，他一来，她必定要陪他唱闽南语的《爱拼才会赢》。这个男人尖嘴猴腮，场面上出手阔绰，可惜人有点脏，占了他钱财的便宜，他必定要占你肉体的便宜。她找出杨主任的名片，依稀看见名片上长出了两只汗毛浓重的手，一只手袭向她的胸部，另一只手蠢蠢欲动，准备袭击她的臀部，所以，她拨打杨主任的电话，下意识地绷紧了身子，护着胸部。杨主任的电话倒是畅通的，但他只发出喂的一声，便没有了下文。她以为他挂断了电话，但她清晰地听见杨主任在向什么人评价自己，这个小姐很麻烦的，她找我没什么好事，不理她！杨主任一定是在娱乐场所，隔着遥远的空间，她又听见了熟悉的《爱拼才会赢》的伴奏音乐。她气极了，对着手机骂了一声，去拼吧，拼死你这个老色鬼！

她在房间里转了几圈，算算自己留在这个城市的社交网络，看上去人多势众，其实细若游丝，碰一碰就断了。她决定暂且放弃这个酒店，匆忙收拾了一下，拖着行李箱去退了房。接待小姐似乎知道她的身份，打量她的眼神，多少流露出了一丝不屑。她情绪恶劣的时候锱铢必较，拍拍台子说，看见你们就不爽，你们还狗眼看人低？你们为什么穿得跟一群乌鸦似的？这是酒店，又不是殡仪馆。看小姐们愣在那里，她还不够泄愤，撇撇嘴说，你们这酒店，我住不惯！硬件不行，软件更不行，

下部

白小姐的夏天

221

离五星还差六颗星呢。

这个城市如此熟悉，但她迷失了方向，拿不定主意该去哪里。通往庞先生的这条道路，原本就是偏僻的小径，走不通了，她有心理准备，庞先生的那一点点亮光，原本就微弱，是她自己不小心，亲手弄灭了，让她绝望的是另一个事实：她的世界如此狭窄，一个冲动，一次旅程，这个世界竟然已经到了尽头。

有出租车等在酒店门口，司机的脸探出窗外，眼睛瞥着她的腿，嘴里问，小姐去哪里？她说，等一会儿，没想好。司机又问，火车站还是机场？去火车站天天堵车，要走趁早。她火了，对司机厉声道，老娘哪儿都不去了，偏站这儿，这是你家的地方吗？我不能站吗？司机笑了一下，脑袋缩回了车内，车子发动起来，她听见了他报复的声音，那你就站街上吧，你们做小姐的，反正站惯了街。

她站在街上思考下一步的人生。下一步的人生其实很局促。回南方的念头只是一闪而过，她哪儿都不想去了。胎儿还在她子宫里，事情没有完结，她不认输。她赌气。她不宽恕。她要较量。为了一个模糊的未来，她不准备如此放过庞先生。

对面是夜巴黎，十一楼上有一个化妆间，曾经是她与其他人合用的。铁打的营盘流水的兵，她走了，夜巴黎的生意倒越来越红火了。有人在更换玻璃橱窗里的海报，新来了一支外国的乐队，一群男女和一片椰林，花里胡哨地站在橱窗里。她看不清那个女主唱的面孔，很想知道她长得是否漂亮，于是她横过了马路，先问那个更换海报的小伙子，小波你还认识我吗？小伙子打量着她，挠着头说，面熟。是玛丽还是露丝？她猜人家已经不认识他了，不强求，敲敲橱窗问，哪个国家的乐队？答：菲律宾的。她轻蔑地一笑，我猜也是菲律宾的。又朝海报扫了几眼，对浓妆艳抹的女主唱作出了一个恶毒的评价，女猿人似的，不在森林里好好待着，跑这儿来捞钱！

她沿着人行道往工人文化宫的方向走。想想还是要找老阮，工人文化宫的招待所让老阮承包了，住老阮的招待所虽然寒酸，至少不用花钱。打定主意之后，她为自己感到委屈，命运为什么总是对她不公？她的选择，为什么总是错的？生活亏欠她的，什么时候能够偿还？她像一条不安分的鱼，自以为游得很远了，最终发现一切是个幻觉，游来游去，还是逃不脱这个城市的渔网。

这个城市新兴的高楼大厦吞噬了她的影子，一张巨大的疏密有致的渔网随时准备着，放纵她，或者打捞她。她的身上，隐隐地散发着蹊跷的鱼腥味。不，她还不如一条鱼，鱼有大海，而她的大海，海水已经干涸了。

另一个人

有个年轻男人尾随她穿过了十字路口。她打量过他一眼，是这个城市街头常见的游荡者，手提塑料袋，表情略显严峻。他有一张黝黑的方脸膛，脖子上挂着一条金项链，横条的短袖衫配竖条的黑红相间的沙滩裤，再加上一双噼啪作响的塑料拖鞋，某种粗野的底层身份昭然若揭。她自知容貌出众，被街头的年轻男人尾随是很寻常的，只是这名尾随者的目光特别，她不太适应。那目光并无挑逗的色情成分，也不是久违的熟人之间的试探，而是一道凛冽的刀锋般的光芒，刺过来，带着些许凉意。她想尽早摆脱他。走过一家点心店，她闻见门口的大木桶里飘出一股鸡汤的香味，那家店的鸡汤馄饨她一直是喜欢的。她闪了进去，要了一碗馄饨，刚坐下来，发现那男人也进来了。他坐在对面的一张桌子上，一动不动，眯着眼睛看她。看她。他从塑料袋里掏出一条绿色的尼龙绳子，摆在桌上，眯着眼睛，看她。她突然想起保润这个久违的名字，心里一阵惊悸，赶紧起身，换了个位置背对着他。她背对着他，听

223

见了他的声音，仙女，我们去跳小拉？你现在还跳小拉吗？

她一下跳了起来，拉起行李箱冲出了点心店。

他无声地追了上来，尼龙绳子被草草地塞进沙滩裤口袋，露出一截绿色的绳头，像一条摇摆的蛇。你跑什么？你不跟我跳小拉，请我吃碗馄饨行不行？你不请我，我请你？

她回头说，你认错人了，我不认识你。

你不认识我，我认识你呀。他在后面说，我看也别跳小拉了，也别吃馄饨了，我们一起散散步，行不行？

你别跟着我，我心情不好。再跟着我，我就喊了！

喊什么？强奸！强奸！他模仿着女声，兀自笑起来，可以喊么，你再喊一次，我等着听，我心情很好。

我不是吓唬你，往前走十几步右拐，就是派出所，你要是再跟着我，我们就一起去派出所。

好，那就去派出所，你在前面领路，我跟着，我要是跑了，就不是人养的。

她拖着行李箱仓皇而行，人行道路面刚刚被挖过，到处坎坷，箱子底部掉了一个轮子，怎么也拖不动了，她拎起箱子跑了几米，突然崩溃，把行李箱踢倒在地，一屁股坐在行李箱上。你到底要怎么样？不是放出来了吗？不过是坐几年牢，又没死人又没伤残，有什么大不了的？她的样子，像是耍泼，又像是挑战，还有点像一名安慰者，**里面**待几年也没什么损失吧？外面世道不好，多难混啊。

我在**里面**比外面好？他不动声色，点了点头。有道理，我明白了。还有什么赐教？今天机会难得，都告诉我。

她的高跟鞋也跟她作对，鞋跟突然松脱了，她脱下高跟鞋，对着地面忿忿地敲紧鞋跟，笃，笃笃。我最近怎么这么倒霉？笃。笃。他妈的，倒了血霉！看，德国行李箱坏了，在法兰克福机场买的，两百欧元呢。鞋子也是好鞋，真正意大利名牌，就这么坏了。她看他无动于衷，自己无趣了，慢慢穿上高跟鞋，言归正传地说，过去的事情，就让它过去吧，你自己活该，谁让你绑我的？

他的脸上凝固着一种古怪的微笑，介乎于嘲讽与悲伤之间。他抖动着腿，交叉抖动，看得出来，这样的交谈，需要他付出极大的耐心，还有克制。他凝视着她的脸，突然说，绑是绑的错，强奸是强奸的罪，谁绑你谁强奸你，这么简单的事，你分不清？

不怪我，我那会儿丢了魂。她嗫嚅着站起来，试了试高跟鞋的鞋跟，忽然意识到软弱的害处，声音一下高亢起来，你不绑我，他怎么做那下流事？你们都不是好东西，你们都犯罪了！

保润说，有道理。我们都犯罪了，我就是不明白，为什么强奸你可以，绑你一下就不可以？你方便不方便说，当初到底拿了人家多少好处？

那算什么好处？那会儿是什么消费水平？小恩小惠罢了。她用诚实的目光看着他，犹豫了一会儿，忽然换了种交心的口吻，说，反正都是陈芝麻烂谷子的事了，我实话告诉你，你以前很丑的，比现在还丑，又丑又抠门，柳生以前多帅啊，花钱大方，舞又跳得好，帅哥么，女孩子心里都喜欢的。

保润点点头，鼻孔里发出吭哧一响，他说，有道理，这回说清楚了，你喜欢他，讨厌我，就把我当他的替罪羊了？

她几乎要脱口承认，注意到他阴郁的眼神，便谨慎地叹了口气，我知道你恨我，我承认你有点冤，你冤难道我不冤？你想报仇来找我，我想报仇，都不知道该找谁去了。

你承认我有点冤？那你告诉我，我该怎么报仇呢？

当面道歉？她探询地说，我是有点对不起你，我说对不起，对不起，行吗？

说一声对不起就打发我？这个态度，哄傻瓜也哄不了。

那你说清楚，你到底要怎样？她的脸上掠过一丝戒备的表情，目光里集合了愧疚、烦躁、委屈、刁蛮，以及非凡的勇气，一滴眼泪涌出她的眼眶，她抹抹眼睛，忽然喊叫起来，我跟你说一百个对不起行不行对不起对不起对不起对不起行了吧？

对面的街道有行人站住了，朝他们这里张望。保润抱着胳膊，冷淡地欣赏她歇斯底里的表演，等她安静了，他摇了摇头，你态度有问题。说对不起不值钱，喊对不起就更没用，喊一万声也没用。我在里面十年，十年时间，你要赔偿。

赔钱？你不早说？她麻利地打开了钱包，数着里面的钱，你别敲竹杠，我不是富婆，一千二，一千三行不行？我自己节省一点好了，我只有一千五，给你一千三，这样总行了吧？

赔偿不一定是钱，我不要你赔钱。保润按住了她的手，严肃地说，我损失什么你赔什么。先赔时间，十年时间，还有自由，你还要赔我十年自由。

她愕然，瞪大眼睛看着他的脸，时间怎么赔？自由怎么赔？你把话说清楚，你到底要赔什么？

我也没想好，我们要商量。保润说，我们找个地方坐下来好吗？要不，我们再去看一场电影？不着急，我们有的是时间，慢慢想慢慢商量，总能商量个结果出来的。

谁跟你去看电影？谁跟你商量？本小姐恕不奉陪！她涨红了脸，指着保润的鼻子说，以为我怕你吗？要杀要剐随便你，我等着！

她想跑，但跑不掉，行李箱被保润一脚踩住了。保润对着大街歪了歪嘴巴，你喊吧，那么多人听着呢，他们会来帮你的，你喊抢劫喊强奸喊杀人都行，我奉陪。

她看着街上来来往往的行人，终究喊不出口，眼泪珍珠般地挂在脸颊上。有个老头从他们身旁经过，以为他们是吵架的一对儿，好言相劝道，小两口有什么事，千万别冲动，回家好好商量。她抹着眼睛抢白老头，谁冲动了？谁跟他小两口？你才跟他小两口！老头转身就走，嘴里忿忿地说，小伙子跟老头子怎么成小两口？现在的年轻人，不识好歹啊，算我狗拿耗子多管闲事。

保润从口袋里拽出了那根尼龙绳，他用绳子的一端搭在手腕上，绕了几下，那手很快被一个绿色的五角星覆盖了，怎么样？他向她亮出手上的绳结，漂亮不漂亮？

依然是他炫耀和示威的方式。绳子。狗链子。她觉得头皮发麻，低下头看他的拖鞋，看他裸露的双脚。塑料拖鞋是廉价的，他的脚趾缝里有黑泥，脚趾甲是灰色的，开裂的，脚和鞋共同泄露了主人穷困潦倒的生活现状。不远处有人在铺设地下管线，一把铁铲靠在墙上。她心一横，奔过去抢过了铁铲，保润追过来，正好撞上枪口，她手持铁铲，像一名女战士拿着冲锋枪，以为我怕你？我什么人没见过？都什么年代了，你还用绳子来吓唬人？别让我笑死！她用铁铲去铲保润的拖鞋鞋底，边铲边说，社会上冤假错案那么多，又不是你一个人吃错官司，还有人冤死在里面呢！赔什么时间，赔什么自由？你这种人，在哪儿都是虚度光阴，在里面在外面，有什么区别？

铁铲铲到了保润的脚。趁着保润躲闪之际，她提起行李箱奔向大街上的一辆红色出租车。毕竟光天化日之下，保润有所忌惮，追了几步，放弃了。她听见他在后面喊，你跑，跑吧，跑一天算一年，我给你记着，你会后悔的！她和行李箱一起撞进了出租车。司机的脑袋探出车窗，好奇地打量着保润，后面那男的什么人？她对司机说，强奸犯！快，快点开，绕两个圈，开到工人文化宫去！出租车发动了，她从车窗里瞥见保润站在人行道上，弯腰察看他脚上的伤势。司机回头看着她，眼神诡谲，那个强奸犯怎么回事？强奸谁了？她觉得有必要作出更正，对司机说，我刚才开玩笑的，他不算强奸犯，他是井亭医院逃出来的疯子！

顺风旅馆

山穷水尽的时候，她投靠了老阮。

老阮的这家顺风旅馆，前身是工人文化宫招待所，更早以前，是著名的工人电影院。她认得出来，旅馆的两樘玻璃门，就是当年工人电影院的大门。她还隐约记得两个年轻漂亮的女检票员，她们穿着浅绿色的制服套裙，梳着长辫，其中一个是独辫，另一个总是将长辫盘在头上。她还记得小时候的梦想，长大了到工人电影院做检票员，天天穿漂亮的制服，还可以免费看到所有的电影。从前许多辉煌的事物，如今都莫名其妙地迅速衰败，工人电影院亦如此，只有一个小小的放映厅被勉强保留下来，缩在旅馆侧面的角落里，天天放映僵尸鬼怪片或者谍战片枪战片。

顺风旅馆的房价便宜，更因为是黄金地段，老阮吸纳了很多长租客户。一楼有一个专治白癜风的私人诊所，门口贴满剪报、奖状和感谢信，布帘子后面依稀可见一个穿白大褂的中年男人，他操四川口音，总是高声大嗓地劝解病人，急啥子么？白癜风又不是伤风感冒，几帖药怎么好得了？慢慢来啰。诊所隔壁是一家温州皮鞋厂的办事处，里面坐着几个叽叽喳喳的姑娘，她们从不讨论皮鞋的业务，总是在争论巩俐和刘晓庆到底谁更漂亮，周润发与张国荣到底谁更英俊。二楼的两个房间打通了，有人在此创立了一个模特儿培训基地。一个高挑的瘦骨嶙峋的女人在教一个少女走猫步，另一个女人更瘦更高，躺在长沙发上午睡，因为头上戴着一个金色的头套，睡姿看起来像一具古老的木乃伊。还有几间客房没有人，门上挂着某某商贸公司某某信息咨询公司的牌匾，里面的桌椅上都积了灰，租户不知去了哪里，只有灰尘与空气默默地做着交易。

她来投奔老阮，老阮是高兴的。老阮给了她一个免费的房间，当天夜里还安排了一场麻将，说麻将桌上有生意谈，要她唱歌助兴，顺便介绍几个大哥给她。她如约进了三楼的棋牌室，里面烟雾腾腾，三个男人都是陌生人，一个阴沉，一个猥琐，另一个看起来比较阳光的，是个大胖子。她早就没有胃口结交这种大哥了，赶任务似的拿起了麦克风，为了配合气氛，特意唱了一首粤语的《恭喜发财》。那个大胖子一边听歌一边笑，问她，你是恭喜老阮一个人发财吧？她逢场作戏地说，都是大哥么，恭喜大家都发财。此后她勉强陪着老阮，说替他收钱，可惜老阮手气不好，她坐了半天，没收到什么钱，好不容易看到一副清一色的筒子大牌，老阮竟然把筒子一只一只地开掉了，她提醒老阮，反被他在腰上掐了一把，她懂了，知道他打的是贿赂牌，不能赢只能输的，一下就兴味索然了。她坐在旁边打起了哈欠，闻到空气里充满了不洁的气味，她怀疑大胖子有口臭，老阮也有口臭，正在思忖，为什么她结交的中年男人口臭比率如此之高，脚上被踩了一下，是左手边的郭老板。她已在心里给他起了绰号：猥琐男。猥琐男努力从眼睛里放电，试图用眼神与她调情，她懂，只是觉得肉麻，腾地站起来说，吃点水果，吃点水果！她把大果盘里的水果分到小碟子里，端到每人的手边，怕再坐下去还有什么难以应付的剧情，就谎称头疼，擅自告辞了。

　　与庞先生的第一次谈判，她没有出面，是老阮插手张罗的。老阮自己也没去，他有个熟人是庞先生的供货商，供货商去与庞先生结账，顺便谈了她的事。谈判绕了太多的弯，最后的结果倒是简明扼要。庞先生要她把孩子生下来，验DNA，如果孩子是他的，他保证对母子负责到底。她追问庞先生准备怎么负责，老阮说，给钱呗。男人对小蜜负责，不就是给钱吗？又提醒她说，人家是台商，对他动作不能太大，动作太大了犯忌，会牵扯两岸关系的，你懂一点政治的吧？她说，我才不管什么政治，我就要个公平。老阮说，公平可以卖，也可以买，不还是钱的事？你给我一句实话，你到底是要他的钱，还是要他的人？她心里乱透了，回避着老阮的目光，嘴里忿忿地说，谁要那个人？一只矮冬瓜，要了他干什么，冬瓜炖排骨汤啊？

　　这趟旅程临近终点，她几乎看见了终点的站牌：此路不通。庞先生那里不会给她什么惊喜了，卢瓦河谷催生的柔情蜜意已经零落成泥，那个台商终究是别人的丈夫，他们在对方眼里互相沦落，现在，她成为他一个最难缠的客户，而他半明半暗的亮光，已经在她的生活里彻底熄灭。

　　第二次去找庞先生，可谓声势浩大。老阮带了三个精壮小伙，一起陪她去了庞先生的公司。庞先生谨慎应对，叫来几个保安，站在他的办公室门口。黑社会那一套毕竟属于电影，他们双方的表现都算明智。老阮西装革履，摆出谈判的架势，要庞先生写一份欠条，庞先生拒绝了。他说，我不欠白小姐的钱，不能留欠条给你们，我们不是清理债务，是做生意，做生意就按规矩办，还是签一份合同好。庞先生在他的文件柜里翻找了半天，亮出了一份期货公司的合同样本。她望文生义，怒声道，你混账，把我的肚子当期货啊？不签！庞先生异常冷静，强调女生的肚子其实就是人类的矿山，铁矿石、铜矿石、棉花、石油都有期货，孩子为什么不能做期货处理呢？我是讲公平信誉的人，相信我，参考期货买卖的条款来签，保证我们谁也不吃亏。她一时无措，用目光向老阮求援，老阮明显也不懂期货买卖的原理，又不肯示弱，摆手道，庞先生你别搞得太复杂了，我们这边不相信期货，搞惯现货的。庞先生说，孩子还在她肚子里，怎么搞现货交易？我们按规矩来，要么一次性买断，我相信你，我冒风险我出价，要么你相信我，分期付款，你出价。二选一。

二选一。他们之间的信任，也只能二选一了。老阮思考了一下，跟她耳语道，期货就期货吧，孩子在肚子里，好像只能算期货。她木然地坐在庞先生的对面，第一次觉得自己无知，而且无用。庞先生的额头上留下了一个淡淡的疤痕，她凝视着那张微胖的保养良好的面孔，依稀发现了某些字迹，他的半边脸上写着"商业"，另半边脸上写着"道义"，往昔的痴情，已经荡然无存了。这样精明世故的男人，痴情是一次性产品，用过即抛，哪里会留什么痕迹？她不怀疑庞先生的信用，唯一怀疑的是自己的算计，如果庞先生不是她的未来，他的骨血怎么能给她提供未来？她对自己的贪欲没有把握，对自己的恨，对自己的爱，都估计不清，其实，她不知道自己是否要留着胎儿，她甚至不清楚，自己是否想做一个母亲，所以，她颓丧地垂下了头，说，我不知道，老阮你替我做主吧。

她从庞先生的公司拿回了一份合同，合同的封面上是一排大号的黑体字：**期货买卖合约**。从那天开始，她觉得自己的身体像一座矿山，从那天起，她只要看到自己微微隆起的腹部，都会想到那个莫名其妙的沉重的词汇：矿山。

她害怕遇见熟人，在工人文化宫出出进进的时候，都小心地戴着口罩。躲避是必须的，她说不清与这个城市结下了何等的孽缘，糊里糊涂之间，便惹下了那么多的麻烦。她回归这个噩梦之地，孤注一掷，不过是来谈一笔蒙羞的生意。这笔生意，定会被她奶奶的在天之灵所诅咒。奶奶很早便预见了孙女一生的羞耻。很多年前的一个雨天，她从工人文化宫滑旱冰回家，奶奶把她堵在门口，用一块毛巾擦干她的头发，奶奶的眼神充满谴责，表情则无比悲伤，她说，亏你还记得回家的路，你丢魂了，仙女啊，你的魂丢在外面了，女孩子的魂丢不得，今天丢了魂，明天就丢脸了。现在她从心底承认，奶奶世俗的目光能够洞悉她的未来，奶奶讨厌的絮叨，对她具有某种神性。她承认她丢了魂，她承认她丢了脸。但是，她无意取悦奶奶的在天之灵，她总是宽容自己。无论是魂，还是脸面，丢就丢了，她并没有那么羞愧。现在她是谁？谁也不是，她只是一座矿山了。

正逢周末，楼下的小放映厅在促销一部好莱坞僵尸片。一个男人拿着小喇叭在售票窗口边喊，进来看看，买一赠一，新到好莱坞僵尸大片，奉送爆米花，吓不到你，票款全额退还！她领了一包爆米花钻进去，坐在黑暗的放映厅，看着僵尸从墙里钻出来，吸血鬼从抽水马桶里浮上来，起初她以冷笑挑战这些虚假的恐怖，渐渐地她觉得脖颈不适，似有利齿接触，那些死人的鲜血和僵尸的腐液从屏幕上淌下来，沿着地砖悄悄蔓延，她的双脚下意识地悬空了，后来便感到反胃，跑进洗手间干呕一阵，仓皇跑出了放映厅。

她的发展，快于工人文化宫的发展，巴黎都去过了，工人文化宫不再是她少女时代的世界之巅，过去的诸多美好，现在在她眼里只剩下个热闹。热闹是否好，要看她心情。她心情不好的时候，厌恶四周的噪音，厌恶空气里的油烟，心情好了，又乐于享受这种集市般的嘈杂。她躲在顺风旅馆，逛工人文化宫成了她唯一的消遣。她在花岗岩地面上袅袅婷婷地走，有男孩子踩着滑板从她身边绕过，嗖嗖地飞向中心广场。现在的年轻人，没有谁喜欢滑旱冰了，她曾经热爱的那个溜冰场早已不复存在，原址南边竖起了一座埃菲尔铁塔，北边新盖了一幢白色的购物中心，因为外墙面是白色的，人们称其为白宫。埃菲尔铁塔下面是美食一条街，路边摊档陈列着天南海北的各种食物，香的，臭的，腥的，还有酸的。她是孕妇，当然爱酸的。去一个摊档上吃酸菜鱼，不知是鱼的问题，还是胃的问题，她吃了几口又反胃，筷子一放，要求老板收半价，老板还没确定，她扔下几块钱，扔下一锅鱼，擅自走了。她穿过埃菲尔铁塔往白宫走，遇见一对旅游者打扮的母女，请她帮忙拍照，她勉强答应，草草地把埃菲尔铁塔和母女俩一起装进了镜头，心里很鄙夷，忍住了没奚落他们。偏偏那女儿检查了画面，不符合要求，还想请她多拍一张，她居然拂袖而去，嘴里刻薄地说，你们这些人，就喜欢假货！有这么矮的埃菲尔铁塔吗？要拍埃菲尔铁塔，去巴黎拍！这地方有什么可拍的？

　　她进了白宫。白宫是回廊式的，她觉得自己的身体像一只陀螺，被寂寞狠狠抽了一鞭子，开始无主地旋转，这个回廊，倒是适合陀螺的转动。到处都是售卖外贸衣物的小店铺，她东看西看，觉得所有店主的眼光都有问题，货物不是过时的，就是平庸的，难得看到一件喜欢的白色热裤，一试，穿不上，她怪衣服尺寸标错了，那女店主斜睨着她的腰说，我的尺寸没错，是你身材的错，你，怀孕了吧？她翻了翻眼睛，不好再跟女店主理论，怏怏地离开。她是个孕妇了，必须承认自己身材的变化，不适宜穿热裤了。

　　只好回到老阮的旅馆去。老阮去广东谈生意了，她暂时卸去一个应酬的负担，乐得清静。她从来没有培养起长久性的业余爱好，夜里早早地休息了，窝在床上看电视连续剧。荧屏上讲述着别人的人生，一波三折，惊喜交集，她一边认真地看，一边严厉地批评剧情，假的，骗人，太可笑了。入夜之后窗外依然人声嘈杂，有一群中学生在楼下的咖啡馆开生日派对，他们在用英文大声地唱生日歌。她也经常为客人唱生日歌的，不知道为什么，她对生日歌一贯厌恶透顶，尤其是在招待所狭小的房间里，那歌声于她几乎是一种冒犯。别人的生日，映衬了她凄凉的身世，别人的快乐，放大了她在这个城市的孤单。她忽然自怜，并且迁怒于窗外所有的人声，她起来跑进卫生间，用漱口杯接了一杯水，朝窗外泼去。她一连泼了三杯水，直到听见楼下一个女人的尖叫声。有人受到惩罚，她感到舒服了一些，用第四杯水刷牙，她对着镜子打量自己，看见一张疲惫而怨恨的面孔，眼圈发青，嘴角一堆牙膏泡沫，是她自己的面孔，她一样讨厌，便把剩下的半杯水泼到镜子上去了。

这个城市里埋伏着她的许多冤家。她新换的电话号码不知被谁泄露给了瞿鹰的前妻，那个女人不断地打她手机，给她发短信，追问一块手表的下落，欧米茄呢？瞿鹰的欧米茄呢？我不要你还人，只请你把手表还给我！她听见瞿鹰的名字，想起他和他的白马，竟然觉得像一部老旧的电影画面，恍若隔世了。后来看见陌生的号码，她总是对着那些阿拉伯数字想象来电者的身份，那些久违的冤家面孔渐次浮现，带着一股肃杀之气。不会有什么好消息了，还接什么电话？别人欠她的，她努力追索，她欠别人的，往往无法偿还。与庞先生的合同已经在手里，她要切断与这个城市千头万绪的联系了。

那天中午她决定离开，房间的门怎么也打不开了。透过门缝，她看见一根绿色的尼龙绳子拴在门把手上，绳子的另一端系在楼梯上，还在微微抖动。绳子来了。绳子是保润的影子，她知道绳子来了，保润便来了。保润就像一个追凶的鬼魂，鬼魂又来了。她打电话叫来了服务员，对她大发雷霆。服务员很委屈地解开了绳子，说，小姐你别对我们发火，我们不知道你们是什么关系，那人就在下面等你，说是你丈夫，你是离家出走的？她指着那女孩的鼻子说，你们都是弱智啊？看看他那副样子，给我当马仔都不配，怎么会是我丈夫？他是井亭医院跑出来的疯子啊！

躲是躲不过去了，她只好选择面对。保润坐在大堂的沙发上看报纸，她拉着行李箱径直走到他面前，你是我丈夫？我离家出走了？她说，那好啊，我现在跟你回家，你告诉我，家在哪里？

她刻意的强悍态度震慑了保润，可惜只有短短的一个瞬间，保润很快露出了一丝古怪的笑意，好，跟我回家，是你自己说的。他说，你跟我走，我有别墅，去了就知道了。

你有别墅，我还有直升飞机呢。她嘴里讽刺着他，眼睛看着柜台里的两个服务员，你们还傻愣在那里干什么？赶紧把手机拿出来，给这个人拍个照。她说，我要是有个三长两短，这个人一定是凶手，你们记得去报案。

两个服务员都很慌张，那小伙子胆大一些，问她，要不要报警？她瞥一眼保润说，现在还不用，先取证，你拍张手机照就可以了。小伙子从身上掏出了手机，看了眼保润，终究不敢造次。保润自己走过去，站得笔挺，你尽管拍，多拍几张。他对小伙子说，我都不怕你怕什么？拍啊，到时去报案，可以拿奖金的。

她用仇恨的目光瞪着保润。保润摆了几次姿势，正面，侧面，还让那小伙子拍了他的后脑勺。拍好手机照，他过来提她的行李箱，好了，取证过了，连后脑勺都拍了，现在你放心了？他说，说话要算数，现在可以走了，跟我去我的别墅。

她抢下行李箱，坐在沙发上不动。跟你这种人，没法好好说话，我找公安局的刘局跟你说话。她嘴角上的微笑带着明显的威胁意味，食指在手机上灵活地闪动，翻了半天号码，最后说，算了，这点屁事，还用惊动刘局？要不，我先礼后兵，请你吃个饭怎么样？她说，你点地方，贵一点无所谓，我今天陪你好好喝几杯。

我倒是爱喝几杯。他嘿地一笑，说，不过请我吃饭喝酒你不划算，吃一顿饭你能喝几杯酒？一杯酒最多抵销一个星期，我在里面十年，你算算，你要喝多少酒，才能抵掉那十年？

能喝几杯算几杯。吃完饭我们去逛商城，你这身衣服太寒酸了，像个难民啊，我给你买几套像样的衣服，然后陪你去唱卡拉OK，行了吧？

他摇摇头，说，你还是不了解我啊，衣服我无所谓，你送我一件最多抵消一天，卡拉 OK 就免了，我没兴趣，一个小时也不能抵，白花钱了，多不划算。

那你告诉我，怎么样才划算？她的目光尖锐地逼视着他，忽然冷笑一声，我陪你睡最划算？你要睡，睡，睡，是不是？

他的视线慌张地一跳，从她脸上慢慢坠落，落在行李箱上。他开始研究箱子上的那张托运标签，你去过巴黎？洋文我也认识几个，我在里面学外语的。他用手指在托运标签上勾划了几下，说，巴黎都去过的人，怎么那么俗气？我们的问题，酒解决不了，睡解决不了，我是请你去跳小拉，小拉，你还会跳吗？

像是被针扎了一下，她打了个冷战。她的面孔瞬间变得灰白，咬着牙说，不跳，不会跳，我不跳小拉。

他似乎预想过她的拒绝，并没有发作。你还是不给我面子，啊？我什么舞都不会，只会小拉，在**里面**学会的，都是跟男人跳，跟男人跳了十年，今天我想跟女人跳，今天我要跟你跳。

谢谢你的抬举，我跳不了，早忘了。她说，都什么年代了，你到舞厅夜总会看看，还有谁在跳小拉？土鳖才跳什么小拉。

我就是土鳖，土鳖请你跳个小拉，行不行？

她斜睨着他的面孔，审视他的眼睛。沉默了一会儿，她轻蔑地笑了，真的是跳小拉吗？有那么简单？拜托你别把我当白痴，你葫芦里卖什么药，趁早给我倒出来。

倒出来也没别的药，还是小拉。去了你就知道了，我没什么别的意思，不过是要个公平。

他话里有话，她开始认真倾听他对公平的解释，但保润点了一支烟，不说话了。他夹烟的手指在颤抖，她第一次从他的脸上发现了伤感之色，还有一丝疲惫。他用手搓着两侧面颊，几次欲言又止。公平是什么？怎样才公平？她猜他说不出来，或者，他说不出口。她从他的香烟盒里抽出一支烟，自己点上了，说，那我们谈笔交易吧，我今天豁出去了，欠你的都还给你，你要什么样的公平，我都给你，从此清账，以后我们桥归桥路归路，行吗？

水塔与小拉

一辆破旧的面包车停在顺风旅馆门外，她惊讶地发现了柳生的身影。柳生穿着白衬衣和黑色西裤，衣冠楚楚的，正用抹布擦着面包车的挡风玻璃。见她在台阶上发愣，柳生满脸堆笑，朝她挤了挤眼睛，哈罗，白小姐，你从日本回来了？

她没有料到柳生等在外面。那两个香椿树街男人的关系令人费解，她分不清他们是朋友，还是敌人，或者干脆就是同伙？她不清楚现在谁是老大？唯一清楚的是她的处境，现在她像一个猎物，他们是两个猎人，她被围剿了。她骂了一句粗话，返身走回旅馆，倚靠着玻璃门怒视柳生，你们两个人，到底搞的什么鬼？

柳生用抹布擦了擦手，走过来要跟她握手，被她用力拨开了。你误会了，我们是来跟你叙个旧。柳生说，保润请我开车，说给他当司机，给你当保镖，他说要请你跳小拉，怕你不给面子，我来了，你不就放心了？

她厉声道，你也不是什么好人，凭什么让我放心？

柳生做了个鬼脸，看看顺风旅馆的招牌，说，连我也不放心？那老阮你总归放心的吧？你去问问老阮认不认识我？他以前开餐馆，都是我给他送菜的。你去问他，我柳生是不是好人？

她仰着脸思忖一会儿，豪迈地走下了台阶，什么好人坏人的，本小姐还怕坏人？她将一片口香糖塞到嘴里，鄙夷地说，你们好我就好，你们坏，我比你们更坏，今天就跟你们走，我倒要见识一下，看你们的小拉怎么跳。

她素来不辨方向，面包车驶上了郊区公路，才发现那是去井亭医院的路，保润所称的别墅，原来是井亭医院的水塔。这个舞会的目的地太阴险了，这样的和解之路，闪着一圈邪恶而深沉的光晕，她的脑袋訇地一响，依稀看见一个黑暗的陷阱，十分钟前的豪迈，忽然便烟消云散了。停车停车，我不跟你们去，我凭什么跟你们去跳舞？她大叫着去拉扯柳生的胳膊，面包车在高速公路上扭出了一个S形。柳生赶紧刹车，面包车停在了路边。冷静，白小姐你冷静点！不过是去叙个旧跳个舞啊，有我在，能出什么事？她朝柳生脸上啐了一口，厉声道，你们俩的智商，加起来也没我高，敢把我当白痴？要跳舞去舞厅，跑水塔去干什么？说啊，你们究竟要干什么？柳生抹了一下脸，委屈地咕哝道，我不好说，是他要去水塔，是他要跟你跳小拉，十年前没跳成么，现在要补跳一次。她回头朝保润瞥了一眼，补？你到底要补什么？你补了损失，我的损失找谁去补？保润朝驾驶座上的柳生努努嘴，说，你的损失，找前面的人补。她的情绪一下失控了，推开车门就往下跳，嘴里喊，两个人渣，你们俩跳小拉去，我不奉陪，本小姐不做你们的舞女！

她没来得及跨过隔离栏，保润从后面擒住了她，他的鼻息急促地喷在她脖子上。然后绳子来了，保润的绳子来了。绳子先是箍住了她的肩膀，然后是胳膊，至多十秒钟，她来不及挣扎，身体已经像一只包裹被保润拽在手上了。今天的舞会少不了你，不给面子只好捆人，算我对不起你了。保润说，这是如意结，记得吗？绳子如意不如意，要看你老实不老实，你老实就如意，你要是犟了，绳子肯定不如意，自己慢慢去体会吧。

车子又发动起来，她被保润按在一只塑料菜筐上，保润的手捂住了她的嘴，那只手大而粗糙，手心上有一丝淡淡的咸味。如意结果然阴险，她越挣扎，绳子便越来越紧。绳子捆扎了她的身体，也勒断了她的意志，她渐渐地安静下来。一个噩梦回来了，一个记忆也回来了。疼痛回来了，羞耻也回来了。水塔在前方，水塔在目的地等待她。她不敢与保润的目光交锋。保润的眼睛愤怒而空洞，空洞堪比当年，而愤怒比当年更炽热更尖锐了。她寄希望于柳生，柳生从驾驶座上回过头来，脸上有些歉意，但更多的似乎是怨气，不怪我，怪不了我吧？你看你，还说你智商高？智商高的人会自讨苦吃？你吃了那么多年娱乐饭，都白吃了？法国日本也去过了，都白去了？拜托你不要装烈女了，开放点嘛！

　　她听懂了柳生的劝告。你不是烈女。请开放一点。她在他们的眼里是下贱的，她的身体在他们看来是一个秘密的花园，而他们是持票的游客，她应该向他们开放。是什么纵容了他们？是什么贬低了她？辱没了她？纷杂的往事里隐藏着千百个理由，千百个理由都不公平。她仇恨地看着柳生的鼻子，那个高挺的鼻子堪称完美，鼻尖上泛着一小圈油光。有一部分封闭的记忆突然喧嚣而至，她记起了柳生青春期刀片似的腹股沟，他的生殖器像一根紫色的萝卜，在水塔的夕照里闪烁锥状的光芒。那光芒原始，蛮横，猝不及防，它剥夺一个少女的贞洁，也刺伤了一个女人的未来。她想起了小拉。小拉。遗弃了十年的舞步，现在她都想起来了。咚嗒嗒咚。她朦胧的爱，从小拉开始，她炽热的恨，也是从小拉开始。咚，嗒，嗒咚。一，二，三四。那舞步的节奏很像一个咒语，你堕落了，你堕落了。小拉，该死的小拉，小拉所有的舞步，都是堕落的咒语。

238　　她的泪水落在保润的手上。保润凝视着他的手背，手掌突然一翻，将那滴泪珠抹在绳结上了。绳结无声地吞噬了她的泪水。那绳结出自一个捆绑天才之手，简约而流畅，呈现出一种几何线条，静止不动的时候，她的身体并没有太多的不适。她后来的顺从，不知是出于智慧，还是因为绝望。井亭医院到了，她听见柳生和门卫热络地打着招呼，面包车畅通无阻地经过井亭医院的三道门岗，停在水塔外面的空地上。保润终于松开了手，看看她的面孔，用手指弹掉她眼角的一滴泪珠，不管多漂亮的脸，哭肿了都很难看。他说，哭什么呢？你欠我十年时间，十年自由，跳个舞就还清了，你会吃亏吗？

又进水塔了。

她注意到水塔的门上新挂了块小木牌：护工宿舍。她闻到了一股男宿舍特有的酸臭之味，来自鞋袜，来自久泡未洗的衣物。香火堂原有的格局并未有太多的改变，郑老板当年请来的菩萨还放在佛龛里，供着一盘灰蒙蒙的塑料水果，佛龛下面摆了一张行军床，皱巴巴的格子床单上扔着保润的汗衫和运动裤，还有几本花花绿绿的杂志。最奇异的风景悬在她的头顶上，她看见一根粗铁丝横跨半空，铁丝上搭满了长长短短粗细不一的麻绳，门一开，绳子闻风起舞，似乎在向客人表达热忱的敬意。

她命令保润解开身上的绳子，遭到了拒绝。保润说，怎么？都进水塔了，你还想跑？她冷静地说，你到底长没长脑子的？不是要跳小拉吗？你绑着我，我怎么跟你跳？保润观察她的表情，似乎无法判断她的诚意，用眼光征求柳生的意见。柳生说，你别小看了人家白小姐，白小姐也是女中豪杰，说话算话的，你赶紧解开她吧。

她不给柳生留面子，绳子刚刚离身，马上就要复仇，手抬起来，原意是要打保润，但保润凛冽的目光使她胆怯，她退而求其次，走到柳生面前，赏了他一个响亮的耳光。柳生捂住脸说，打我？好吧，没关系，我替兄弟挨你的耳光，算我的荣幸。她气咻咻地说，你们都欠打，绑女人的男人，算什么狗屁男人！

这个瞬间，她的耳朵灌满了时间呼啸而过的声音。水塔的桶状空间隐隐回荡着一个少女尖利的呼救声，它被水塔保存了十年，至今还在井亭医院飘荡，却没有人听见。她抬眼注视着保润的绳阵，门已经关上，水塔里没有了风，但绳阵仍然微微颤动，向她倾诉多年以来的思念之情。她看见了自己一绺一绺的魂，它们在一根粗铁丝上微微颤动。她的魂曾经散落各处，现在被保润收集起来，一绺一绺地挂在水塔里，陈列，或者示众。这座水塔是她的纪念碑，它也许一直在等她，等她来瞻仰自己的魂，等她来祭奠自己的魂。柳生递过来一罐饮料，被她推开了。她的脚在地上踮几下，咚，嗒，嗒咚，准确地踮出了小拉的节奏，然后踢掉了脚上的凉鞋，她突然拍拍手，COME ON！来音乐！今天豁出去了，就做一次你们的舞女！

她的洒脱多少有点可疑。保润靠着墙一动不动，目光追随着她的凉鞋，两只粉红色的坡跟凉鞋，一只被她踢到床上，另一只飞到了佛龛下面。保润说，我这里没有音乐，我从来不听音乐。保润的目光稍稍上升，注视着她裸露的脚踝，我在**里面**跳小拉，从来没有音乐，是干跳，你陪不陪我跳？

她毫不示弱地说，干跳湿跳随便你，不过你要记得规矩，今天我做你的舞女，不是你的妓女。

柳生斜倚在钢丝床上，表情乍看轻佻，轻佻中透出了一丝紧张，他突然讪笑一声，跳起来往门边走，你们跳，我出去上个厕所。她一下慌了，厉声喊道，柳生你站住，你往哪儿跑？柳生回头对她挤了挤眼睛，外面有我，里面有菩萨，你怕他干什么？他是个老实人么，你白小姐一定能搞掂他的。

水塔的门被撞上了。她倚门而立，眼睛看着佛龛，嘴里咕哝道，老实不老实，跳了才知道。他们各占水塔的一角，僵持着，谁也没有向对方主动靠近一步。她的后背在铁门上不安地晃动，嘴里试探道，这样多别扭啊，我看就算了吧？保润摇了摇头，他端详着她的眼睛，开始用手势命令她，过来一点，再过来一点。她很不情愿地朝保润挪过去，别扭死了，太荒唐了，哪儿有这么跳小拉的？简直笑死人了。保润抓住了她的手，先是左手，抓得拖沓，然后是右手，抓得急切一些。她能感觉到那两只手上有冷汗，像两件湿润的铁器。咚，嗒，嗒咚。她尽职地念出了拍子，小拉其实是四拍，先拉，后拽，跳一会儿才转。她说，我最近容易头晕，你别急着让我转啊。他拉起她的手，摆了一下，突然停住了。她说，手摆得对呀，你忘了步法了？他还是摇头，表情显得很痛苦。她说，怎么了？要不我来带你？他说，不行，这样跳不起来。她说，主要是没音乐，没音乐，本来就跳不起来么。他用一条胳膊箍住她的腰肢，抬头看着铁丝上的麻绳，另一只手突然往空中一探，抽下来一股麻绳，音乐无所谓，还是要有绳子。他说，算我对不起你，我要把你捆起来，捆起来跳。

保润如此依赖绳子，出乎她的预料，所有的妥协，并没有换来任何好结果。她气恼地挣扎起来，放开我，变态！白痴！狗改不了吃屎的毛病！你还不如狗，狗有良心，你没有良心！我一直在配合你，为什么还要捆我？你捆了我还怎么跳小拉？保润说，捆还是要捆，我们不跳小拉了，改跳贴面舞吧，我从来没跳过贴面舞，你教我跳。她不知道他是临时起意，还是事先设计的阴谋，她觉得自己受骗了，大声向外面的柳生呼救。柳生闻声在外面敲门，你们怎么啦，跳个小拉，怎么还吵起来了？保润大声说，我们在商量，我们不跳小拉了，我们要跳贴面了。柳生在外面思考了一下，说，保润你别太急了，从小拉到贴面，要注意过渡啊。

柳生轻薄的表现让她伤心。她在保润的怀里徒劳地挣扎，脑子里想到了一些自救措施。保润你冷静点，她说，贴面就贴面，你别捆我，我保证陪你跳，你对我尊重点行吗？保润说，我很冷静，你也要冷静，我告诉过你了，你今天不会吃亏的。他说话的时候注意力集中在绳子上，他凝视绳子的那道目光，分不清是阴郁还是温存。麻绳很快勒紧了她上身的皮肤，一朵绳结编织的花朵，瞬间在她的腹部绽放。保润说，别说我不尊重你，这是梅花结，梅花结最舒服，你马上就知道了。她尖声叫喊，什么结都不准捆，我不是牲口！你又犯法了知道吗？你才刚刚出来啊，我再告你一次，你又要坐十年牢！他说，无所谓，跳完这支舞你就可以去告，我哪儿怕坐牢？最好的十年都毁了，再来十年怕什么？脑袋掉了，不过碗大一个疤。

起初保润并没有贴她的脸，贴住的是身体。他用身体抵住她往前走，不像是跳舞，像是一种稚气的恶作剧。除了绳结带来的刺痛，她能感受到他的胸肌、髋骨和大腿从上而下的压迫，还有紊乱的毫无节奏的冲撞。她敏感地留心他生殖器区域的动态，幸运的是，那个区域，暂时风平浪静。她熟悉各种舞步，如此愤怒的舞步是罕见的，她见识过暴力，如此绝望的暴力是无法反抗的。她在酒吧夜总会遭遇过几次性侵，视其身份地位不同，她给予那些男人不同的惩罚，或者耳光相向，或言语警告，但保润的侵害与众不同，它似乎代表了正义的复仇，它如此粗暴，却合情合理。因为内疚，或者因为软弱，她最终选择了忍受。当他的面孔突兀地贴住她的左侧脸颊，她没有躲避，任凭他粗硬的胡须刮过她脸上的皮肤。她紧咬着嘴唇，在心里默默预设第一道防线，贴就贴吧，不能接吻，严防他的舌头。但是，那张温热而粗糙的脸静止了，它贴着她的左侧脸颊，久久不动，像一块石头依偎着悬崖，像一个受惊的孩童，无助地依偎着母亲。然后，她感到脸上被打湿了，是属于男人的温热而节制的泪水。她听见了他哽咽的声音。她不敢动，不敢看他的脸，僵硬地保持配合的姿势，冷眼瞥见右手边的佛龛被撞倒了，菩萨斜倚在墙角上，一只神圣的金手下降了大约一米左右，正指向她的腹部。她腾出一只右手，探出去够菩萨的金手，勉强触到了菩萨的金手，食指上沾了一小片凉意。突如其来的一阵晕眩，使她的身体摇晃了一下，保润的脸因此离开了。保润凝视着她的左侧脸颊，几秒钟后，目光下垂，落在她的肩胛骨上，她觉得从肩胛往下，有一种被烧灼的感觉。他的呼吸急促，混杂着烟臭与酒气，热乎乎地喷在她脸上。她不知道是什么引发了妊娠反应，也不清楚它来得是不是时候，在一阵强烈的反胃之后，她开始吐了。她吐，吐。她在保润的肩头嗷嗷地吐，不停地呕吐。

242　　　保润任凭她的呕吐物滴落在身上，茫然，垂手站着，过了一会儿他拿来一块毛巾，仔细地擦去肩上的秽物，他说，我让你吐了？我在你眼里那么恶心吗？

　　不，不是你，是孩子。她一边吐，一边拼命地摇头，是一个小宝宝，你放开我，我怀孕了。

公　路

　　水塔的铁门在她身后砰然关上，她听见了保润沙哑的声音，你跟柳生走吧，从今天开始，我们清账了。

　　清账了。她半跪在台阶上，下意识地抬头仰望水塔。水塔老了，茂密的爬山虎已经发黑了，枝蔓攀援到了水塔的顶部，抱墙蔓延，为塔身戴了一顶多余的帽子。泵房的窗口钉了半块木板，剩下的一半黑黢黢的，窗台上栖息着一只乌鸦，另一只乌鸦不知飞到哪儿去了。留守的乌鸦正以苍老的眼神俯瞰着她，俯瞰她蹊跷的命运。她不知道，她的命运，为什么会与一座水塔纠缠不清？水塔是她的纪念碑。她半跪在自己的纪念碑下，仰望一面肮脏的旗帜缓缓降下来，她不知道，降下来的是她的羞耻，还是她的厄运。

　　柳生从面包车里出来了，手上捧着一块西瓜，来，这是海南西瓜，吃一块消消火。她朝西瓜上啐了一口，滚开，你这个人渣，离我远点。柳生抹了抹脸，表情看起来很无辜，这一趟走得不亏吧？冤家宜解不宜结，那么复杂的三角债，这不清账了吗？她说，没那么容易，你欠我的三角债，我还没跟你清账呢。

　　她迁怒于柳生，拒绝上他的面包车。柳生说，忘了这是什么地方了？你不坐我的车，看你怎么出门。她不信，从车上拿下行李箱，径直跑到电动门旁边喊门卫开门，老钱，给我开门。老钱的脑袋探出岗亭，打量着她和行李箱，哪个病房的？你要出院？怎么没有主管医生陪着？你的证明呢？她说，我不是病人，我是白小姐呀，老钱你怎么不认识我了？老钱眯起眼睛看了看她的面孔，有点面熟啊，你是新来的医生？

243

你的工作号牌呢？她勉强记起来为郑老板服务时的工作号牌，我是078呀，今天忘了带号牌了。老钱仔细地端详着她，突然朗声一笑，小姐，你别跟我玩这种花招了，我在这儿守了二十年大门，谁是医生谁是病人还分不清吗？赶紧回病房去吧。自以为是的老钱伤了她的自尊，她又羞又恼，跺着脚说，我是仙女，以前铁皮屋里的仙女啊！我爷爷以前是这里的花匠，以前你经常给我糖果吃，我小时候给你跳过新疆舞的，你怎么都忘了？老钱眨巴着眼睛，似乎想起了某些往事，但出于谨慎，他依然不肯开门，我知道你以前是仙女，老钱说，仙女也会有病的，你要是想病好，你要是还想做仙女，赶紧回病房去吧。

柳生的面包车悄悄地滑到了她身边，车门敞开着，她听见了柳生得意的声音，你别犟了，还是上我的车吧。她无奈地上了车，踹一脚门，嘴里骂道，全世界的人都瞎了眼！他凭什么把我当病人？我看起来像个精神病人吗？柳生诡谲地一笑，你现在的样子，是很像女病区出来的人啊。话一出口，看她要翻脸，他轻轻打了自己一个嘴巴，开玩笑的，你别介意，我自罚一个大嘴巴。

去机场的路很远，柳生执意要送她，她归心似箭，也无意反对，坐下来便给深蓝小姐打电话。不知什么缘故，深蓝小姐始终不听电话，而车厢的某个角落有大葱或韭菜在悄悄腐烂，那气味让她嫌厌，她捏着鼻子抱怨，你这是运尸车还是运粪车？怎么臭烘烘的？搭这样的车，我路上肯定要吐。柳生去扔掉了那捆大葱，回到驾驶座上，眼睛偷窥着她的腰肢与腹部，听说，听说你怀孕了？她装作没听见。柳生的手沿着座椅悄悄探巡，快要触及她的腿部了，又缩了回去。你现在的男朋友是谁？干哪一行的？他问得很小心，怕她抢白，自己打圆场道，我是关心你，随便问问，你不方便说就不说。她用纸巾擦着嘴角，冷冷地说，不是方便不方便，告诉你有什么意义？你开面包车，他开宝马车，他跟你，不是一个阶层的。他讪笑道，是个有钱人？有钱人好，不过都是花花肠子啊，哪天他要是对不起你，你告诉我一声，我来替你出气。她说，拜托你不要再跟我甜言蜜语，我看透你的嘴脸了，你好好开车，别说话，你一说话我就想吐。

午后的阳光在公路上流淌，公路像一条银色的河流。面包车驶近那棵老榆树，柳生忽然换挡，车速慢了下来，随后她听见了柳生惊慌的声音，不好了，看保润他爷爷，又跑出来啦！老榆树下果然站着一个老人，他怀里抱着一只纸箱，上身穿着井亭医院蓝白条的病号服，下身只穿了一条破烂的内裤，露出两条枯瘦苍白的腿。她正在纳闷祖父是怎么从井亭医院跑出来的，他是要搭顺风车还是要卖东西给路人，一只白兔的耳朵陡然露出了纸箱，迎风颤动，她贴着挡风玻璃朝纸箱里看，又看见了另外一只灰兔，于是她也失声尖叫起来，兔子，两只兔子！

面包车在老榆树下戛然停住，祖父看见柳生的脸，丢下纸箱便往野地里跑，两只兔子顺势从纸箱里跳出来了，两只兔子，一灰一白，它们在公路上欢快地奔跑。奔逃的祖父与兔子配合默契，兵分两路，难住了他们，她要向前追兔子，柳生要倒车去追人，面包车一时横在了公路上。他们争执之际，注意到前方那辆运煤卡车响起了疯狂的喇叭声，柳生反摁了喇叭，对着运煤卡车大骂，急什么？急着去太平间吗？一个秃顶男人的脸孔从卡车驾驶室里钻了出来，一圈红绳挂了块碧绿的玉佩，在他粗短的脖子上晃荡。卡车与面包车的喇叭声尖锐地对峙，盖住了秃顶男人的骂声，她依稀看见那男人的嘴唇在动，他的眼睛里射出了一道暴怒的白光，短暂的静默不过两三秒钟，司机与卡车好像一同做了一次深呼吸，然后哐的一声，运煤卡车像一头巨兽朝面包车直冲过来。她记得自己抱住了脑袋，失声尖叫，来了！那个瞬间她一定识破了命运的预谋，所以她失声尖叫，来了！不仅如此，在面包车飞向老榆树的怀抱之前，她还听清了卡车司机愤怒的吼叫，婊子养的看我们谁去太平间太平间太平间！

轰然一声巨响，整个世界轻盈地弹跳起来，然后沉重地下压，倾倒在她的胸口。她被天空掩埋了。菩萨浮在空中，菩萨的金手，温柔地指向她的腹部。一个倒置的世界围绕着她狂欢，有数道绛紫色的光束挣脱了她的头脑，箭矢般地射出去，她猜那是她的魂。她看见了她剩余的魂，剩余的魂是一绺一绺的，绛紫色的，像箭矢一样，会飞。她剩余的魂，不知飞到哪里去了。

苏　醒

后来医生告诉她，她昏迷了十八个小时。

她苏醒过来的第一眼，看见自己的头顶悬着三只输液瓶。乱糟糟的急诊室里，两个年轻女护士白色的身影来去匆匆。她的左右两边都塞满了病床，空气里萦绕着一股酸臭的气味。有个老妇人在大声地呻吟，疼死我了，你们让我死，不是都嫌这里挤吗？我死了，给大家腾个地方。旁边不知是谁接了她的话茬，你死了，马上又来个抢救的，你能腾出个什么地方来？好死不如赖活，还是活着吧。

她活着。她记起来公路上诡秘的风景，怀抱纸箱的祖父，纸箱里的两只兔子，还有那辆愤怒的运煤卡车。十八个小时之后，她清醒地认识到，她在那条公路上收到了死亡精心修饰的礼物。那个卡车司机的吼声犹在耳边，去太平间去太平间！一个素不相识的男人宣读了命运对她的审判，如此简洁，充满正义。离太平间还有一步之遥，她又活过来了。是谁推翻了那个陌生男人对她的判决？她活着，并没有感到丝毫的庆幸，她的心里充满了委屈，还有气恼。

鼻子里塞了饲管，手上打了针头，身上缠着绷带，她不能动。试了试腿，左腿被固定了，右腿的活动还算自如，于是她用力地蹬踢着床铺，人都死了吗？来人，放开我，快放开我。她的叫声引来一个怒冲冲的护士，护士本来要教训她一顿，看她的表情又凶悍又凄楚，扭身走

246

了，说，我没空跟你吵架，我找你家属来。

最初她以为护士弄错了她的身份，除了过世的爷爷奶奶，她还有什么家属？大约过了十分钟，有个妇女捧了一串香蕉，风风火火地进了急诊室，她只是觉得来人面熟，等到那妇女慢慢靠近她的病床，俯身看着她，那张忧愁而悲恸的面孔充满了尖针一样细碎的寒光，她倒吸了一口凉气，她认出来了，那是柳生的母亲邵兰英。

邵兰英近年老了许多，头发灰白了，以前白嫩的皮肤终究敌不过岁月的腐蚀，不仅起了褶皱，还长了几颗褐色的老人斑。邵兰英摸了下她的头发，摘下一粒煤屑，捻一下，扔掉了，她用床单擦了擦手，说，脏死了。

她容忍邵兰英坐在自己的身边，但及时地把脸孔侧向了另一边，表明她不准备与邵兰英交谈。她等着邵兰英发言，偏偏对方不说话，只是不停地叹气，一声长一声短的。她终于还是无法忍受，率先出言抗议，阿姨为什么要坐我身边叹气？你叹什么气？她说，你儿子，他活着吧？

如此不友善的态度，让邵兰英又多叹了一口气，邵兰英说，仙女啊，我不计较你，从小说话就不中听，出落成这么漂亮的大姑娘了，还是改不了你这臭脾气，他活着，你也活着，不幸中的大幸，难道你不开心吗？

请你别在我身边叹气。她说，我无所谓，我不舒服，听见别人叹气就犯恶心。

邵兰英剥了个香蕉，试图往她嘴里喂，看她紧咬住嘴唇，也不强求，自己吃了。邵兰英说，仙女啊仙女，知道你心情不好，我的心情也不好。你跟我们家有缘分啊，最近柳生的魂不在身上，我右眼皮老是跳，担惊受怕好一阵了。我也不怕你不爱听，我天不怕地不怕，就怕你和柳生在一起！人倒起霉来没办法，怕什么就来什么呀，柳生开车那么多年，从来没出过事，这下可好，捎上你这个仙女，一出就是大车祸，差点丢了命。

阿姨你别说了，我都懂了，我是扫帚星，我承认还不行吗？她闭上眼睛，下了逐客令，我刚刚活过来，没力气陪你说话，去陪你儿子说话吧。

我可没说你是扫帚星。邵兰英说，我知道你没力气说话，你好好躺着，听我说几句。世界那么大，你那么漂亮，又会唱歌会跳舞，可以去香港台湾发展，至少也可以去北京去上海当歌星，为什么要回来我们这个小地方呢？你要回来，我也挡不住你的道，怎么又去招惹柳生呢？人都有记性，也不用我提醒你吧，你们是前世冤家，凑到一起就是祸，谁也没有好果子吃呀。

我有记性，是你儿子没记性。她说，你走吧，去问问你儿子，他为什么没有记性？

他也该骂，男人都是轻骨头，看见漂亮姑娘就犯贱，管不住自己。邵兰英潦草地骂了儿子，还想继续数落她，看看她的眼睛已经泛出了一丝泪光，只好就此打住，伸手替她拉了一下被子，还是你仙女命大啊，什么事也没有，醒过来就能发脾气！邵兰英说，我家柳生这回惨了，人财两空，断了三根肋骨一根腿骨，脸上缝了六针，破相啦！那面包车撞得稀巴烂，以后拿什么做生意？

她湿润的眼睛很快干涸了。那串香蕉放在她枕边，被她用手一扫，扫到地上去了。她说，阿姨你不知道我有多烦，你行行好，快点出去，你要不出去我就起床，我出去。

邵兰英从地上捡起了香蕉，周围的病人们都用同情的目光看着她，她很大度地一笑，说，现在的年轻人，跟他们计较不得，谁懂礼貌？都是长辈宠出来的，受点他们的气，也是活该。她这么安慰着自己，又弯着腰凑到了病床边。我知道你心情不好，我心情也不好，还有最后一句话，说完我就走。邵兰英目光炯炯，两侧的鼻翼不知为何抽搐起来，仙女啊，你躺在病床上，我也不忍心跟你吵架，就是要问问你，这么多年了，柳生欠你的债，是不是还没有还清？以前要是没还清，这下，该都还清了吧？

她惊讶地凝视着邵兰英的面孔，紧紧地咬着嘴角，似乎在心里掂量那一句话的重量。过了几秒钟，她的眼神恢复了常态，烦躁，尖锐，桀骜，嘴角上绽露出一丝坚硬的微笑。

这就还清了？不一定。她用一种夸张的娇滴滴的声音说，阿姨，那可不一定哦！

胎儿还在她的腹中，安然无恙。

医生告诉她，这么严重的车祸，你没有流产，算是一个奇迹了，你的孩子，比你还命大。她对这个喜讯反应木然，只是用手指在腹部小心地揉了一下，说，无所谓，我没什么感觉。这是实情，她的母爱不过是另一个胚胎，处于液体与固态之间，模模糊糊的，忽大忽小的，所谓的母爱，离她还很远。她从来不是那种喜爱婴儿的女人，她只偏爱小动物。现在，什么都丢了，只保住了一个胎儿，她不知道是否值得庆幸。

为了丢在公路上的行李箱，她打电话，找关系，忙了好几天，最终未能如愿。交警抵达之前，肇事的运煤卡车已经不知去向，附近的农民在车祸现场捡拾物品，钱包、手机、衣服和名牌化妆品，无一幸免，她只从警方那里收到一只沾了煤灰的凉鞋，听说农民们最忌讳死人的鞋子，把它踢到公路下的菜地里了。

老阮答允给她送钱，她等了几天，等来顺风旅馆的一个女服务员，送过来两千元。那女孩新近从贵州乡下出来，说话打扮都还很土气，她笨嘴拙舌地转达了老阮的歉意，说老板最近很忙，老板最近手头很紧，又说老板最近找一个大仙算了命，大仙警告老板不得靠近孕妇，以免血光之灾。她一听就明白了，老阮要脱身了，老阮要摆脱她这个大麻烦了。她心寒嘴硬，没等女孩说完就下了逐客令，你也快走，我身上有血光之灾，谁靠近我谁倒霉。那女孩倒是忠厚，说，我什么灾没见过？天灾人祸见得太多了，还怕什么血光之灾？老阮让我来照顾你的。她说，我要你照顾？你傻乎乎的什么都不懂，自己还要人照顾呢，怎么来照顾我？女孩有点倔，一屁股坐在床上，气呼呼地说，不懂可以学，我要是走了，老板不骂你，要骂我的。她发现那女孩憨朴得难缠，便拿起一根拐杖顶她的后背，说，快走快走，你留在这里，那边的工作就黄了，回去告诉老阮，我自己照顾自己，他这样的大哥也算仗义了，以后再也不连累他。

也幸亏老阮的那些钱，救了她的急。临到要出院了，她为服饰打扮焦虑起来，在医院附近的百货公司转了半天，看上一件名牌连衣裙，试试合身，让营业员包好了，才发现钱包里已经没有钱。她跑到柳生的病房借钱，正好撞见邵兰英和柳娟，邵兰英戒备地瞪着她，如临大敌。她慌忙退了出来。柳娟待她倒是热情，跟在后面喊，仙女，仙女，我给柳生熬的鸡汤，给你留了一碗。她回头说，我不爱喝鸡汤！怕柳娟纠缠，她急急地跑到厕所里，把厕格的门关上了。

她静静地坐在厕格里，托腮盘算自己的未来，越盘算越心慌。那个未来被乌云所遮蔽，根本看不清，她只看见自己微微隆起的腹部，像一座神秘的矿山，掩藏着一个陌生的生命。她的身体里住了两个生命，她不知道是自己孕育着一个胎儿，还是那个胎儿在孕育她。未来，就是那个孩子吗？现在，胎儿是她唯一的财富吗？她的腰变粗了，腿略微有点浮肿，怀孕的身体让她感到好奇，这身体犹如一片荒田，以剩余的养料饲育着一棵孤树，那个种树的人，却已经绝情而去。她想起庞先生，心里不免怅然，那份感情来得快，去得更快，但胎儿是一座桥，把她的身体与庞先生联接在一起了。她忽然觉得，她有权抛弃庞先生，庞先生却无权摆脱她，比起那些逢场作戏的男人，庞先生有义务善待她，至少善待她的身体。

她记得与庞先生的合约内容，孩子出世以前，不能见他，但为了那件漂亮的连衣裙，她还是去打了庞先生的电话。听到那个台湾男人的声音，她几乎哭了出来，你包我吧，我可以做你的二奶。这句话已经到了嘴边，是他冷淡的态度让她寻回了尊严。她省略了很多铺垫，要庞先生帮她最后一个忙，去指定的时装店买两套夏装，带到医院来，顺便替她付掉剩余的账单。庞先生追问她为什么会住院，她说，我自杀，到公路上撞汽车，不巧，没撞死。庞先生或许猜到她在随口撒谎，他说请你别骚扰我了，不是都谈妥了吗？我们按合同办事，等到孩子出世以后再联系。他把她的求救视为骚扰，对她是一个莫大的羞辱，她沉默了一下，突然冷静地说，好，很好。我不骚扰你，就去骚扰你太太，你不是喜欢二选一吗？这次也是二选一，你选吧。如此赤裸裸的要挟与威胁，首先吓着了她自己，她为自己的阴险与邪恶感到震惊，因此呼呼地喘起了粗气。但她高估了自己，低估了庞先生，庞先生在电话那头说，好久不见，你成长得很快么，学会敲诈了？然后他发出了很怪诞的笑声，你这是犯罪，懂吗？我有录音，要不要回放给你听听？你要是不敢听，我去放给警察听？她愣了一下，破口大骂，你这个老狐狸，你这个下流胚，你在欧洲舔我的时候怎么不录音？舔得吧唧吧唧的，怎么不录音？庞先生先是干笑，最终长叹了一声，堕落，堕落啊，你这种堕落的女人，我早该料到你的品行，怪我当初瞎了眼睛，还以为你有多单纯。

她失魂落魄地回到病房里，枯坐半天，忽然向邻床的病友借了一支笔两页纸。邻床的病友见她表情凄楚，问她要写什么，她说，不写什么，写个账单。她趴在床上开始写，写了几个字就抽泣起来，如此反常的举动引起了所有病友的注意，有人凑上来要看她写什么，她把那页纸往枕头下面一塞，人往被窝里一钻，说，你们偷看我就不写了，还是睡觉吧。

后来柳生拄着拐杖来了。柳生的脸上还蒙着一块纱布，他说，白小姐，听说你在写遗书啊？我问你，遗书的遗字怎么写的？

他的声音听起来近乎快乐，某种应有的悲剧气氛被莫名其妙地消解了。她不愿意跟他说话。她转过脸，不让他看见自己的泪脸，却给了他窃取遗书的机会。柳生从枕头下掏出了那页纸，就这样，那份仓促的未完成的遗书暴露在大庭广众面前：**我恨死了这个世界，我恨死了这个世界上的人。**

251

她怕柳生念她的遗书，起身夺回了那页纸，又羞又气，干脆唰唰地撕碎了。柳生咧着嘴想笑，终究不敢，抬脚扫着那几片纸屑，说，这个世界谁不恨？我也恨，再恨也不至于写遗书么，现在写，不嫌太早了吗？

我愿意现在写，关你什么事？她说，你滚，别来烦我。

他执着地坐在她的床边，思忖良久，拿起柜子上的圆珠笔，啪地打在一张纸上，好不容易捡回来的命，怎么一点不珍惜呢？你这么轻生，不光是给党和政府脸上抹黑，我的脸面也没地方搁。柳生说，不就是丢了一只箱子吗？等会儿再写张纸，缺什么写什么，我保证三天之内，全给你买回来。

幸亏柳生，她得以熬过了医院里的日子。这个不可信的男人，成了她唯一的依靠。他们彼此的亲近，是必然的，也是被迫的。之前她从未想过，柳生的殷勤，甚至轻浮，会变成她的救命稻草。后来的几天，他们像一对幸存者一样互相依赖，像一对情侣一样凑到一起吃饭，不分你我。他们坐在一起，她的膝盖无意中撞到过他的小腿，因为卷起了裤管，可以看见柳生黑色而浓密的腿毛，某种男性荷尔蒙的气息，在他下半身放肆地挥发。她忽而走神，回想起这个男人十年前的样子，英俊，浮夸，轻佻，微卷的头发上抹了过多的钻石牌发蜡。他是她的舞伴。小拉。他们一起跳舞。小拉。咚，嗒，嗒咚。她记得小拉的舞步。她记得钻石牌发蜡的香味。她记得自己当初对柳生紊乱的情感，有时讨厌，有时是喜欢的。如果当初他们是在水塔里跳小拉，如果当初他懂得爱抚女孩的方法，如果当初她爱他多一点，如果水塔之约推迟三年，他们之间的故事会是什么样呢？往事令她心痛，她鼻子发酸，眼睛莫名其妙地湿润了。柳生注意到她异样的神色，关切地问，菜不好吃吗？她回过神来，用不锈钢调羹在他腿上狠狠捅了一下，厉声说，把你的裤管放下来！

留在这个城市待产，是权宜之计，也是柳生劝说她的结果。她答应了柳生，想象预产期的日子，也许会是柳生把她推进产房，她的生活，竟然要交给柳生打理，不免百感交集。有一根绳子伴随着她的生活。有一根绳子，至今仍然捆绑着她的身体，还有灵魂。她罩不过命运，她的命运由绳套控制，那诡异的绳套在一个个男人手上传递，最终交到了柳生手上。她被套住了。绳套对她说，留在这里。绳套对她说，你丢了魂，一切听我的。

房 客

柳生为她租赁的房子在香椿树街上。

对于城北的那条街道，她想象过它的破败与寒酸，但左邻右舍竟然夹道欢迎一个陌生的房客，如此无礼的热情，她缺乏心理准备。她和柳生从出租车上下来的时候，看见香椿树街居民射灯般的目光，她像一个走T台的时装模特，面对着两边观众的挑剔或者赞赏，有一种裸身过市的尴尬。空气里有嗡嗡的来历不明的欢呼声，她听清了他们的议论，大多在赞美她的容貌，漂亮的，身材很好，脸盘也很漂亮。除此之外，还有一个刻毒的声音传到了她耳朵里，漂亮是漂亮，就是那做派，有点像小姐吧？她朝那个饶舌的妇女掷过去一个白眼，张嘴要骂人，想想又忍住了，初来乍到的，她还不宜跟人吵架。柳生提醒过她，香椿树街的妇女虽然千人千面，但有一点雷同，她们个个都有吵架的天赋。

隔壁药店的老板娘守在门边，像化验员一样检查着她的面孔和身体，尤其是腰腹部位。她听见老板娘对柳生说，柳生你好本事呀，不声不响的，要当爸爸了？她绕过那个自作聪明的女人，感到腰上被一根手指偷偷地摁了一下。她瞥一眼那女人，不便发作，说，拜托啊，请你不

253

要动手动脚，好不好？那女人撇嘴道，我又不是男人，摁一下有什么？我一摁就知道你几个月。她低头往门里走，嘴里埋怨道，我几个月，关你什么事？柳生说，你还真别那么说，我们这街上，你的事就是大家的事，都是热心人，你要是讨厌就关上门，门一关，就清净了。

于是她用力撞上了大门。那堆香椿树街居民被隔离在门外了，她贴着门听外面的动静，不知是哪个妇女及时发出了暧昧的笑声，笑得很浪荡，哎呦，关门了，大热的天，他们还这么性急！很多人跟着笑。有人说，这柳生，我上个月还看见他跟一个姑娘轧马路呢，怎么一眨眼带回个孕妇？都怀孕了，怎么不回家住？有人答，你蠢不蠢，这叫先斩后奏，邵兰英不准这姑娘进门，柳生才租了这房子，他们这是同居，现在的年轻人都这么干，以后的事以后再说。她一听便恼了，在门里大叫恶心，回头质问柳生，我跟你同居了？你配跟我同居？你到底是怎么跟房东说的？柳生无辜地说，我什么也没说，别冤枉我，是他们自己想歪了。又说，香椿树街上的人其实也不坏，就是喜欢乱嚼舌头，你别听他们的，耳朵不就清净了？

房子被潦草地收拾过，算是干净的，只是室内光线阴暗，家具与墙面都散发着霉味，一只老鼠从客堂的八仙桌上跳下来，飞快地遁入了墙角。往上看，人字形的屋顶很高，木质的橡梁发黑了，顶墙上有漏雨的痕迹。她站在一所陌生的老房子的屋顶下，感到空气里飞行着无数古老而神秘的细菌，她仍旧被围观着，这次，是一个古老家族的幽魂对她围观，那些幽魂在屋顶下焦灼地奔走，互相打听，这是谁？她是谁？

柳生把水壶放到炉子上，从厨房出来了，看她目光游移不定，问她是否选好了卧室。她说，有什么好选的？这破房子，哪儿都阴森森的，我都担心会闹鬼。柳生觍着脸一笑，你要是怕闹鬼，我来陪。看她要翻脸，不敢再轻薄，改口说，你不用怕鬼，不是怀孕了吗？孕妇身上两条命，鬼怕你的。她厉声说，我没心情听你胡说，你嘴里能不能正经点？柳生很认真地说，我正经着呢，香椿树街上的老人都这么说的，孕妇天下最大，连鬼都不敢欺负孕妇。他察看着她的脸色，拿起扫帚胡乱扫了几下，说，这房子的软件配不上你的硬件，克服一下，熬上半年，等孩子生下来，你就有好日子过了。

她用嫌厌的目光四处打量着房子，首先看见了头顶上的阁楼，楼梯一半是水泥的，一半由杂木拼凑而成，一只男人的帽子挂在楼梯柱上，帽子上印着香港旅游四个字。她问柳生，你这个朋友到底是什么人，这么穷，还去香港旅游？柳生笑了笑说，穷人也可以旅游么，你巴黎都去过了，人家就不能去一次香港？她又问，他人呢，房东怎么不露个面？柳生说，我这朋友最不喜欢待在家里，又跑出去旅游了，人家不光去过香港，还去过很多地方呢。

她对阁楼有兴趣，顺手抓起那顶旅游帽，一路扫着楼梯扶手上的灰，爬了上去。阁楼上有点闷热，阳光照耀着一张老式的行军床，草席是新的，还散发着芦草新鲜的香气，枕席没来得及准备，只有一个油腻腻的枕芯竖在床角。有一块椭圆形的光斑在行军床上漂移，鬼鬼祟祟的。她怀疑街上有人在用玻璃观察他们，走到临街的一扇小窗边，一探头，发现街上果然还站满了人，赶紧缩回来，跺脚道，要死了，还没走，他们到底要看什么？柳生说，他们自己也不知道的，都下岗了，没事做么，你不想让他们看，就拿那块床单做窗帘，挂上去。她拿过椅子上的床单，看了看又放下了，敏感地说，现在不能挂，这种人我懂的，挂了床单他们就更不肯走了。

街上杂乱的人声中突然响起一个熟悉的妇女的声音，柳生，柳生，快去医务所，该去换药了！她闪到窗边，一眼看见街上的邵兰英。邵兰英正站在对面人家的门前，嘴里与几个妇女说着什么，视线不时地抬起来，朝小窗瞟一眼。柳生啊，你耳朵聋了？邵兰英高声喊道，你伤还没好透呢，快去换药，医务所快打烊了！

她示意柳生快走。柳生摸了摸身上的纱布，换不换药无所谓了，别去管她，我把你安顿好了再走。她堵着楼梯，像赶鸭子一样赶他，别给我装体贴了，没什么可安顿的了，你把钥匙交出来，赶紧换药去。她说，回去告诉你妈妈，不是我勾引你，不是我逼你，我住到你们香椿树街来，那是落难。柳生点着头，手在口袋里摸着那把钥匙，有点舍不得。要不要我再去配一把？进出方便点？他观察着她的反应，试探着说，我没有别的意思，你在这儿人生地不熟，有把钥匙，我好照应你。她沉下脸，厉声道，那不真成同居了吗？别跟我花言巧语的，我再堕落，还没堕落到和你同居的地步。她将手掌朝他摊开，快，快把钥匙交出来，回到你的好妈妈身边去吧。柳生无奈地交出钥匙，走到门口想起了什么，回头说，明天我再过来，春耕他们要为我接风压惊，吃海鲜去，你一起去。

她断然拒绝。什么海鲜？烂鱼烂虾吧？我爱吃鱼翅鲍鱼，你那些朋友请得起吗？我才不跟你一起去，我不做你女朋友的。她随手打开了电视机，屏幕上跳出一个白髯长须的侠客，拿着把刀追杀一个妖怪，她拍打了一下电视机，讨厌死了，又是这种烂片，住在这种地方，要是没有好的电视剧看，日子怎么熬？柳生回头说，打发时间还不容易？不爱看电视就看碟片，阿六的哥哥开碟片店的，你要看什么让他拿什么。她不置可否，见柳生还站在门边，说，你怎么还不走？不走我就多提醒你一句，我们是普通朋友，普通朋友懂吗？你只当我在这房子里坐牢，以后要来探监，事先电话申请。

她被困在一个陌生的屋顶下了。

有一扇木门通往天井，透过门边的小窗，可以看见天井里的满地青苔，堆在露天的杂物，其中一辆老式的二十六寸自行车倚着墙，锈迹斑斑，后架上还整齐地缠着绳子。她去推门，发现门上挂了好几把锁，原来那天井是无法进入的。她在阁楼上朝香椿树街张望，首先看见的是楼下药店的一个灯箱广告：延年益寿，返老还童。这条乏味的街道，这所老旧的房子，是为她的落魄量身定做的。她是一个囚犯，是一个胎儿的囚犯。她是一个人质，是一个模糊的未来的人质。她也是一件抵押品，被命运之手提起来，提到这个陌生的阁楼上了。

第一天她很疲惫，很早就睡了。夜里下了场雨，闷热的空气里有一丝凉意，香椿树街很宁静，没有噪音侵扰，但她还是莫名其妙地惊醒了，似乎有个男人睡在她的身边，睁开眼睛，草席上一片月光，并没有人，只是某种熟悉的男人的气味惊醒了她，那气味从床铺上渗出来，从枕芯里爬出来，缠绕着她的面孔，甚至身体。谁？她朝着楼下先发制人地喊了一声，没有回应，她还是多疑，来到阁楼的小窗边，掀开窗帘检查，看见窗台上有一颗烟蒂，已经被雨水泡软了。街上无人，夜雨为新铺的沥青路面上留下几潭积水，大小不一，都是圆形的，闪着碎玻璃般的光。一只白猫站在对面人家的屋顶上，一动不动，与她隔街对峙，她一贯喜欢猫狗动物，但是这只白猫来得不是时候，它看起来像一个阴险的监视者，她捡起烟蒂朝对面扔过去，猫被她惊着了，一眨眼消失在夜色里。

　　第二天早晨她听见有人敲门，以为是柳生，开门一看，是隔壁药店的女人。女人提着几只大塑料袋，说，柳生让我送给你的，看他对你多体贴。她接过那些蔬菜水果，要关门，门关不上，那女人一条腿已经跨了进来，目光穿过她肩膀，朝里面张望，你一个人住这儿？不害怕的？她说，有什么可怕的？这屋子闹鬼吗？那女人脸上有一种讳莫如深的表情，摆手道，不是这个意思，鬼不惹孕妇，倒是要提防人，我们这条街风气不好，夜里门窗千万要关紧啊。她说，我知道，我白天也关门关窗的。她做出明显的逐客的姿态，女人却不肯走，视线热切地投在她的腹部周围旋转，有四个月了吧？是柳生的？她傲慢地笑起来，说，怎么可能？我跟他，你看配吗？女人说，那不一定，很多鲜花都插在牛粪上的。女人说着话，一只手悄悄地探过来，试图揪她的腰部，她闪开了。让我揪一下怕什么？我再揪一下，就知道你怀的是男是女了。女人说，跟我不用这么生分的，提防谁都别提防我啊，你到街上打听打听，谁不知道我马师母的为人？街坊邻居有什么难处，都要找我商量的。她说，我没有别的难处，反正是待在这里，吃喝拉撒睡，能有什么难处？马师母说，那不一定，听说要住到生产？还有半年光景呢，说长不长说短也不短的，我们街上是非多，你千万要小心，最好少出门。她说，你们街上的是非，不关我的事，我要是住不惯，说不定明天就搬了。又说，我以前习惯住酒店的，被偷了，没有办法，只好将就了。见她拒人于千里之外的样子，马师母的满腔热情终于凝固，慢慢向门边退，你的气性这么大，对胎儿不好的，要注意保胎啊，我店里新到了保胎药，要不要给你拿一盒来？她跟着马师母去关门，说，谢谢你，保不保胎我无所谓，有了是有了的打算，没了是没了的打算。

房　东

对于她来说，见到那个隐身的房东，不啻见到一个鬼魂。

电视当时开着，她在厨房里煮面条，听见楼梯间有响动，探头出去看见一个男人的背影，他弯着腰，正在搬弄楼梯下面的纸箱。她起初以为是柳生，柳生？你怎么进来的？跟小偷似的！为什么不先打电话？谁批准你进来的？那人缓缓地直起身子，回过头来，向她晃动着手里的一把钥匙。我不是柳生，是房东。保润说，我是房东，这是我的家，我回来拿样东西。

她失声惊叫，以为在做噩梦，拧了自己一把，又惊又疼，原地跳起来了。她撞上厨房的门，顺手在案板上捞了把切菜刀，持刀躲在厨房的门后，跺着脚朝门外喊，混蛋，两个混蛋，我又上你们的当了！为什么骗我住到你家来？你们还要干什么？

外面沉寂了一会儿，她听见保润说，去问柳生，问他要干什么。我也上他的当了，柳生说租房子给他女朋友住，我不知道你是他女朋友。过了几秒钟，又问，你是他女朋友吗？没等她回答，他发出了一声冷笑，我明白了，他妈的，你们两个人在我家里同居？有意思，很有意思啊。

她气哭了，朝着厨房的门大声喊道，放屁！谁是他女朋友？谁跟你们这种人同居？哭了几声之后，她的情绪稍稍放松了，听保润在外面翻箱子，她在里面用刀背击打门板，你们在给我演恐怖片吗？比恐怖片还恐怖。她说，世界那么大，我怎么就住到你家来了？怪不得老做噩梦，原来你是房东，我明天就搬走！

　　随便你，爱搬不搬。保润在外面说，我房子是租给柳生的，不是租给你的。

　　煤气灶上的水煮沸了很久，面条已经烂了，厨房里蒸腾着水汽，她过去关掉煤气阀，人渐渐冷静下来。现在她才回想起来，阁楼上萦绕不去的男人的气味为何如此熟悉，那正是保润的头油、体味和脚臭混合的气味。也许不是什么阴谋，也许柳生只是为了省钱，捉弄她的，是命运。这么多年过去了，有个魔鬼仍然在他们三人之间牵线搭桥，多么精巧的手艺，多么邪恶的手艺，她不知道该如何脱身。她从门缝里偷窥保润，训斥他道，你在翻什么东西？这么大的人了，懂不懂规矩？房子租给别人就不是你的了，谁付钱是谁的，你还回来翻动找西的干什么？

　　保润蹲在纸箱旁边，终于找出一张相框，抱在怀里。你别吵，我马上就走。保润说，我爷爷昨天又跑了，找了两天没找着，我回来拿他的相片，要贴寻人启事。

　　她相信保润没有说谎，祖父又逃走了。让她纳闷的是，井亭医院那么高的围墙，那么多道门岗，祖父到底是怎么跑出去的？她很好奇，又不屑于问。隔着门缝，可以看见保润额头上闪亮的汗珠子，他抱着镜框来回走动，似乎还在找什么东西。照片不是找到了吗，你还找什么？她说，你在这里晃来晃去，我心烦，拜托你快走。

　　我马上就走，你不用赶我。他说，你要不要进天井？要是嫌屋里憋闷，就到天井透透气，要不要给你把天井的门打开？

　　那建议听上去是诚恳的，她没料到他会有这份善意，考虑了一下，说，随便你，不去天井憋不死，去了天井也不会多活几年。

　　保润往天井的门那边去了。我家不怕偷，不防盗的，钥匙都放在门框上，摸一下就摸到了。他踮起脚摸着门框，说，天井里有辆自行车，以前你坐过的，我带你去工人文化宫，还记得吗？打了气车子还能骑，要是不嫌丑，你随便用。

她说，多谢你关心，我不骑自行车，我出门都打车的。

然后她听见他开锁的声音。咔嚓，咔嚓，两把挂锁打开了，一道光线投在阴暗的客堂里，保润的两条腿粗壮地立在门边，脚踝处染了一片明亮的阳光。他把几把钥匙放在了门槛上。钥匙都在这儿了，你放心，我不会再进来的。他说，我们清账了，不算朋友，也算熟人，孩子要紧，你就好好在这里待产吧。

他在厨房的门外，她在厨房里，隔着门，两个人以静默交流，她终于被打动了。她接受了他的善意，这善意来得正是时候。他们之间的和解比想象的要快，而且细碎，但她信任这样的和解。她看见了他怀里的相框，祖父的人像被保润粗壮的胳膊遮住了，那胳膊上沾了一团凝结的灰团，灰团也在光线下发亮。她忽然觉得保润人很好，保润其实很好，作为回报，她也应该对他客气一点。你爷爷，怎么让他跑了？她对着门缝说，你没把你爷爷捆起来吗？

忙不过来。保润说，我现在在井亭医院做临时工，那边的男护工越来越少，我每天忙着捆人，倒把我爷爷漏了。过了一会儿，又说，也下不了手，以为我爷爷半死不活的，不捆也没事了，没想到他还能跑那么远。

该捆还是要捆，捆了才放心。话一出口，她便懊悔地吐了下舌头，捆人的建议出自她的口中，听起来不免有点讽刺，还有点下贱，她赶紧申明立场，他是你爷爷，不关我的事，捆不捆要从实际出发，你快走，我要上厕所了。

保润走了。楼梯间的大纸箱还打开着，她过去翻看了一下，纸箱底部是各种各样的绳子，上面盖着几个大大小小的相框。有好几张祖父的标准像，配着统一的黑色塑料相框，祖父以重复的姿态躲在框里，恍惚的眼神里充满了问号，似乎在向她询问，我的魂呢？你知不知道我的魂在哪里？她拿起了另外一个相框，看见一堆人坐在北京天安门前，人很朦胧，天安门也模糊不清，她用湿布抹一下，天安门的轮廓清晰起来，是七十年代盛行的全家福照片，雄伟的天安门其实是画出来的一块布景。四个家庭成员的面孔从尘埃中破茧而出，一个老人，一对中年夫妇，他们坐姿端正，笑容是被摄影师逼出来的，看起来僵硬而勉强，唯一不笑的是后排的少年，一看就是保润，他独自站着，一簇头发突兀地翘起来，形状像一只飞鸟，他忿忿地站着，目光是受骗者的目光，瞳仁里隐隐可见两朵愤怒的火焰。

那天下午她难得地出了门，打着黑阳伞来到锁匠老孙的摊子上，挑了一把门锁。她要求老孙上门替她换锁。老孙狐疑地看着她，姑娘你是谁家的新媳妇吧？街上的人我都认识，怎么不认识你呢？她懒得介绍自己，撇嘴说，我不是谁家的新媳妇，我是扫帚星下凡，下凡到你们香椿树街上来了。老孙面露惊恐之色，认真地问，是谁家？你究竟下凡到谁家去了？她看自己的幽默吓着了对方，不禁捂嘴笑起来，不下凡到你家就行了，你怕什么呀？她说，有意思，你都这把年纪了，还怕扫帚星呢。

街上的沥青路面被太阳晒得热烘烘的，她的凉鞋在路上咔嗒咔嗒地响，老孙提着工具匣跟在她身后走，觉得她的背影比正面更好看。她走路时髋部摆动得很厉害，这使她的步态透出一丝难言的性感，她的花短裙是流行的大红牡丹图案，衬托出两条藕节般的长腿，腿显得很白，最妖娆的风景在她的脚踝上，一根彩色珠子串成的脚链沿途发出细碎的声响，闪烁着艳丽的光。

261

居民们大多在午睡，街道在寂静中构思黄昏以后的流言蜚语。他们在一只水泥垃圾箱附近遇见了绍兴奶奶的猫，她朝猫表达了爱意，喵地叫了一声，没想到那只猫恩将仇报，跑回家去给主人通风报信，绍兴奶奶急匆匆地从家里冲到街上，用蒲扇挡着光打量她，嘴里发出了一声隐晦而悠长的赞叹，哎呦呦，长得真算标致的，怪不得呀！她听那赞美声刺耳，怪不得是什么意思？她一时猜不透，朝绍兴奶奶翻了个白眼，径直从她身边走过去了。绍兴奶奶与她搭讪不上，追着老孙，用蒲扇去捅他的后背，孙师傅，你跟着个大美人要去哪里？老孙说，美人丑人都是顾客，我跟这位顾客去换门锁么。她的身后有一阵诡秘的静默，然后她听见了绍兴奶奶一语双关的声音，门锁能随便换的？老孙，你可要当心一点呀！

她回了下头，嘴里嘟囔一声，老不死的。她横过街道，到冷饮店里买了一支雪糕，举在手上耐心地吮着，扭着腰肢向前走，凉鞋一路咔嗒咔嗒地响，很快到了保润家门口。她倚到门上，向老孙做了一个表演性的手势，谜底现在揭晓。她说，扫帚星下凡到这户人家来了。老孙茫然，说，这不是保润家吗？她径直开门进了屋，边走边说，过去是他家，现在是我家了，我的房子我做主，老师傅你别在那儿翻眼睛了，没事的，赶紧动手换锁吧。

隔壁药店的马师母端着一只饭盒走出来了，老孙朝屋里努努嘴，悄声问马师母，这姑娘，不是保润的新媳妇？马师母的脸上露出了神秘莫测的表情，不是，不是，这个姑娘很复杂的。老孙说，我也觉得有点复杂，你给我出个主意，这锁给不给她换？马师母回避了老孙的请求，急于陈述事情的复杂性，老孙你猜啊，你猜她是谁，打死你也不相信的。没等到老孙启动他的头脑，马师母迫不及待地凑到了他的耳边，你还记得柳生和保润当年犯的案子吗？我也是刚刚听邵兰英说的，她就是水塔里那个女孩，就是那个仙女啊！马师母拍着膝盖说，你能猜到吗，这三个前世冤家，现在混到一起去啰！

门　外

午睡的时候，门外人声鼎沸。最初她以为是邻居拌嘴，不愿起来，等到那嘈杂声越来越响，她料到自己脱不了干系，爬下床凭窗俯瞰，看见一堆人已经堵住了她的门口。一堆人挤在她的门口吵吵嚷嚷，众星捧月似的围着一个枯槁干瘪的老人。

祖父回来了。

大多数人热衷于打听那只手电筒的下落，关心祖父还有没有返魂的希望，也有人替祖父发表高见，说这些年来香椿树街死了那么多健康的老人，只有祖父成了一棵不老松，说明什么问题？说明丢魂可以长寿，丢魂说不定就是最好的养生之道，还有什么必要去找一只手电筒呢？还有什么必要强求返魂呢？人们针对祖父顽强的生命现象，各抒己见，祖父只是不停地摇头，神情凄苦。有人从家里拿了一瓣西瓜给他，祖父贪婪地啃着西瓜，脸上染了些红色的瓜汁，他身上的衣服黑不溜秋的，隐隐可见蓝白色的条纹，还有胸口一弯红色的月牙，那是井亭医院的徽标。她绝望地俯视着祖父的身影，嘴里不禁抱怨起保润来，又没捆！自己的爷爷都捆不住，你有什么用？

后来，外面的人群开始敲门了。

白小姐快开开门，保润他爷爷要进来！

看在人家那把年纪的分上，你就行行好，让他进来坐一下，他脑子有病，腿脚不便，找回家来不容易呀！

白小姐，你不要这么冷酷，这不是你的家，这是他的家，是他祖上传下来的家产啊，人家魂不在身上，很可怜的，你开门让他进来看一下，坐一会儿，你会死吗？

她的漠然，点燃了街坊邻居胸中正义的烈火。所有人都可怜祖父，都想帮祖父一把，有人开始向楼上的小窗投掷石子，有人干脆撞门了，一边撞，一边发出最后的通牒，白小姐，你不仁我们不义，知道你才换的门锁，你要再不开门，门锁撞坏了，我们不赔。

她在楼梯口徘徊，听着门锁发出尖利的撞击声，脑子一热，抓过桌上的钱包冲到了门口，以为我稀罕住这房子呢？进来，老头进来，你们大家都进来！她打开门说，我走，这烂房子，还给你们！

她侧身穿越人堆，昂首挺胸，以一种倨傲的姿态离开保润的家。后面的人群沉寂了一下，很快响起欢呼声。祖父回来了，她被驱逐了，她被一条街道驱逐了。走了一段路，她回头一看，家门口的人群疏散有致，有人进去了，有人出来了，不知是谁家的一条大黄狗，正欢乐地跳进她的家门。她能想象人们在参观她的厨房、床铺、鞋、内衣、CD机。她能想象他们在研究她的所有物品，尽情地捕捉她私生活中不为人知的信息。但是，仙女作为她的名字，已经在香椿树街上流传，她还有什么需要掩藏呢？除了腹中的孩子，她一无所有。她并没有太多的不安，心里愤愤地想，看吧看吧，随你们看，这么贫贱的生活，就向更贫贱的人们开放吧。

　　走到善人桥桥堍，她腿脚有点累了，坐在桥栏上给柳生打电话。柳生耐心地听她痛骂自己，不以为意，还勉励她说，你大风大浪都见过的人，还怕一个疯老头吗？你要坚强，忍一忍，我们马上就去给你清场。她又气恼，又自怜，差点哭出来了，但善人桥下人来人往的，实在不是哭泣的好地方，她想不出什么调节情绪的良方，就用手机掩着半边脸，看乌黑的河水从桥洞下流过。乌黑的河水令她联想起一些溺死者惨白的尸体，她有点反胃，脑子里忽然浮现出那封未完成的遗书：**我恨死了这个世界，我恨死了这个世界上的人**。要是往下写，该再写些什么呢？她头脑一片空白。她知道为什么自己的头脑一片空白，因为她不想死。如何对付这个世界，如何对付这个世界上的人，除了恨，她并不知道其他的方法。

264　　桥上下来一对年轻夫妇，手挽着手，女的是孕妇，步态缓慢而幸福，大概快要临盆了，肚子已经状如山峰。她盯着孕妇的肚子，对方也在研究她的腹部，两个人目光相撞，她先红了脸。遇见别的孕妇，她总是感到害羞，自己也不知道其中的原因。那孕妇已经走过去了，又朝她回眸一笑，你有五个月了吧？有没有做过B超？现在做，可以知道是男孩还是女孩了。她摇摇头，表示缺乏与陌生人讨论婴孩的兴趣，孕妇没再说什么，旁边的男人用自豪而响亮的声音说，我老婆怀的是儿子！

　　她低声咕哝了一句，神经病。低头看着自己隆起的腹部，一时怅怅然的。她怀的是什么？儿子。女儿。都是庞先生的。她的母性，至今若有若无，有时候类似爱意，有时候类似好奇，更多的时候是某种深深的恐惧。她能不能做一个母亲？她凭什么做一个母亲？想想她失败的生活都缘于各种错误的赌注，千错万错，也许都不及这一次更愚蠢，除了一笔钱，这个巨大的赌注还能赢取什么？她低头凝视着自己的腹部，突然说，算了，不要你了！那恶狠狠的声音在善人桥上回荡，把她自己吓了一跳。她的恨，其实远未波及无辜的胎儿，如此粗暴地威胁胎儿，让她有点自责。她想起马师母探测胎儿的手势，便竖起一根手指对准了自己的腹部，左边摁一下，右边摁一下，试着用一种温和的语气向胎儿摊牌。孩子，你是男的还是女的？不管你是男的还是女的，都是他的，我不要。她说，孩子，你做谁的孩子不好，怎么非要钻我肚子里来？不怪我无情，怪你自己太笨了，对不起，我不做你的妈妈，你找别人做你妈妈去吧。

她从善人桥下来，拦到了一辆出租车，径直去了妇产医院。

妇产医院永远是孕妇的世界，她这个孕妇与众不同，挤在里面东张西望，显得鬼鬼祟祟的。护士以为她要做围产期检查，指导她该去的路线，她说，我不检查，随便看看。她在手术间门口转悠了一会儿，忽然掀开帘子要进去，被护士一把拽住了。她说，里面现在不是空着吗，我要做引产啊。护士见怪不怪，扫一眼她的腹部，皱着眉头问，跟丈夫吵架了？吵架也不能拿胎儿撒气，丈夫的孩子不也是你的孩子吗？她随口说，孩子又不值钱，我丈夫无所谓的，他在外国工作，在巴黎呢。她无意中冒犯了所有母亲的心，孕妇们的目光从四面八方朝她射来，带有围剿的性质，像是注视一个不可饶恕的妖魔。那护士一定也是做了母亲的，问她，孩子不值钱，什么才值钱？她一时答不上来，那护士的脸已经黑下来，话也说得阴阳怪气了，你丈夫在巴黎？巴黎不远么，让他飞回来，引产手术会死人，死了人我们不负责，要亲属签字！

她莫名其妙地惹了众怒，有点悻悻然的，钻到角落里动了一番脑筋，又跑到护士那里。实话告诉你，我从小是孤儿，现在离婚了，变不出亲属来签字。她说，我的亲属就是我自己，自己签，为什么就不行呢？护士觉得她胡搅蛮缠，犀利地打量着她的面孔，你以前是不是孤儿我没法调查，不过我看你那么时髦那么漂亮，现在总有几个亲属吧，就算离婚了，前夫男朋友都算亲属，否则，你怎么怀孕的？她听出护士话里有话，忽然就失控了，尖声喊起来，我没有前夫不行吗？我没有男朋友不行吗？你把我当妓女不行吗，妓女怀上嫖客的孩子，可不可以引产？那护士一定见惯了各式各样的孕妇，反应异常冷静，问，这位小姐，谁说你是妓女？我们是为你好，你怎么不知好歹呢？你的精神状态，正常的吧？她说，现在正常，再拖下去就说不定了！护士说，趁着现在正常，就做点正常的事吧，别自己作践自己，回家去冷静一下，休息一下，明天心情就好了。她跺起脚来，你少给我装好人，什么回家？什么明天？你们有家我没家！你们都有明天，我没有明天！

然后她扑在墙上哭起来了，用手掌咚咚地擂着墙壁。四周的孕妇们都对她心怀反感，并没有谁去安慰她。手机一直在响，她哭够了才想起接电话。是柳生。柳生说祖父已经送回井亭医院了，家里太平无事了，她可以回去了。她抹着眼泪说，那不是我的家，我不回去，你快到妇产医院来，给我签个字。柳生问她在干什么，她气咻咻地说，妇产科的事，你问那么多干什么？赶紧过来，记住，今天你算我的家属，你做我的家属，是你一生的荣幸。

她等了很久，终于等到了柳生，不容分说，一把拽住他闯进了办公室。签字的来了！她用报复性的腔调对护士说，我男朋友来了，我丈夫来了，我家属来了，现在可以给我做了！护士斜着眼睛，先瞄柳生，再睨视着她，这么快就从巴黎飞来了，坐宇宙飞船来的？来了也不行，引产不是人流，是杀生，正常爹妈都不做的，你们做爹妈的不负责任，我们医院要负责任，先登记预约，手术什么时候做，我们还要研究，回去等通知。

柳生很快明白过来，见她还要跟护士理论，大声喊道，暂停！听我家属的！柳生把她拉到了走廊上，指着她鼻子说，你在江湖上混这么多年，看来都白混了，你把孩子拿掉，前面的苦都白吃了，后面的盼头也没了，我现在对你的智商深表怀疑！她疲惫地倚在墙上，说，我改主意了，我饶了姓庞的，救我自己。柳生看了眼她的肚子，嘻地一笑，现在改主意晚了吧？现在要救自己，也迟了点吧？他说，坚持就是胜利，再坚持几个月，你就熬出头啦。她说，我熬不下去了，不跟他赌这口气了，拿掉了这孩子，我回深圳去唱歌，从头再来。柳生摇头，越说你越糊涂了，从头再来？那是唱歌用的歌词！再过几个月，那台湾人就要付你钱了，不是说有六位数吗？我问你，你要挣够六位数，要唱多少歌？她说，你们这种穷人才整天钻在钱眼里，我不稀罕那点钱！他那点资产，他那种男人，不配让我怀孕！柳生既不敢质疑她的新规划，也不敢质疑她的自信，搓着手说，冷静，你冷静，我们再想想办法。他眨巴着眼睛搓着手，眼睛忽然发亮了，就算拿掉这孩子，也不能便宜了那台商吧？你们的合约怎么签的？她低下头，恨恨地说，合约就是二选一，孩子没了，只好便宜他了。柳生叫起来，这合约不公平！台商有钱啊，怎么能这样便宜他？生他的孩子该付钱，拿掉他的孩子也该付钱，营养费，精神损失费，青春补偿费，去跟他要，先付钱再行动！她红着眼圈思忖柳生的建议，觉得是合理的，又不好意思自食其言，思想斗争了半天，吞吞吐吐地说，我不想再见他了，你要是不怕丢人，你去要。柳生说，没问题，要到了我们对半分？她一下又生气了，你好意思对半分？是你怀孕的？你有子宫的？她抢白着柳生，看柳生的表情不太自然了，又慷慨地谦让一步，算了，还是四六开吧，你四，我六，这样行了吧？

柳生和庞先生

事情就这么耽搁下来了。

听说庞太太来大陆了，庞先生带着她去了桂林，又去丽江旅游。柳生找不到他。过了几天，又有消息称庞先生夫妇回来了，柳生去了他们租住的河滨别墅，去的时候摩拳擦掌，回来却是蔫头蔫脑的，对她说，那个庞太太是坐轮椅的，两条腿比筷子粗不了多少，庞先生推着她散步，两个人不分开，我找不到谈判机会啊。

她很震惊。她曾经逼迫庞先生打开钱包，公开他太太的照片，记得那台湾女人姿色平平，但笑容可亲，连眼神里都透露着温良恭俭让的美德。庞先生只说他太太是个会计师，身体不太好，其他方面，他总是三缄其口。她从来不知道，庞先生的太太，竟然是坐轮椅的。她怔了好久，问柳生，庞太太还漂亮吧？柳生说，老妇女了，有什么漂亮不漂亮的？人家是个基督徒，膝盖上摊了本《圣经》，坐在轮椅上研究上帝呢。

她自己也说不清，明明已经对庞先生恩断义绝，为什么却摆脱不了对庞太太的好奇心？她想象那个坐轮椅的台湾女人，就像破解一部悬疑电影的结局，心里燃起一种奇怪的激情。柳生听她说要去见庞太太，以为她开玩笑。她说，不是开玩笑，我真的想见她。见柳生露出讶异之色，她说，你眼睛为什么瞪那么大？我去见庞太太，又不是去见鬼，怕什么？柳生怪笑一声，脱口而出，我是不怕，该怕的是你，你见她干什么？你是小三啊！这一次，她难得地容忍了柳生的冒犯，大概觉得他的观念是人之常情，她撇撇嘴，揶揄自己说，小三跟大婆谈谈心，谈谈孩子，谈谈上帝，有什么不可以吗？

她让柳生陪她去河滨别墅，要求他务必穿得体面，一定要穿名牌，没有真货，情愿到市场上买一套仿冒货。柳生的反应还算敏捷，狡黠地一笑，又让我冒充你家属？明天是冒充男朋友，还是冒充老公？她反问柳生，有什么区别？没听你妈在街上到处宣扬，说我从小就是公共汽车吗？公共汽车谁都可以搭，什么男朋友老公野男人，都是一回事，都是乘客。

适逢星期天，他们谎称是庞先生公司的雇员，骗过了河滨别墅的保安。沿着车道往水边走，很容易发现这个高尚住宅区的高尚之处，看不见什么人，只有各式各样的狗，忠诚地守在主人的花园里，这里的狗也吠叫，但比较起香椿树街的狗来，它们叫得很有教养，人靠近栅栏它们叫，等人走过去了，它们立刻就安静了。对于四周的景致，他们各有各的兴趣。她往沿途的窗内张望，挂着窗帘的，就看窗帘的色泽和花纹，拉开窗帘的，就看室内的家具灯具和小摆设，以及客厅卧室隐约闪动的人影。柳生关注的是停放在车库路边的各种汽车，奔驰！宝马！他一路向她介绍着车款，嘴里发出近乎哀叹的声音，我操，又一辆大奔，一台路虎，这他妈的是什么车？是卡宴吧？她对柳生的表现很反感，不屑地说，你真是没见过世面，这些车有什么大惊小怪的？我在深圳坐过兰博基尼的，好几百万！坐着一点都不舒服，兜了一圈风，下车就吐啦。

来到庞先生的别墅外面，他们的脚步踌躇起来。玫瑰和月季花满园盛开，姹紫嫣红的，草地上有秋千架，秋千架上扔着一条绿色的薄毯，裹着一本书。铁栅门开着，一个园丁在花园里锄草。园丁告诉他们，庞先生陪他太太去教堂做礼拜了，家里没有人。她看看楼上的白色百叶窗，再看看花园里的露台，对柳生说，那就等啊，我们去露台上等。

经过秋千架，她顺手从毯子里抽出那本书，带到了露台上。书的印刷装帧很粗糙，似乎是非公开发行的，书名是繁体字，看起来很奇怪：**如何向上帝赎回丢失的灵魂**。露台上有遮阳伞和桌椅，桌子上摆放着一盆鲜花，还有一套紫砂茶具，两只茶盅里还残留着主人喝剩的茶汁。她拿起茶盅闻了闻，说，冻顶乌龙，还香呢。柳生说，他妈的，天天在露台上喝功夫茶，看看人家过的，这才叫生活。她把两只茶盅倒扣在桌上，慢慢地坐在沙滩椅上，不知为何，她叹了口气。打开那本书，看见的第一个标题是，***虔诚让上帝听见你的祷告***。她若有所思，问柳生，你做过祷告吗？柳生说，什么祷告，不就是念经吗？前年去慈云寺念过，去年到大悲寺念过，我妈妈催我去的，没屁用，要是念经能住上这样的别墅，我倒愿意天天念经。她说，祷告是祷告，念经是念经，祷告是给上帝的，念经是念给菩萨的，上帝比菩萨大，上帝管菩萨的，你连这也不懂吗？柳生说，上帝和菩萨，我都无所谓。我就巴结财神爷，财神爷才是老大，你不信到庙里去看看，谁那儿的香火最旺？谁的香火旺，谁

269

就是老大！

　　他们正说着话，看见园丁站了起来，迎向车道。庞先生的汽车鸣了一下喇叭，她条件反射，捂住了耳朵。庞先生一定注意到了露台上的不速之客，他打开车门，朝他们看了一眼，钻出驾驶座，又看一眼。是受惊的目光，一部分恐惧，一部分厌恶，更细微的眼神深处，还有一点点羞耻之色。

　　轮椅先下来了，在阳光下闪烁镍镉制品锋利的光。他们看着庞先生把一个女人抱到轮椅上，动作娴熟麻利。那女人在庞先生怀里显得娇小，像一个孩子，坐到轮椅上，兀然高大了许多。是庞太太。她见到了庞太太。庞太太穿着一套米色的西装，不施脂粉，梳复古的发髻。膝盖上那部暗红色封皮的书，应该是《圣经》。一切都还在她的想象之中，只不过庞太太的容貌比照片上更苍老一些，她的眼睛，则比照片上更加明亮，更加亲善。

　　她没有料到庞先生如此之快地镇定下来，他推着轮椅朝着露台而来，嘴里清晰地向庞太太介绍着自己，那个白小姐来了，就是她。她敏感地觉察到，她在庞太太那里不是一个秘密，此前为自己的身份精心准备的谎言，看来是没有必要了。就是她。就是她而已。不必演戏，不必斗智，不必攀比。这样简洁的局面，并没有让她感到轻松，反而使她有一丝沮丧，似乎准备了华丽的盛装赴宴，到了目的地才发现是浴室，她只能与宾客赤裸相对了。

270　　庞太太的身上有一股无名草药的气味，说不上好闻，但也不算怪味。她刻意地打量庞太太伤残的下肢，但它被长裤有效地遮盖了，庞太太的脚上，穿的是一双布鞋，脚背裸露着，露出一片弧形的苍白，除此，并无异样。

　　你一定是白小姐吧？庞太太主动跟她打招呼，大美女，果然名不虚传，好漂亮啊。

　　没你漂亮。她像刺猬般地随口防御，自己都觉得无礼，不知如何挽救，瞄一眼庞先生，那意思是说，我不针对你太太，针对的是你，我的无礼，都是你的错。

庞太太摇了摇头，脸上仍然挂着微笑，那种微笑因为充满宽恕的意味，显得温暖而大度，而且牢固。庞太太的手朝她伸出来，认识一下吧，我是庞太太。她差点要说我知道你是谁，不要多此一举，想了想改口说，认识一下也好，我是白小姐。庞太太的手枯瘦苍白，手腕上有一只翡翠镯子，她潦草地捏了下庞太太的手，盯着那镯子看，你的镯子很漂亮，玻璃种，还是冰种？现在要十几万吧？庞太太淡淡一笑，不是什么好翡翠，我在丽江地摊上买的，五十块钱。又补充一句，我从来不戴那么贵重的东西，有罪的。她嗤地一笑，翡翠有罪？凭什么？谁说的？庞太太拿起膝盖上的《圣经》，举高了，庄严地说，耶稣说的，奢侈是罪恶。

她没来得及说什么，旁边的柳生对庞太太的言论不以为然，抢先发表了他的见解，耶稣说什么不算数吧？耶稣管外国人的事，不管我们这里的事。

庞太太瞥了一眼柳生，目光中有温婉的谴责，转过脸问庞先生，这位先生是谁？你怎么不介绍？

庞先生朝妻子摊手耸肩，我不认识这位先生，问白小姐。

她从庞先生的脸上读出了一种潜藏态度，那是对柳生的蔑视，对她的轻慢，她正在犹豫怎么介绍柳生，是男朋友，还是朋友？或者，干脆给他们一点颜色看，称他是道上的朋友？柳生按捺不住，给夫妇俩各塞了张名片，开始自我介绍了。我谁都不是，我是来打抱不平的。柳生说，庞先生庞太太，我先请教你们一个问题，戴个翡翠有罪，那玩弄女人有没有罪？有人玩弄女人，把人肚子搞大了，拉起裤子就走人，这种事，耶稣怎么说的？

庞先生推一下轮椅，提醒妻子说，他在亵渎，这种问题你不必回答，我推你进去。

可以回答。庞太太面无表情，坚定地看着柳生，有罪。

那好。有罪就好。柳生得意地说，你放一句话下来，他有罪，怎么处置？

有罪要赎罪。要祷告，要忏悔，向上帝赎罪，让上帝听见，宽恕他的罪。

庞太太我佩服你，你太聪明了，我提醒你，孩子在她肚子里，不在上帝的肚子里！上帝宽恕他，白小姐有什么好处？

上帝是来拯救你们的。庞太太想了想，诚挚地说，拯救，就是好处，拯救难道不是好处吗？

没有好处叫什么拯救？救了也是白救！柳生歪靠在墙上，抱着双臂抖着腿，庞太太拜托你来点实际的好吗？我们谈谈妈涅的事，她明天要去引产，营养费总少不了，你们出多少妈涅？

什么妈涅？庞太太迷惑地看着庞先生，他要什么妈涅？

庞先生尴尬地说，钱，Money，英文。他是要钱。

庞太太的脸有点发灰了，她在胸口画了个十字，用手掌盖住《圣经》。太卑鄙了。太肮脏了。她喃喃自语，用一种凄苦的眼神环顾两个客人，一转脸，忽然对庞先生发怒了，你也很脏，你也有罪，我不要跟你们说话了，快推我进去！

她看着庞先生把轮椅推过露台，闻到庞太太身上的草药味从她身边一曳而过，带着些清凉的圣洁的刺激。哐的一声，别墅的大门撞上了。她听见柳生说，虚伪啊，你看，一谈钱就跑，虚伪透顶。她咬着牙，说不出话来，只听见胸口剧烈的心跳。她承认自己又错了。见庞太太，完全不是她所想象的场面，为什么要来见她呢？她不知道自己从庞太太那里受到了无理的羞辱，还是受到了合理的批判，有点想哭，又不甘心哭。她想离开，又不甘心就此离开，离开之前，她至少要看一眼庞先生的别墅。

她毅然地往别墅的大门走，透过大门的玻璃，看见轮椅就在门后，已经空了，《圣经》掉在轮椅的踏脚上，书页打开着。转眼之间，那对夫妇不知发生了什么样的冲突，她惊讶地发现庞太太躺在客厅的地上，半仰着身子，而庞先生从庞太太的身体上跨来跨去，似乎忙着找什么东西，依稀可以听见庞先生愠怒的声音，我不怕讹诈，签过合同的，我们有合同！庞太太的手在半空挥舞，闪着一圈暗绿色的光，抓不到庞先生，那手便垂落下来，不停地拍打着地板，有罪，你们都有罪！你们的合同是跟上帝签的吗？你们太脏了，宽恕不了了，拯救不了了，上帝也救不了你们了！

她不敢推门，室内的景象让她不安，庞太太尖利的哭声击溃了她。是刹那间的感觉，她觉得自己脏。真的有点脏了。她觉得自己有罪。真的有罪了。她转身朝花园里走，柳生追了上来，一把拉住她，要走？你怎么能走？她说，算了，一个残疾人，我不跟她斗。柳生说，女的残疾男的不残疾啊，你怎么能放过姓庞的？她说，算了，又不是没见过钱，饶了他们。柳生愕然地瞪着她，这一趟，就这么白跑了？你不是把我卖了吗？她不管柳生，兀自推开栅栏门朝外面走，回头吩咐柳生，就摘几枝玫瑰带走吧，要黄色的。

走出去大约五六十米远，柳生没有跟上来。迎面跑来几个穿制服的保安人员，好像奔赴战场的样子，有人拿着对讲机说，保安马上就到！她警觉地折返了，尾随着他们。庞先生的别墅门口很嘈杂，远远地可以看见庞太太的轮椅倾翻在地上，柳生和庞先生厮打成一团，看起来双方都要去夺那辆轮椅。她听见了庞先生的叫喊，流氓，人渣，你还算不算人？光天化日的你来抢劫残障人士的轮椅？柳生也在喊，我是人渣，你是衣冠禽兽，连人都不算，你不是一毛不拔吗？这轮椅我推走作抵押，抵押白小姐的营养费！

柳生没有去摘黄色的玫瑰，他去推轮椅了。她了解柳生的逻辑，脸一下羞红了。这样的抵押方法，只有柳生想得出来，有点过分，有点下作了。她想过去打个圆场，或者帮柳生下个台阶，走到绿篱旁边，一抬头看见别墅的门在不停地摇晃，庞太太的半个身子爬出了门缝；白小姐，你回来，我们是姐妹，我要跟你谈谈！庞太太仰着面孔嘶喊，眼睛里有晶莹的泪光闪闪发亮，白小姐，要信上帝啊，信上帝！你这样堕落下去，要下地狱的！

273

下部　白小姐的夏天

她忽然胆怯了，躲到一棵大树后左右察看，决定先脱下高跟鞋再说。她把高跟鞋胡乱塞进挎包，快速地换上一双平跟鞋，踩两下，向别墅区的出口一溜烟地跑去。她的身后传来了保安们的吆喝声，揍他！抓住他！别让他跑了，快报警！一片混乱中，隐隐可以听见柳生在向她求援，白小姐你回来，回来解释一下，这不是抢劫，是抵押！她曾经站定，以一个迟疑的背影背对这起突发事件，终究没有勇气，在路上停留了几秒钟后，她还是一个人跑了。

两个人的夜晚

半夜里有人敲门，她猜到是柳生。

起来打开阁楼的窗子，果然发现柳生缩在门洞里，抬头看着她。我通了关系，派出所刚刚放我出来，算民事纠纷了。柳生在下面做了个胜利的 V 形手势，无罪释放，我没事了！

没事就好，今天算我对不起你了。她先向他道歉，道歉之后又数落他，你有没有脑子的？深更半夜跑这儿来嚷嚷？先回去，有什么事明天再商量。

回不去了。他压低声音说，我妈妈生我的气，不给我开门，我在你这儿过一夜，行不行？

她对着下面冷笑了一声，放屁！她关上窗，关上灯，想想不忍心，又打开了窗子，一个大男人，随便哪儿不能凑合一夜？你睡我这里，自己想想合适不合适？你妈妈知道了，明天又骂我公共汽车！

柳生说，是我妈妈自己说的，她让我睡你这儿来。

你妈妈记恨我，那是气话！她让你来有什么用？我没让你来！回去问问你妈，我这儿是不是妓院，深更半夜随便来？

柳生在下面沉默了一会儿，嘀咕了一声，不仗义。女人都不仗义。他忿忿地走到街上，又朝阁楼的窗子望一眼，这次加重了谴责，他说，我算认识你了，对你好有什么回报？你这个人没良心，没有良心啊。她看见他失意的脸，被路灯照亮了一片，面色惨白，胡子拉碴的，英俊与憔悴结合在一起，显出一丝奇特的性感。我的良心早就让狗吞了，你刚刚知道？她嘴上这么回敬他，心里的怜悯却在一瞬间占了上风，算了算了，她敲着窗台说，公共汽车就公共汽车吧，自己开门。她把钥匙用抹布包好，从阁楼窗子里扔了出去，如她所愿，钥匙落在路面上，只发出噗的一声闷响。尽管这样，她在关窗之前还是观察了一番邻居们黑洞洞的窗口，隐约看见很多潜伏的眼睛和耳朵，她说，随你们明天怎么嚼舌头，本小姐早就身败名裂，无所谓了。

她不肯下阁楼，让柳生去厨房泡了碗方便面充饥，安排他睡在楼下的大房间里。柳生在天井里用冷水冲了个澡，回到屋里问，你知道保润的衣服放在哪儿？她说，大房间衣橱里有几件男人的衣服，不知道是谁的，自己找去。柳生去了大房间，老旧的柜门和抽屉都被他打开了，楼下传来持续的嘎吱嘎吱的响声，还有柳生的埋怨，这烂裤子怎么能穿？不是保润他爹的，就是他爷爷的，不是死人的，就是疯子的，我上阁楼找一条保润的裤子，行吧？她说，不行！不准上来，我这儿没有保润的裤子，别管死人活人的，你凑合穿吧。

她谨慎地用一只纸箱放在楼梯口，象征一扇门。之后，她关上灯，下面也关灯，四周安静了。这个夜晚有点古怪，她睡在阁楼上，他睡在阁楼下，他们都睡在保润的家里。她觉得这个夜晚好奇怪，她和柳生，居然都睡在保润家的屋檐下。她无端地想起那只天蓝色的铁丝兔笼，想起她饲养的两只兔子。她和柳生，多像两只兔子，两只兔子，一灰一白，它们现在睡在保润的笼子里。

她迷迷糊糊地睡着，依稀觉得消散已久的保润的气味又回到了阁楼，油腻的头发，忘记清洗的鞋袜，还有汗腺挥发的那股酸味，所有保润的气味都回来了，它们萦绕着她，诡谲地质询她，怎么样？你觉得怎么样？直到黎明时分，她被楼梯上的响动惊醒。柳生的脚步来了，那脚步在木质梯级上小心翼翼地探索，忽然就大胆了，咚的一声，一面粗大的人影已经竖在楼梯口。

她从床上坐起来，对着柳生的黑影厉声叫道，怎么了，还想强奸一次吗？

黑影一愣，站那儿不动了。别那么说，我没那个意思，你挺那么大的肚子，畜生才干那种事。黑影跨过纸箱，说，我是心里闷，睡不着，就是想和你说说话。

好，我奉陪，你就站那儿说。她打开灯，把一柄剪刀抓在手里，说吧，你到底要说什么？

柳生坐在纸箱上挠头。要说的太多了，不好开头。先说过去的事，那个那个那个，那个水塔里的事。他说，我其实是个好人，了解我的人都知道我是好人。这么多年我一直不明白，当年怎么对你做了那种事？他们都说我是丢了魂，我的魂不在身上，那年我们街上不是有好多人丢了魂吗？

我知道了，不怪你强奸我，怪你丢了魂。她说，现在呢，现在你的魂在身上了？

现在？现在的情况有点复杂了。柳生说，你不在，我的魂就在，你回来了，我的魂又丢了。

什么意思？我是鬼，勾了你的魂？你妈妈的话，怎么从你嘴里说出来了？

不，不一样，我妈妈迷信，她怪你，我不是怪你。柳生的脸转来转去，最后看着灯，说，这灯泡刺眼睛，照着我不舒服，你能不能关了灯？我跟你再说几句话就下去睡了。

她犹豫了一下，关上灯，在黑暗中举着剪刀。说吧，简短一点，不准表白，不准求爱，我什么都不信了，我烦这一套。

不是求爱，也不算什么表白，就是说几句心里话。他过于努力地搜寻恰当的词汇，话语因此显得艰涩起来，我喜欢的是你，又不是你，我对你好，其实是对仙女好，他说，这个复杂性，我家里人不懂，你懂吧？

她不耐烦地用剪刀拍床铺，厉声说，你要说话就好好说，你一颗大蒜头冒充什么西洋参，跟我来装深奥？你说不清楚我替你说，仙女是我，白小姐也是我，是我让你逍遥法外这么多年，你内疚罢了，还债罢了，有什么不好懂的？

不，很复杂的。不是内疚，不是还债，我的情况比这个复杂。他停顿了一会儿，眼睛在黑暗里放射出诚挚的光芒，你承认不承认，我各方面的条件不算差？知道我为什么到现在不结婚吗？实话告诉你，这些年我睡过不少女人的，好几个美女呀，有比你更漂亮的！可我觉得，谁也不如仙女干净，谁也不如仙女刺激，谁也不如仙女性感，我也不知道自己着了什么魔，睡过了就觉得没意思，你帮我分析一下，这是为什么？

他与她谈论仙女，就像谈论另外一个人，他与她谈论仙女，就像她是另外一个人。她坐在黑暗中，一动不动，心里的钝痛渐渐地变得尖锐，忽然一咬牙，她手里的剪刀朝他掷过去了，我告诉你为什么，人渣！因为她被绑着，因为她是处女，因为她只有十五岁，因为你们这些男人都是强奸犯！强奸犯，给我滚下去！

他闪过了飞来的剪刀，颓丧地站起来，息怒息怒，早知道这样，我就不跟你交流了，人人都说过去的就让它过去，我他妈的怎么就过不去？他站在楼梯上回过头，带着深深的遗憾，说，你看你看，没意思吧？我把你当知心朋友，你还是把我当罪犯！

天已微亮，送牛奶的人推着小车从街上叮叮当当地过去了。她在阁楼上辗转反侧，楼下的大房间里响起了柳生响亮的鼾声，一次不成功的交流，勾起了她的痛楚，却足以使他放下了心事。起初她很烦躁，拿了只塑料拖鞋笃笃笃地敲楼板，刚才还谈心，一会儿就打呼，你是猪啊？楼下说，猪没我这么累啊，我不打呼了，我侧着睡吧。他也许真的太累，并不能保证自己的睡姿，很快鼾声又响起来。她把塑料拖鞋拿在手里，却不忍心再往楼板上敲了，她忍受着。忍受是一种化学过程，出现了一个非常意外的结果，渐渐地，那鼾声似乎变奏成一支摇篮曲，像背景音乐了，所有的音符都在哄她，睡吧，你好好睡吧，我在楼下陪你，我陪着你。

黎明之后，她有了睡意。厨房里的水龙头在滴水。滴水声给她带来了安宁的感觉。安宁的背后，是一丝说不清的甜蜜。是的，甜蜜。夜晚过去之后，黎明是甜蜜的。她开始享受这个黎明。岁月有点奇异，岁月仿照她少女时代的兔笼，编织了一个天蓝色的笼子，她像一只兔子，被困在笼子里了。有人陪着她，困在笼子里，她至今不敢指认，是谁在笼子里陪她。她在阁楼的曙色里依稀看见保润的影子，那影子在楼上楼下穿梭游荡，一双纯真悲伤的眼睛，监视着他们，也守护着他们。断断续续的梦来了。梦总是诡异的。保润不在她的梦乡，柳生也没有进入她的梦乡，闯进梦里的是祖父。她梦见祖父坐在房顶上，浑身被缚，满面是泪，他的目光像一只夜鹰，阴郁而悲伤。我的魂丢了，不知丢哪儿去了。姑娘，你看见过一道光吗？有个小女孩偷了我的魂，是你吗？姑娘，是你偷了我的魂吗？

她睡到九点多钟，才姗姗地下了阁楼。从天井里传来了柳生的声音，我熬了一锅粥，你趁热吃吧，我在晾衣服，我的你的，都洗干净了。她朝天井瞥了一眼，问，你为什么还不走？柳生似乎不准备回答这个问题，他把她的一条绛紫色的百褶裙晾上了竹竿，歪着脑袋欣赏一下，用两只夹子将裙子固定在衣架上，他说，这条裙子很漂亮。

炉子上还留着小火，一锅粥冒着新米的香气，桌上有切好的咸鸭蛋，还有一盆榨菜丝。她坐下来喝粥，忽然觉得这个早晨，其实很好。她和柳生在一起，其实没什么不好。他们未经恋爱，未经婚礼，未经相处，竟然像一对恩爱夫妻那样默契了，他在天井里晾衣服，她在厨房里喝粥。她咬了一口榨菜，说，滑稽，真滑稽。怎么不滑稽呢？这是她想象过很多次的家庭生活场景，这是她心目中女人最起码的幸福，她曾经以为驯马师瞿鹰会给她这幸福，她曾经以为庞先生会给她这幸福，她曾经遇见过几个心仪的男人，问过他们相似的问题，你以后会不会为我熬粥？你以后愿不愿意为我洗内裤？他们都作出了郑重的承诺，到头来，承诺者已经不见踪影，为她准备早餐的男人，为她洗衣服的男人，竟然是柳生，这怎么不滑稽呢？

　　她还想去盛一碗粥，正要站起来，觉得腹中的胎儿突然动了。胎儿踢了她一下，轻轻的一下，从左侧移向右侧，又是一下，这次踢得有点重了，她甚至看见了睡裙面料随之发生的颤动。像是被施了魔法，她僵坐在椅子上，说，滑稽，你怎么会动了？

　　柳生来到厨房，看她端着一只碗发愣，问，怎么了？你不爱喝粥？她说，不是粥，是孩子，活了，他已经会动了。柳生说，你又看不见孩子，怎么知道他活了？她放下碗，手按腹部，追随着胎儿那只调皮的小脚，他在我肚子里，我不知道谁知道？她说，这是他的小脚，他的小脚，在踢我呀！

　　惊喜持续了几分钟，胎儿安静下来，她也冷静了。她的脸色看起来很凝重，问柳生，才五六个月大，怎么会蹬腿了？我怀的会不会是怪胎？柳生对她挤了挤眼睛，说，孩子是不是怪胎，要看他爹是人是鬼。她说，我都要愁死了，你给我正经点。柳生的表情一本正经，我怎么不正经了？我在说遗传说基因呢，你认识东风吗？东风他爸爸左手有六根手指，东风的左手也是六根手指！还有阿六，阿六他爸是鹰钩鼻，阿六也是鹰钩鼻，两个鼻子钩得一模一样！她说，那你呢？你的遗传基因怎么样？你以后要是有了儿子，也是强奸犯？柳生被她呛得尴尬，不敢说话了。她垂下头，手指缓缓越过腹部的山峦，指尖渐渐颤抖起来，孩子一动，我怎么害怕了呢？她说，你听没听见那个护士的话？我后天去医院，不是去做手术，是去杀人了。

　　柳生捂住嘴拍一下，意思是他拒绝说话，看她的目光还在逼问，一摊手说，你别这么瞪着我，又不是我的孩子！要不要孩子，爹妈拿主意，爹是鬼，妈好歹是人，妈自己拿主意。

　　我心里乱，我请你给我拿个主意呢？

这主意，我不敢替你拿。柳生说，横竖左右都是错，你又不信任我，我出什么主意，最后都落个骂名。

她用异样的眼神盯了他一眼，开始继续喝粥。客堂里电视开着，是甲A联赛的录像，有个狂喜的声音在高喊，进了进了一记世界波终于进球了！她说，吵死了，只有你这种人，还有胃口看中国的足球，去关掉电视，现在，轮到我跟你谈谈了。

柳生狐疑地跑过去关了电视，回来看着她的表情，忽然有点紧张，我们谈心不用这么隆重吧？随便点好，你现在一张嘴管两个人，喝粥不够饱，我出去给你买点肉包子回来吃？

他要跑，被她用力一拽，拉回到椅子上了。你坐这儿，我先要咨询你一件事。她的目光直射在他的脸上，闪闪烁烁的，人人都说我是公共汽车，你觉得我是公共汽车吗？

咨询这个啊？柳生讪笑起来，豁达地说，你要是公共汽车，我就是公交司机，哈哈。哈哈。

说得好。她的表情看不出来是恼怒还是悲壮，她的手指沿着碗沿转圈，微微有点颤抖。我是公共汽车，你是公交司机，我们不正好是一对吗？她突然说，现在你听好，问你第二件事了，我这辆公共汽车，你要不要开？

他一愣，脸陡然红了，连连摆手，我那是开玩笑的，白小姐，你千万别认真。

你不认真我认真。她说，我认命了，没有什么好日子在前面等我了，我想好了两条路，第一条路是留下孩子，让孩子陪我，第二条路要问你，我如果把孩子拿掉，你陪不陪我？

陪？陪是什么意思？他的脑袋撞在橱柜上，里面的锅碗瓢盆震颤起来，他用手捂着后脑勺，怯生生地看着她，这个陪，到底是做老公，还是做情人？

你说呢？她的脸孔发白了，声音开始颤抖，我不是在咨询你吗？你要做老公，还是做情人？

他犹豫了一下，舔舔嘴唇，脸上掠过一丝腼腆的微笑，做老公不合适，我做你情人吧。

厨房里的空气一下凝滞不动了。她感到窒息。她忍不住要哭，眼泪已经在眼眶里打转，但她及时地把头部枕在桌子上，不让柳生看见她的面孔。好，柳生，这下我总算看清楚你了。她枕着桌子笑起来，滑稽，太滑稽了，鲜花要插在牛粪上，牛粪瞧不上鲜花！少女要嫁强奸犯，强奸犯嫌弃她，嫌她不干净，嫌她是辆公共汽车！她笑了一会儿，终于冷静下来，用一根筷子点着柳生的鼻子，你上当啦！我不过是探探你的心，你倒认真起来了？她说，你凭什么做我的情人？你做我的狗我都嫌脏，快滚吧。

柳生移到了她身后，作为一种起码的安慰，他试图抚摸她的肩膀，手在空中虚晃两次，最终还是谨慎地缩回去了。从她眼角的余光里可以看见一个慢慢逃离的身影，柳生站在厨房的门口说，你不要意气用事，冷静一下，春耕在喊我，今天我们要去汽车市场。她没抬头，她端起粥碗，响亮地喝了一口。柳生的脚步又在大门边停留了一会儿，春耕真的在喊我了。柳生大声说，车祸的保险费下来了，我们要去看车，没车做不了生意，我准备买一辆沈阳金杯。

柳生的婚礼

她打定了主意，准备做一个母亲。

作出这个艰难的决定，她浮躁的心安定了许多。

她开始出门，举着一把阳伞去逛商场。她一直热爱购物，只要手头宽裕，她可以在商场里逛上整整一天，绝不嫌累。裙子、首饰、指甲油和睫毛膏，都曾是她迷恋的物品，现在，以往的兴趣淡了，她去商场，焦点务实地聚集在婴儿用品上。这么沉重的身孕，怎么打扮自己都没用了，她想反正无事可做，为未来的孩子逛商场，虚度的时光倒是有了些积极的意义。

她想提前买好一辆婴儿车，但她眼光高，又不舍得乱花钱，兜来转去的，不是嫌婴儿车质量不好，便是嫌售价太高，她向售货员发了一通牢骚，移师服装区，还是处处不称心。好不容易看见货架上一只小太阳帽，帽子上开满了细碎的五彩花朵，价格也适中，偏偏有个孕妇歪着头，也在研究那帽子，她挤过去，先下手为强了。她抓着帽子问售货员，这是女孩的帽子吧？男孩能不能戴？售货员说，都可以戴，婴儿用品么，漂亮就行，你怀的是男是女？她怔了一下说，我还不知道，也不想知道，买下再说吧。

她拿着帽子去收银台，横刺里撞过来一个妇女，汗涔涔地堵在收银台前面，她对这类人素来不客气，出手就推人，这位女士，你难道日理万机的？一共两个人，你还非要插队？那妇女回过头，伸出一只手来，你把小帽子给我吧，我来付钱。她一惊，认出是柳生的母亲邵兰英，愕然中她倒退了几步，把帽子藏到了身后。

把帽子给我呀，算我给小外孙的礼物。邵兰英的脸上堆砌着过度热情的微笑，她说，你别这样瞪着我，我不是你仇人啊，你是我干女儿，记得不记得了？我给小宝宝买个帽子，不是应该的吗？

你在跟踪我？她用憎恶的目光盯着邵兰英，至于吗？我跟你的宝贝儿子早划清界限了，你凭什么还要跟踪我？

这是什么话？你又不是美国特务，谁跟踪你？邵兰英指了指楼上，指了指自动扶梯，我要去五楼买床上用品呀，碰巧看见了你。我平时不到这种高档地方来的，这次没办法，要布置婚房，我家柳生跟小李，要结婚啦！

她愣了一下，突然反应过来，刻薄地说，什么小李，是女的吗？

邵兰英翻了翻眼睛，似乎无意与她计较，你见过我们家小李吗？人很漂亮的！她用一种非常自豪的语气说，小李不光漂亮，还本分，还很贤惠，小李是个公务员啊！

她不知道谁是小李，她没有想到柳生会这么快结婚。很明显，邵兰英是刻意来张扬这个消息的，她闪烁的眼睛流露出欢天喜地的光彩，那光彩由得意、解脱、幸福组成，像一束束胜利的礼花。她看见胜利的礼花在邵兰英的眼睛里尽情绽放，每一朵礼花都在告诉她，驱魔成功了，你这个讨厌的妖魔，总算被驱除了，我儿子柳生，总算得救了。她的心被灼伤了，脸上还保持着矜持的微笑。好啊，小李好，结婚好。她这么说着，突然把帽子朝邵兰英怀里一放，结婚了你就抱孙子了，这帽子，买给你孙子戴吧。

她发过誓，从此不见柳生，柳生知趣，也不敢再来敲她的门。关于柳生突如其来的婚讯，她没有机会去核实。来自一位母亲的消息通常是可靠的，但柳生的母亲是邵兰英，邵兰英心眼多，对于她传播的消息，她也不得不多长一个心眼。尊严禁止她打探婚讯的真伪，她在马师母的药店里转悠了好几次，最后买了一堆药，白花了不少钱，该问的事情，始终没有问。那件事情存放在她心里，就像一只舢板漂在水上，总是摇摇晃晃的。直到有一天，一辆崭新的金杯面包车停在街对面，柳生带着他的未婚妻来了。

柳生在外面按喇叭，她知道喇叭为她而鸣，一时手足无措，跑到阁楼的窗边朝外观察，看见西装革履的柳生钻出面包车，站到了药店的台阶上。还是那个柳生，但有点不一样，他新烫了卷发，晃着腿抽着烟，和药店的小马攀谈，显得春风得意。新面包车是银灰色的，车上坐着一个陌生的姑娘，皮肤偏黑，面容轮廓有几分姿色，头发也是新烫过的，发型蓬松，看起来有点老气。那姑娘倚窗仰望，她注意到姑娘的目光锥子似的举着，一点点地向上盘升，开掘，旋转，向着她的阁楼，发出质疑的光芒。

面包车开走之后，她在门缝里发现了一份婚礼请柬。请柬上额外添加了柳生蹩脚的字迹：麻烦你来献几首劲歌。有红包。她哭笑不得，对着请柬研究新娘的信息，并没有什么收获。在请柬上，新娘不过是一个名字，原来新娘不姓李，新娘叫小丽。新娘的名字是崔小丽。柳生从来没谈起过什么崔小丽，她不认识什么崔小丽，但是凭着直觉猜测，那个崔小丽，一定是认识她的。

农历八月初八，这是最流行的结婚的日子，从香椿树街到全国各地，人们都热爱这个日子。

八月初八，柳生结婚。她无意去为柳生贺喜，也没兴趣为婚礼献什么劲歌，只是一心琢磨，八月初八，她该怎样对付这个日子的分分秒秒？她该怎么过得更好一点？她曾经有过一个浪漫的创意，去夜巴黎开一个派对，让别人为她唱歌，为她跳舞，摆玫瑰，开香槟，热热闹闹地过一天。但是，这么好的创意谁来买单？她自知囊中羞涩，只好退而求其次，适合她的欢乐，还是用自己的积蓄款待自己。为此，她早早地写好了八月初八的日程：去丽人行美容店做一次美容，去哈根达斯吃一次冰激凌，去翡翠行买一个玻璃种挂件，去西部牛排吃一块牛排。最后她提醒自己，一定记得把那瓶名叫毒药的香水买回来，她搽了毒药香水回家，这一天，应该就完美了。

八月初八，香椿树街好几户人家办婚礼，有点竞赛的气氛。河对面的荷花弄里也有一个女孩子要出嫁，从早晨开始，对岸就响起了惊天动地的鞭炮声。她在鞭炮声中盥洗打扮，听见屋顶上砰的一响，有什么东西落在瓦上了，很快，空气里有了一股火硝的气味。她跑到天井里察看，不知谁家的礼炮飞到了她的屋顶上，还在冒烟。她担心火种引燃屋顶上的一块油毡，找了根晾衣杆，站到椅子上把礼炮捅下来了。她拿了扫帚簸箕来打扫，这才发现，除了那个红艳艳的礼炮渣，还有一只手电筒，静静地躺在天井的角落里。

是一只式样老旧笨重的铁皮手电筒，筒身已经锈蚀发黑，前端的玻璃罩和小灯头都碎了，积了一层污泥，污泥里奇迹般地长了一株青草。她先用扫帚扫了一下，手电筒以挣扎的姿态滚动了一点距离，很快就滚不动了。手电筒很重，里面似乎盛满了异物，她好奇，费了很大的劲儿才拧开锈蚀的盖子，一股臭味扑鼻而来，她看见一坨板结的泥土被时光浇灌在局促的圆柱体内，泥土里插着两根白骨，骨头上蠕动着一堆灰色的细小的虫子。

她惊叫着扔掉手电筒，忍不住反胃，干呕了几声。这只奇怪的手电筒，来得太蹊跷了。她环顾四周分析手电筒的来历，觉得它应该是从屋顶掉进天井的，也许是随那个礼炮渣一起捅下来的。可是，它为什么会在她的屋顶上？为什么会装满泥土和骨头？为什么会伴随八月初八漫天的鞭炮礼花掉落下来？她无心推敲，屏住呼吸，用一块抹布包住手电筒，奋力往墙外一扔。她听见了手电筒在废弃的石埠台阶上滚动的声音，然后，河面上响起扑通一声，那只恶心的手电筒，那只古怪的手电筒，应该沉到水里去了。

她疑心重，洗了三遍手，阴着脸去了隔壁药店，张嘴就盘问马师母，有没有把一只手电筒扔到她的天井里来？马师母起初摸不着头脑，渐渐地听清原委，眼睛便放出了一轮一轮的光，嘴里惊叫起来，给你扔河里去了？保润他爷爷找了十几年呀！他家没祖坟了，只剩下那两根尸骨，你扔的不是一只手电筒，是人家的祖宗啊！闯了那么大的祸，你还委屈？你还骂骂咧咧？赶紧去把手电筒捞回来啊！她听说过祖父的故事，心里一惊，嘴上不肯示弱，说，我才不捞！谁让它掉我天井里的？这么恶心的东西，我有权利扔！

八月初八，临近正午，她正准备出去，保润来敲门了。

保润穿着西装，打了领带，明显是准备喝喜酒的装扮。他站在门边核实马师母提供的信息，眼睛却不看她，看着门框，听说你找到我爷爷的手电筒了？她说，不是我找的，是它自己从屋顶上掉下来的。他仍然看着门框，听说你把手电筒扔河里去了？她有点胆怯，先发制人地说，那手电筒恶心死了，又是骨头又是虫子的，不扔河里扔哪里？他沉默了一会儿，脸上并没有多少愤怒的迹象，我能不能进来？他说，我下水去看看，从天井里借个道，行吗？

她开了门，觉得事态比想象的严重，他的态度则比想象的温和，她跟在他身后，为自己开脱道，这事不能怪我，谁知道你爷爷的魂装在手电筒里？谁知道你爷爷的魂放在屋顶上的？保润径直穿过夹弄，神色漠然，我没怪你，几根尸骨而已。又说，都是迷信，都是骗人的，我爷爷的魂早飞上了太空，哪儿还喊得回来？保润的理性使她感到欣慰，她点头称是，说，你爷爷真是个怪人呀，既然是祖宗的尸骨，怎么不好好埋起来？为什么会放到屋顶上去呢？保润似乎也惘然，我也不知道，原来说是埋在冬青树下的，怎么会从屋顶上掉下来？真是出鬼了。他想了想，很认真地说，我爷爷不是怪人，不过是被吓破了胆，他的魂，也是被吓飞的，没准祖先也信不过我爷爷，自己转移了，屋顶上毕竟比地底下安全，不是吗。

天井外面是临河的，但通往河边的小门早就封死了，保润去药店借了把梯子，翻墙到了河边石埠上。她微微侧转身子，小心翼翼地爬到梯子上，她想看，看保润怎么打捞祖父的魂。因为心里有歉意，她在梯子上积极地指挥保润，往那边去一点，往右，还要过去一点。保润几次潜入水中，每一次都无功而返。他的手里抓上来一块条形磨刀石，一只青花小碗，其余尽是河底乌黑的淤泥。她弥补不了自己的错误，那手电筒不知被水流冲到哪儿去了。有人从河对岸的荷花弄跑出来看热闹，大声喊：那是谁？在水里捞什么？她替保润回答，捞一只手电筒！对面的人问，手电筒里有什么？有黄金？她说，有黄金还会扔河里？只有两根死人骨头，你们要不要帮他一起捞？

荷花弄的几个看客很快散去了。保润钻出水面，坐在石埠上休息，浑身湿漉漉的。她扔了一块毛巾下去，保润朝她点了点头，他似乎是不会说谢谢的，谢意只在眼睛里表达。保润的上身裸露着，黝黑、宽厚，有一片水渍在他的肩膀上闪闪发亮，像一片银饰。她看那片水渍穿越他粗壮的大臂，慢慢流下来，干涸了，大臂上的刺青在阳光下显得清晰起来，他的左臂和右臂各刺了两个字，左侧是**君子**，右侧是**报仇**。

这是她第一次看见裸露的保润。她不知道保润的大臂上有这样扎眼的刺青，有四簇暗蓝色的火焰在他皮肤上燃烧。**君子**。**报仇**。君子报仇十年不晚？十年正好是现在，确实不晚。君子要向谁报仇？她像是看见一份通缉令，通缉令上隐约写着她的名字，突然的窒息感袭来，她的腿发软，赶紧爬下了梯子。

她不怕男人的刺青，但保润的刺青令她畏惧。**君子报仇**。她想起那四个字，耳朵里响起了绳索爬过皮肤的沙沙之声，她的身上，从肩膀到髋部，竟然产生了微妙的痛感，是绳子勒紧皮肤带来的那种疼痛。她撒腿跑回屋里，找到楼梯下那只大纸箱，把里面的绳子一股脑地抱起来，抱到了阁楼上。抱到阁楼上也没用，想想这是他的家，绳子藏哪儿都不安全，她急中生智，找了把剪刀，开始努力地剪绳子。剪绳的工作并不容易，她咬着牙，使出浑身的蛮力，一部分绳子被剪短了，短到无法捆绑的程度，她才罢手，还有几根尼龙绳的质地异常牢固，怎么用力也剪不断，她正在发急，听见天井里有响动，保润放弃了打捞，上岸了，回来了。

大概他惦记着柳生的婚礼，在阁楼下大声问，现在几点了？她慌忙把几根长绳塞到床底下，不早了，一点多了。他说，是不早了，我不捞了，两点钟要帮柳生去接新娘。她说，对啊，你赶紧走，接新娘不好迟到的。她屏着气等他离开，但他固执地站在楼梯口，白小姐，你能不能下来一趟？她的头皮一麻，条件反射地说，干什么？下来干什么？他沉默了几秒钟，说，是一朵莲花，你不要就算了。

她从楼梯口探了下头，看见他乌黑的手里抓着一朵睡莲。他说，不知从哪儿漂来一朵莲花，你不是喜欢花的吗？她说，是啊，怎么不喜欢？但她僵立在那里，不敢轻率地下去，偷偷瞄他的胳膊。他的身上闪烁着一层釉彩般的古铜色光芒，右臂用毛巾刻意地包住了，于是她只看见左臂上的刺青：**君子**。她迟迟不下阁楼，他的神情有点窘，夹杂着些许失望，随手把莲花放在桌子上，一朵莲花而已，喜欢就留着，不喜欢就扔了。

她带着剪刀下去，接过了那朵半开的红色的睡莲，不知怎么想起当年水塔里的夕阳之光，眼睛顿时湿了。她把睡莲捧到厨房，找了一只汤碗装满水，睡莲便浮在碗里了，半开半合，欲言又止的。隔着厨房的窗子，她看见保润一手捂着内裤，一手拿着西服套装，往他父母的房间里钻，嘴里嘀咕道，对不起，我要换一下衣服。她听他推开了他父母的房门，吱呀一声，门销从里面插上了。她感到安心，晃了一下汤碗里的睡莲，大声问，你还要不要回来捞了？还要捞你爷爷的魂吗？

不好捞，也不方便捞。他在房间里迟疑了一下，说，干脆不捞了，我爷爷那魂不值钱，沉在河里也好。

那恰好是她的愿望，但她不敢轻易表态，问，让你爷爷的魂沉在河里，你真的忍心吗？

我是为他好。房间里的保润似乎在拉抽屉，他说，我早总结出来了，我爷爷为什么那么长寿？因为没魂。没魂他长寿，没魂他太太平平的，非要找那魂，不是催他上西天吗？

她笑出了声，捂着嘴，小心翼翼地问他，你爷爷疯疯癫癫的，还那么长寿，你不嫌拖累你吗？

不嫌拖累。疯爷爷也是爷爷，好歹是亲人吧。大房间里面窸窸窣窣的，抽屉和橱柜的门交替发出响声，保润不知怎么咳嗽起来，等到咳嗽平息了，她听见他突然问，我爸那条衬裤呢？灰色的，一直放在衣橱里的，怎么找不到了？

一条衬裤。一条死人留下的衬裤。她想起柳生那天半夜借宿的细节，脱口而出，你爸爸的裤子，让柳生穿走了。

话一出口，她就知道自己嘴快，但是，后悔来不及了，门那边一片死寂。大约过了五分钟，保润从他父母的房间里出来，西装革履，头发已经干了，他的脸色看起来很阴沉，透出一股肃杀之气。她懊丧地守在门边，还想解释什么，还想弥补什么，注意到他的条纹领带有点歪斜，像是遇到了救星，你领带怎么像根麻花？歪了，不好看的。她动手去替他整理领带，啪的一下，手被保润甩开了，保润怒喝一声，婊子，别碰我的领带！

后悔来不及了，她清晰地看见他眼角的一滴泪花。她看着保润往门口走，想解释，甚至想再挽留他一会儿，无奈她说不出口，隐隐觉得那样的澄清，一半是事实，另一半像谎言。他的泪水使她惶恐。她跟着他走了几步，不知道该如何告别，干脆倚着墙，看他慢慢地拉开大门，她说，你心情不好，去多喝几杯吧，一醉方休。

来自香椿树街的光线投在保润的黑色皮鞋上，有一片三角形的光亮忽隐忽现。保润垂首站在门缝里，看着自己的鞋尖或者裤管，过了两秒钟，他突然回过头对她笑了笑，他说，我喝多少酒你明天就会知道的，**你等着**。

她打了个寒噤，依稀觉得门外的街道上时光倒流，发出恐怖的巨响。这个瞬间，她又听见了保润十八岁的嗓音，她又看见了保润十八岁的眼睛。

天井里的水

半夜的时候，天井里响起了奇怪的声音，像是有人不停地往地上泼水，哗啦啦，哗啦啦，泼得耐心，遵循着一种稳定的节奏。她在楼梯上犹豫了半天，还是不敢下去察看，对着天井虚张声势地喊了几声，谁？干什么的？我是孕妇！很奇怪，她一喊，天井里的水声明显弱了，潺潺地响，听起来像是漏雨管里的流水了。她不知道香椿树街的鬼魂是否真的不惹孕妇，她开着灯，手里抓着剪刀，不敢睡，但白天发生了太多的事情，她太累了，终究没有敌过浓重的睡意。

迷迷糊糊之间，她又梦见了祖父。祖父坐在屋檐上，两只枯瘦的脚垂在她窗前，月光照着他乌黑肮脏的脚趾，脚趾间有水滴源源不断地坠落下来。她用剪刀去敲祖父的脚趾，你怎么又上屋顶了？下去，下去，你不下去我就剪你的脚趾。祖父不怕她的剪刀，他坐在屋檐上哭泣，姑娘，把手电筒还给我啊，你为什么要把我的魂扔到河里去？你把我的魂还给我，我就下去了。她在梦里记起保润的话，劝导他说，你别不知好歹，没有魂你才那么长寿的，你的魂，还是沉在河里好。祖父说，我不要那么长寿，没有魂活着也是受罪，我受了一辈子罪，就指望下辈子好，你把我的魂沉到河里去，我下辈子就是一条鱼，我苦了一辈子，难道就为了下辈子做一条鱼吗？姑娘，你行行好，把我的魂还给我吧。

　　她被祖父持续的哀求惊醒了。梦醒了，那把剪刀还在手里，两条交叉的刀锋，居然也湿漉漉的。她再也不敢合眼了，想起古人悬梁刺股的故事，把自己的马尾辫栓在墙上的挂衣勾上，恨恨地坐着，瞪着眼睛等天亮。窗外的香椿树街静悄悄的，天井里的水声消失了，但沿河的老墙一直咚咚地响，似乎有人无法逾墙而过，因此烦躁地捶击墙面，惩罚着那堵墙。马师母的预言应验了，她闯下了大祸。闹鬼了。保润的家，果然闹鬼了。河水也不安分，隐隐约约地，她听见不远处的河面上浮动着某种古怪的声音，比鱼类吹吐泡泡的声音要响亮，比人类的咕哝声要低沉，那声音悲伤，压抑，舒缓，但很固执，她悉心辨识那些音节，断定它们来自河底的手电筒，她想，一定是两根死人的骨殖在向她呐喊：

　　捞起来。

　　捞起来捞起来。

　　捞起来捞起来捞起来。

　　等到天蒙蒙亮了，她有了下楼的勇气。跑到天井里一看，地上果然有大片的水渍，墙头似乎被水浸泡了几个世纪，一夜之间，砖石的缝隙里已经覆满了新鲜的青苔。她招惹了保润家世世代代的鬼魂，它们都来了。据她的观察，天井里到处都是鬼魂们留下的踪迹。除了奇形怪状的水渍，有一片褐色的三角形树叶伏在地上，怎么扫也扫不掉，细看之下，那褐色其实是一层霉菌。一颗珍珠样的颗粒粘在红砖上，扫帚过去，珍珠不见了，扫帚须里飞出了一只白色的蛾子。还有一块五彩的鹅卵石，摸上去居然比海绵还软，差点沾住她的手。一只袖珍型的蜥蜴，她以为是标本，用脚尖碰一下，蜥蜴飞快地爬行，爬到墙上的青苔里，贴着青苔不动了。她知道它们来者不善，她惹恼了保润家的祖先，鬼魂们来声讨她了。

　　整个早晨她都在琢磨如何驱鬼，但她在这方面没有太多的经验，不能确定有效的驱鬼方法。她先挂了一把竹帚在天井的墙上，又怀疑竹帚的力道，这么一把破竹帚，怎么镇得住鬼魂？她在保润父母的房间里翻出一尊毛主席的石膏像，搬来放在墙角上，想想还是不行，毛主席死了这么多年，法力一定退了，何况毛主席也不一定愿意帮她，像她这样一个堕落的女人，完全不符合他对下一代的要求。她知道只有菩萨普度众生，菩萨可以镇妖，偏偏保润家里不供菩萨，她只好摘下脖子上的白金颈链挂到墙上，颈链的翡翠吊坠，好歹也是一尊佛像。忙完了，她将耳朵贴在墙上，谛听来自河面的声音。也许她镇妖降魔的方法不对，四周仍然鬼气森森，她听见河水始终发出一个低沉而清晰的命令，捞起来捞起来捞起来啊。

　　走投无路之际，她去向药店的马师母讨教良方。马师母对她惊悚的描述不以为怪，我早就料到了，保润家要闹鬼！马师母说，人家的祖宗就剩下两根尸骨，给你随随便便扔到了河里，这户人家怎么会不闹鬼？怎么不要捞起来？当然要捞起来啊！她听马师母的话音明显偏袒鬼魂那一方，便绝望地叫道，捞起来捞起来，鬼魂这么说，你也这么说！你们讲不讲人性的？我挺这么大的肚子，又不会水，让我下水去捞手电筒，不是存心要我死吗？马师母瞥一眼她隆起的腹部，替鬼魂辩解说，鬼魂也是人变的，人心都是肉长的，哪儿会忍心让你一个孕妇下水捞？鬼魂是计较你的态度啊，你态度不对！她自我检讨了一番，承认她态度不对，问马师母该怎么改正态度，怎么才能与鬼魂和平共处？马师母对此很有经验，她认为人与鬼魂的相处之道，与邻里关系是一致的，不过就是互相尊重，她告诫她不要急着驱鬼，先要笼络鬼魂们的心，而笼络鬼魂最好的方法，就是烧纸。马师母说，古人今人活人死人都喜欢钱的，

你要烧纸，天天烧，烧到鬼魂满意了，就不会来烦你了。她半信半疑，说，我不过是个房客，又不是他家的后代，万一他家祖宗不收我的钱呢？万一他家祖宗记恨我，收了钱再来吓人呢？马师母很有主见地说，不会的，鬼魂不也要适应时代么？现在的鬼魂，说不定就爱收别人的钱呢，你赶紧去买纸，多买点，多烧点，走一步看一步吧。

她去老严的杂货店里，买了一堆锡箔黄纸。

老严建议她再买一点冥钞，说他的冥钞不仅有十万元面值的人民币，还有美元、日元和欧元，鬼魂收到外币后可以周游列国，一定会很开心的。她捂嘴一笑，听从了老严的建议，人民币和几种外币各买了一捆，扔在塑料袋里。偏偏老严提供的塑料袋是劣质的，她走了没多远，听见手里噗的一声，那只白色塑料袋裂了个口子，锡箔黄纸和冥钞趁势逃离袋子，撒了一地。她下意识地要蹲下来，但沉重的身孕妨碍了她，一个简单的捡拾动作，竟然难以完成，她只好守着那堆东西，向一个过路的男孩子求助，来，学个雷锋，帮我捡一下东西。那男孩弯下腰捡起了一捆冥钞，眼睛瞪着巨大的金额，突然反应过来，烫手似的扔回了地上，假的钱，给死人用的钱，你自己捡去！她看着那男孩一溜烟地跑掉，心里有点气，对男孩的背影大声说，蠢货！要是真的，还轮得到你来捡？

是个晴朗的天气，香椿树街浸泡在初秋干爽的阳光里。她不知道那阵风是不是传说中的阴风，那阵风似乎是从地底下钻出来的，呼啸声极其短促，但风力持久而有效。那阵风首先扬起了地上的黄纸，继而是冥钞，她的手在空中徒劳地阻挡，哪儿挡得住风的力量？她眼睁睁地看着黄纸从头顶上一片片地飞过去，然后是人民币、美元、欧元，它们像一支花花绿绿的精灵的军队，从空中突围，由东向西飞行，越过人家的屋顶，消失不见了。只有一捆日元冥钞被橡皮筋捆紧了，还孤零零地躺在地上，她赌气，一脚踢飞了它。

她认定那阵风不过是假象，真正的罪魁祸首还是保润家的祖宗，这是他们古老的地盘，他们的幽魂熟识这条街道，他们在闹鬼，他们在向她示威。看起来，保润家的祖宗是记仇的祖宗，难以相处，他们如此阴险地拒绝了她的敬意，令人心寒。谁都拒绝她，谁都厌弃她，连鬼魂也不例外，因此，她很伤心。

　　她空手而归，怏怏地走到家门口，瞥见药店里挤了一堆人，他们生动活跃的表情显示，香椿树街又有什么大事发生了。马师母在店堂里发现她回来，目光亮得怪异，她预感到那件大事与自己有关，不敢停，又不甘心走，且走且听，马师母果然追出来了，白小姐你过来，出大事了！她回头，站在家门口不动，我知道出事了，到底谁出了事，到底出的什么事？马师母过来一把挽住了她，闹出人命了！昨天夜里保润去闹柳生的洞房，喝多了酒，捅了柳生三刀，三刀！她惊叫起来，怎么回事？马师母嘴里发出啧啧的声音，一笔糊涂账，谁说得清怎么回事？听春耕他妈说，柳生凶多吉少，肠子都露出来了，恐怕救不回来了。她愣在那里，身子虽然吓得瑟瑟发抖，却努力保持冷静，不愿轻信马师母。你别听他们乱嚼舌头。她说，保润要捅早捅了，他们现在是好朋友，好得快穿一条裤子了，保润昨天去喝喜酒的，怎么可能去捅新郎？马师母说，他们说保润喝了一瓶白酒呀，老毛病犯了，他一喝醉就要捆人的，偏偏盯上了新娘子，拿了根绳子满屋子追新娘，劝也劝不住，春耕他们把保润反捆起来，推他到街上去醒酒，没想到他挣开绳子，拿了刀子就冲回洞房，三刀，三刀啊，他们说柳生的喜床上都是血！

　　她不记得自己是怎么哭起来的。不怪我，我又没去喝喜酒。她边哭边开门，不是我的错，我又不在场。马师母撵上来，眼神戚戚地看着她，我们是不怪你，谁捅人谁犯罪，这道理谁不明白？可是邵兰英受了刺激，脑子不清楚啦，她口口声声说这是清账，说你指使了保润，你们三个人的旧账，我们其实都知道，现在我们这边的人都相信你，街东边那些人都相信邵兰英，都说你是幕后凶手啊。

　　她默默地点头，泪水刚刚拭去，又涌出眼眶。好，好吧。她捂住脸，深深地呼吸了一下，算我是幕后凶手，他妈的，我在家里等警车来吧。

突　围

　　她人生最大的风暴来了，来得如此迅猛。

　　先等到了一个噩耗。下午马师母来敲门，告诉她柳生没有能抢救过来，走了。她一时发懵，听不出走了的意思，反问道，走了？他去哪儿了？马师母看她的样子不像表演，朝天翻了个白眼，你看看，看看，天不怕地不怕的姑娘，这回也吓傻了。

　　她的耳朵里灌满了风暴尖利的呼哨，除此之外，还有一种隐约的碎裂声，似乎来自窒息的胸腔。风暴卷起她，就像卷起一根枯树的断枝，将她推向一个湍急的漩涡。她拼命站定，张着双臂挡住门，眼睛直直地瞪着马师母，别跟我提他们，不关我的事。马师母说，你怎么跟个刺猬似的呢？你以为我喜欢做你的通讯员吗？还不是看你孕妇的面子？你掌握了他们那边的情报，对你有好处的。她对马师母的表白不置可否。马师母又问她，你知不知道柳生是奉子成婚？可怜那个小丽，她也是个孕妇呀，才做了一天新娘子，就要做寡妇啦。她怔住了，突然翻了脸，你到底什么意思？她是不是孕妇，她做不做寡妇，关我什么事？她关门的动作很突然，很粗暴，马师母猝不及防，手被夹到了，疼得在门外大叫，白小姐，你这人真是不能交啊！马师母踢了一脚门，毫不客气地发出了绝交声明，你这种姑娘，谁关心你谁倒霉，也难怪人家都说你是扫帚星！

　　她在门后团团转，觉得那团风暴从香椿树街的天空漫卷过来，要把整个房屋原地拔起，卷到一个黑暗的深渊里去。她怀孕之后作出的所有决定，现在证明都是错误的，这条街道，这所房子，终究不是她的避难

294

之地。她横下一条心，命令自己远离此地。说走就走，她匆匆跑到阁楼上去收拾东西，打开行李箱，里面居然飞出来一只灰色的大蛾子，她一惊，突然想到那只行李箱是柳生替她买的，大蛾子说不定是柳生的阴魂呢，万万不能带着它去旅行。她抱着一堆红红绿绿的婴儿用品，不知往哪里放，情急之下，发现新购的折叠婴儿车倚靠在墙角，她灵机一动，果断地拆开了包装。以一辆婴儿车替代一只箱子，是一个明智实惠的办法，她一边往婴儿车里扔东西，一边给深蓝小姐打电话，想让对方做好迎接她的准备。这次，深蓝小姐的电话是一个陌生男人接的，带着山东口音，她以为是深蓝小姐的新男友，结果却是深蓝小姐的父亲，他吞吞吐吐，不肯透露深蓝小姐的行踪。她自报家门，说我是白小姐呀，您上次到深圳，我还陪你们去世界之窗玩呢，还吃了海鲜烧烤，您想起来了吗？老人沉默了一下，忽然怒声大喊，去戒毒所找她吧！你算她什么好朋友？她吸毒，你不劝她？她戒毒你也不知道，世上有你这样的好朋友吗？她惊骇地说，对不起，我不知道，我们好久没联系了，我真的什么都不知道。

她扔掉了电话，尖叫了一声，怎么回事？也许她与深蓝小姐真的算不上好朋友，对方是什么时候吸毒的？为什么？她真的一无所知。好好的一个女孩子，怎么走上这条绝路呢？她在心里对比自己与深蓝小姐的际遇，终究对比不出，谁的厄运更加可悲。不就是吸点粉吗，不就是堕落吗？她在愤慨中得出了一个结论，既消极又解恨，反正是堕落，怎么堕落都他妈的一回事！

稍稍冷静之后，她跑到天井里收取晾晒的衣物。驱鬼用的翡翠佛像还挂在墙上，她顺手摘下来戴在脖子上，拍拍墙，对那些隐藏的鬼魂说，惹不起躲得起吧？我走，这房子还给你们，随你们闹去。老墙静寂无语，鬼魂们大致表露了一种宽容的态度，要走要留，悉听尊便。她跑到厨房里看了几眼，厨房里并没有什么值得带走的东西，只有保润馈送的那朵莲花，还在汤碗里盛开，莲花似乎会喝水，碗里的水剩下了一半，红色的莲花便往下沉沦，也沉沦了一半，她往碗里加满了水，对莲花说，你开着吧，我走了。

但是，她走不掉了。

最初是几颗石子投在阁楼的窗子上，然后是一块碎砖，最后，有只啤酒瓶子咣当一声飞进来，窗玻璃碎了，啤酒瓶子穿越阁楼，滚下楼梯，在她的脚下滚动。她捡起酒瓶回到阁楼窗边，看见下面浮动着一堆大大小小的脑袋，邵兰英披头散发，面色灰白，坐在大门口。不知是谁给她拿了一张小板凳，邵兰英的臀部勉强接触着板凳，身体不停地向下坍陷，像是濒临昏厥，又像要下跪，她女儿柳娟搀扶着她，柳娟的头发上，已经别了一朵白花。

邵兰英身边原本簇拥着一堆人，包括马师母，看见她出现在窗口，马师母他们都走了，剩下几个半大的孩子还仰着脸，痴痴地看着她，出来了，白小姐出来了！她看见邵兰英双手合十，神情肃穆，嘴里念念有词。那不是祈祷，肯定是诅咒。邵兰英的嗓子也许哭坏了，嗓音暗哑不堪，她听不清诅咒的内容，有个男孩很亢奋，自愿充当扩音器，不停地跳起来，大声向着阁楼上传译。

白小姐你听着，邵奶奶说你从小就是破鞋腐化堕落勾引男人！

白小姐你听着，邵奶奶说你是害人的妖精祸国殃民菩萨要为民除害了邵奶奶说你的良心让狗吞了不配做人！

白小姐你听着，邵奶奶问你话了你是狐狸精为什么不去深山老林为什么要跑到香椿树街来害她的儿子她只有一个儿子啊！

白小姐你有没有认真听啊，邵奶奶说你不配生孩子就算你的孩子生出来一定没有屁眼儿！

人群里响起一阵短促而压抑的笑声，她把那只啤酒瓶子朝那男孩扔过去，下面一片惊呼，看，她还那么嚣张，她还有脸扔酒瓶子？随后，有更多的易拉罐甘蔗头和碎玻璃片从窗子里飞进来了，她抱头从阁楼上逃离，逃到了天井里。

天井离街道远，乱哄哄的嘈杂声一下变弱了，但是，流通的空气传导了街坊邻居的愤怒，天井里的鬼魂被活人挑逗了，教唆了，正在骚动，失散多年的鬼魂们从河上石埠上以及墙缝里迅速聚拢，团结在一起，他们从自己家族的利益出发，以遗传性的瓮声瓮气的音色，向她发出熟悉的呐喊，捞上来！捞上来捞上来！捞上来捞上来捞上来！

她徒劳地挥舞着扫帚，看见天井里弥漫着奇异的淡蓝色雾霭，保润家的祖先借助雾霭的掩护，以古老的方式排列了一支幽灵的队伍，向她索取，向她施压。那是一支清算的队伍。她害死过人，也伤害过鬼，现在，鬼和人都来向她清算了。她终于分辨清楚，两天来折磨她耳朵的风暴声，其实是人鬼混合的清算的呼声。

她推起满载行李的婴儿车，跑到大门边，准备从人群里突围，为了应对不测，她顺手拿起了保润家的火钳，作为必要的武器。但是，她走不掉了，不知谁在门外加了把链条锁，她怎么也打不开门。隔着门缝，她看见邵兰英悲伤的头颅，斑白的乱发上也有一朵白色的花。柳娟在门外，红肿的眼睛正对着她，喷射仇恨的光，你想往哪儿跑？让你跑了，我弟弟就白死了！你是幕后凶手，哪儿也不准去，给我待在家里，等警察来抓你！

有一只苍白而粗糙的手爬过链条锁，慢慢地伸进门缝来了，她注意到那只手在颤抖，努力地上升，似乎要抓她的头发。她一时分不清那是谁的手，用火钳狠狠地夹了一下，被夹的手毫不退缩，她一下辨别出来，那是邵兰英的手。那只手无畏地迎接她的火钳，然后是一张灰白浮肿的面孔，颓然歪倒在火钳下方，邵兰英脸上的泪痕叠加起来，闪烁着一层盐霜般的白光，仙女，我后悔啊，早知道今天，当初我情愿让柳生去坐牢，还清你的债！仙女啊仙女，我打不了你，也骂不动你，就问你一句话，现在柳生死了，现在你满意了吗？

她摔掉了火钳，一跺脚，尖声回答，满意了！

去意已定。她横下了一条心，陆路走不了，就走水路。她把婴儿车扔在门边往厨房里跑，一张条桌两把椅子被她搬到了天井，垒在墙边，她开始登高，开始突围。她小心地爬上墙头观察突围的路线，看着外面的石埠与河水，看着河对面荷花弄里绰约的人影，心里不免有点害怕。

所有可行的路线都是浸在河水里的，她不知道河水的深浅。蹚水是危险的，她可能会被淹死，她淹死了，胎儿也就淹死了。她的头脑一片空白，隐隐听见荷花弄里有人在喊，快看那个孕妇，挺那么大的肚子，还爬墙头呢！那喊声令她慌乱，如果再犹豫下去，又落一个供人参观的下场，她一咬牙跳下了墙。她跌坐在布满青苔的石埠上，又被台阶上更茂密的青苔接应，带她下滑，引领她扑向河水的怀抱。一切都很意外，一切都很顺利，她听见自己的身体像一节脱轨的车厢沿途颠簸，身体深处发出一阵尖利的嘶喊，她不知道那是她的孩子在嘶喊，还是她自己的灵魂在嘶喊。

河水有点脏，水面上漂浮着一层工业油污，它们在阳光下画出一圈圈色彩斑斓的花纹。水上没有路，她先向河中央慢慢地试探，走几步，水已经没到她的胸前，她放弃了横渡河面去荷花弄的路线，退回来，贴着河边的石埠和房基走。凉鞋不知什么时候脱落了，河底的淤泥和垃圾咬着她的脚，有点黏，有点凉，更多的是疼痛。她怀疑自己在做噩梦，拧一下胳膊，疼，很疼，这不是噩梦，是真的，这是她人生中真实的一天，她必须从河水里寻找最后的一条路。

她蹚过裴老师家临河的窗口，那窗子开着，裴老师的孙女正在窗边写作业，看见她的脑袋在窗下移动，那小女孩吓得尖叫起来，有鬼，爷爷快来，河里有个水鬼！她用手指压住嘴唇，示意小女孩保持秘密。她在河水里艰难地行走，并没有人阻拦她，阻拦她的是蜷缩在驳岸墙根上的一片片垃圾。有一只避孕套令她恶心，似乎刚刚被人使用过，套口还拖曳着一丝黏液，它促狭地尾随着她，提示她的欧洲之行犯下的某个过错：我在人类生活里非常重要，你不善待我，便让你付出惨痛的代价。她推水撵走了那只避孕套，咬紧牙关蹚过十几户河边的人家，总算看见了废弃多年的石码头。两台产自七十年代的固定式起重机，依然张开钢铁的长臂，守望着莫须有的驳船。从石码头上岸，那是她设想的逃跑路线之一。她探到了水下的石阶，石阶上长满了青苔，走不上去，她只好慢慢地爬，爬到一半觉得码头上风声鹤唳的，抬头一看，已经有一堆人提前占据了码头。来了，白小姐来了！她听见了男孩们的喊叫，柳娟从人堆里冲过来，手持一根长长的晾衣竿。柳娟用竿头拍击她周围的水面，回去，回去，回到河里去！柳娟天使般纯洁的眼睛，现在只剩下愤怒的光芒，死仙女，臭仙女！别人不了解你，我还不了解你？柳娟说，你算什么仙女？你不知道你有多脏，回到河里去，好好洗一洗！

　　她试图去抓柳娟的竹竿，竹竿抽走了，没有抓住。柳娟抱着晾衣竿，像抱着一支枪，严阵以待。码头的水泥地上洒满初秋的阳光，几个男孩躲在柳娟的身后打量她，发现她的身上沾满烂泥和青苔，她的嘴唇上结了一层胡须般的污垢，有人窃笑，有人陡然动了恻隐之心。有个男孩冲到岸边对她喊，白小姐你真笨啊，你为什么非要从这里上岸？从裴老师家能上岸，从小铃铛家也能上岸，你赶紧回到河里去，再找一条路线突围吧。她对着那男孩笑了笑，想说什么，但说不出话了。她感到岸上的香椿树街在拒绝她，整个世界在拒绝她，只有水在挽留她，河水要把她留下，她僵硬的手臂颓然垂下，膝盖一松，水下的青苔顺势把她送回了水中。

　　她没有挣扎。

　　她没有抵抗河水的力量。

　　很奇怪，她仰面浮在河水之上了，以一堆垃圾的速度，或者以一条鱼的姿态，顺流而下。她带着她的胎儿，顺流而下。她不知道溺水是这么美好的感觉，天空很蓝，有几朵棉絮状的白云。她看见了自己绛紫色的魂，一绺一绺散开的魂，一绺一绺绛紫色的魂，它们缓缓上升，与天上的白云融合在一起。河水其实也很美好，水面上有一条宽松而柔软的履带，风的动力在推送这条履带，推她顺流而下。河两岸的房屋富有节律地闪过，一扇窗，又一扇窗，一个人影，又一个人影。杂货店破败的石埠上，一盆被人遗弃的绣球花在怒放，半红半绿的。有个老妇人把一条毛巾毯搭在临河的窗台上晾晒，看见她在河里漂，以为是游泳爱好者，大声劝告她，这么冷的水，这么脏的水，别贪玩了，赶紧上岸吧。

　　水上的这条路，她走得很顺畅，死神的手以水的形态托举着她，不知为什么，迟迟不肯放下。她顺流而下，心里想这是她在人世间最后的时光了，很快，很快就要沉下去了，应该抓紧对这个世界说些什么，但千言万语，她不知道该先说哪一句。她的耳朵里始终充满水的呓语，水的呓语重复着柳娟的声音，洗一洗。洗一洗。她不接受柳娟的恶意，但她接受河水的训诫，洗一洗。洗一洗吧。她安抚了自己，又用手蘸水，摁一下腹部，以河水安抚胎儿，孩子，好好洗一洗，我们洗一洗再死吧。她的手指感觉到了胎儿的暴动，非常粗鲁，非常愤怒。她腹部每一寸紧绷的皮肤，都传导了胎儿灼人的热量。她绝望地预感到，孩子，她的孩子，不愿在肚子里陪伴一个蒙羞的母亲了。河水的履带渐渐减速，前面是善人桥，河面上突然出现一片圆拱形的阴影，河上这条宽阔的自由之路，终于被堵住了。善人桥下在施工，有几个民工赤身站在河里，打桩，抽水，垒沙包，他们在加固那座古老的石桥颓败的桥身。

她依稀记得自己被几个民工抬上岸，第一次看见了善人桥桥壁上残破的石匾：善人桥。她记得自己的身体上桥，下桥，有一绺绺紫色的烟霭，跟着她上桥，下桥。烟霭那么轻盈，她的身体却如此沉重，她的身体，像一袋破碎的湿漉漉的沙包，她的孩子，要从沙包里钻出来了。她还记得自己在昏迷之前保持了罕见的清醒，我愿意死，我的孩子不想死。她对民工们说，是孩子不想死，我要早产了，麻烦你们把我送到妇产医院去。

红脸婴儿

关于红脸婴儿的诞生，晚报的社会新闻栏目，电视台的娱乐频道，甚至一些地摊读物都曾经作过报道。很多人在不同的媒体上见到过红脸婴儿的影像照片，正面反面，各一张，编辑们出于保护儿童的法律意识，对红脸婴儿的脸部进行了模糊化处理，打上了马赛克。马赛克往往给读者观众造成一定程度的遗憾，同时也极易引发探究的热情，秋天以来，几乎整个城市的人们都急于知道红脸婴儿的脸到底有多红，是火红、紫红、猩红，或者仅仅是桃红色、粉红色？用时尚的话语来说，无图无真相，大家因此只能想象真相。

必须承认，想象有时候是谣言的温床。渐渐地，坊间谣言四起。最浪漫的谣言说红脸婴儿的母亲去亚马逊热带雨林旅游，与一个印第安野人堕入情网，所谓红脸，其实是混血的标志，是一场跨国爱情的纪念。最务实的谣言说红脸婴儿的红脸，不过是一块大面积的胎记，别的婴儿胎记点缀在屁股上，红脸婴儿的胎记，恰好均匀地铺在脸上，如此而已。流传最广的谣言也最简短，几乎接近一个命名，它把红脸婴儿称为**耻婴**，羞耻的耻，婴儿的婴。**耻婴**。这是综合了香椿树街居民对那个母亲的不良印象，概括了母子间不可分割的荣辱关系，或许不算谣言，只是偏见，这偏见一针见血地告诉我们，红脸婴儿的红脸，因为母亲的羞耻而生。

妇产医院的育婴室里有个女护士，是网络红人，网名叫做**我见过你的孩子**。她为了追求粉丝们的点击量，偷偷地从互联网上上传了很多红脸婴儿的私照。与媒体的尺度不同，年轻的女护士关注的是婴儿红色的脸，正好拾遗补缺，我们得以见到了早晨七点钟的红脸婴儿，他的脸是鲜红色的，类似玫瑰怒放的色彩。我们见到了中午十二点三十分的红脸婴儿，他的脸是火红色的，比火苗还要热烈。我们见到了傍晚时分的红脸婴儿，他的脸呈现猩红色，巧妙地呼应窗外天边的晚霞。我们甚至见到了夜里的红脸婴儿，他的面孔像一块小小的炭火，在黑暗中燃烧，放射透明的橘红色光芒。我们看见了他的浓密卷曲的头发，还有硕大漂亮的耳朵，我们见到了婴儿正常的奶油色的身体，甚至可爱的肚脐眼，但遗憾依然存在，我们看不到他的眼睛，因为无论是白天还是黑夜，照片上的红脸婴儿都在哭。哭，不是啼哭，是恸哭。不是早产儿常见的羸弱的啼哭，是老人般的悲怆的恸哭。红脸婴儿捏着拳头恸哭，举着手哭，仰着脸哭，侧着身子哭，他总是闭着眼睛哭，看上去暴躁，而且绝望。

不仅是那些新生儿的母亲，不仅是香椿树街居民，很多知识分子也追捧**我见过你的孩子**的热帖。有一个著名的抒情诗人跟了帖，发表自己对红脸婴儿的观感，他用诗性的语言，称其为怒婴。**怒婴**。所有见过红脸婴儿照片的网民，几乎都被这个名字所打动，很快，怒婴便取代耻婴，成为了红脸婴儿最流行的昵称。

听说白小姐得了严重的产后抑郁症，茶饭不思，拒绝哺育自己的孩子。她离开妇产医院的时候，身后跟着大批欢送的人群，人群心照不宣，大家不过是想借机亲眼看一眼红脸婴儿的面孔，但是，这个简单的愿望并不容易实现，白小姐用一块红丝巾严密地遮住了孩子的面孔，人们一直将母子俩护送到汽车上，除了孩子发出的暴烈的哭声，一无所获。有人注意到那辆桑塔纳轿车上印有井亭医院的字样，问，她怎么不回娘家？不就是产后抑郁症吗？为什么要去井亭医院？有人对白小姐的身世略知一二，说人家是在井亭医院长大的，现在无亲无故，井亭医院就是她的娘家了。

她回归井亭医院，确实类似于投奔故乡。乔院长可谓她的长辈，井亭医院勉强可算她的娘家故里。乔院长和他的同事们向她伸出了橄榄枝，只是忌惮于怒婴的名声，唯恐对母子俩安置不当，引起不必要的麻烦。井亭医院的很多病人有读报看电视的习惯，也有追逐名人的癖好，女病区明显不适宜这对特殊的母子，医院方面一时不知道怎么给他们安排病房。她自己向乔院长提议，是否可以住到医院的康复健身馆去？乔院长当然记得从前老花匠的铁皮棚屋，她的少女时代，是在那片土地上度过的。乔院长很为难，说健身馆倒是有个小房间，只不过你带着孩子住在那里，病人们天天要去做操，不是互相影响吗？她立刻说，我不怕他们影响，从小住在这里的，什么样的病人没见过？乔院长笑了，坦言道，你是不怕他们影响，但病人们自制力差，他们会受你们影响啊。乔

302

院长斟酌再三，试探她是否愿意住到水塔里去。也许那住处太特别，太敏感了，她怀疑乔院长别有用心，涨红了脸说，乔院长你什么意思？乔院长诚恳地陈述了水塔的诸多好处，她思忖了一番，最后表态同意了，说她落到这步田地，没什么可挑剔了，水塔好歹安静，她愿意带着怒婴，住在水塔里。

这样，白小姐住进了水塔。

就这样，从前的仙女，又回到了水塔。

水塔前不久还是保润的宿舍。保润走得仓促，给她留下了好多方便面，很多脏衣服，还有一个亟待清洁的宿舍。她花了两天时间打扫水塔的卫生，把保润的衬衣裤子都洗了，晾在一棵大松树的树杈上，另一棵矮一点的松树上，晾着她自己的衣物和孩子的尿布。

她是一个母亲了。

她对怒婴的母爱虽不张扬，但也不容怀疑，乔院长经常看见她抱着孩子坐在水塔门口喂奶，一边听着音乐。不知是她自己想听，还是让孩子听。水塔里回荡着流行歌曲忧伤而寡淡的旋律，有时候是那英，有时候是田震，有时候则是香港的王菲。她记得自己是个抑郁症病人，也记得自己是个母亲，到医师办公室去拿药，或者去食堂打饭，怀里都抱着那个传奇的婴儿。即使是在井亭医院，人们也看不见怒婴红色的面孔，她似乎很注重保护孩子的隐私，怒婴的脸上总是戴着一只自制的小口罩，小口罩上绣了两只白兔，一只在左，一只在右。不过，有很多人看见了怒婴的眼睛，那眼睛，据说是湛蓝湛蓝的，暗处看像海水的颜色，亮处看则像天空的颜色。

后来，水塔附近的树林开始落叶了，秋意深了。

正逢为白小姐会诊的日子，天气骤然降温。乔院长他们在诊疗室没等到她，一群人去水塔找她，看见祖父抱着怒婴，端坐在水塔的门口。门口有一张方凳，凳子上摞着一堆洗净叠好的衣物，翻看一下，衣物都属于保润，其中一件崭新的护工的春秋工装，保润明显还没穿过。凳子后面扔了一只大号的蛇皮袋，塞得鼓鼓囊囊的，渗出一股植物的清香，乔院长好奇地打开袋子，很快又合上了，对同事们说，我一猜就是绳子，果然是绳子，都是保润的绳子。

祖父说白小姐去给孩子买奶粉了，她把保润的衣物和蛇皮袋交给他，把她的孩子也交给他了。祖父向他们抱怨，她拜托他抱一会儿的，可是他抱了整整一上午，怎么还不见她回来？乔院长他们猜到她走了，回来的可能及其渺茫，她的抑郁症也许是加重了，也许是痊愈了。他们在水塔门口探讨着她的去向，有人乐观，有人悲观，也有人的兴趣集中在孩子的身上。这是红脸婴儿，这是怒婴，这是本地生育史上的一个奇迹，母亲不在，倒是有了验证奇迹的机会，有个年轻的医生动手去摘孩子的口罩，想看一眼那张神秘的红脸，祖父及时地拢紧了孩子的口罩，说，白小姐关照的，她不在，孩子的口罩不能摘，等她回来了，你们再看孩子的脸吧。

但是，白小姐不见了，怒婴的母亲不见了，谁也不知道她是否回来，谁也不知道何时能够看见怒婴红色的脸。乔院长他们注意到，怒婴依偎在祖父的怀里，很安静，与传说的并不一样。

（完稿）

图书在版编目（CIP）数据

黄雀记 / 苏童著. -- 北京 ： 作家出版社，2013.8（2018.10重印）
ISBN 978-7-5063-6991-6

Ⅰ．①黄… Ⅱ．①苏… Ⅲ．①长篇小说 – 中国–当代
Ⅳ．①I247.5

中国版本图书馆CIP数据核字（2013）第164214号

黄　雀　记

作　　者：苏　童
责任编辑：懿　翎　陈颖琦
特约编辑：傅晓红
封面/书中插画：陈履生
书名题字：陈履生
装帧设计：曹全弘
责任印制：李卫东　李大庆
出版发行：作家出版社
社　　址：北京农展馆南里10号　　　　邮　　编：100125
电话传真：86-10-65930756（出版发行部）
　　　　　86-10-65004079（总编室）
　　　　　86-10-65015116（邮购部）
E-mail:zuojia@zuojia.net.cn
http://www.haozuojia.com（作家在线）
印刷：三河市紫恒印装有限公司
成品尺寸：152×230
字数：267千
印张：19.5
印数：299661-302660
版次：2013年8月第1版
印次：2018年10月第13次印刷
ISBN 978-7-5063-6991-6
定价：37.00元